U0614178

值本书出版之际，
感谢家人一路以来的包容、鼓励与协助。
感谢责编老师以及出版社对本书的支持。

感谢海棠老师、邹伟真老师，你们让这些"蜷缩"在电脑中的
文字有了出版的可能。
感谢青云老师、圈儿老师，你们的建议令本书的情节更丰满、
逻辑更合理。
感谢韩学润老师、单伟老师，能得到你们对本书的评价，是我
的荣幸。

感谢此刻翻看本书的你，愿其中的文字能带你踏上一段奇妙
之旅。

界 门
——阿斯特之变

风 文 著

中国海洋大学出版社
·青岛·

目 录

CONTENTS

目 录

第一章

他们来了！

他将身体结实地依靠在墙角，右手用力地按住胸口，刺痛就是从那儿扩散开的。他开始后悔在这般狭窄的楼梯间里攀爬，尘土和霉菌阻碍着呼吸的滋味儿可真够受的。

"13"，他身后的墙体上这样标记着。

数字周围的墙皮看上去脱落已久，暴露在外的砖墙被尘土覆盖了原有的红色，在惨淡的灯光下显得尤为破败。台阶上满布的尘垢在迈尔斯此刻站立的位置轻轻地凹陷下去，他几乎可以通过那像极了水泥材质的台阶确定这里绝不会是阿斯特 ①，如此落后的材质，即便是在古城也很少能见到了。

他再次回想自己究竟是怎么来到这儿的，然而脑海中依旧只是冰冷的黑暗。右手腕表提示的时间已是临近午夜，他向来不是个喜欢在大半夜四处闲逛的人。通常这个时间他只会在两个地方，新搬去不久的房子或者"断脚章鱼"酒吧。

"断脚章鱼"……他脑海中浮现出那些新鲜的浆果酒，不禁抿了抿有

---

① 提尔星球上的三大主城／人类聚集地之一，另外两个分别为古城和温洛迩奇。

些干涩的嘴唇。当然，比美酒更吸引人的，还有昨日初从酒保费奇那儿听到的故事，怪诞离奇的设定，跌宕起伏的剧情，他可是花费了"大价钱"从加斯那儿搞来的坑位。

"该死……这里究竟是什么地方……"随着呼吸得以逐渐平复，他不禁低声骂道，然后借助下方楼道透上来的灯光，向这似乎永无休止的楼梯间望了望。如果这是传说中的"鬼打墙"，也许需要骂得更加难听些才能有机会离开这里，他刚这样想着，一个急促的声音在耳旁响了起来。

"他们来了！"

"谁在那儿？！"他警惕地四下确认，刚才的声音是那样接近，可此刻周围却连个能发出声响的东西也没有。

"幻觉吗？"他松了口气，接下来的持续寂静让他确信方才只是由于缺氧而出现的幻听。

"我可不是你的什么幻觉，朋友！"那个声音又一次响起，"我是来提醒你的，他们来了。"

"谁？谁要来了？你又是谁？"

"迈尔斯·金·格雷，"声音没有回答他的问题，相反却念出了他的名字，"又一个格雷，好吧，希望你会是好运的那个。"

"你认识我？'好运'是什么意思？"迈尔斯紧张地不停抛出问题。

"我只是知道你的名字，呃，准确来说是你的姓，因为能来到这里的似乎只有格雷，至少过去很长的一段时间都是这样的。事实上，你是来到这里的第1219个格雷，第1219个……到底还有多少个格雷在外面……"声音神经质样地自言自语道，在一段停顿之后，惊呼起来，"他们来了！"

"你在说什么？什么第1219个格雷，这里究竟是哪儿？"

"他们来了！他们来了！他们来了！"话语像吵闹的警报，生硬地重复着，越发急促且尖锐的声音终于在达到某个峰值时陡然消失，一切重新归于死寂。

"喂！他们来了到底是什么意思？这是什么节目效果或是什么该死的玩笑吗？"他感到既担忧又气愤。

没有回应。

迈尔斯不知所措地立在原地，警惕地来回观望阶梯的两端。他无法理解当下究竟在发生些什么，不清楚那警示后消失的声音又是谁，无从得知"她"口中的"他们"是谁，或是什么……但他明白即将发生的绝不会是什么好事，而正是对结果的清晰判断，令他的困惑逐渐锐化成恐惧。

可是良久，什么都没发生……什么都没发生，除了楼层的数字。

那枚原先因为铺满灰尘而暗淡无比的数字逐渐变得鲜艳起来，13，在诸物静止的空间里显得尤为扎眼。似是刚刚被人写上去，尚未干透的莫兰色油彩沿着字体边缘缓慢流下，流向一团不知是什么时候出现的黑影，三个并排着的人形阴影透过摇曳的灯光，在残破的墙面上逐渐清晰起来。

迈尔斯屏住呼吸，目光已经无法从黑影抽离，紧盯着它们是他唯一还能做到的事。视线中的它们安安静静地杵在出现的位置，似乎是在与他对视，阴影的边缘在灯光的晃动中一点点地扭曲。

冰冷，从它们的凝视中渗出，侵蚀起周围原本的闷热，一阵莫名的压迫感直坠迈尔斯的心头，令他喘息不得。那是种突如其来的，以至于无法用言语表达的恐慌，那大概正是它们存在的意义，吞噬、收割一切的生命抑或希望。

"他们来了！"那个声音突然再次响起，如同发令枪响，干脆利落。受

3

激的迈尔斯终于转身向着上层狂奔,开始试图打破这令人毛骨悚然的处境,至少逃离它。

而他的身后,几乎同时传来了整齐的脚步声。

他不敢回望,担心只是短暂的一个停顿,黑影就能到达自己跟前。迈尔斯鼓足了劲儿地向上,肺中的氧气含量再次紧张起来,奔跑换作攀爬。他只知道不能被那些黑影抓住,即使自己并不确定它们的意图。

23,这是他第一次停止奔跑的位置。楼道里的空气变得越发闷热,无疑加速了迈尔斯的疲惫。他努力地将注意力聚焦在下方墙面那正在逐渐放大的黑影上,可精疲力竭的他终于还是由于缺氧而眼前一黑,重重地瘫坐在了满布灰尘的台阶上,口鼻不断张合着,贪婪地吸吮起空气中的养分。

绝望,是他此刻已近瘫痪的脑海中唯一的想法。他紧闭起眼睛,无力地等待着黑影一拥而上,将他捆绑然后投入无底的裂痕,又或是开肠破肚,丢弃在黑鸦漫天的古城坟冢。

下方的脚步声却在他臆想时戛然而止,死寂重新夺回主导,冰寒也停止在他脚尖所能感知的位置,不再向前。迈尔斯在自己急促的心跳与呼吸声中,边担心着黑影就在与他咫尺的地方紧紧地盯着他,边小心翼翼地眯起了眼睛。

模糊的景象逐渐聚焦,值得庆幸的是他方才想象的场景仅停留在了脑海里。此刻黑影已经停止了前行,正如初次见到时的那样,它们仍被映在下方那面墙上,随着灯光不停地摇晃。摇晃,继而原本界限分明的三个人影开始相互交融,拧做一团,周身生长出棱角分明的强健肢体,扭动着向上蠕动,直到将一颗畸形的头颅从那偌大的躯干上挤了出来。

迈尔斯被眼前这一幕呆住,甚至忘掉了本该有的恐惧,不可思议地打量着那个不知是什么的影子,它依旧在不停地抖动,将头颅的下半撕扯开,在墙上绽放出一道诡异的弧形。

那是黑影在冲着他狂笑。

冰冷重新开始蔓延，渗透迈尔斯的每一寸皮肤。如果之前只是恐惧，那现在恐惧之上又增添了疯狂，他无法承受这荒诞式的恐怖，忙拖起尚未完全恢复的身躯，继续狂奔起来。一阶，三阶，十阶……在他转向下个楼道时，身后的脚步声再一次响了起来。

待他真正摸清黑影行动规律的时候已经是在 31 层了。

期间，迈尔斯曾多次因为疲惫而不得不减缓速度，甚至停下脚步，然而那骇人的黑影却从未借机捕获他。它随着他的移动而追逐，又随着他的停歇而静止，脚步声总与迈尔斯的步伐频率相差无几。总之，无论他如何选择，奔跑或是停下，黑影总是恰好出现在下层的墙面上，无论形象幻化的如何可怖，始终保持着与他之间的距离。

它更像是享受追逐的猎人，比起给予猎物一击致命的快感，黑影似乎更加痴迷于猎物逃难时所散发出的恐惧与绝望。而随着规律被测试出来，迈尔斯原本紧张的心情自然是有所缓解，他开始花时间观察每层楼道间的细节，试图找寻逃脱的可能。

31, 43, 51……随着墙上数字的攀升，他开始分不清额头上流下的究竟是汗水还是空气里越发沉重的潮湿凝结成的水滴。毫无差别的楼道，近似厚度的尘土以及不怎么结实的墙壁，不停更迭的只有那些已经褪去光鲜的标识。

坐上第 66 层楼道的台阶，他疲惫地看着下方墙面上那不肯罢休的黑影，求生欲早被那无穷尽的绝望消耗殆尽，腕表静止在宵禁的时间，纹丝不动。迈尔斯不知道还要攀爬多久才是个头，又或许根本不存在什么所谓的尽头，他在这永无休止的楼道中，一处似乎连时间都无法侵入的监狱里，周而复始。

"第1219个格雷……"他念叨着之前那段莫名的话,"为什么是格雷?不过是个普通姓氏,不是吗?"疑惑曾令他呼唤过那个声音多次,却从没得到任何回应。

"滴答,滴答滴答……"

一连串紧凑的声音在寂静中被无限放大,传入迈尔斯耳中。他转过身寻向那声源,见到昏黄的灯光中,逐渐汇集的暗红液体,由上至下地涌动起来,伴着浓烈的腥臭气息。

这一幕令迈尔斯几乎是惊到跳起,然后他下意识地低头看去,却奇怪鞋子上面并未沾染到任何痕迹。越发湍急的"红流",似乎在有意识般躲避着与他身体的接触,绕过其落脚的地方,继续向下宣泄着。虽然场面阴森至极,但总归是有了些变化,这给了迈尔斯继续前行的动力。可在转过第66层楼梯的拐角处时,他被眼前的景象再次惊骇了。

第67层已不再是之前循环的空间,那些老旧的、载满尘土的阶梯被一排排的头骨代替。形状大小趋同的头骨,紧紧地堆叠、挤压在一起,彼此间不留半点空隙。无数空洞的眼眶在"红流"的冲刷下,似乎流露出狰狞与绝望。

最后的楼道明显要比之前的高出许多,它的尽头矗立着一扇门,那是这"红流"的源头,有浅白的微光正自门缝中隐隐透出。迈尔斯最后歪头向下看了一眼黑影,毅然地踏上了头骨之阶。

他落下的每一步,都会伴随上几声叹息,那并非真实存在的声音,却每声都能极为有力地撼动着迈尔斯的内心。头骨曾经的主人们似乎在用此种方式,倾诉这无法挣脱的束缚,即便是死亡也没能让他们获得解脱。起初的叹息声只是令他有些心悸,而接下来的声音则完全超出了他的承受力。那是些无法听清内容的窃窃私语，还有声嘶力竭的悲鸣，比起对哀怨的释放，更像是尖锐的警告。

它们，在阻止他继续攀爬，在告诫他应该退回下一层，或者再下层，又或者之前的任何一层。总之，千万不可触及那尽头。可惜迈尔斯眼中仅有阶梯尽头处那缕希望，淡淡的光亮抚去了他心中所有的慌张，于是他努力忽略那些杂音的影响，继续逆"流"而上。

终于，他走完了最后一阶，在踏上门前平台的瞬间，一切都停止了，嘈杂声、嘶喊声还有脚下原本湍急的"红流"都像从未出现过一样，消失得无影无踪。至于近在咫尺的门，它看上去是如此敦实厚重，其上通体流畅的木纹，雕刻着藤蔓与枝叶，纠缠交错，栩栩如生，使其乍看上去像极了一棵拥有生命的古树。他赞叹着将手伸向它，一段银光璀璨的古城语浮现其上。

"说出汝名，门为汝开。"

"古城语？这里竟是古城？"迈尔斯拂过那行精美的文字，没有丝毫犹豫地说出自己的全名。

"迈尔斯·金·格雷。"

什么都没有发生，他用手推了推，门纹丝未动。

光辉仍旧在门的另一端闪耀，缝隙间透出的那些冲散着附近的黑暗。他又喊了几次自己的名字，之后将几乎所有他知道的名字都说了一遍，其中包括他认识的所有古城的人，但没有一个名字能让眼前的这扇门开启。

迈尔斯透过门缝向内张望，视线却始终无法穿透那一片白茫茫。而就在他将目光移开的瞬间，一团阴影突然自那光中一闪而过。虽然不过是眨眼的工夫，他还是清晰地确认那是人的影子。

"谁在那儿？！"迈尔斯连忙用力地敲起门来，试图引起对方的注意，闷响的咚咚声在周围回荡开来。

没有来自另一端的回应,门依旧丝毫不动。

他依旧心有不甘地持续捶击、呐喊,源于求生的本能,直到手上传来阵阵疼痛,直到一个声音混进了敲门的闷响里。那是他再熟悉不过的声音,曾回荡在之前楼道间的交响,黑影的脚步声,打破之前所谓的规律,在他的身后响起,愈发接近。

迈尔斯屏住呼吸,缓缓地转过了身。

他们来了。

第二章
僵直梦魇

莱奥猛地从床上坐起，大口喘息着。

"只是个梦而已吗……"刚刚身处的昏暗楼道换作室内的漆黑，女妖们已经开始在他的头顶上方盘旋，周身散发着骇人的幽光，空洞的眼眶下是一张张扭曲至极的嘴，刺耳的悲鸣由此倾泻而出，此起彼伏。

莱奥皱了皱眉，随即伸手打翻床边的闹钟，那个存储了近千款神奇生物全息影像的闹钟。显然，比起昨天那些彬彬有礼的"食象鹭"而言，今次的"女妖"并不怎么讨人欢喜，至少是在刚刚经历完那样的梦魇之后。坠地的闹钟若有不甘地扭动了几下，直到一个飞来的枕头彻底结束了它的挣扎，"女妖"与哀嚎声便也随即消失了。

几乎是在枕头扔出的同时，莱奥就后悔了。这款节日限定的闹钟，可是他几个月前动员了"所有朋友"才抢到的。当然，"所有朋友"准确来说其实只有两个人，奥斯卡和加斯。对莱奥而言，阿斯特城可不是什么容易交到朋友的地方。

他翻身下床，柔和的光在脚接触地面时亮起。他拨开枕头，闹钟一副瘪了的模样，垂头丧气的"瓜柄"上方显示着此刻的时间，清晨 6 点 17 分。

"我明明改到 8 点的？"这是莱奥之前晨练的起床时间,大概坚持了三天。

"也好,至少打断了那个莫名其妙的噩梦。"莱奥想到这里,梦中所经历的一切便又开始在脑海中快速闪放起来。看样子补个回笼觉是绝无可能了,他深吸口气,打了个不怎么清脆的响指,晨辉随即倾满了整个房间。

莱奥眯起眼睛,习惯性地举起床头柜上的杯子,将其中尚未加热完成的水一饮而尽。窗外紫白相间的野花随风倾摆,点缀着那些依旧附着晨露的青草,透过眼前整块的落地玻璃,莱奥甚至可以依稀分辨出它们各自独有的芬芳。这样的恬静作为一天的开始简直妙极了！即便这一切只是管家系统所提供的上千万种全息影像之一而已。

"早上好,先生。"一位彬彬有礼的中年男人的声音响起。

"你好,文森。"他回应道。尽管有人认为与系统互动是件很诡异的事,甚至有人为了远离智能化带来的嘈杂而搬去了古城,但莱奥完全不这么认为,尤其是当他一个人的时候。

文森是现世代最为先进的智能管家,就像广告里宣传的那样:"这一次,它会如影随形。"当然,仅靠一句说辞并不足以使他下定替换掉贝拉的决心,毕竟像那样的一笔费用足够他购入整套"纽扣引擎"了。可越是临近新品上市的时间,贝拉的出错率也随之提升。没人能证实这是不是厂商为了促销而搞的阴谋,但就在上个月贝拉又一次弄错订单,害他险些因过敏而升天后,莱奥也只能义无反顾地与这位声音甜美的初代管家说了再见。

他揉搓着惺忪的睡眼,步入盥洗室。随着灯光柔和地亮起,镜屏上映出他略显消瘦的身躯,一头凌乱的棕红色向左散下,遮挡住了那枚同右边一样的深棕色眼瞳。

"共和167年，5月14日，室外气温68～73华氏度，午时有短暂阴雨，空气湿度……"文森的声音再次响起。莱奥漫不经心地听着，随手将一粒胶囊丢入口中，胶囊透明的一端入口即化，柑橘味香甜的泡沫充盈整个口腔，所含的清洁粒子开始在牙齿表面跟缝隙间做起清洁。

"连续检测到超标的酒精含量达一周，请适当减少饮酒行为……"文森对检测结果进行提醒。

"减少饮酒行为？定下这项检测标准的人肯定没在阿斯特待多久吧。"莱奥无奈地撇了撇嘴，口中刚好传来轻微震动，他低头向盥洗盆张开嘴，胶囊的蓝端随即破裂，卸压后的净水迅速将清洁粒子以及泡沫冲刷的一干二净。

"……此外，"文森继续着，"脑部区域探测异常，请回复是否有任何不适。"

"脑部区域探测异常……"对于这绕嘴的表述，莱奥的第一反应是自己听错了，继而掀起杂乱的头发，盯着镜屏中的自己，除去略显疲惫，那仍是一张再日常不过的脸，如果非要找出什么异常，就是一双眼中的灰蓝色弧线越发明显了。

那是大约一年前，几缕长短不一的灰蓝色弧线出现在了双瞳边缘，随时间推移，向彼此逐渐延展、融合，然后连接成现在那看上去有些诡异的圆圈形状。当然即便如此，无论是贝拉还是文森，也从未因此识别出任何的异常。

"没什么特别的，只是有些疲惫，再加上做了噩梦。对，一场噩梦，仅此而已。"回应间，缓缓拂过其面庞的方巾快速地完成了清洁流程。

"噩梦？请对该事项做进一步说明。"

这大概是莱奥第一次觉得文森啰唆得有些恼人,冗余的条条框框与执行上的墨守成规,看来是"智械"无论如何都优化不了的,或许这也是它们曾经输掉那场战争的原因。当然莱奥还是选择了回应,他很清楚在管家系统提示要做"进一步说明"的时候该怎么做。他可不想被强制预定某个怪里怪气的医生,或者被达里斯约谈什么的,那样的结果可比一个敷衍的答案要麻烦许多。

"噩梦,就是……"当这个词再次被脱口而出的时候,莱奥也愣住了。他突然理解了文森的纠结。梦,无论好噩,都应该在二十年前就被完全消除了才对。

"该词汇的存在与'驱梦事件'相悖,请确定是否上传'科尔'?"

驱梦事件,莱奥都差点忘记这个官方用词了。"绝对的睡眠能为人们提供更加清晰的思路和愉悦的心情",是该事件的发起原因,几个固执己见的科学家,配以人口数的绿色药剂。共和147年,当所有的阿斯特人和古城人服下那支药剂的同时,就永远失去做梦的能力了。可就在昨晚,自己却又开始做梦了?这会是正常的么……

皱到再紧的眉头也给不到莱奥合理的解释,唯一能确定的是他不想将这事儿糊里糊涂便上报'科尔'。就在拒绝的话即将脱口而出的时候,镜面上出现了正有通讯试图接入的提示。

"莱奥?希望你已经醒了伙计。"奥斯卡的声音在接通的同时响起。

"当然,我每天都会这么早就起来等待与你通话的,不是吗?"

"嘿,这充满怨念的话语可真令我伤心,"奥斯卡努力地挤出些悲伤在脸上,"辜负我在得知这个劲爆消息后,第一个想到分享的人就是你。"

"如果是安德鲁^①又出了什么新东西,你知道的,我可没……"

"当然不是,我是说安德鲁的确是为这届共和日推出了不少好东西,像那几套'银河'补充包,大型载具模型简直酷毙了,还有预告里关于'时间流'的新玩法……"

"重点,奥斯卡,"莱奥打断他说,"重点。"

"哦,对,重点,接下来我就要说到重点了,"奥斯卡清了清嗓子,像是要宣布什么不得了的事情,"迈尔斯死了。"

"谁死了?"莱奥被这前后完全不搭的话题搞蒙了。

"迈尔斯•金•格雷,死了,今早。"简短的语句,压低的声音,劲爆的消息。

"迈尔斯?格雷?"这个并不熟悉的名字让莱奥反应了一会儿。他的确是认识迈尔斯,不多的交集几乎都是在"断脚章鱼"酒吧,只是他原先并不知道原来迈尔斯也姓格雷。

"'断脚章鱼'里那个总是孤独着的书呆子,上次故事之夜加斯引荐来加入我们的,还记得吗?"奥斯卡提醒道,"据说'白鸦'^②一早就对现场进行了封锁,所有相关信息一概做保密处理。"

"但显然,保密工作做得并不彻底,不是吗?"

"除非你有朋友恰好是他们中的一员,"奥斯卡故作神秘地将原本已经很低的声音又压低了一些,"本尼刚刚告诉我的。"

"本尼又是谁……"一时间过多的人名涌入让莱奥本就还未清醒的头

① 阿斯特城中的知名店铺。
② 隶属达里斯公会的组织,较执行官级别更高,其职能及行事较为神秘,但因其名称总给人一种不祥的感觉。

脑更加混乱了。

"本尼！我的天，你怎么谁都不记得了，就是去年共和日约了我在安德鲁见面的那个本·威斯特，"奥斯卡说，"莫名其妙买了好多限量花盘的那个！"

"哦，你那个口无遮拦的远方表亲？"莱奥说，"说实话，我真怀疑他是怎么被选进'白鸦'的。"

"事实是在这之前他对'白鸦'相关的事儿只字不提，"奥斯卡说，"所以他今儿一早联系我的时候，我也像现在的你一样惊讶。毕竟阿斯特上次发生离奇死亡事件是什么时候了？30年前？40年前？总之那会儿我还没出生呢。"

"离奇死亡？"

"当然了，如果是自然死亡，我干吗要一大早跟你聊这些！"

"也是，上升为'白鸦'级别的事件自然简单不了。不过究竟是怎么个离奇法？"

"嘿，"终于吊起了莱奥的兴趣，奥斯卡兴奋地描述起来，"大概过程就是管家系统将检测到的生命衰竭上报给了'科尔'，等'白鸦'受命赶到的时候，迈尔斯已经冷了的尸体就老老实实地躺在床上，没有他杀的迹象，也没有自杀的痕迹，总而言之这一切听上去更像是场自然死亡。可是问题就在于……"

"管家系统上报的死亡原因……"莱奥随即发现了问题所在，"一个能够惊动'白鸦'的死亡原因……"

"脑部区域……探测异常……"奥斯卡试着讲出这个拗口的词汇，"这是'科尔'收集到的信息，也是'白鸦'被派去的原因。当然，之后本尼又透露了许多值得探讨的细节,但我当时实在是太困了,你知道的,我从来……"

"等等,"莱奥打断了他的喋喋不休,比起那些被忽略的细节,他更在意那个原因,那个就在刚刚文森也提及过的描述,"脑部区域探测异常？"

"是的,不过我完全不懂那代表什么,就连本尼也觉得只是因为那样便出动'白鸦'根本说不通。不过他是这样分析的……"

莱奥完全没有听进去奥斯卡接下来的话,他的耳畔开始不断萦绕着早上与文森的交流:

"脑部区域探测异常,请回复是否有任何不适。"

"没什么特别的,只是有些疲惫,再加上做了噩梦。对,一场噩梦,仅此而已。"

"脑部区域探测异常……一场噩梦……异常……噩梦……"莱奥反复呢喃着,继而回忆起梦中的场景,令人窒息的热气在身边升腾,摇曳不定的黑影再一次浮现在眼前,莫名的诡异与压迫感,即便是此刻的清醒也难以抵挡。

"莱奥？"他似乎又听见了那个声音。

"莱奥,莱奥？"

"啊？"他在奥斯卡的呼唤中回过神来,"你刚说到哪了……"

"我刚刚说,我觉得他说的有道理,于是就第一时间来找你了。"

"谁说的什么有道理……"莱奥脑海一片空白。

"我说伙计,你压根儿没在听我之前的分析,对吗……"

"抱歉,我……"莱奥想抛出那个关于噩梦的话题,听听奥斯卡的见

15

解，或者对方会告诉自己他也开始做梦了。但话到了嘴边，还是被他硬生生地吞了回去。

"可能你只是醒太早了，"奥斯卡说道，"没关系伙计，我先去把这故事给加斯讲一遍，咱们午休接着聊。"

"嗯，午休再聊。"

"文森，阿斯特播报。"通讯标示从镜屏上消失的时候，莱奥勉强挤出了这几个字。他努力地不再去联想迈尔斯离奇死亡的原因，不去想那个词，所以他需要一些声音去转移注意力。他觉得自己此刻疲惫异常，或许是没完全睡醒的原因，也或许仅仅因为回忆噩梦这个行为，便耗尽了他所有的气力。

播报持续着近日来的主题，关于"167-共和日"的宣传，大多是关于盛典的安排或是某个完全没听过名号的人出来高谈阔论，期间偶尔掺杂着的一些新款星艇相关的广告。

莱奥走到餐间，从柜子里取出送达不久的早餐——温热的面包和冰冷的奶昔，新型调温技术能够同时使多种食物保持各自适宜的温度及口感。即便贝拉已经告诫过多次不要在清晨喝那么冰且充满热量的饮料，但他依旧喜欢用这种冷热交替的方式开启新的一天。

"默认订单，先生？"文森提示道。

"是的。"莱奥咬下一口面包。

"订单已确认。"

他用力嘬进几口浓稠的奶昔，冰冷瞬间沁透全身，心底的阴霾也随着散去了些。如果说甜食总有让人心情变好的魔力，那利兹家的奶昔无疑拥有着整个阿斯特城最强的魔法。莱奥漫无目的地在几个房间来回走着，最终在他的创作台前停了下来。

那台和他在公会里使用的同款创作台,去年老瑞克[①]退休后,他就顺其自然地'继承'了下来。当他提出要将它搬回自己住所的时候,同事们还一度以为他热爱工作到如此地步,真是疯了,但其实他只想用来创作漫画而已,记录酒保费奇口中的那些荒诞的故事。

他将手中的奶昔放在一旁,点开一篇篇画稿翻看着。从阴谋满满的"地心居民",到拥有异能的"萨尔维特人"。费奇口中的那些天马行空在他的画笔之下更显几分诡异。他任由思绪沉溺在快速翻阅的故事当中,直到记录板上的最后一页。

独眼狮子,故事:费奇,绘本:莱奥。

相较之前完整的对白与饱满的色彩,这页画稿则显得十分潦草。除去标题,整个页面上也只是简单地勾勒着几个大小不一的球体,像极了远近不同的行星,若隐若现地挂在天际。

"七个星球……"莱奥疑惑地看着这页,无论是标题还是画面构成,他都没有丝毫印象。要在平时,即便是没有这些漫画做记录,他也能清楚地记住费奇的每个故事。

他努力回想着,试图找到关于这故事的记忆。画稿显示的创建时间是167.5.13/21:18,那确实是昨晚在"断脚章鱼"的聚会结束不久之后。是的,因为费奇的缺席,让昨晚的聚会早早结束。

"等等,费奇昨晚没在?那这故事是怎么来的?"

噩梦、离奇的死亡还有这无法解释的画稿……就在今早之前,一切还是那样正常,虽然那种一成不变的平静日子过多了会有些无聊,惊喜一直

---

① 武器开发部的前任同事,目前在温洛迩奇养老。

是他所期盼的,但不曾想过这样的事会"蜂拥而至"。

他盯着最后一页的标题,眼前像是闪现出一头威风凛凛的雄狮,仰望着上空那些近在咫尺的星群。他似乎清晰地看到了雄狮闭合着的右眼,以及贯穿之上的一道伤疤……

"假期快乐,先生,祝您有愉快的一天。"正在他恍神之际,他似乎听到文森的声音,那是他离家时管家系统的语音告别,紧接着,是一声不重不轻的房门闭合的声音。

莱奥赶忙从书房跑出来,身后的创作台随即暗了下去。他看到屋里并没有什么人闯入或是离开的痕迹,有的只是几个身形微小的 XT-170 在清洁着被散落在地的面包屑。

"文森,刚才有谁进出家门么?"

"除您之外,没有其他人在今日进出,先生。"文森回复道。

"那你刚刚说了什么?"

"我刚刚说,除您之外,没有其他人在今日进出,先生。"文森把话重复了一遍。

"不不不,我是说之前。"

"我不明白,先生。"

"祝我有愉快的一天?"

"没有,先生,您知道我只会在特定场景说这句话。"

"但我应该是听到了……"他试图将这一切归结为因为没能休息好而出现的幻觉或是什么,但刚刚的声音却如那页画稿般真实。莱奥看了眼腕表显示的日期,距离共和日假期还有一周多的时间,可他明明听到了那句,

"假期快乐"？

"先生，列车将在 5 分钟后到达。"文森提示道。

"5 分钟？该死。"莱奥快速走向大门，从一列整齐的徽章中取下一枚，在手背处按压下去。一套标准的赛尔制服立即覆盖掉他身上原本的休闲装束。徽章最后移至胸前，一枚标记着猩红色准星的螺旋图样。

"晚上见，文森。"莱奥推开门，走了出去。

"离家模式开启，先生，祝您有愉快的一天。"文森在特定的场景说出了这句话。

屋内，创作台伴随着不重不轻的关门声悄然开启，画稿快速地翻动，直到停在最后一页：群星之下，一支看不见的画笔正勾勒出一头威风凛凛的雄狮，它仰望星系，闭合的右眼上贯穿了一道伤疤。

第三章
艾莉·温德米尔

　　屋外低矮的建筑群错落有致，宽敞的街道在视野尽头连接上空慵懒的蓝，在莱奥等待列车到达期间，不时有阵阵"乌云"遮住暖阳，引得周围人不约而同地驻足，那些为今年共和日特殊设计的限量版星艇，也许是庆典临近的缘故，这几天异常频繁地往来于温洛迩奇与阿斯特城。

　　"请尽快上车，注意脚下，切勿拥挤。"一辆喷绘着斑马纹的飞弹列车在不远处停下，随即为上前的莱奥敞开了车门。他快速地扫了一眼乘客，发现这应该算是达里斯的专车了，几乎在所有人的胸前都别着那枚"利剑与天秤"的纹章，这让莱奥的出现显得有些格格不入。

　　穿过几排嬉笑攀谈的人，莱奥选了个靠窗的位置入座，随着两旁伸出的扣环锁紧，列车也悄无声息地继续起了行程。也许是那个怪梦的缘故，他此刻感到前所未有过的疲惫，至少不该是出现在这一时段的。于是莱奥轻触了两下右耳的传感器，舒缓的音乐代替了人声的嘈杂，环绕耳间，然后他将头倚在窗边，很快就昏昏睡去。

　　"嘿！我的朋友！欢迎来到每周更新的'奥梓^①的天堂'！"突如其来的不和谐之音将莱奥从沉睡中惊醒，柔和的乐章戛然而止，取而代之的先

---

① 奥斯卡给自己起的"艺名"。

是段奥斯卡激情澎湃的呐喊,而紧随其后的是一段更令他不安的旋律:

"埃洛的派饼是如此醇香,

足以让人将整条贝斯街道遗忘,

都去抢夺美食吧,我并不慌张,

无论是满溢的酒盏,

还是谜耶果的芬芳,

只有你啊,翩翩起舞般忙碌着的姑娘,在我心上……"

"那个蠢货!"莱奥低声咒骂着,慌忙地关闭乐曲,这已经不是奥斯卡第一次侵入他的音乐系统了,但依旧防不胜防。

"度过了个疯狂的夜晚?"轻柔的声音在身旁响起,年轻的女孩不知何时已经坐到了莱奥身旁。明明周围还有那么多的空座,为什么……他迷惑地盯着眼前素未谋面的女孩,而对方也正以好奇的眼神回应他,红褐色的长发使那双湛蓝色的眼眸显得更加深邃,她浅浅笑着待他回复。

"嗯?哦,我猜是的……"意识到自己的失态,莱奥连忙说道,"非常疯狂。"

"艾莉,"女孩主动介绍起自己,"艾莉·温德米尔,今日隶属达里斯。"

"莱奥·格雷,来自赛尔……显而易见……"他将胸前的纹章摆正说道,"你刚刚说'今日'隶属达里斯是什么意思?"

"这是我在达里斯体验的最后一周,"艾莉如释重负般地呼出口气,"父母都很期待我能加入达里斯,大概是因为他们都是来自达里斯的吧,所以在那里的体验似乎比在其他两家公会时间更久些,好像通过这种方式就能改变我基因里的'偏好设置'一样。"

"那你呢？"莱奥问。

"我什么？"

"你期待自己会去哪里？"

"赛尔？"艾莉视线移向他胸前的红色螺旋纹章，"我总觉得赛尔会是个很酷的地方，一个能将那些天马行空的梦幻带进现实的地方。"

"武器开发部除外，"莱奥做出一副无奈的表情，"你根本想象不到那儿有多无聊。"

"至少比达里斯的那股神秘兮兮的劲儿强，"艾莉说，"其实安德鲁也是个不错的选择。"

"你是无公会主义者？"

"当然不是，生在阿斯特的人很少会有古城的那般想法吧？不过说起来倒总是觉得有些奇怪，为什么选择安德鲁的人会被称为无公会主义，毕竟安德鲁也是个公会，不是吗？"

"哈哈哈哈，确实没错！"

"请注意，前方即将穿越大裂痕。"列车播报声打断了两人的交谈，接下来响起的便是那首耳熟能详的歌谣，一如既往。

"堆砌的积木啊终于塌方，

尖锐的棱角将母亲划伤，

当血液干涸，记忆封住过往，

暗是睡着了的光，

将那不见底的悲伤隐藏……"

············

停下交谈,莱奥跟艾莉不约而同地望向窗外,漆黑的裂痕跃然入目,宽至百米,绵延无际,正是那场战争留下的,险些将整个星球撕裂开来的伤痕,而这颗星球却在如此致命的伤痛下挺了过来,就像她所承载的生命一样。按下扣环旁的按钮,落脚的地方变得透明起来。当列车飞跃裂痕时,他们照旧开始了与深渊间的相互凝望。

"你有听说过'地心居民'么?"莱奥盯着至暗之中偶尔一闪而过的零星火光。

"没有,那是什么?"

"传说一部分'裂痕之战'的幸存者,就生活在那大裂痕的下面,刚才那种火光就是他们受困于黑暗的证据。悲伤与绝望的情绪常年侵蚀着他们躯体,扭曲了他们的心智,但他们依旧不断向上攀爬,想要重归地面……"

"如果真是这样,为什么不去救他们上来呢?"

"我们不能,至少没人试过这么做。"莱奥也曾在听完这个故事之后问过费奇相同的问题,因此很快就给出了当时他所得到的答案,酒保口中那"完全符合逻辑"的答案,"大裂痕的深不见底你是知道的,紊乱的磁场与不可预料的极端情形使得下面常年处于不稳定状态,恐怕以目前的科技是没办法应对的。"

"意思是现今的科技水平足以让我们进入裂痕,却不能保证探索者能走得出来?"

"是的,'试图靠近的人啊,终将于这永恒陪葬'。"他引用着歌谣中的句子。

23

"'地心居民',"艾莉若有所思,继而微笑看着他说,"这些都是你刚刚编出来的,对吗?"

"当然不是我编的,'断脚章鱼'酒吧你总该听说过吧?"莱奥见她疑惑地摇头,于是继续说道,"那里有个大人物,酒保费奇,他那脑袋里存着成百上千个这样的故事。"

"所以是他编的?"

"哈哈哈哈,应该是吧,不过他的讲述效果都无比真实,就像那些都是他亲历的事件一样。我是说,如果单凭想象力编出那些的话未免也太厉害了!"每当提及费奇的故事,总会让莱奥莫名地兴奋起来,但他并没有把自己的漫画推荐给眼前这位亲切感十足的陌生人,即使是对奥斯卡和加斯,他也很少提及他笔下勾勒出的那个世界,"你真的应该找个日子加入我们的,去感受下现场的故事氛围,再配上新鲜的果酒……"

"需要我提醒下,你这是在邀约一个未分配人①饮酒么?"见他一时语塞,艾莉又很快忍不住笑了起来,"当然,我是很乐意加入你们的。"

"你很乐意加入?"

"在血统分配之后?"

"当然,在血统分配之后。"

"你就准备这样重复我说话,还是该问我为什么这么快就答应加入你们?"没等莱奥回答,艾莉便继续说道,"因为我觉得它们都是真的。"

"什么是真的?'地心居民'?"

"不,所有的故事。酒保费奇,是叫这个名字对吧?我觉得他讲的所有

---

① 指未经血统分配的人,一般以此代指阿斯特的未成年人。

故事都是真的。"

"这可是个令人意外的观点,就在几分钟前你还从未听说过这个人,况且你根本无法想象他的一些故事是有多离谱……"

"直觉。"她冲莱奥眨了下眼,那一瞬间他感觉艾莉简直太适合达里斯了,洞察力、聪颖,还有一股子神秘兮兮的劲儿,"有时候故事比你我所能预想的还要真实。"

"大概吧……但最好祈祷有些故事不是真的。"

"你说这大裂痕在温洛迩奇有吗?"艾莉换了个话题继续道。

"大裂痕理应横穿了整个星球才对,至少书里都是这么写的,所以我猜温洛迩奇也一样。当然也仅限于猜测,毕竟我们都没去过那里。"

"至少我还有机会成为一个'无瑕者',"她冲莱奥吐了吐舌头,"说来你有朋友被分到温洛迩奇吗?"。

"仅有的两个儿时的好友跟我一样都留在了阿斯特,甚至都被分在了赛尔的武器开发部。除此之外,"莱奥无奈地摊摊手,"只能说对于从小在孤儿院长大的人而言,不太容易交到朋友。"

"啊,我很抱歉……"

"没什么可抱歉的,我的父母并没有死。"莱奥解释道,"对于到了分配年龄的孤儿,血统议会会调查并确认其父母或是其他亲属的情况,作为分配用档案的一部分。我曾有机会看到过我的档案,在父母那一栏里,没有名字,也没有死亡信息,只是标注着'身份不详'。所以我猜,或者说我希望,他们依然还在某个地方活着,总有一天我能遇到他们。"

艾莉什么都没说,只是温柔地看着他。

"抱歉，我不该跟你说这些。"莱奥觉得有些奇怪，明明才认识的女孩，竟给了他相识已久的错觉，令他不自觉地将自己的心事讲了出来。

"没关系，现在你多我一个朋友了。"她露出那标志性的灿烂笑容，然后抿了抿嘴说，"如果我被分配到了达里斯的话，一定会竭尽全力帮你找到父母的！尽管我还是期待会有其他的分配可能。"

"赛尔欢迎你。"

在接下来的行程里，两人又聊了些有关赛尔的话题，掺杂些许对于安德鲁的讨论。艾莉之前实习过的星际穿梭适配部，明显要比莱奥所任职的武器开发部要有趣得多。至于安德鲁，莱奥几乎将这些年陪奥斯卡逛店的心得和吐槽倾泻而出，直至到达砌斯特广场的提示音响起。

"欢迎来到三大公会。"被喷涂成各类主题的飞弹列车在砌斯特广场的一角停靠，这里是它们所能触及的尽头了。

"莱奥！"

莱奥刚随人群走下车，便感到右肩被人重重地拍了下去，一阵生疼。

"奥斯卡……"

"难道你是在期待什么其他人吗？"奥斯卡将剩下的面包塞进嘴里，快速咀嚼几下，咽了下去。"大清早就这么魂不守舍的，是因为迈尔斯？"

"迈尔斯？"莱奥几乎忘掉这个话题了，"啊，不，只是……"

"我先去报到咯，迟到在达里斯可是不被允许的，"艾莉打着招呼，"很高兴认识你，朋友。"

"我也是……我们还要在这儿等人……再见，朋友，祝分配好运！"

"好运会有的，也一定会'再见'的！"艾莉开心地摆着手，转身消失在人群之中。

"嘿！我就说今早的砌斯特广场怎么有一股子的酸臭气，"奥斯卡坏笑着，阴阳怪气道，"有人是不是该解释下发生了什么？"

"什么都没发生。在列车上认识的，达里斯的实习生。"莱奥冲他翻了个白眼。

"为什么从来没有愿意主动跟我聊天的姑娘呢？"

"大概是因为你脸上总是写着：'心里只有安德鲁，勿扰'。"在讽刺出这一句的同时，莱奥就后悔了，他清楚这时候提及安德鲁意味着什么。

"说起安德鲁，我准备今天下班后再去趟店里，一起去吧！"奥斯卡的反应果然没令他"失望"。

"共和日的限定商品还没正式开售吧，又去干什么啊？"

"去跟'老伙计'们道个别，"奥斯卡挤出一个戏剧化的悲伤表情，"顺便看看有什么促销商品能收回家的。"

"我以为那里的东西你都买过一遍了，可能有些还不止一遍……真搞不懂你是怎么在家里放下那么多东西的。"

"压缩箱啊，空间大师的好伙伴，"奥斯卡说，"总之，咱们下班就得立刻出发，赶在费奇今晚的故事开始前结束'战斗'。"

"我能拒绝你吗？"

"你不能。"奥斯卡笑着。

"提到费奇的故事，"莱奥联想到家中那份莫名出现在记录中的画稿，"你记得他有讲过关于一头独眼狮子的故事么？"

"嗯？狮子？还是独眼的？听上去像是个无聊的故事，不过倒是很像费奇的风格,平平无奇的标题,跌宕起伏的剧情。话说我还挺期待'萨尔维特人'的故事结局的,不知道他准备什么时候填上这个坑……"

莱奥原本还在犹豫要不要把今早发生过的一切都告诉奥斯卡,当他看了眼此刻正一脸傻笑的、手里比画着奇奇怪怪手势的奥斯卡,便把到了嘴边的话吞了回去。

"干什么?"奥斯卡注意到他欲言又止的样子,"对了,你听了我最新写的歌了吗?"

"你管那玩意儿叫歌?"

"玫音榜前50的乐章新秀为加斯量身编写的,他可以拿着向他的心上人,你知道是谁,去表白。而且最令人兴奋的是……"奥斯卡正了正嗓子道,"这首歌完全免费!你能想象他在得知这个消息之后的表情吗?"

"一脸生无可恋吧。"

"朋友,你对我的才华嫉妒得有些过头了。"

"没错,就是这个词,'嫉妒',所以为了杜绝这种罪恶情绪的持续滋生,麻烦您以后别再侵入我的音乐播放系统了行吗?"

"那你得保证每周都主动来听我的新创作。"

"想都甭想!"

第四章

织梦协会

　　赛尔，与其说它是栋建筑，实则其更像是座城。成百上千个风格迥异的建筑，积聚成簇，错落有致地"寄居"在主体之上，意外地融合出一种颇为独特的风格。这里是三大公会中部门最为多样化的，也是人数最多的。

　　位居正中的赛尔距离砌斯特广场最近，不过几百米的距离，但想凭步行到那儿却是个技术活。如同一座没有遮蔽的迷宫，你可以径直走向目的地，但得花上数个小时的工夫。只有熟知所有"锚点"的分布，在经过一番滑稽的七拐八绕后，才有可能很快地到达那里。当然，除了对空间延展驾轻就熟，阿斯特人也谙知如何压缩它，故此传导门应运而生，成为他们往返三大公会的主要方式。"科尔"会在人走进传导门的瞬间对其权限进行验证，以确保其具备使用资格。

　　赛尔的前厅，循环的全息影像展示着近期公会最引以为傲的产品，其中多数展品是取得安德鲁授权后，对其热门货的二次研发，从动力靴到家用宇航仪，即使功能和设计上存在些许差异，但至少提供给人们更为多样化的选择。人群遵循各自的日程，汇聚进编号不一的通道，之后乘坐升降舱以到达其所隶属的部门。升降舱运行线路错综复杂，数以百计的舱体承载着近1/2的阿斯特人口，匆忙地穿梭在构造不一的建筑体间，那番景象着实令人震撼。

"他们终于还是把那些恶心的家伙放出来了。"奥斯卡示意莱奥看向不远处的星艇影像吐槽道,"那种违反动力学跟审美的'前脸'究竟是谁设计出来的,像条垂头丧气的双髻鲨。他们管这东西叫星艇?"

"一早我还见到了几艘,"莱奥说,"你有没有觉得,今年阿斯特跟温洛迩奇的来往有些过于频繁了?明明离着共和日还有段时间呢。"

"我很确定那些星艇是被退货的,"奥斯卡一脸厌恶地说,"应该没有人会想坐着那种东西去温洛迩奇吧?"

"前提是,你得有资格去温洛迩奇。"

"你还真是丧气。"奥斯卡嘟囔着。

"Ⅳ区 13 号升降舱?"莱奥习惯性地看了眼腕表所提示的信息,"武器部的升降舱难道不一直都是Ⅱ区的那些吗?"

"是啊,Ⅳ区?"奥斯卡确认着自己的路线提示,"可我的是Ⅱ区 7 号,没问题啊。"

"不明白,"莱奥想到今天一直以来的不正常,似是回复奥斯卡,实则安慰自己道,"无所谓啦,兴许只是Ⅱ区的升降舱今天满员了呢。"

"人员都没增加过,哪来的突然满员一说……"奥斯卡望了眼一大批人正在涌入的Ⅱ区通道,"那我跟你一起去Ⅳ区吧,如果真是超载的原因,我可不想跟一堆人挤。"

"身份确认。"伴随着一声轻柔的语音,Ⅳ区的 13 号舱闭了门,疾速向上。舱内的重力调节模式同时开启,让人即使在快速斜向行驶的舱体中也能时刻保持如静立于地面般的平稳,由流体水晶制成的舱体则有效缓释了这种高速行进所带来的不适感。

"真的奇怪，"莱奥跟奥斯卡你看看我，我看看你，"明明前面的舱都满载了，为什么这里只有我俩……"

"要是我不跟来，这简直就是你的专属舱了啊，"奥斯卡为自己的明智决定而扬扬得意，"可怜那帮人还傻乎乎地挤成了螺丁鱼罐头。"

"这么不守规矩的人恐怕也就只有你了吧。"

"等待到达期间，您可以通过荧幕上的行事历对今日行程做相关的了解。"舱内的提示音按照惯例播放着。

"有什么好确认的，不就还是那些事儿么，"奥斯卡嘟囔着，"结构研讨、更新方案，一遍又一遍，然后回到最初版本……"

"嗯，还是那些事儿，"莱奥停顿了下，"除了我好像有一段空白的时间没被安排。"

"空白的时间？怎么会？"

"上面显示在接下来的一小时，我的行事历空空如也。"

"嗯？你是说从现在起的一小时？不可能！"奥斯卡眯起眼睛仔细盯着屏幕，当然他从那上面看到的只会是自己的日程，"把你的日程授权给我，快！"

"有什么可看的，不就是一个小时的空闲么。"

"我可从没听过有谁会被安排什么空闲时间，'科尔'不会犯那种错误，你知道的。"

"错误倒不至于吧，也许只是正在安排，也许……"

"27层到了。"升降舱停了下来，舱门敞开。

"27层？"奥斯卡望了望漆黑一片的舱外，"搞错了吧？这儿可不是武

31

器开发部。"

"27层到了。"提示音重复着,无论奥斯卡如何下达着"前往武器开发部"的指令,升降舱始终纹丝不动。"破系统已经疯了。"他用力拍打着显示屏,舱门仍旧保持着开启状态,像是在等待什么人出去或进来。

"没人去这该死的27层,"奥斯卡冲屏幕喊着,"快送我们去到武器开发部,这样你的错误才能被及时上报!"

"27层到了,莱奥·格雷。"这一次,系统提示带出了一个名字。

"莱奥?"奥斯卡看向同是满脸疑惑的莱奥,"这是怎么回事……"

"看来只有我从这里下去才能知道究竟发生了什么,不是吗?"莱奥无奈地耸了耸肩,"不然我们可能会一直像这样被困在这里。"

"我跟你一起。"奥斯卡说着,把头探出舱外,黑暗依旧。

"不,你回到部里,毕竟它只喊了我的名字,大概只要我从这里下去,你就应该能够正常地去到武器开发部了吧?"莱奥阻止了奥斯卡走出升降舱,"没准儿这就是那段留白的安排吧。所以如果超过一小时我没回到部里的话……"

"好吧,我明白了。"奥斯卡不情愿地皱了皱眉,"你可小心点。"

"再怎么说这里也是赛尔,能有什么问题?放心吧。"

"身份确认,继续前往武器开发部。"莱奥才踏出升降舱,舱门便迫不及待地在他身后闭合起来,27层里唯一的光亮在他身后快速压缩,然后一闪而过。

"好吧,现在我该做什么?"莱奥屏息凝神地观察着周围,但除了一如既往的黑暗外什么也没有。今早所发生的都太过不同寻常了,但直觉告诉他,接下来在 27 层发生的事也定是与那个梦脱不了干系。

他将腕表的照明打开,本该亮到刺眼的光在倾出的瞬间便被周遭的黑暗所吞噬,甚至没能穿透眼前不过几米的地方。就在他手足无措的时候,脚下忽然跳动起了霓虹,紫、粉、绿、蓝,勾勒出条不甚笔直的道路,淡淡的荧光指示物若隐若现,指引出前进的方向。

"来吧!"一个有着明显处理痕迹的声音在前方不远处响起,"留给我们的时间不多了。"

沿着指引走过一段小路,几枚醒目的箭头标识出现在了他的眼前。其中偶有接触不良的灯管在频闪着,同时指向了一道硕大的拱门,些许色彩和隐约的欢快声透过门的缝隙轻击着他的感官,像是有一场精彩绝伦的马戏正在门后上演。

他用手去推门,光明即刻涌入,驱逐掉原本的黑暗。在眼睛适应了光线后,莱奥注意到门后并没有先前想象中的嬉闹人群或者精彩演出。门后的空间本该是不小的,但密密麻麻堆积着如山的文件、各式各样的实验台以及看似摆放杂乱的实验组具。房间的尽头是面由数不清多少块屏幕拼接而成的墙,正播放着不明意义的影像,间断滚动着些怪异文字。

莱奥小心翼翼地绕过几摞摇摇欲坠的档案,走向屋子中央,这房间唯一空旷的地方。一名老者正背对着他盘坐在地上,体态佝偻,而一袭后梳的银发,倒是显得干净利落。在他周围,两个机械体正往返于各类资料之间,整理得很有耐心。

"欢迎,"老者的声音听上去意外的年轻。实际在他转过身的时候,莱奥就立即推翻了方才由背影对他年龄的判断了,或者说从正面看上去,那人并没有背影那样显老。瘦削的面容,两道犀利的目光穿过他高耸鼻梁上的圆形镜片,紧盯着莱奥。

33

"您好，我是莱奥，当然我相信您是清楚的。"莱奥介绍自己，努力抑制着心里的不安。

"卢修斯·克鲁格夫，"男人试图挤出一个友善的笑容，但并不怎么成功。他招呼莱奥上前，"请在过来的时候身体务必向左倾一些，如果你不想碰倒右手边那摞资料的话，当然，我是十分不想你碰倒的。"

"先生，"莱奥小心翼翼地来到他跟前，在对方示意后坐下，基石结构的地面并没有预想中的那般冰冷，"升降舱的事是您安排的？"他直奔主题问道。

"是的，篡改'科尔'而不被发现，尽管只有很小的概率能成功，但显然我做到了。"卢修斯语气骄傲，"一切都在计划之内，除了那个跟着你的朋友，令你在升降舱中耽搁了太久，我也只好将原本设定好的欢迎仪式给取消了。"

"欢迎仪式？"这无来由的对话让莱奥一头雾水。

"你是在经过这么久之后，来到这里的第一位客人。"

"我大概能猜到这里一定是个上了年代的地方，不过确实不清楚自己究竟是在哪里。"

"哦？你是怎么知道这里是'上了年代'的？"

"因为升降舱从来都只会播报所要到达部门的名称，而刚刚升降舱播报的却是'27层'。"见对方一脸疑惑，莱奥解释说，"不断堆叠的建筑结构，使这里很难使用楼层做区域划分，至少打从我被分配到这里的那天起，赛尔就已经没有楼层的概念了。那就意味着'27层'不仅是个上了年代的区域，或许还是个被遗弃的区域，因为它甚至都不在赛尔更新后的区域规划中。"

"你的观察力与逻辑推理令人印象深刻。没错,不会有人再对这里有什么规划,甚至不会再有人听说这里。旧的世界我们都回不去了,而新的世界已经没有了它的位置。"卢修斯摇头苦笑,"这里的一切只会随着我的死亡而消逝。"

"这里究竟是什么地方?"

"驱梦事件,"他并未直接回答,"你应该了解的,对吧?"

莱奥点了点头。

"在那个事件发生之前,赛尔通过颅内芯片掌管着所有阿斯特人的梦境。"卢修斯示意性地敲了敲自己头的右侧,"当然,所谓的掌管,最多就只是观察。我们从未想过也不被允许干涉任何人的梦境。"

"观察梦境?难道这里是织梦协会?"

"你竟然知道这个名字?"他有些出乎意料地看着莱奥。

"费奇,给我们讲过一些……"莱奥想起费奇讲述织梦协会的那个雨夜,长时间的叙述害他们差点违反宵禁,"……故事。但我从来没想过它会是真实存在的。"

"有些时候故事比你预想的还要真实。"卢修斯说。

"这样吗……"莱奥觉得这话有些熟悉,至少是他今天第二次听到了。

"刚刚你提到的人,费奇,"卢修斯接着说道,"是个酒保?魁梧的身材,浅褐色的短发上有几缕银发,小臂上都是鳞片样的文身?"

"就是他,你也经常去'断脚章鱼'吗?不过我们好像从来没有遇到过。"莱奥努力回忆了下,如此阴郁的人如果出现在酒吧应该会给人留下很深的印象才对。

"不，我自从加入织梦协会后就再也没去过了。算起来至今已经快 30 年了，30 年吗……"片刻的思索过后，卢修斯罕有地扬起了嘴角，"那可真有趣了。"

"什么有趣？"提出问题的一刻，莱奥似乎意识到了对方的关注点。

"费奇，"卢修斯继续忽略着他的问题，"他的故事中有没有提到过关于织梦协会被关闭的真正原因？"

"我不记得他是否有强调过什么特殊原因，只是说随着驱梦事件的推进，所有人都不再做梦，所以织梦协会也就自然失去了继续存在的意义。"

"当然，只能是这样。"卢修斯又露出标志性的苦笑，继续讲述起来，"在一些古代信仰中，梦是可以被解读的，目的是对未来进行预判，本质是人类对未知事物的恐惧跟向往。那些被认为存在的异能人，可以通过进入他人梦境以获取秘密、改造现实，甚至于完成杀戮。而同时存在的对立理论则认为梦境不过是大脑在机体沉睡后依旧保持活跃的产物，不过是造梦人平日生活或内心渴望的具象化映射，不会对现实或者未来产生任何影响。很难用什么方法去论证这两种论点到底孰对孰错，而这两种理论的交叉点，我们称之为'薄雾地带'，织梦协会的创立初衷就是拨开这层薄雾，窥探真理。"

卢修斯拾起身旁的流纹杯，他的指尖在杯沿上来回滑动，这样的动作发生在他每次试图理清思路的时候，那种本应该用作盛放鲜艳果酒的矮脚杯里，半满的清水来回摇晃。

"起初我们发现多数梦境都是对造梦者记忆的再加工。"卢修斯继续道，"通常情况下，梦的内容会随造梦人的清醒快速退化，以至于他们在醒来时根本来不及记住梦中的内容。但即使未被记住，实际上那些梦的内容仍滞留于造梦人的潜意识当中，影响着他们在现实生活中的种种判断和选择。"

"所以梦境会对现实或未来产生影响,其实都是因为潜意识中残留的梦境内容在指引着造梦人去做相应的决定或产生似曾相识的感觉?"莱奥试图总结着。

"不完全是,或者我应该说远不止于此,"卢修斯将手中的杯子攥紧了些,"关于那些通过潜意识作祟的梦,规律是很容易捕捉的,于是织梦协会创建出一套基于蛛网逻辑的'捕梦系统',我们称之为墨菲斯。就像触动蛛网的任何一处都会引出几只饥饿的蜘蛛那样,每当有悲观的、压抑的,或者其他任何负面的梦境内容出现时,它就会出现并将其清除。"

"清除?可刚刚你还说过织梦协会不被允许干涉梦境。"

"确实,这样做的确是违背了协会的运行准则,但恐怕任谁都没法抵挡那种可以操控一切的体验,在那上千万个梦境之中,墨菲斯,啊不,我们,就是神。"卢修斯快速高涨的情绪被莱奥的一个皱眉迅速降温,"你的反应很正确,只是那时候的我们都没意识到这样的狂妄会带来怎样的灾祸。"

"灾祸?源于那些梦境?"

"准确来说,是那'个'梦境。"轻咳几声,他终于抬起了杯子,一饮而尽,"在墨菲斯'校正'梦境的过程中,我们也对那些梦境做着归类分析及模拟测试,一切都如期进行,一切都尽在掌握,至少我们是这么以为的,直到那个清晨。头一晚执勤的卡罗尔[①],她的尸体被一早来的人发现了,在工位上。可怜的卡罗尔,我们试图找到她的死因,但是整晚的监控录像中只有她一人,'科尔'也未记录下任何异常。体表没有伤口,体内没有毒素,没有器官的衰竭,除了那颗已经停止跳动的心脏。就在一切成谜的时候,我们留意到了一段信息,那段由墨菲斯记录下的她最后的梦。"

---

① 初代织梦协会的十六人之第十四席。

"你们认为是那个梦导致了她的死亡？"

"那是唯一的可能，即使最终我们也没能证实这个猜测。那是个多层梦境，我们通过墨菲斯对它进行了长达数月的解构与再融合，看着它的感觉就像是走在一条通向地窖的阶梯上，你不清楚究竟要走多久，也不确定下一脚是否就会踏空。黑暗开始逐渐吞噬你的感知，然后在被冰冷、恐惧、麻木，这些数不尽的复杂感受缠绕不休的时候，地窖就那样出现了。"卢修斯像是想到了什么可怕的事情，身体竟不自觉地颤抖起来，"那个梦境，也许该描述它为一种病毒，或者是一头失控的野兽更为合适，终于在半年之后向我们展示了它的真实面目，那个令人震惊的秘密。"

"什么秘密？"

"我也希望自己还记得，"虽然嘴上这么说着，卢修斯却很明显地松了口气，"起初大家都沉浸在惊讶与震撼之中，然后是杰斯塔①首先将那个秘密脱口而出，但也就是在那一瞬间，墨菲斯系统瘫痪，而有关那个秘密的一切也从我们的脑海里完全消失了。就像做了场梦醒来，你知道那个梦存在过，却怎么都记不起梦的内容。更为可怕的是之后的半小时里，在场除我之外的其他人陆续失去了所有的记忆。"

"所有的记忆？"

"他们忘了自己是谁，在哪儿，什么又是织梦协会。所有人像是疯了，只是以一种很平静的方式。"卢修斯摇摇头，"在'科尔'对他们做出脑部异常的诊断后不久，达里斯的'白鸦'就上门带走了他们。自那之后，我就再没听过他们的任何消息，就像他们根本没有存在过。接下来发生的，就是所谓的驱梦事件，与其说是为了消除阿斯特人的做梦能力，更像是为了抹除我们的存在。"

---

① 初代织梦协会的十六人之第五席。

"但你还留在这里。"这大概是他今天第三次听到脑部异常这个词了，莱奥佯装镇定地继续着与卢修斯的对话。

"赛尔的领主想弄清我们究竟发现了什么，就让还算得上'正常'的我继续留在这里，直至想起那个秘密，或是腐烂在这儿。造梦之地成了永久的牢笼，打那之后就再没人来过。赛尔派来了两位'助理'，'照顾'我的饮食起居，"卢修斯向不远处正在忙碌着的机械体努了努嘴，"不过放心，很早之前我就篡改了它们的程序，无论在监视器另一头的是谁，他能看到的都只是我想让他看到的，仅此而已。当然，也多亏这两台机器，我才能研究出绕过'科尔'的方法，这让许多事情都方便了许多，比如安排这次的见面。"

"那过去这些年，关于那个秘密，你有查到些什么吗？"

"没有，我试图重启了墨菲斯，但它接近90%的数据都被那个梦给'侵蚀'掉了，剩下的一些则同我的记忆产生了偏差，我没办法确认什么是正确的或者说真实的，所以调查进度也曾一度陷入了死局。但你知道命运总是这样，就在我准备放弃的时候，一些寻而不得的线索，在去年的共和日毫无征兆地出现了。"

"去年共和日？可我并不记得有什么特殊的事情发生。"

"你自然不会知道，"卢修斯说，"沉寂多年的墨菲斯，在共和日当天捕捉到了新的梦境。"

"你的意思是在一年前就有人开始重新做梦了？但为什么从来没有相关报道？所以这也是你找我来的原因对吗，因为我也开始做梦了？"莱奥一股脑地将疑惑抛向对方。

"永远不会有什么相关报道，如果有，那些报道的内容也只会是他们的讣告。"意料之中，卢修斯看着满脸惊讶的莱奥，认真地说，"这才是我费尽心思找你来的原因。不是因为你开始做梦了,而是因为你是在做梦之后唯一还活着的人。"

"所有重新做梦的人都死了?!"

"昨晚开始重新做梦的有 7 人。如果从一年前那第一个新梦算起,墨菲斯总共收集了大概 1219 个梦境。截至现在,做梦后的幸存人数为……"卢修斯伸出一根手指指向莱奥,"一人。"

"可你怎么知道他们都死了,或者能确认他们的死亡都是因为重新做梦而造成的?"莱奥想到自己险些与那些人遭遇相同的厄运,不禁有些后怕。

"我能入侵到'科尔'啊,所有被墨菲斯记录下梦境的人,在'科尔'那边都有着相同的记录……"

"脑部异常?!"莱奥与卢修斯异口同声。

"每条脑部异常信息过不了多久都会对应一条死亡记录,当然,除你之外,系统及时捕捉并拦截了你的检测结论,不然现在找到你的就会是'白鸦'而不是我了。至于我是怎么确认他们是因为重新做梦而死的……"卢修斯停顿片刻,眼角处的紧张转瞬恢复了正常,"打从开始,所有重新做梦之人都共享着同一个梦,这个梦与墨菲斯数据库中残存的、那个曾杀死过卡罗尔的梦境拥有着近乎一致的梦境代码。"

"那样说来……"莱奥感到吸入胸腔的空气变得沉重起来。

"梦境重现以来,你是唯一见证过它还活着的人,自然也就成了弄清并阻止这些杀戮的唯一解,这就是我大费周章邀约你至此的原因。现在请告诉我吧,莱奥,"卢修斯将整张脸向莱奥凑了凑,他抬了抬眼镜,瞳孔似好奇似惊恐地收缩,"昨晚你究竟梦到了什么?"

第五章

"断脚章鱼"

"所以，这就是你早上旷工了一个小时的理由？"加斯吞下桌上的最后一盘烧肉，汤汁从嘴角快速流下，他抹了把嘴，示意远处的服务生"再来3份"。

"所以，这就是你下班不陪我去安德鲁的理由？"和加斯的没心没肺不同，奥斯卡对莱奥刚刚所讲述的经历有着自己的担忧，但他还是效仿着加斯的语气，试图缓和有些压抑的氛围。

"这可是个一直以来都在夺人性命的噩梦！我也许差点就没命了！"面对二人极不认真的态度，莱奥一脸的不可置信。幸好从坐下起他们就开启了桌台上的静音帷幕，即使再激动的情绪也不会引到周围人注意。

"别急别急，"加斯重新拾起刚刚被他揉成团的纸，擦拭着嘴边的油迹，"我们跟你开玩笑呢，你接着讲，接着讲。"

"那你究竟把梦的内容告诉那个叫卢修斯的家伙没？聊到现在你都没提过那到底是个怎样的梦啊。"奥斯卡说。

"那时候我没能将梦的内容讲出来，就像现在我没办法跟你们提起一样。不是故意卖关子，而是……而是我已经记不起梦的内容了。"莱奥叹了口气。

"记不起内容？这么快就……不记得了？"

"你们能想象么，明明上一秒还历历在目的场景，甚至在进到织梦协会后的很长一段时间里，我的思绪都在被那个梦境所困扰。而卢修斯的那句'你究竟梦到了什么？'，就像是个清除口令，一瞬间便抹掉了我脑海中所有关于那个梦的记忆跟感受。"

"他不是能通过那个叫什么墨菲斯的系统去观察记录么？"奥斯卡说。

"墨菲斯的上千条记录，都只是些源代码，关于那些梦境的字符除了看上去几乎一模一样，没人清楚它们究竟代表了什么。卢修斯说曾经他们是通过做梦人事后对梦境的描述，归类出源代码的组合，再基于这些规律去具象化梦境的内容。但显然在墨菲斯数据被毁和驱梦事件之后，他就再也没能找到还原梦境的方法了。"

"因为在那之后做过梦的人都没法给他描述梦境的内容了。"加斯做了个被终结的手势，"还好你说过开始做梦的人都姓格雷，不然我今晚都不敢睡觉了。"

"是啊，格雷，但是为什么？"奥斯卡说，"是因为什么特殊的遗传基因之类么？"

"我也不清楚，但姓氏在阿斯特并不代表血缘，不是吗？所以也谈不上什么基因问题。"莱奥停了停，等机器人将几盘烧肉放在桌上并走远后继续道，"其实卢修斯后来向我展示的梦境代码与之前的那些记录并不完全相同，虽然确实在基础逻辑上接近，都有着不断重复的格式，但是很明显其他人的梦境代码都有着一个相同的终结点位，我的却没有。"

"如果那些梦境代码都有相同的终点,那就应该是那个终点杀死了他们。"奥斯卡总是能够在第一时间抓住问题的关键,"而你恰好因为没能触碰到那个终点,所以才幸存了下来。"

"我猜也是这样,"莱奥点点头,"应该是那个闹钟,在本不该响的时候响起,恰巧打断了致命的噩梦,救了我一命。"

"不该响起的闹钟……确实有点意思……"奥斯卡嘟囔着,然后抬眼问道,"你还记得闹钟响起的时间么?"

"6点半吧,大概就是我之前晨练的起床时间,有什么问题吗?"

"我记得迈尔斯的死亡时间就是6点半,这可不是什么巧合,对吧?"奥斯卡说,"假设梦境的内容是相近的,你们在其中所经历的进度也理应相差不多,所以那个终点,你理论上应该也看到了才对。"

"梦境中'时间'的概念似乎与现实中的并不一样,"莱奥解释,"这也是我在观察那些梦境代码时注意到的,它们虽然有着几乎一致的起点和终点标示,但它们的长短却不尽相同,意味着记录中各个梦境的时长是截然不同的,有些持续数个小时,而有些却只有短短的几分钟。"

"也就是说没办法通过预设闹钟叫醒的方式来确保你能安全地醒过来。"奥斯卡皱了皱眉头。

"其实卢修斯也不确定已经做过一次梦的人是否还会进入那个梦境中,也不知道如果再次喝下驱梦药剂,是不是就可以阻止我再做这个梦了。"莱奥撇了撇嘴,"不过我猜即便有规避的方法,他也不会告诉我的。"

"因为你是唯一能让他接近那个秘密的机会。"奥斯卡说,"老实说,我对这种神神秘秘的事有些担忧,鬼知道那个梦的背后究竟是什么。"

"但我现在也没别的选择,不是吗?"莱奥无可奈何地耸了耸肩,"乐观来看呢，在没完全解开那个秘密之前，他也会拼尽全力不让我死掉的。"

"拼尽全力，听上去像是'毫无计划'。"

"目前的确是有个方案，听上去有点侵犯隐私权，但也是目前唯一的办法。"莱奥解释说，"他会进入我的梦里，似乎是在他某次将墨菲斯接进'科尔'之后开发出的新功能。"

"'净'入你的梦'拟'？"加斯依旧在不停地往嘴里塞着刚端上来的烤肉，让他说起话来并不清晰。

"是的，当然在这之前，这功能从没有过什么机会被测试或被使用。"莱奥复述着卢修斯的解释，"已经结束的梦境，都只能以代码的形式被墨菲斯记录下来，但对于正在进行的梦境，似乎可以通过侵入造梦人的植入芯片，来观测梦境的实时成像，甚至与做梦人产生互动。所以，理论上来说，当他观测到危险来临的时候，便会主动唤醒我。然后，慢慢地去寻找一个万无一失的方式去接近那个秘密。"

"这听上去过于疯狂了，你确定要把性命交付给一个才认识了一个小时的人？还有他那个什么试都没试过的新功能？"奥斯卡说。

"如果还有别的选择的话，大概不会。不过提到认识的时间，我倒是突然想起了一个细节，"莱奥看着二人，对即将引出的话题有些犹豫，"我们初次来'断脚章鱼'大概是十年前的事了吧？"

"差不多，加斯的加入应该比那晚了一年左右。为什么问这个？"

"从那时候起，费奇便是我们除了彼此最为熟悉跟信任的人。"

"当然了，如果不是费奇出面，那天咱俩在环形街一定会被打死的哈哈哈，"回想起与莱奥初次见面的场景，奥斯卡不禁笑了起来，也正是那个曾毅然挡在他面前的背影，让二人的友情牢不可破。但很快，他就意识到莱奥那句话的真正含义,"你是说费奇?他有什么问题?"

"我还不能百分百确定,但我认为他有事瞒了我们。"他的话直截了当,莱奥望了望吧台旁的费奇,此刻正跟几个达里斯着装的人开心聊着,似乎是注意到了莱奥的目光,转而向这边打招呼。

"我就知道!"莱奥和奥斯卡惊讶地看向加斯,只见他把手中的酒杯重重地往桌上一拍,接着说道,"之前他所谓被偷掉的浆果酒,一定是瞒着我们自己偷喝了!"

"你那脑子里除了吃喝还装过别的东西吗?"奥斯卡白了加斯一眼,然后转向莱奥,"是因为他的故事?织梦协会其实是真实存在的?但那又能说明什么呢,我是说,有些故事总要有点现实基础才听起来真实,不是吗?"

"故事基于现实没什么问题,问题是卢修斯在听我提起费奇时的反应。"莱奥回忆着卢修斯那上扬的嘴角,"就像是他印象中的酒保和我们所熟悉的费奇没有任何区别。如果卢修斯真的自从被分配到了织梦协会之后,就再也没有来过'断脚章鱼'的话,那就意味着30多年前,费奇便已经是这副模样了。"

"少年老成,那有什么问题。"加斯嘟囔着。

"拜托,谁十几岁会老成50多岁的样子……"有时候奥斯卡真想不通怎么就跟加斯成了死党,他继续沿着莱奥的思路下去,"可按照那样推算的话,现在的费奇是个近90岁的老人,那他是不是也太过于健康和强壮了……"

"也许他的年龄比我们能想到的还要久。比起用了什么方法维持住了50岁的体格与容貌,还有种更合理的可能……"莱奥停住了,因为接下来的猜测,极有可能会成为令费奇惹上大麻烦的风言风语。

"你的意思是他是个机器人？"加斯这回的思路倒是领先了一下,率先接过话茬,"你知道这可是比做噩梦这事儿还要扯的对吧？拥有人形外表的机器人可是不被阿斯特允许的存在。如果它是机器,那它首先一定要长得像个机器。"

"没人能把机器做得那么真实,除非……"莱奥犹豫了片刻,还是把那句不该说的猜测给说了出来,"除非他是个械人。"

"械人？你是指那种结合了人类 DNA 的拟生机器？"加斯不禁惊呼出声,"这可更是阿斯特律法的底线啊！"

"前提是那种技术真的存在,"奥斯卡打断道,顺便做了个提示加斯即使在隔音空间下也应该压低声量的手势,"无论是向机器中注入生物基因还是将生物的机体置换成机械装置,总之,那种将金属跟血肉混合的、被禁止的巫术压根就不存在啊,不过是费奇讲过的故事而已。"

"就像织梦协会一样？"莱奥继续说,"其实在这之前我从来没想过费奇的那些天方夜谭会是真实的,可如果其他事情都像织梦协会一样存在过,那些没有任何记录、久到没能流传下来的故事,他却如数家珍的唯一可能,就是他跟那些故事一样古老。"

沉默是给这荒诞无比的假设的回应,就连加斯那未曾休止过的咀嚼声也放缓了下来,他看着二人,惊叹刚听到的,同时也担忧着接下来要听到的。

"静音帷幕？"一个熟悉的声音突然出现,着实让他们吓了一跳。

"费奇？你是什么时候过来的……"

"如果你一直开着那玩意交流的话,我就只能去学习唇语了。"费奇示意他们帷幕的运行指示灯仍在恪尽职守地亮着。

"啊，我刚刚说，你怎么过来了，明明看你在忙。"帷幕在三人身边褪去，周围的喧嚣明显了起来。莱奥敛住方才回答时的慌张，与奥斯卡一同微笑着看向费奇，加斯则一言不发地低下头，将最后那点烤肉搁进嘴里。

"再不离开那边，会被那帮'黑鸟'吐一身的。"费奇示意了下吧台上已经酩酊大醉的达里斯的人，"不过喝多的人有个优点，那就是可以从他们那里知道一切你想知道的。"

"我猜你又得到了什么可以用来钻律法空子的情报么？"奥斯卡将还没来得及喝的酒推到费奇跟前。

"半杯酒也太便宜你们了，"费奇端起酒杯一饮而尽，"得拿你们的秘密来换才行。"

"我们？我们哪来的什么秘密。"

"静音帷幕？"

"我们只是觉得周围有些吵。"

"吵？在我的酒吧里？"费奇撸高了一些袖口，露出双臂上满是鳞片图样的文身。

"没有没有，都是一片祥和，欢快的声音不绝于耳。"奥斯卡赶忙说道，顺便躲开了从一旁飞来的酒瓶。

"我们刚刚在讨论你讲过的故事。还记得织梦协会么？"奥斯卡惊讶地看向莱奥，加斯更是差点呛到，没料到他会发问得如此直接。

"织梦协会？"费奇眼中掠过一瞬间的犹豫，但很快便恢复了正常，笑道，"大概是我编过非常成功的故事之一，哈哈哈哈，为什么突然提起它来？"

"啊,没什么,我们只是突然想起来,一个掌控所有人梦境的部门,听着就很酷。在讨论如果它是个真实存在的部门就好了。"莱奥不经意说着,时刻留意着费奇的表情变化。

"掌管梦境的部门存在于一个没有梦境的世界?看不出有什么好的,恐怕会混得连我这破酒馆都不如吧,哈哈哈哈。总之,那只是个故事,仅此而已,比起它,下一个故事要精彩万倍,明晚记得早点到。"

"啊,终于等到了!萨尔维特人!"

"什么是萨尔维特人?"费奇看着满嘴油的加斯皱了皱眉。

"萨尔维特人的下半部分啊,说好在共和日前一定讲完的。"加斯则一脸期待地望向酒保。

"嗯?哦!萨尔维特人,当然,我当然记得,萨尔维特人,是的,萨尔维特人……"

"你已经忘了,对吗?"

"我完全不记得有这回事。但是,嘿,听着,明晚独眼狮子的故事绝对是你们无法想象的精彩,这可要比那什么萨尔维特人酷多了!"

"独眼狮子?这算是个什么名字……"奥斯卡完全不记得之前莱奥的提及,在听到这名称时做出了与之前相同的反应。

莱奥的思绪却被这四个字生硬地扯回了清晨的那篇画稿,那个因为织梦协会的经历,让他几乎遗忘的记忆。

"算是个什么名字?等听完故事你就知道这句话错得有多离谱。好了,差不多到宵禁时间了,我得把剩下的精力都放到那帮人身上去。"费奇指了指身后那些烂醉如泥的家伙,还有发着酒疯的。

"今晚你从'黑鸦'①那里得到什么情报了？你都还没说呢。"奥斯卡有点在意那些达里斯的家伙究竟说了什么，尤其是在听完莱奥的经历之后。

"我说过拿你们的秘密来换，但我并没有得到它。"

"都说了没什么秘密啊……"奥斯卡一脸无辜的表情。

"那就只能说抱歉跟遗憾了，重申一次，明晚记得早点到。"说罢，费奇顺手拖起两个醉倒在隔壁桌的人的衣领，轻松地吹起了口哨，走向酒吧后门。

"断脚章鱼"门前，木质的招牌随风轻摆，酒吧的外部风格与其内部大相径庭，那是一种盛行于数百年前的建造风格，书中记载为"拉尔萨"。当然，流传至今的也只剩书中记载，还有眼前这模拟影像罢了。

"费奇的确是知道些什么，"莱奥确信地说道，"当他听到织梦协会那瞬间的表情，很明显是清楚它曾经存在过。"

"那他是不是也会意识到你已经去过了？"奥斯卡说，"要不我们直截了当地问他？给他讲讲你那些经历什么的。"

"我有这么想过，但既然他不愿意接话茬，或许也不便捅破什么，不然没准儿会让整件事情变得更糟。"莱奥见朋友们的眼神黯淡了些许，便给他们更像是给自己打气道，"不用担心，兴许今晚我就能找到那个秘密，之后一切都能归于正常了。"

"总之，你机灵着点儿。"

"是啊，可别乱来。"

"知道，知道，明天见！"

---

① 达里斯的基础职级之一，权力远不及"白鸦"。

黑巷，简单明了的称呼。'断脚章鱼'后门所通往的这里，是城中环境最为复杂的地方。所有违反规定的活动几乎都在这里发生过，却从未遭到过任何指控，这里是被达里斯视而不见的地方，也是阿斯特律法无法触及的地方。

夜幕下，费奇不厌其烦地于黑巷里来回，执行着他每天最后的"清洁工作"。他将一些酩酊大醉的壮汉堆靠在巷口，将他们胸前的徽章取下，制服影像消失后显露出的是风格迥异的服饰，那些可不是阿斯特城会流行的款式。不多时，一辆胶囊列车稳稳地在旁边停下，从车上下来的人，在核实过醉汉的信息后，架他们上了列车，准备送回其各自的住所。

"这是今天的最后两个了。"费奇省下了客套，冲领队模样的人摆了摆手，便又走回进巷里。身后的车声远去，他的思绪也在黑暗中凝聚清晰。那几名"黑鸦"所带来的讯息，还有那三个小鬼今晚的异常表现，令他感到担忧。

"每天都乐此不疲地清理'垃圾'么？"一个声音在黑暗中响起。

"注意你的言辞，尼克曼。那些都是我尊贵的客人。倒是像你这样阴阳怪气的人，是得不到任何酒吧欢迎的。"对这突如其来的声音，费奇表现得并不在意。

"你知道信仰从不允许我去这种地方。"

"那你就该好好守着信仰，向你那些神明祷告，而不是来骚扰像我这样的异类。"费奇径直路过那人隐匿于黑暗中的身影。

"他们已经派人找到你了，不是吗？重启织梦协会也无法阻止的那个未来，相反却加速了他的到来。现在我们别无选择，继承者需要被尽快找到。"

"那些词汇对我而言毫无意义，尼克曼，如果你还记得我已经被抹除了记忆的话，就不要在那儿胡言乱语了。我现在只是'断脚章鱼'的酒保，再普通不过的阿斯特居民。我不想参与你们的任何计划，也没有义务回应任何人，任谁都不例外，"他语气坚定地说，"况且我这里没有，也不会有你们想要找的人。"

"记忆无法被彻底拔除，尤其是对于我们这种人。信仰的缺失使你丧失了面对真实的能力，但一直逃避并不能令你置身事外，一次也不行，"尼克曼压下了声音说道，"那个秘密终将现世，你或许忘了它是什么，但应该还记得那意味着什么，不是吗？"

"你是在威胁我吗？"

"就是这股气势！我们一直在等待着你的归来。"

"还是那句话，尼克曼，我不在乎你们究竟要做些什么，只是记住一件事，"费奇终于停下了脚步，转向身后的阴影厉声道，"离我还有我的客人们远点儿。"

第六章

潜入噩梦

　　"欢迎，我的朋友。"当声音在耳旁响起，莱奥发现自己已然身处破败不堪的楼梯间，摇曳的灯光从下层透上来，空气中混杂着那熟悉的霉味。

　　"这里就是……"他尽可能地组织起思绪，"梦境么？"

　　"咦，一个保留了现实意识的做梦者？这倒是头回见。"声音先是疑惑，继而惊讶慌乱了起来，"莱奥·格雷？不，这不可能，这究竟是怎么回事？什么恶作剧吗？！"

　　"你知道我的名字？"莱奥四处张望，试图找寻声音的来源，"这是否意味着你也曾出现在我昨晚的梦里？"

　　"你竟然还记得昨晚有做过梦？这就更奇怪了，就像你再次回到这里同样奇怪。"声音既像在抛出问题，又像在自言自语。

　　"我只知道自己曾经做过梦，关于梦的内容倒是完全不记得了。另外你刚刚说的那句'关于我再次回到这里很奇怪'是什么意思？"莱奥解释并追问道，"是没有想过这个梦会有幸存者，还是说幸存下来的人理应不会再做这个梦？"

　　"要么是架构出现了什么漏洞，或是你本身存在什么问题，但不论何种情形，你都不应该再次回到这里，除非，不，那不可能……等等，你说的幸存者又是怎么回事？"

"做过这个梦的人都死了，至少，我是这么被告知的。"

"死了？……"

"或许有人在利用这个梦境杀人。"

"不不不，一定是什么搞错了，"声音显得有些紧张，"这里可不是什么案发现场，对于那些死去的人我很遗憾，但跟这梦境可没啥关系。它被设计出来是用作救人而非杀人。额……也许，如果说真有些什么关联的话，那就能够解释为什么你会再次进到这来了……可那也意味着……"

"意味着什么？"声音沉默，莱奥问道，"那就请告诉我多一些关于这个梦的事吧，为什么会有人重新做梦，为什么做的都是同一个梦，而你又是谁，为什么会出现在这个梦里？"

"好吧，"声音叹了口气，"我叫茁声，是这个梦境的指引者，我本不该与造梦人有直接的沟通，尤其对方还是一个能够在梦境中拥有清醒意识的人，但如果真像你说的，有人因为这个梦境而丧命，那就意味着……所以……不论……"

"我有些听不清。"

"……能做的……他……"

"你在说什么？他是谁？"

"他……"

"莱奥？"

"但就算你……"

"莱奥？"

"资格，也没法单独……"

"莱奥？"

茴声的声音终于在一次次的干扰过后完全消失了。

"茴声？"莱奥试着呼唤，却听到了卢修斯的声音。

"莱奥？我成功了！"一缕青色的声纹出现在莱奥身旁，随即扭动出一个勉强能辨别的人形，"当然我不得不承认过程之中是走了些'岔路'，但幸好被我赶上了！你还好吧？"

"嗯，暂时没什么问题。"

"原来这就是那些代码所描绘的场景啊，不断重复的符号所代表的是楼梯！"显然进入梦境这件事儿让卢修斯激动极了，人形波纹在楼梯间不停晃动着，"接下来我们怎么做？那个象征着秘密的终点在哪儿？"

"不知道啊，"莱奥摊了摊手，"你晚出现几分钟的话，也许我就能弄清整个事情的始末了。"

"晚出现几分钟？什么意思？"

"没什么，"莱奥并没有马上说出有关茴声的事，他起身掸去衣裤上的尘土，端详起四周环境。他到处敲打墙壁，用力踩踏那些台阶，直至扬起的粉尘令他不停地咳嗽才停下，"没有暗门或者秘密通道之类的，这就是个普通的楼梯间。"

"这很奇怪，"卢修斯在静静地看完莱奥的一系列举动后说，"当做梦人拥有清晰的自我意识时，这种意识往往会对梦境造成不同程度的扭曲，由虚像向真实的转移消耗，或者说是真实对虚像的冲撞……"

"卢修斯……"莱奥打断他说,"能不能换个通俗易懂的讲法……"

"梦境是由你的意识构建的,在你不知道自己身处梦境的时候,构成这个梦境的意识包裹着你,所有的感知仅局限在这个梦境。而当你知道自己是在做梦的时候,你的意识是会凌驾于这梦境之上的,这样一来,你在梦境中接触到的一切也会受到你的主观意识影响而产生即时变化。例如,你如果希望在这里发现暗门或者秘密通道,你就应该在敲打墙壁或者踩踏台阶的时候找到它,或者至少,周边会有些其他的什么不一样。"

"但这里什么都没变。"莱奥从墙壁上撕下一片快要脱落的墙皮,而下一秒它便从他手中消失,原封不动地回到了原来的位置。

"对啊!这样一来就说得通了!"卢修斯恍然大悟。

"说得通什么?"

"我刚提到的'岔路'。起初这梦境对墨菲斯的侵入表现出非常强烈的抵抗,我以为是墨菲斯的功能不够完善,或者是你的潜意识过于强大。现在看来,这里根本就不是你的梦境。"

"不是我的梦境?"

"是的,也就是说,你,还有那些重新做梦的人,从未因为药剂失效而重新做梦,你们只是意识被带进了这里,一个由其他人构建出的梦境。"

"那这里是谁的梦境……"

"不过这从逻辑上说不通,墨菲斯从未识别出除你们之外的做梦人,况且将如此数量的意识带入,还能像这样保持着梦境的稳定性,需要消耗难以想象的能量,个体的大脑是无法承受的……所以这里应该是由很多人的梦境,按照一定的逻辑模式搭建成的。"

"每个人承担一部分的梦境构成,而且循环往复?可这样的话,那些人就需要控制自己梦到什么,而相关梦境又刚好与其他人的梦境衔接成一个完整的场景……这是可能做到的吗?"

"虽然这个假设有些离谱,但没什么是不可能的,"卢修斯说,"现在只有遵循梦的逻辑继续探寻,直到找到那个秘密。也许届时所有问题的答案会一并出现,或者那个秘密就是所有问题的答案。"

"那如果这个梦境的逻辑只是个楼梯间的话,无非只有两个终点可选,下去还是向上?"

"或许没有选择……"卢修斯说出这几个字的声音有些颤抖。

人形的黑影再次被映到了下方的墙上,随着灯光摇晃得令人心慌。只是一眼,那彻骨的冰寒便在下一秒袭遍莱奥的全身,恐惧化作泪水,不由自主地夺眶而出,而他的目光再也无法从黑影身上抽离了。

"他们来了!"

"茵声?!"莱奥回过神来。

"什么茵声?你在说什么?"

"就是刚才的声音,你没听到么?"

"刚才的什么声音?"卢修斯更加紧张了,即便他的理智在不断提醒自己,在这里他是不会受到任何伤害的,但由黑影散发的敌意是那样真切。

"向上!快!"接下来的,又是永无休止的追赶与停歇,恐惧战胜理智,疲惫冲散恐惧,周而复始。

"不用跑了……咳……那些黑影似乎并没有追上我们的意思。我猜大概是这个梦境的设定,只要看向那些影子,就会感到莫名的恐惧。所以他们更像是在规划造梦人的行进路线,而非一场真正的猎杀。"

"但你确定他们所规划的路线是我们应该去的吗？"莱奥停下脚步，气喘吁吁。

"保险起见，我们就先等在这里吧，"卢修斯看了眼上方第66层楼的标记，"等闹钟响起或者其他什么能让你醒来的事件打破这僵局。"

"等在这里？不能用墨菲斯直接唤醒我吗……"

"已经试过了，打从进来之后，我便无法再向墨菲斯下达指令了。"

"好吧，那待会闹钟将我唤醒之后，你怎么办？"

"随着你的意识封闭，我应该会被强行脱离这个梦境，"卢修斯说，"但愿会吧。"

就像之前每次驻足，莱奥面朝着黑影方向坐下，闭上眼睛，心中的恐惧便消失了。呼吸逐渐平复，他就那样静坐着、等待着，直到一股刺鼻的腥臭气息钻进鼻腔。同时，他也感到身后似乎正有什么在不断地推搡着自己。

"莱……奥……？"卢修斯的声音再度响起，"你……的身后……"

他转过身去睁开眼睛，紧接着几乎是吓得跳了起来，湍急的鲜红已经淹没上方的阶梯，正在快速地向他倾泻而来。

"我记得在那些重复的代码之中总会有一条怪异的代码穿梭其中，而终点就出现在这条代码的源头。"卢修斯也被这突如其来的异象震撼到了，但与遇到黑影时不同，此刻的他竟然有些兴奋，"下个楼梯间，莱奥！终点应该就在下个楼梯间！"

继续向上，汹涌湍急的血河像是有意识般避开了莱奥的每一次落脚，他能感受到它的流动却不被其触碰，正如自己方才感受到了它的湍急，身上却未曾留下半点血渍。

"那有扇门！这是之前从未出现过的景象，不是吗？那里应该就是终点，没错！终于！那个秘密……"卢修斯激动万分，"那个秘密应该就在它的后面！……？……莱奥？你怎么停下了？"

他没有回应，而是静静地站在原地，眼前是由数不清的头骨挤压拼凑成的阶梯，在血河的冲刷下显得尤为可怖，卢修斯口中的那扇门就矗立在这阶梯的尽头，四周透出微弱的光。

"怎么回事，你在犹豫什么呢？！"

"那是之前所有梦境终结的地方，对吧？"莱奥说，"也是除我之外的造梦者丧命的地方。"

"这么说来好像是的……"卢修斯冷静下来道，"我们确实该做好更为周全的措施再来，不能让唯一的幸存者冒险。"

"没人在利用这个梦境杀人……"

"什么？"

"没人在利用这个梦境杀人……"

"你在嘀咕些什么啊？"

"我明白了！"莱奥喊出这句，不顾卢修斯的制止，坚定地向着下层的黑影冲了过去。

第七章

其他的幸存者

"你到底知不知道当时自己在做什么？！"莱奥才迈进织梦协会的大门，卢修斯的愤怒便响彻了全屋，"完全不顾我俩的安危！如果不是闹钟响得及时，我都无法想象会发生些什么！"

"啊？我能想象啊，大概能发现那个秘密。"莱奥回应得倒很轻松，当他绕过一堆堆文件，走到房间正中，才发现此时卢修斯的身旁多了三个完全陌生的人，"这几位是？"

"昨晚梦境的幸存者，达里斯的克莉丝汀、霖，还有卡兹陌的克里夫。"卢修斯逐一介绍着，"这是刚刚给你们提到过的莱奥，第一位幸存者。"

三人尴尬地向与自己拥有着相同姓氏却无半点血缘关系的莱奥打了声招呼，然后又各自恢复到了起初的状态，克里夫眼神空洞地盯着地面，克莉丝汀和霖则相互依偎，满脸的恐慌和不知所措。

"他们还记得那个梦境？"

"嗯，这次是他们主动叙述了昨晚的情况，是那个梦境没错。而且，克莉丝汀和霖昨晚都到达了第 67 层，见过那个终点。"

"昨晚探测到的梦境总数有多少？"

"36个,其余32人的死亡档案已经留存在科尔了,死因无一例外,脑部异常。"

"你已经看过那些梦境代码了吗?"

"还没有,既然都知道了梦境的内容,那些代码也就没有什么分析价值了。"

"还是看看吧,昨晚所有梦境的源代码。"

尽管感到不解,卢修斯还是向墨菲斯下达了指令,那些长短不一但构成相似的数据瞬间铺满了屏幕。

"看,和之前没什么不同。"

"代码的结构没有变化,但它们所代表的意义已经变了。"莱奥盯着屏幕上代码的结束部分,"之前我们认为梦境杀人的依据在于所有被害人的源代码都有着相同的终点,但很显然,克莉丝汀和霖与那些已经受害的做梦人有着相同的代码结尾,但她们幸存了下来。"莱奥分析道,"所以杀死那些人的不是那个梦境。"

"相同的终点……"卢修斯转向克莉丝汀二人。

"一扇古老而厚重的木门,那是梦里最后出现的场景,像是爬满了藤蔓的古树,还会偶尔冒出绿芽,就像……就像……"脑海中头骨阶梯跟黑影的出现,扰乱了克莉丝汀的描述。

"就像那门还在生长一样。"霖接着说,"那也是我在梦里去到的最后一个地方,毕竟那扇门挡住了之后的去路。"

"你没有打开那扇门?"莱奥问。

"不是没有,是没能。我记得在那门上刻着一段话,大概意思是'说出你的名字,门就可以打开'之类的,我不知道为什么自己能看懂古城语,但还是照做了,在那儿不停地喊自己的名字,但什么都没发生。"

"我也没能打开那扇门。"克莉丝汀小心翼翼地补充道。

"所以这段相同的代码结尾所代表的便是那扇门外的场景,也就是说目前还没人通过那扇门,"卢修斯皱眉思索片刻,"不对,这只能说明造梦者的遇害条件不是遇到那扇门,但没法证明那些人不是被梦境杀死的,不是吗?"

"目前为止的推论都太过于聚焦在那些代码的结尾了,其实还有另一个应该考虑的因素,"莱奥示意他们看向屏幕,说,"代码的长度。当然每个人进到那梦境的起始时间不同,初始楼层也并不完全一致,所以单独比较代码长度的意义不大,但如果加入时间为考量,将所有代码排在一起,就会发现,昨晚只有他们三个的代码长于我的,也就是说,只有他们是在我醒来之后才结束的梦境。"

"所以结论是在你之后醒来的人可以幸存下来?"卢修斯调出更早些的数据进行匹配,"但你看这些已经确认了死亡的造梦者,他们也是在你醒来之后才结束的梦境啊……"

"那些是我第一次做梦时,同批的受害者。"

"什么第一次,第二次,代码所代表的完全一样,不是吗?"

"第一批的幸存者只有我,其实没什么规律可循。这一次有了他们,共性就很有可能是幸存的条件。"莱奥分析道,"之前我们都太执着于那个梦境的内容,但现在想来,整个事件中有一点至关重要,就是卢修斯,你。"

"我?"

"他们之所以能够幸存是因为在我醒来之后才结束梦境,而这样才会给了你足够的时间去拦截并且替换掉他们的检测报告。"莱奥看着一脸惊讶的卢修斯接着说,"我的第一次幸存,恐怕也是因为你的无心之举,拦截掉原本该上传到'科尔'的报告。所以从来不是我们有多么特别,你才是整个事件的关键。"

"这么想来,第一次在拦截掉你的检测报告后,我的确是担心篡改痕迹会被追查所以没有在短时间内继续,而昨晚我也的确是只有机会拦截下他们三人的报告。"

"如果不是梦境在杀人,那些人又是怎么死的?"这样的推论显然没能给克莉丝汀多少慰藉。

"如果每一个梦境都对应着一份'脑部异常'的报告,而每份报告都对应着一条死亡记录,那在这期间介入的一方就会是凶手。"

"'白鸦'?……"卢修斯连忙摇头否定着,"如果真的是'白鸦'所为,那就意味着这一切的背后会是那位大人……不不不,这太荒谬了,他没有理由要这么做。"

"理由我想大概也是对那个秘密的窥视吧。"莱奥说。

"秘密只是我用来解释之前那些死亡的一种猜测……"

"但那些死亡恰好也证明了总有些什么在那个梦境中,不是吗?"

"不,不会是'白鸦',怎么可能会是那位大人……"卢修斯的呼吸变得沉重起来,"或许,或许是其他什么人在利用梦境杀人也不一定……"

"没有谁在利用这个梦境杀人。"

"什么?"在听到这句话时,卢修斯停止了神经质般地碎碎念,直愣愣地看向莱奥,"这是你在梦境中不停重复的话?"

"这是一个自称为茴声的声音,在你进到我梦境之前说的。"

"梦境里的声音?我记得你提到过,但我的确什么都没听到。"

"那时我正与'她'确认这一切究竟是怎么回事,紧接着你就进了梦境,那个声音就再也没响起过。"

"这么说来,我也听到过一个奇怪的声音。"霖看向克莉丝汀,她也表示认同地点了点头。

"虽然不确定是不是你所说的茴声,但梦境里的确是有个声音会不停地说'他们来了,他们来了'之类的……"克里夫也回忆着。

"如果茴声是这个梦境的设计者或者什么其他角色,那这梦境是否能够杀人,她应该再清楚不过。可茴声彼时所表现出的惊讶,以及那些黑影的行为模式,让我几乎能够确认那个梦境本身对造梦者没有任何的危害。"

"那是不是意味着我们就不会因为做梦而死去了……"克莉丝汀依旧浑身颤抖,"像你之前说的,是不是只要能及时地拦截报告的话……"

"我想我可以试着做一些设置,在墨菲斯定位到造梦者的同时,便确保他们的信息会被自动拦截下来。"卢修斯说。

"恐怕不能这样做,或者说这样的做法不能持续太久,"莱奥叹了口气,"也许我们找到了造梦者不被杀死的方法,但仍对这个梦境存在的原因一无所知。达里斯在其中的角色到底是什么?很多问题都还没有答案。短期内的拦截是可以的,但在之后我们只能恢复'正常'。"

"恢复'正常'?眼睁睁看着更多的人因此死去?这就是你的计划?"克里夫说。

"过去的一年,几乎每天都会有'脑部异常'的检测报告上传,如果突然再也没有新增记录了,如果你是'白鸦'会怎么做?"

"会检查并确认'科尔'的记录,然后发现数据异常,继而……"汗珠在卢修斯脸上划过,"定位到我们的存在……"

"所有被救下的造梦者最终还是会难逃厄运,"莱奥说,"虽然这么说很残酷,但'拯救所有人'并不会是个一劳永逸的办法。"

"必须在接下来的梦境中,尽可能快地找到那个秘密,"卢修斯说,"关于那个秘密,你有什么头绪么?"

"还记得在梦里,你关于'黑影只是带来恐慌'的那个推论么?"莱奥说,"其实我之后一直在想,假设他们的存在是为了规划造梦者的行进路线,有没有一种可能,就是作为恐惧的化身,他们其实是在防止造梦者到达真正的终点呢?"

"你是说向下才是真正的终点?"

"我只能说不排除这种可能。毕竟故事书中有恶龙的地方也同时存在价值连城的宝藏,不是吗?"莱奥停顿了一下,"还有你在描述对卡罗尔的调查时曾说过,'那感觉就像走下一个漆黑的地窖'。我猜那大概是你们最初结论的一部分,即便在你失忆之后,它仍存在于你的潜意识中,被你不经意地表述了出来。"

"很难相信你在那样的环境下还能做出如此分析,"卢修斯有些佩服道,"这就是你突然向下冲去的理由么?"

"嗯,"莱奥点了点头,"所以如果能再进到那个梦境当中,我们也许都应该继续向下探寻,希望到时候能找到些什么。"

"要面对那些黑影么……"克莉丝汀说。

"等等,你说的'如果'能再进去的话是什么意思?"

"梦境中,茴声对我能够再次去那里表示了疑惑,我猜关于那个梦境的设定中也许有一条,就是每个人只能进去一次。"

"是吗,那太好了!"

"但你进去过两次,"卢修斯说,"那个茵声有说过原因么?"

"没有。"

"那也就是说,还是有可能再次入梦的。"克莉丝汀与霖失望地说道。

"我们会尽力配合。"克里夫这样回答,心里则在祈祷昨晚的经历不要再现。

"无论谁能够再进到那个梦境,都要去尽力验证刚刚的推论,在那个所谓的秘密被找到前,没有人是安全的。如果我们当中没人能够再回去,"莱奥看向卢修斯,"你就得进入那些新造梦者的梦境中做下指引了。"

"好,接下来我得研究下同时观测和介入多个梦境,这样成功率也许会大些。"卢修斯紧皱眉头思索,怀表也恰好在此时嗡鸣起来,"现在,是时候送你们回去了。"他唤来两名'助手',金属四肢向两端拉伸,身体延展成了两座闪烁着不同色彩光亮的传导门。

"记得不要跟任何人提起在这里发生的事情。"他提醒着三人,"蓝色通往达里斯,绿色通向卡兹陌,可别走错了。"

"你能启用传导门?!"莱奥不禁惊叹。

"不然你以为我是怎么把他们弄来赛尔的。"卢修斯骄傲地推了推眼镜,三人向他们点头示意,转身消失在了各自的门中。

"我的传导门呢?"

"像之前一样,出门右拐升降舱。"

"偏心是吧?"

"你想我冒险在赛尔里制造一个通往赛尔的传导门？"

"算了，看在你救过我的分上。"

"莱奥，"卢修斯叫停了他，"你有没有觉得自己有什么不同？"

"我？不同？"

"只是确认下那个梦境是否存在其他的影响。"

"除了睡醒之后更加疲惫之外，暂时还没其他的感觉，"莱奥看着欲言又止的卢修斯，"有什么是需要我知道的吗？"

"没……没什么，我只是在想，或许只有你才能找出那个秘密。"

"老实说，卢修斯，我只希望一切都能回归正常。"莱奥无奈地笑了笑，消失在了房间尽头。

宾客离场的织梦协会，助手们重归忙碌。它们穿梭在堆叠如山的文件之中，偶尔碰倒一些，纸张纷飞，散落作毫无规律可循的网，落于正中的是份死亡档案，所记录的恰是数十年前在此处不幸离世的人们，"卡罗尔·琼斯""杰斯塔·莫尔"……还有"卢修斯·克鲁格夫"。

第八章
故事之夜

夕阳将整个砌斯特广场淋成柚粉色，成百上千辆飞弹列车排列至此，等待再次连接起裂痕两端，运送人们去继续今日的精彩生活。

莱奥、奥斯卡和加斯史无前例地选了辆最不起眼的纯色列车，并排坐下，一路无话。车窗外的落日，还有它渲染出的绝美晚霞，是无论见过多少次都还会不禁发出感叹的景色。他们在穿越大裂痕后的第一个停靠点下车，这里是达里斯生活区域的外圈，没有精彩的霓虹，没有热闹的集市，几乎没什么人会在这个时间选择此处停留。

"这下该给我们说说了吧？！"待到一同下车的两个女生嬉笑着走远后，奥斯卡终于开口，"你也真是沉得住气，能一整天只字不提。"

"我先设置下路寻指引，"莱奥左手扭动了几下，阿斯特城的全息影像出现在三人面前，"'断脚章鱼'酒吧。"

"目的地行程较远，是否预约周围的飞弹列车。"

"步行指引模式。"

"正在指引，'断脚章鱼'酒吧。"

"喂，算上捷径也要走上一个多小时啊……"加斯看了眼路线道，"我们去'断脚章鱼'打开静音帷幕聊不行么？"

"那可不行，我一刻都等不了了，"奥斯卡则是猜到了莱奥的用意，"你早就该好好锻炼锻炼了，瞅瞅你那肚子。"

"可这个距离非把腿走断了不可……"加斯边抱怨边紧跟上二人，"但愿是个值得的故事。"

"首先，是那个梦境的内容……"莱奥开始了讲述。

"你认为'白鸦'是幕后黑手？！"

"嗯，不过也就只是个理论，"莱奥说，"就像卢修斯的其他理论一样，都没有直接的证据。"

"可整个过程听下来，这是唯一合理的可能。我的天，'白鸦'杀人事件！这可是连科幻小说都不敢写的题材吧！"奥斯卡表现得有些激动，"难怪你连静音帷幕都不信任，非要这样才肯讲给我们听了。"

"我不确定这种方式是不是就绝对安全，毕竟整个阿斯特城都在达里斯的监控之下。"

"可是你们真的要继续下去么，探寻那个所谓的秘密？"奥斯卡表情担忧地说，"如果这一切真的与'白鸦'有关，就意味着整个事件的背后是那位大人，总有种不太好的预感。"

"确实，没有什么比那更糟的了不是吗？总之先找到那个秘密再从长计议吧，毕竟……"莱奥像是突然间意识到了什么，停下了脚步。

"怎么了？"奥斯卡问。

"从刚刚开始，你没发现周围有什么不对劲么？"

"不对劲？"奥斯卡警觉地环视起四周，单调的路灯守着空荡的街道，闪烁的霓虹将远处的天空映得缤纷异常，"好像是有什么不对，但又说不出哪里不对……"

"总感觉少了点什么……"

"加斯？"

"我的天，他人呢？！"奥斯卡赶忙重连了通讯，然后见到数十条讯息不停跳动的壮观情景，"加斯？你在哪？！"

"离你们大概有几公里吧……"加斯表情平和，不慌不忙地将位置共享在了通讯地图上。

"你在那儿干什么呢？"

"走累了啊，喊了半天你们没人理我，"加斯一脸无奈，"我就只能慢慢跟着，直到看不见人影，就干脆在路边歇着了。"

"那为啥不通讯我们？"

"你猜猜为啥？咱们不是一下飞弹列车就把通讯器都关闭了吗，防——止——被——监——听——这下倒好，故事没听到不说，连人都联系不上。"加斯抱怨着。

"好吧，是我们的错。"见到加斯并无异常，奥斯卡也就安心了，毫无诚意地抱歉道，"不过你是从故事的哪段开始'掉队'的啊？"

"从卢修斯进到莱奥的梦境那段吧。"

"也就是说，从故事的一开始你就没跟上了？"

"这里的空气太压抑了，走得费劲。"

"要不你唤个飞弹列车吧，咱们直接在酒吧碰面。"莱奥和奥斯卡哭笑不得。

"意思是你们已经结束了？我可什么都没听到啊！到了'断脚章鱼'再简述一遍呗？"

"没那机会，改天吧，今晚还有费奇的故事呢。"奥斯卡脱口而出的瞬间，意识到了他们犯下的致命错误，"糟了！费奇的故事！"

古城中的共和日庆典预演，吸引了近半数的阿斯特人前往，将今夜光顾"断脚章鱼"的人数也削了大半，进而导致莱奥他们"混入熙攘人群"的计划还未执行就失败了。此时此刻，那个男人正在吧台后怒气冲冲地瞪着他们。

"完蛋。"三人互换了眼神，硬着头皮走上前。

"我说过今晚要早点的，不是吗？！"费奇把酒杯拍在吧台，吓得一旁还在攀谈的顾客坐远了些，"结果你们比任何日子来得都晚！"

"别生气，有些工作上的事耽误了。"奥斯卡连忙拿起一瓶沙尔迪诺赔着不是，那大概是在"断脚章鱼"里能买到最贵的酒，将酒杯填了个满，递给费奇赔笑道，"算加斯的。"

"凭什么算……！"加斯刚要说些什么，对上费奇转投来的目光，立马怂了下去，"……我的，算我的。"

"嗯，不愧是沙尔迪诺。"费奇饮尽了杯中的酒，笑容重新绽放在脸上。他满意的抿了抿嘴，扭头向始终一言未发的莱奥，"倒是你小子今晚怎么这么安静？"

"啊？没有吧。"莱奥见到对方看他的眼神中分明有一丝不安一闪而过。

费奇竟在害怕自己？真是个莫名其妙的想法。

"算了，准备开讲！"费奇则像什么都没发生一样，变戏法似的摆出几杯早就准备好的桑德卡酒,推到了三人面前,浓郁的腥味混杂进花瓣的清香,瞬间涌进他们的鼻腔,"今晚的故事得配这种烈酒才行。"

"桑德卡……"奥斯卡极不情愿地接过酒杯,杯中鲜红的花瓣在浑浊的灰色液体中起伏。

"今晚的故事,名为独眼狮子!"静音帷幕徐徐落下,费奇刻意地清了清嗓子,开始了讲述。

当天上出现第三颗硕星的时候,兽群便来了。

它们并非来自去年探索过的星系边缘,这是唯一能确定的事。没有侵入痕迹,也没人认为自己的星球会孕育出那样的怪物。毫无征兆的,世界的各个角落同时受到了兽群的攻击。它们并不以人类为食,行为也不像在抢夺资源,只是单纯地享受着破坏,竭尽全力地去毁灭所能触及的一切。

那一天,继任不久的女王召集起了第四次的"九角桌①会议",距离上一次只有短短一周。

"这么快便又召集诸位,实属抱歉。"九角桌前,年轻女王话语温柔又有力,"虽然北方的收复进展顺利,各处兽群的规模也在逐渐缩小,但恐怕这并不意味着事情会向好的终点发展。瑞恩尼尔,还请把'千眼'最新的观测向各位讲述一下。"

"遵命,女王大人!"被唤作瑞恩尼尔的男人,因为正在执行的任务并未到场,只有全息影像端坐在第三角的位置,斗篷下的面庞像是被抽干般地塌陷了下去,陡峭的鼻梁托住月牙形的眼镜。"之前兽群无差别地出现与破坏,毫无规律可循。但过去的一周,几乎所有区域内的兽都停止了疯狂的攻击行为,而是快速地向着一个目的地迁徙,如果'千眼'的推演正

---

① 九边形桌子,每个桌角的位置都有一个兽角的造型。

确,这个目的地会是曼德拉斯。"

"曼德拉斯？！那个破地儿有什么可去的？"影像左边的男人将粗硕的臂膀搭在桌上,臂甲边缘尽是凝结的霜,一枚巴提[①]纹章闪闪发亮。

"众所周知,曼德拉斯的确是没什么富饶资源,就连位置也无丝毫的战略意义。极端的温度变化还有遮天蔽日的瘴气层,任何生命体都无法在那里存活,兽的行为更像是种集体自杀。"

"上一分钟这帮杂碎还搞得我们焦头烂额,下一秒就如此简单地涌向毁灭了？"

"完全不符合逻辑,是的。所以在女王的特许下,'千眼'寻求上古遗迹的知识,在一段未曾流传下来的异教徒歌谣里,找到了整个事件唯一的可能性。"瑞恩尼尔用他那双枯瘦的手在桌面敲击了几下,一段诡异的旋律在大厅中响起。

…………

来吧,快到曼德拉斯来吧,
找到他们作为圣人的遗迹,
呼吸这里充满毒瘴的空气。
来吧,快到曼德拉斯来吧,
带上你们成为罪人的印记,
狂喜吧,突然醒来的尸体。
从零数到百,从百回到七,
他们将那唯一的救赎封闭,
六十七座巨门,无从开启。

---

① 传说中的人形巨蟒,拥有着庞大且柔软的身躯,据称其多见于严寒之地,可呼风唤雪,吐气成霜。

来吧,快到曼德拉斯来吧,

带上整个星系的最强兵力,

敲击!敲击!无处逃避……

此时的"断脚章鱼",费奇正在倾情唱述,粗犷的声线与诡谲的旋律被生硬地扭在一起,显得格格不入。

"这是不是有点卖力过头了……"奥斯卡戳戳身边的二人,压低了声音道,"为了讲个故事,编了首曲子,还跑调得厉害。"

"哪里跑调了?只是编曲上有些特别而已。"加斯假装专业地评价。

"你什么时候成为乐律专家了?"

"你那些歌才叫跑调吧。"

"你懂什么!"

"别闹了,他快唱完了。"莱奥制止道。

歌声停止,费奇深呼吸几下睁开眼睛,见到三人好奇又认真的面庞,于是心满意足地继续讲了下去。

那首歌谣就像有着什么魔力,听到的人眼前仿佛都出现了那块贫瘠的土地,到处是泥沼还有扭曲着的黑色藤蔓,偶有影影绰绰的火光出现在毒雾弥漫的远方,像是在引诱人过去,又像是在警示人远离。

变异的秃鸦,利爪深深扣入被撕开的尸体,呆滞地悲鸣,这里没有能供它们进食的大餐。即便这具新鲜的尸体上血迹还未干涸,但躯体却干瘪得像是被丢弃了百年一般。恐惧从来只会催生出对生存的执念,而此处永存的便只有空洞的绝望。

紧接着,风格迥异的大门在这荒凉之地逐一显现,出现的突然,又好像一直都在那里,一共67座,至少歌谣中是这样唱的。每座都是独立的存在,却同时能感受到它们彼此间紧密的联系。幻象中他们走向距离最近的一座,触碰上去,其他的门前便会分别出现一个自己,66颗相同的脑袋以不可思议的角度转向本体,脸上的笑容阴森诡异。当他们同时将手向前伸去,67座大门应声开启……

"想必各位已经看到了这首歌谣想要传递的景象了,"还未能窥见门后的场景,歌谣便戛然而止了,众人的思绪也瞬间被扯回现实。瑞恩尼尔缓缓地将耳塞取下解释道,"这首歌谣应该是使用了一种古老的精神术法进行编曲,通过音律的波段变化向听者实施催眠,在脑海中形成预设的场景。'千眼'根据那些出现的画面,并结合其他史籍中对于本地信仰的零星记载,现阶段可以确认到的是共有67座门散布在整个曼德拉斯地区,被那些原住民称为'曼斯卡之门',传说中它们会在特定的情境下开启,是连接着异世界的通道。"

"异世界? 这可越来越离谱了。"

"目前猜测大概是连接某个或者某些空间的虫洞,当然,现存的古籍中均没有对这个词的详尽说明,所以无法确认,"瑞恩尼尔停了停,"可以确认的是,兽群在曼德拉斯的目标,就是那67座'曼斯卡之门'。"

"这是你的结论还是'千眼'推演的结果?"

"这二者的差别会给你带来什么困扰么,塔伦德斯?"瑞恩尼尔转身向身边的男人冷冷地反问,然后没等回复就继续道,"'千眼'对曼斯卡之门的安全等级认定为'威胁级',所以无论兽群的目的是穿过那些门去什么地方,还是打开那些门释放什么东西过来,单是开启那67条通道的行为本身,足以扭曲整个星球的空间稳定性,是对所有生命体的威胁。"

"谢谢,瑞恩尼尔,这些已经足够了,"女王冲他点了点头,把话题接了过去，"我们也许没办法在短时间内查清兽群的来源，但既然知道了它们的去向跟目的，我希望巴提能立刻对该区域做出支援，尽管我知道这个请求有些过分，毕竟阿索卡的战役才刚刚结束……"

"只要您一声令下，女王陛下，巴提的战舰明晚就会铺满曼德拉斯的整片天空，"塔伦德斯致了个不怎么标准的军礼，然后又把左臂习惯性地放回了刚才的位置，"再说阿索卡的战役不算什么，那里都是3级以下的兽，我们甚至连点伤亡都没有。"

"阿索卡及其以北区域常年冰寒，巴提在严寒的气候下战斗本来就有优势，没什么好吹嘘的。"一直在女王旁保持沉默的红发男子开口说，"但曼德拉斯是块从未做过战事模拟的区域，因为想不到有什么理由会让人在那里开战，况且现在兽群正在源源不断地涌入那里，其中不乏2级甚至是1级的兽。如果这真的是场关乎星球存亡的战役，单靠巴提的战力并不保险，需要结合其他力量。"

"这也是我想说的，莱克斯。对于这场战争，我们要做更为充分的准备。所以……"女王看向红发男子，坚定地说，"我希望狮侍①能够协助巴提，一同前往曼德拉斯。"

"如果这是您的意志，那必将会被履行。"莱克斯眉头一皱，毕恭毕敬地回应，"但请我恕直言，女王陛下，狮侍自成立之初的职责便一直是镇守王殿及中部地区，如果将他们送去曼德斯拉，恐怕……"

"你该不会是怕了吧？"塔伦德斯挑衅道。

"你应该很清楚我想表达的是什么，"莱克斯面无表情地回应。

"我不知道你想表达什么，巴提不能独去，狮侍又不能离开？"塔伦德

---

① 女王的护卫团，以狮子为纹章形象。

斯哼了一声,"你该不会是想把希望放在那些附属地界的佣兵身上吧？随便几头4级兽都能让他们从这世界上彻底地消失。"

"如果这会是场决定星球存亡之战,自然是要团结尽可能多的力量,而除了狮侍、巴提还有附属地的势力之外,还有一股强大得多的势力可以为我们所用,"不顾塔伦德斯暗示性的摇头,莱克斯向对角处空空的座位看了一眼,继而进言道,"女王陛下,我在此提议将双头龙召回,协助巴提御敌。"

"呵,背叛者。"机械声线让本就简短的话语更显冷漠,类人卡文迪许盘腿悬浮在第七角之上,亮绿色的光纹在纯白的机体表面涌动,时隐时现。

"他们从未背叛任何人,是因为我们的过错使其背上恶名！而这次正好是双方可以冰释前嫌的机会。"

"我们不与背叛者交涉。"

"也许应该把你的那些教众送上战场,亲自感受一下你们口中的那些'叛徒'曾经为这个世界付出过什么。"

"机械教会参与过这个星系的每一场战役,无论是以载具的形态,还是化作你们手中的武器。科技成就了这个星系,守护着这个国度,还有你们的血肉之躯。"

"要我提醒你七年前的那次核心叛变么？"

"你怎么敢将异教徒与机械教会相提并论！"卡文迪许的面纹及双眸转红。

"够了！"女王制止了争执的继续,"很抱歉莱克斯,我不认为自己可以在短时间内处理好这件事。我们不能以整个星球的命运去赌一个不确定的结果。狮侍与巴提的合作会是最好的选择,曼德拉斯的战役我们不能输,即使获取胜利意味着要牺牲皇室或是舍弃整个中部地区,也在所不惜。况且兽群涌向的目标是曼德拉斯,这就意味着皇宫是暂时安全的,倒也不必担心……"

"女王……陛下……请原谅……"瑞恩尼尔断断续续的声音将众人的注意力引了过去,他的影像也同时抖动起来,"我的……冒昧,有……坏……消息,'千眼'刚在……'里区'侦测到了……兽……群……"

"这里有兽群?!为什么不早点说!"塔伦德斯怒拍着桌子。

"没有任何……征兆……和其他……地方一样,兽群就突……出现……那儿了……"影像像是受到了极大的干扰,抖动摇晃地更厉害了。

"目标级别是?"莱克斯连忙唤醒臂甲上的战备装置,而代表狮侍战团的指示灯却一组组地熄了下去。

"0……级……"

"0级?!那是什么?百倍于1级的破坏力?"塔伦德斯惊讶地问。

"根据……它……的能……释放……能已……没……法之前的……定义……"影像终于在剧烈摇晃后完全消失了,众人勉强从残留的语音中辨别出了瑞恩尼尔最后的那句话:

"它们来了!"

第九章

独眼雄狮

在瑞恩尼尔的影像消失后，莱克斯才注意到九角桌的震鸣。那张需要十几人才能抬起的桌子，此刻正颤抖地低泣着。

"塔伦德斯、卡文迪许，带女王离开这里。"莱克斯立即起身道。

"离开这儿？"塔伦德斯道，"还有什么地方会比这里更安全？"

"狮侍已经全军覆没了。"

"你说什么？！"塔伦德斯一脸的不可思议。

"没时间了，带女王离开！"

沉闷的轰鸣声淹没了他们的对话，由努曼合金加固过的正门在瞬间破裂，冲击的残余席卷了整个厅堂。

它出现在尘土之后，皮毛被鲜血所浸透，利爪嵌裂地面，椎骨般的尾巴像座来回摇摆的坟场，端部聚集了那些试图反抗人们的残骸，密密麻麻的，令人望而生畏。

莱克斯自然见过兽，但没有什么可怖的词汇足以形容眼前的这头。不像巴提，作为最后一道防线的狮侍很少有机会如此直面死亡本身，始于生命的恐怖，无处躲藏的绝望。

"发什么呆啊！"见莱克斯愣住不动，塔伦德斯吼道。

"死神"面前，再短暂的停滞也会是致命的。"坟场"只是轻摆了下，便将莱克斯的动力甲击得粉碎。鲜血喷涌，清醒是被那种撕裂心肺的痛感拉扯回来的，被击飞的过程中，莱克斯勉强地调整身体姿势，以应对兽接下来的一击，但兽却向女王扑去。

利爪落下的冲击震飞了莱克斯扔到的剑，也模糊了众人的视线。没有时间懊悔，起身的莱克斯立即冲向兽的方向，零星的冰晶自他脸庞划过，待到扬尘散去，他终于看到了兽，而它方才的攻击则被停止在了女王上方。

紧绷到极限的肌肉，崩裂开的臂甲，以及滑落下的厚重披风，塔伦德斯硬生生地接下了这击。数十根利刃从他的拳套钻出，毫不犹豫地扎入兽爪，扭动着刺进更深的地方，冰霜也随着尖刺迅速在兽的体内蔓延。显然冻结住如此庞然大物需要更多的时间，但兽的二次攻击已经来了。塔伦德斯周身的空气由于被快速压缩而炙热无比，可无奈他的双手已与兽的左爪冰封在了一起，无法在短时间内撤离。

雷声早于利爪的挥下，而电光则更是在这之前便切断了兽的右爪。莱克斯双手持剑，挡在了女王和塔伦德斯之前。

"发什么呆啊？"莱克斯说。

塔伦德斯嘴角扬起，紧接着深吸口气，双臂的青筋随着怒吼暴起，拳套脱离，他将那半身已化作冰柱的兽猛地向前推去，卡文迪许的火炮紧接着炸上了冰柱，兽身随即四分五裂。炮火飞来的位置，卡文迪许面无表情地浮在空中，正看向这里。

"它……死了么？"女王努力平复着心情。

"恐怕没有。"卡文迪许透过尘土看到兽的主体四周生出了层坚固的气膜,残破的躯体正在其中快速再生着。

"带女王离开这儿,"莱克斯再次说道,"我来掩护。"

"你来掩护?我怕你待会儿被打飞的距离比我们跑出去的都远。"塔伦德斯整理着臂甲,站到莱克斯的身旁,"刚才是谁见到比自己大一些的猫就动弹不得来着?"

"是时候离开了。"卡文迪许提醒着女王。

"我可以留下一起战斗。"女王继承了上千场战役的记忆,其中不乏独自面对强敌。

"恕我们不能冒这样的险,女王陛下。况且使出全力的话,这里仅我们二人就够了。"守卫王室的誓言与狮侍覆灭的愤怒让此刻莱克斯的目光格外坚决。

"明白了,"女王对于那样的眼神再熟悉不过,"你们一定要活着。"

"你还可以吗?"莱克斯看着女王离去的背影放下心来,转向塔伦德斯道,"自杀式地接下那一击,伤得不轻吧?"

"别提了,机械教会制作的破玩意儿真是半点都靠不住,"塔伦德斯卸下臂甲,鲜血从显露出的伤口中汩汩而出,"你呢,那番使出全力的鬼话,难道你还有所保留么?"

"问题应该是,接下来你还要有所保留么?"

"什么意思?"

"那身特制的动力甲不是起保护作用,而是用来限制你的能力吧。"

"你怎么知道?"

"狮侍圣典中有一段是关于巴提诅咒的,以及克制方法。"

"防止巴提叛变?怪不得你们狮侍没什么朋友啊,"塔伦德斯说,"不过这诅咒有些麻烦,需要点时间激活。"

"明白,我来争取你需要的。"莱克斯说罢便提剑冲向了开始起身的兽。

耀眼的电光很快将兽包裹其中,锋利的剑刃以极高的速度游走,切割其所能触及的每一处兽身。可即使是再深的伤痕,也几乎会在瞬间愈合,很明显重生后的兽所改变的不止其外观。莱克斯斩断它还未完全聚合的爪,便有成倍数量的细长利爪从伤口处长出,扭动地伸向莱克斯,像极了布满利齿的触手。过不多久,不停再生的兽又扭曲成了另一副模样。

"塔伦德斯!你还准不准备上了?!"动力甲传来了能量衰竭的预警,闪动电光也放缓减弱下来,增生出的触手则趁机涌向莱克斯。

砰!兽被狠狠地砸了出去,冻结的触手在空中碎裂散落。此刻的塔伦德斯已卸去动力甲的束缚,裸露的上半身布满着纹理,像冰川的裂痕,又或是上古的神语,寒气随裂痕的闪耀在他周身缠绕,缓缓流动。

"这就是巴提的诅咒?"

"这是开心的时刻,"他笑着,那是莱克斯见过最冰冷的笑容,"现在轮到我了。"

0级的兽,异化的怪物,总之是那头有点可怜的东西,几乎是被撕碎的。但场景并不血腥,塔伦德斯将其冻结、击碎,缤纷的冰晶撒满了整个厅堂,竟有种诡异莫名的艺术气息,冰冷的艺术气息。

来不及再生,兽在他充满寒意的目光中湮灭殆尽,只剩下最后一颗像果核般的雾体漂浮着,它非但没有被巴提的冰霜冻结,相反还在不断吸收着四周的寒气。

"这又是什么？"塔伦德斯停止了攻击。

"怎么了？"莱克斯从塔伦德斯丢弃的动力甲上汲取能量后，走上前来，"你不是已经解决掉它了吗？"

"最后剩了点雾蒙蒙的玩意儿，好像还在吸收着我的寒气。"塔伦德斯停下了毫无用处的攻击，不解地看着寒气正源源不绝地从裂隙间流向那团雾体。

"那是……糟了！是迷雾之眼！"在终于看清那东西之后，莱克斯慌忙地跑向塔伦德斯，"快离开那儿！"

"什么眼？"在他问出的同时，几股火舌从雾气中迸发而出，先是散向房间各处，之后并作一股，狠狠地冲向塔伦德斯。

闪电赶在烈焰触及塔伦德斯之前，将他带至被掀倒的九角桌后。火舌冲击在桌的另一面，源源不断。室温逐步升高，无数散落的冰晶此刻正逐渐回到原先血肉的样貌，向火焰聚集。

"这玩意儿竟然还会喷火？"塔伦德斯看着身上被火焰擦过的地方，漆黑一团，失去了巴提的光芒，"我一直以为只有那种身上长满鳞片的家伙才会。"

"的确，那是双头龙的火焰。"莱克斯说。

"可是双头龙都离开好多年了！"

"圣坛里一直存续着他们的火种。"

"即便如此，兽怎么会有双头龙的火焰？"

"如果没猜错的话，这头还有之前所有的兽都是合成的生物。还记得我之前提到的狮侍圣典么？"莱克斯接着说，"能够吸收冰霜的迷雾之眼以及双头龙的火种，就是其中所记载的克制巴提诅咒的方法。"

"这东西是你们搞出来的？！"

"当然不是，狮侍一定也是被针对了才会覆灭。"莱克斯解释道，"它的再生能力。与巴提的异能不同，狮侍的特征是极致的身体操控和承受能力，以此天赋即可将动力甲的功能用至极限。因此我们的作战方式是尽可能地速战速决，当动力甲能量耗尽的时候，就是我们成为普通人的时候。而那家伙的再生能力，明显就是将狮侍拖入持久战的。"

"这些也是被记在那个什么圣典上？"

"是的，以防某天狮侍会成为叛变者。如此看来，恐怕'九角议会'中出了内鬼。"

"并不是所有人都知道圣典的存在，不是吗？"塔伦德斯说，"至少从没人告诉过我。"

"王室成员以及狮侍长，"莱克斯顿了顿，"或是王室所授权的任何人。"

"好吧，我们先离开这儿，再去搞明白那个该死的叛徒是谁。"塔伦德斯再次使用冰寒冷却了烧热的九角桌，"这火怎么源源不绝的。"

"理论上，这火就算烧上个几天几夜都不成问题。"

"几天几夜？那还打什么啊！"

"那头兽，"莱克斯说，"在如此的高温下它没有办法重生，所以当兽块重新聚合时，火就一定会停的。"

"之后我就继续击碎那些血肉，让它们无法聚合。可那个什么迷雾眼怎么办？"

"恰好这里有能击碎它的武器。"莱克斯说着，切除九角桌的一角握持在手。

"就这么简单？"

"物理层面就这么简单，至于契约层面……"莱克斯看着塔伦德斯，没有继续之后的话。此时，透过九角桌传来的炙热刚好减弱了下去，另一头的火势消退，无数血肉碎块朝向雾核聚拢，勾勒出全新的兽躯。

"塔伦德斯，就是现在！"冰霜与闪电最后一次在这厅堂起舞。

"这让我想起了卡尔山那次，"塔伦德斯兴奋地挥舞着双拳，"自那之后你就躲进这金灿灿的牢笼，没点野猫的样儿了。"

"几十年前的事，不记得了。"莱克斯配合着塔伦德斯的攻击。

"这句话可是要冷过巴提的诅咒啊！"塔伦德斯大笑，"如果能看到我们再次联手，他应该会很开心吧。"

"现在可不是多愁善感的时候，"兽重新组成的左翼刚被莱克斯砍下，便立刻化作了漫天的冰晶，"迷雾之眼！见到了它吗？"

"应该快了，我能感受到冰霜的流逝，只要再打碎这块甲骨。"

轰！存蓄的火种通过甲骨碎裂的缝隙，涌向塔伦德斯。强壮的男人并未躲闪，而是以单拳防御，另一只手则握住了包裹在雾核外的骨。

咔！甲骨碎裂的瞬间他被击飞出去，炙焰自其掌心蔓延全身。莱克斯清楚动力甲已经没有能量能撑下再一轮的重生，眼前便是唯一的机会。而巴提的诅咒，他望了眼空中被烈焰吞噬的身影，毫不犹豫地以电光驱散了火焰，迷雾之眼就显现在面前。

"以眼还眼！"他冷漠地念出那句誓词，随即将手中的尖角刺入雾核。晶体破碎，血同时从莱克斯的左眼不停涌出，那刺入雾核的角像是也刺进了他的眼中。雾气围绕尖角猛烈旋转，阻止尖角的侵入，莱克斯全然不顾眼中传来那撕心裂肺的疼痛，用尽动力甲最后的能量，以那只尖角贯穿了雾核。同时，莱克斯的左眼也被一股同等的蛮力刺破。

在咳出最后一缕火苗之后，雾核消散，血肉的碎片不再蠢蠢欲动，议事厅重归宁静。独眼的雄狮搀扶起奄奄一息的巴提。

"接下来，让我们找到那个该死的叛徒。"

"讲完，收工！"费奇将杯中的酒水一饮而尽，期待着三人的表情。

"又是一个大坑！"奥斯卡抱怨道，"所以叛徒究竟是谁？是那个什么瑞恩尼尔么？感觉他不会是个正面角色。"

"我猜这一切的幕后黑手会是女王或是某个想要叛乱的王室成员，毕竟除了莱克斯，只有他们有权接触到所有人的弱点。"加斯参与道。

"那些曼德拉斯的门呢，又有什么秘密？"奥斯卡追问，下意识端起手中的桑德卡喝了一口，然后又马上吐了回去。

"关于那些，我还没想好，"显然费奇很满意二人的反应，然后问向莱奥，"你呢，就没什么问题吗？"

"莱克斯牺牲掉的那只眼睛，是右眼吗？"

"这算什么问题？你到底有没有在听啊！"加斯冲自己的眼睛比画着，"是左眼啊！左眼！"

"哦，是吗，"莱奥不好意思地笑着，"可能是听地太过投入了，错过了那个细节。"

"好了,宵禁时间快到了,"费奇解除静音帷幕的时候,'断脚章鱼'已经不剩什么人了,"下周,下周我会更新后面的故事,如果你们再敢迟到的话……"

"不会,绝对不会!"

"有这么好的故事,谁会迟到呢?"

"明天见,我们的大故事家!"

费奇看着他们离开的背影,不经意瞥见吧台上那杯所剩无几的桑德卡,酒杯的位置表明正是莱奥的那杯。桑德卡是种能在短时间内提升饮酒者注意力的饮品,他盯着那个空到见底的杯子,清楚饮下这个剂量的人是没理由错过刚才那个细节的,那个有关左眼的细节,那个他故意讲错了的细节。

第十章
觐见领主

"武器开发部到了。"当莱奥走出升降舱时,奥斯卡和加斯早就等在那里了。

"一大早断了联系,我以为卢修斯那边又有什么安排呢,"奥斯卡待四下人散了后说,"你怎么到部门来了啊?"

"没有安排,大概是因为我昨晚没再做梦的缘故吧。"

"没再做梦?"

"嗯,昨晚到现在,一切都很……"莱奥试图找到一个合适的形容词来描绘,"正常。"

"这么说你安全了?!但即便如此,卢修斯也应该喊你去出谋划策之类的,不是吗?"奥斯卡说,"毕竟昨晚肯定是有人进到那个梦境吧?说不定还发现了那个秘密?喂,我说你怎么一点都不好奇啊?"

"得了吧,我可不想掺和半点儿。但愿这事儿就这么过去了吧。况且今天还是确定额外名额的日子,没什么比'正常'更难能可贵的了。"

"名额?什么额外名额?"加斯疑惑道。

"去温洛迩奇的抽选啊,基因筛选外的额外名额,"奥斯卡提醒完转向莱奥,"可没人知道抽选的规则是什么,很多人都认为这是给某些特殊关系开的绿灯而已。不过你还真是执着于去那里啊,究竟有什么好的……"

"你们是在讨论温洛迩奇的抽选名额么?"扰人声音的突然响起,打断了莱奥接下来的回应。刚走出升降舱的简凑了过来,那个不怎么讨喜、善于搜罗八卦、逮住个人就能聊上半天的简。

"呃,是的。"莱奥希望以冷漠的态度尽快地结束这番对话。

"刚刚新闻里已经宣布了不是吗,抽选结果,"声音的分贝又提高了一些,"是卡兹陌的人。喏,新闻上正播着呢!"

也许是好奇心作祟又或者只是完全想避开简的唠叨,他们努力地挤进了人山人海的休息区。角落的荧幕上正直播着对那个幸运儿的采访。他的受访语气完全符合三人对卡兹陌员工的一贯印象,高傲自大,自命不凡。也正是这个原因,莱奥他们不怎么爱接触卡兹陌的人,除了那几个经常在"断脚章鱼"喝断片的"名人",他们自然也是不认识几个。可偏偏此刻荧幕上的这张脸,莱奥一眼就认了出来,因为二人昨天才刚刚碰到过。

"克里夫?"

"谁?"奥斯卡很快反应了过来,"那个幸存者?"

"这会是巧合吗?"莱奥看着荧幕上的克里夫,他像是完全变了个人,在与主持人的一问一答间眉飞色舞,完全没有了初次相识时的恐慌和拘谨。

"莱奥,你……你的手环……"加斯手指的方向,莱奥的手环正闪烁起鲜红的螺旋图案,他们都清楚这意味着什么。

"领主要见……我?"莱奥连忙向周围确认,还好所有人的注意力还都集中在荧屏上。领主的神秘始于三大公会成立之始,他们从未真正地公开露面,也鲜有听说有人受到过他们的召见。他们似神明的存在,任谁都无从触及。在短暂的不知所措后,莱奥赶忙回应确认,下一秒升降舱的安排提示便显现在眼前。

"你觉得会跟之前的事有关吗?"奥斯卡随莱奥钻出人群,压低了声音问。

"我想不到会是什么其他原因。"莱奥最后瞥了眼荧幕上正侃侃而谈的克里夫。

"或许他是昨晚获得了那个秘密的人?"奥斯卡顺势猜测着,"然后将那秘密汇报上去,换得了去温洛迩奇的机会?无论如何,待会你都机灵着点儿。"

"嗯。"莱奥点了点头,迈进了已经在等待着的升降舱。

"身份验证成功,现在至领主房间。"

忐忑的心情在短暂的时间里被拉得很长。他的确曾想过被领主召见的情形,但多数都是假设自己被选入了温洛迩奇,而现在莱奥并不能确定在等待着他的会是什么。

舱门打开了,正对着的是一条笔直通道,尽头的微光隐约可见。他深吸一口气,一脚踏了出去,竟有股莫名的熟悉与亲切涌上心头。升降舱明明是将他带到了更高的位置,但莱奥此刻却有种行走于地下密道的感觉。两侧灯火随他行进被依次点亮,房门在他快要接近时自行打开,一切的节奏恰到好处。门后是处视野开阔的半球形空间,用以制造穹顶的材质通透轻薄,浑然一体。与其形容它为房间,不如说更像一个漂浮在阿斯特上空的特大号飞艇的驾驶舱。

"莱奥先生，"左侧不远处的水晶桌前，衣着考究的中年男子对莱奥用着敬语，语气温和但透露着威严，"抱歉打扰，但事出紧急，劳烦还请上前一叙。"

"领主大人，"莱奥连忙走上前去，头回紧张到不知该做出怎样的回应，"我很荣幸。"

"领主大人，或者直接称呼我为沙弗恩就可以。请坐吧莱奥先生，陈年的波尔特兰或许可以缓和下你的紧张。"他递给莱奥半杯酒，"完全不用顾虑本次对话，你并非来到此处的第一人，实际上我曾在这里见过不少人。"

"很多人都曾来过这里？可是没人……"

"没人曾宣称见过领主？没有一个人，对吧？"沙弗恩说，"那是因为他们都不记得了。"

"您删除了他们的记忆？"

"是的，但你与他们不同。你会带着有关这次谈话的所有记忆离开这里，这也是我找你来此的目的。"

"我不明白，领主大人，呃，沙弗恩先生，您唤我来的目的究竟是什么？"

"在回答这个问题前，我想你先了解一个真相。"

"什么真相？"

"30年前，曾有一种神经类病毒出现在阿斯特，感染者会深陷痛苦的睡眠，噩梦不断，很难清醒，直至某天被发现死在梦里。彼时主要负责应对这场瘟疫的是一个已经不存在的部门，赛尔的部门，织梦协会。他们研制出的'疫苗'能够完全剥夺人们做梦的能力，一劳永逸地阻断病毒的传播。然而意料之外的，在完成疫苗的同时，项目相关的所有参与人员竟然先后都离奇死亡,准确地说是死在了那个夺命梦境之中。织梦协会以十几条性命换取了阿斯特及古城长期的繁荣稳定,这就是'驱梦事件'的真实背景,"沙弗恩盯着莱奥,开门见山地说,"当然想必这些都是你已经知道的了。"

莱奥保持沉默,并不作答。

"我们原本以为这就是那个噩梦的终结,整个事件的结束。可在过去的一年里,阿斯特再次发生了离奇死亡的事件,即使是'白鸦'也始终无法寻得祸源。直至几个小时前,一位年轻人上报了一份安全威胁给'科尔',然后他便如你一样,收到了领主的召见,当然,是卡兹陌的领主。"沙弗恩讲述的同时向旁边烛台样式的摆件挥了挥手,男子的全息影像就呈现在莱奥面前,重现起那人当时汇报的场景。

"克里夫。"

"他昨晚并未进入那个梦境,但不想此后都活在它的阴影之下,便向'科尔'寻求了帮助。虽然是受到恐惧的驱使,但他做出了正确的选择,理应给予其前往温洛迩奇的名额作为褒奖。我们也终得以看清那些死亡背后竟是卷土重来的病毒,更准确地说是那病毒的变体。至于它为何会再现于阿斯特,原因未知,不过克里夫倒也提到那个本该在很久前就关闭了的织梦协会现已被人重新开启,还有另外三位幸存者在协助其找寻一个秘密。"

"你把其他人怎么了?"遭到背叛的怒火在莱奥的胸中燃起。

"幸存者克莉丝汀昨晚也没有进入那个梦境,在对她消除相关记忆之后,仍可重归之前的生活。"沙弗恩道,"不过幸运并没有再次降临到另一位幸存者霖的头上,她以及昨晚新增的 43 名感染者,很遗憾地都被那个梦境杀死了。"

"真的存在杀人的梦境么？……"莱奥说，"还是'白鸦'，或是身为领主的你们，主导了这一切？"

"我们为什么要那样做？阿斯特不存在什么阴谋论，莱奥先生。此时我的目标同你是一致的，即找寻出真相以还阿斯特稳定平和。而你所信任的那名自称卢修斯的人，恰好是获悉真相的关键。"

"自称？什么意思？"

沙弗恩将一份铺开了的死亡证明推到莱奥眼前，照片上的男子虽年轻了些，但确是卢修斯的模样。压盖在上面的"死亡"字样异常显眼，印章下的时间赫然标记的是"共和139年"。

"28年前他就已经死了？"莱奥紧盯着记录，不可置信地说道，"那我之前见到的……"

"多夫·克鲁格夫，"沙弗恩指向刚刚生成的全息影像中，'白鸦'们正试图制服一名男子，他挣扎咆哮着，虽然乱了发型而且撞歪了眼镜，但那分明也是卢修斯，"卢修斯的胞胎弟弟，与卢修斯的性情完全相反，妄想、偏执且狂躁，尤其是在他兄长死去之后。他假冒卢修斯，秘密潜入曾经的织梦协会，对感染者施行梦境监控，还有精神操纵。让你们相信他的故事，然后为他达成目的。"

"他的目的又是什么？"

"精神类的病毒，通常也都是信息的载体。"沙弗恩说，"多夫认定他的兄长以及织梦协会其他成员的死，正是因为发现了那个病毒中所隐匿的信息，也就是你们口中的秘密，而被阿斯特甚至温洛迩奇的权贵秘密杀害了。"

"你的意思是这一切都是他臆想出来的？"

"我只能说恐怕多夫的精神状态并不及他所表现出的那般稳定,不过那秘密的存在确是板上钉钉的。达里斯刚刚根据已经获取的线索形成了份报告,指明那个病毒所携带的信息,会对整个阿斯特,甚至整个星球的稳定造成威胁。我们并不想去掩埋如此重要的秘密,相反地,我们需要将它挖出来,在一切失控前获悉那段信息。"沙弗恩抿了抿嘴,"而恰好,昨晚有人去了那个梦境之中,获得了那条信息。"

"可你说昨晚的造梦者们都死了,即使是有人找到了那个秘密,也不会有办法知道……"像是想到了什么,莱奥猛地停住了。

"是的,造梦的人都死了,但观梦的人还活着。唯一触碰过真相的人,多夫·克鲁格夫。"沙弗恩说,"而他只接受与你沟通。"

"我?"

"这正是我请你来的目的,希望你能同意去接触这名危险分子,从他那里获取那个信息。"

"可为什么会是我?我跟他仅见过几面。况且……我是说如果那条秘密关系到阿斯特的存亡,难道不应该立即上报才对吗?"

"我们永远无法去揣测一个精神错乱者的逻辑,不是吗?至少我们相信截至目前,那段秘密还没有完成它被赋予的使命,无论那段信息是什么,如果不尽快作出应对,更多的人会因之丧命,"沙弗恩看着莱奥说,"现在的问题在于,你是否愿意为这些生命负责,是否愿意为阿斯特去赴这次会面?"

"我没有别的选择,不是吗?"莱奥深深地叹了口气,"卢修斯,不,多夫,他在哪?"

"拉特尼姆。"

“那是什么地方？”

“古城有处专门提供给精神类疾病患者的康复之地。”

“精神病院？”

“他本就是从那儿逃出来的。放心，我会安排指引者负责你全程的安全，当然指引者也作为本次会面的见证人，将你们所有的对话记录上报。”

“我以为多夫只同意跟我沟通。”

“准确地说，他只是执意要见你，但似乎并不在意这过程中是否有其他人的参与。所以你现在需要做的，只是到那里就可以。”

“立刻就去吗……”莱奥注意到了日程的更新提示。

“毕竟我们无法确认那信息会给阿斯特带来怎样的灾祸，自是越快越好。”沙弗恩起身说道，“莱奥先生，相信我们应该很快会再见的。感谢你对阿斯特的贡献。”

“在这一切之后，”莱奥也随即起身道，“我会怎样？”

“你和你的那两位朋友会被清除这次事件相关的所有记忆，回归正常生活。当然，也并非那么一如既往，作为回报，你们都会获得去温洛迩奇的资格。你一直以来的猜测会被证实，莱奥先生，”沙弗恩看着莱奥说，“你会在温洛迩奇与你的父母重聚。”

第十一章
拉特尼姆

不知究竟该怪罪于建筑的风格设计还是材质选取，常年居住在阿斯特的人仅是经过古城的外缘都会感到压抑，更别提置身其中了。莱奥还是第一次如此深入古城，他跟随指引者出了传导门，踏上一段鹅卵石铺成的小路，转过几个街角，拉特尼姆便赫然在目。院墙四周有股清甜气息，阴郁的藤蔓盘上锈迹斑斑的栅栏，正门顶端的尖刺被弯成了 L-A-T-N-E-M 的形状，过于扭曲的样式像是在谢绝着所有的来访。

"有人知道我们会来么？"良久后，门仍旧没有开启的意思，沙弗恩对他父母的寥寥提及令莱奥此刻心里有些急切。

指引者没有作答，珠光面具上泛着冷漠的波纹，偶过的微风不能吹动他的披风分毫。一路无言的指引者自打到了拉特尼姆门前，便如尊石头雕像般杵在那里。

莱奥见讨了个没趣，只好凑到门前，透过栅栏的间隙向内张望。庭院中的建筑如同被利器斩断成了不规则的四截，正午的暖阳努力地透出缝隙，最终却难逃被庭院的阴霾所吞没的下场。莱奥还在细细观察之时，一只大手猛地抓上了他面前的栅栏，掌心正中突出的眼睛直勾勾地盯着莱奥，惊得他连连后退。

"请问二位有何贵干？"瘦高的男子出现在栅栏门的另一端,整洁但有着明显破损的礼服下是件翡翠色的条纹衬衫,他的胡须明显经过精心的修剪,与其蓬乱的头发对比鲜明。当然最为诡异的,还是右单片镜下空空如也的眼眶。

"我们来找多夫……"莱奥试探着说。

"多夫？"男子将右手置于眼窝处,用力将掌心的眼睛按压了进去,活跃的球体在原本空荡荡的眼窝里不停地蹿动,直至恢复如左眼般正常,浅褐色的眼眸上下打量着莱奥,"来得不巧,今天他已经没有探视时间了。"

"……我们是赛尔来的。"莱奥强忍住被紧盯的不适,继续说道。

"当然,这下就说得通了,我就说怎么会有活人愿意来探视多夫呢？原来是赛尔的贵宾,我一直在恭候着您的光临！"

"活人？"

"嗯？"

"你刚刚说没有活人会来探视是什么意思？"

"看来您对自己的目的地并不熟悉,这里是全古城最出名的……"栅栏门被男人生硬地扯开,吱吱作响,"……闹鬼之地。"

男人的胡言乱语显然起了作用,令莱奥对眼前这敞开的大门望而却步。

"当然这不过都是谣言而已,完全不必在意！想必您就是莱奥先生,而您是……"他转向的指引者依旧沉默不语,"好吧,'不言不语'先生。总之欢迎来到拉特尼姆！我是这里的管理者,也是此处唯一的向导,墨菲斯。"

"墨菲斯？！"

"嗯？请问有什么问题吗？"

"没什么，"莱奥摇了摇头说，"只是觉得这名字有些特别。"

"对吧？如同拉特尼姆这地，充满了神秘与诱惑。"

莱奥勉强挤出个算是笑容的回应，而指引者则不声不响地走了上前，示意对方引路。于是，他们就这样跟随着墨菲斯的脚步进入拉特尼姆的阴影之中。

大概是在建造时没有充分地考虑采光问题，又或是经营者的疏于打理，庭院一片破败之景，院中的植物或是打蔫或是枯萎，看着多是副痛苦挣扎的模样。不过莱奥发现，那些植物竟会在他们走近时忽变得生机盎然，形态饱满，而待他们远离后便又恢复成先前的破败低迷。

"早在拉特尼姆建成之前，它们就在这儿了，"墨菲斯似是观察到了莱奥对那些花草的兴趣，"那些植物平时会以类冬眠的状态存储能量，乍看上去就像是养不活了，但凡有人经过时，它们又会变作最为繁茂的模样，求生的欲望令人怜惜，不忍将其拔除。"

莱奥没有应话，倘若那些植物真如墨菲斯所说，是为了适应光照的缺乏而进化出的形态，可院子正中的喷泉又怎么说？在刚刚进到庭院时莱奥就注意到的那处废墟，此刻正焕然一新地向外喷出水来。不禁令莱奥对这里的一切心生疑惑，难道真的是闹鬼不成？还有这个自称墨菲斯的引路人很有问题。

与外墙的破损陈旧相比，第三截建筑的大厅富丽堂皇，任谁看了都不会联想到医院或者研究所之类的场景。厅堂连接着错综复杂的楼梯与长廊，那些通道大都细长，蜿蜒曲折地通向一处处灯光斑斓或是昏暗的地方。

"欢迎来到拉特尼姆第三意识区，每天在这儿发生的一切都超乎寻常！抛开您对拉特尼姆的固有印象！无道德人士的研究中心？疯不自医的精神病院？"墨菲斯转向二人，自问自答地说着，"不不不，这里是思想的天堂，是各式各样念头的储藏……"墨菲斯面向那些如蛇般曲折的长廊道，"拉特尼姆，是至高无上的艺术与最为荒诞的想象！"

"那个……我们究竟什么时候能够见到多夫呢？"莱奥不清楚是因为接纳了太多的非正常人士使得眼前的氛围变得荒唐，还是这地方本就有的压抑氛围能令身处其中的人癫狂。他只是觉得若是再经历些场景，多听上几段对话，没准儿自己也会疯掉的。于是，他打断了墨菲斯的自我陶醉，尽快完成任务，尽早离开这里。

"多夫，对，您是来见另一个克鲁格夫的。"墨菲斯指向正对厅堂的那条窄路说道，"他的房间就在杀手长廊的尽头。"

"这里就没个宽敞些的地方，比如会客厅之类的吗？"

"我很抱歉，如果您想见到一个克鲁格夫，那您能去的只有他的房间，规矩就是规矩。"墨菲斯夸张地摆出一副为难的表情，"不过请放心，这一路会很安全。"

安全？这大概是近些日子他听过最多的保证了。莱奥才不会相信一个被取名为"杀手长廊"的地方会很安全，但他也只能硬着头皮跟随。在踩上长廊地砖的一刻，他感觉就像是踩在了颗硕大的软糖上。也就在同时，身旁的房间爆炸了。

突如其来的巨响着实吓到了莱奥，但爆炸所带来的冲击及紧随其后的火势却被完美地包裹在了那房间里，杀手长廊的起始房间里。

"像我说的，很安全。只是又要浪费掉一个重塑仓了，"墨菲斯叹了口气，"那里头关着的是皮斯特，爆炸物天才，坏习惯是总喜欢把自己也一起炸个稀烂，尤其是在我们将他的大脑单独存放之后，他就更肆无忌惮了。

我们不断重塑着他的身体,他则乐此不疲地以各种手段炸毁它。当然,这几年皮斯特自爆的热情随他的灵感枯竭的厉害,只会在有宾客路过时,他才会重拾乐趣。"墨菲斯凑上莱奥耳边说,"事实上,卡兹陌80%以上的星空爆破都是源于他的设计。"

"他给卡兹陌提供拓展星空的方案?"这让莱奥感到不可思议。

"您以为冲破边缘行动是谁的创意?赛尔么?"墨菲斯一脸轻蔑,"我们继续前行吧,时间……差不多了。"说罢,脚下的"软糖"竟缓缓地向前流动起来,载着他们经过那些错落无序的房间。

"那是耶尔与耶齐,恐惧双胞胎;还有重影屠夫;那是侵蚀假面拉尔森……"墨菲斯乐此不疲地介绍着沿路的房间属主。随着在杀手长廊里的不断深入,越发异常的场景不断冲击着莱奥的感官与心理防线。

"嗨,美人儿,"头发蓬乱的女子将她清秀的面庞贴上房间的玻璃窗,看向莱奥的眼神中充满诱惑,"等你忙完之后,留下陪我到午夜吧。"

"被午夜女士看上,倒也未必是件好事儿。"墨菲斯打趣道。

"墨菲斯!"莱奥感觉就快要崩溃了,"究竟还要多久才能到多夫的房间?"

"理论上在路过'混沌上校'的房间之后就应该……不久了。"墨菲斯示意莱奥停下,脚下的道路晃动起来,竟向右拓宽了一倍。过程中莱奥努力地保持着平衡,嘈杂声在耳边褪去,恍惚间他见到三个人影正走在拓宽的道路上,迎面走来。

"原来这里还有其他的访客么……"莱奥下意识地瞥向对方,见到对面的领头者竟是墨菲斯,而他身后的二人,分明是沙弗恩派来的指引者还有……莱奥自己?!

"这是怎么回事？墨菲斯？！为什么我们会在那边？！"

身前的墨菲斯如他身后的指引者般默不作声。这是进入拉特尼姆之后，莱奥第一次得到安静，也是他最不想要的安静。迎面走来的墨菲斯此刻正在手舞足蹈地说着什么，可莱奥什么都听不见。杀手长廊成了一卷被摊开的默剧底片，莱奥的感受仅有依旧在流动的地面，载着他继续向前。

两支相同的队伍擦肩而过，对方的"莱奥"与"墨菲斯"仍在无声地攀谈着什么，似乎完全看不到另一个自己的存在，不过对方的"指引者"却有一瞬间突然转向了莱奥，像是感受到些什么，继而又像是什么都没看到而扭回了头，继续着反方向的行程。

莱奥被眼前这一幕惊呆了，曾有那么一刻他甚至怀疑自己是否真实存在。他转回身面向指引者，好奇他为何能在面对这般异象时仍能保持沉默，却发现自己的身后根本没有人，不知从何时起，指引者凭空消失了。

"这不可能！"

长廊恢复成了单行道，嘈杂声再度自两边的房间里传来，墨菲斯亦重启了喋喋不休的模式，一切就像什么都没发生过那样。

"墨菲斯，刚刚究竟是怎么回事？"

"发生什么事了吗？"墨菲斯疑惑地看向莱奥。

"刚才你没看到迎面而来的我们自己？"

"您是说有三个同我们一模一样的人，刚刚从对面走来？"

"你也见到了对吗？"

"我不确定您看到的是什么，"墨菲斯摇了摇头，"在拉特尼姆看到点幻象很正常，即使像我在这待了几十年，也会偶然间看到些什么，他们认为是这里空气中有致幻的成分,而要我说都是这些房间的排列设计所产生的视觉奇点。"

"如果说是幻觉,那跟我一起来的人去哪了?指引者,他去哪儿了?!"

"看来没办法编下去了啊……"墨菲斯转过了头,露出瘆人的微笑,"他已经离开了。"

"什么?"

"'不言不语'先生已经完成他的任务,然后离开了。"

"可我以为他是负责记录我与多夫之间的对话才……"

"是的,你与'另一个克鲁格夫'的对话已经结束了。"

"结束了?又是什么意思?!"

"需要'不言不语'先生记录的对话已经结束了,接下来是仅属于你的对话,莱奥先生,"墨菲斯说罢,地面停止了移动,长廊尽头的房间出现在他们眼前,"你要的答案就在这扇门后。"

第十二章

真相，算是吧……

落地灯是房间内的唯一摆设，说它是摆设，因为门后的空间五面墙壁均散发出柔和的光，使得这空间无需额外照明。多夫此刻盘坐在屋子正中，姿态正如他们第一次见面时那样，只是身形更显瘦削了些。

"欢迎来拉特尼姆，我已在此恭候多时了。"

"这回又是什么把戏？你们将那个指引者弄去哪儿了？！"

"我的确没能料到比起那隐匿在梦境中的真相，你更关心一个无关紧要的存在。"

"我来这里只为这一切能赶紧结束，回归正常的生活。"

"正常的生活？我猜沙弗恩应该许诺了你更多，才令你当下如此急躁，失去思考。是在赛尔的职级跃迁？还是去往温洛迩奇的资格？"多夫慢条斯理地说，"的确，想要完成赛尔领主的任务获得奖赏，就必须由那指引者作为你我对话的见证。而我要告诉你的是那指引者已经履行完了他的职责，故此已经离开了。"

"赛尔的领主告诉了我关于织梦协会的一切。听着，我不在乎你究竟是卢修斯还是多夫，但都没办法陪你再继续疯下去了，"猜谜般的对话令莱奥有些气愤，"如果指引者真的已经完成了记录，那是不是我也可以走了？"

"当然，你随时都能离开。"多夫并不出言阻拦。

"无论你的臆想与执念是什么，都是时候向前看了。"莱奥停在门前做着告别，随即转身拉开那扇进来时的门，可门后哪还有什么扭曲的长廊，分明是另一个房间，与其身后一模一样的房间，而那中央也盘坐着个多夫。

"如果向前所看到的都是身后的影子，是否应当毅然决然地转身去成全那曾经的执念？"前后两个多夫同时说道。

"不，这不可能……难道……"

"你终于反应过来了啊，这一路上我已经给过很多提示了。"多夫推了推眼镜，两个房间快速融合的瞬间向四周延展，无边无际，"这里的确是我的梦境。"

"可我明明去了拉特尼姆……"

"你与那指引者的身躯的确是在拉特尼姆的正门前等待着属于他们的意识归来，"多夫说，"即便是在古城，拉特尼姆都算得上是禁忌所在，这附近罕有人至，所以即便是你们的躯体在那儿待得再久些，也完全不会引人在意。"

"从门前的时候起？……是那些藤蔓？！"

"是，幻生蔓在有生物接近时会吐出略带清香的毒气，生物在近距离吸入后便会进入一种我们称为恒眠的状态，意识被瞬间抽离，身体则会保持中毒时的姿态，如同被石化一样。通常幻生蔓的毒素只会作用很短的时间，而拉特尼姆门前的那些则是经过了特殊的嫁接，短时间便能释放出三四倍于正常的量，我只需要操控墨菲斯从那儿接手你们的意识就可以了，将他们带进由我构建的梦里。"

"你也能构建梦境？"

"说起来那个梦境的确启发了我很多，"多夫说，"可惜我是这个梦境的唯一构梦人，为了维持它的稳定，我的真实意识只能在同一时间出现在一处。所以只能多耗些你的精力在来的路上，好让我能在这之前将给指引者的那段戏演完。"

"你在指引者面前复制出另一个我，令他认为自己参与并完成了所谓的记录……"

"来时路上你应该已经见过他们了，不是吗？围绕指引者真实意识所创造出的虚像。当然我是故意安排你见到，而指引者是无法感知到彼时你的真实意识存在的。"

"为什么要这么做？如果你不想对话被记录，从开始就拒绝指引者的参与便是。"

"拒绝只会勾起领主们更多的好奇，这对你我都非好事。我可以控制指引者的真实意识回到躯体的时间。而在这期间，你刚好能听完我接下来要讲的。"多夫说，"怎么样？对接下来的对话感兴趣了吗？"

"即使我说没兴趣，也无法离开不是吗？这是你的梦境，"莱奥走到多夫面前坐下，"那就干脆听听你要说的是什么呗。"

"真相，算是吧。抱歉之前的隐瞒及谎言，但我敢保证你从沙弗恩那儿得到的信息也并非全部。那段过去就像一个漩涡，牵扯了太多人的命运，没人愿意去触碰。不过现在，我想要一字不差地讲给你听。"多夫深深地呼出口气，开始了他的讲述。

"我与卢修斯都曾是织梦协会的监察者，负责检视与研究梦境于人类的实际价值。大概在 30 年前，一段相同的排列组合被作为很多人的梦境代码记录了下来。起初我们没有太过在意，因为总有些人能恰好做到相同或者类似的梦，毕竟那时候墨菲斯还只是台雏形机，记录下的代码也没那么精准。

可是没过多久，我就意识到整件事的不正常。越来越多的人会做那个梦，却没人能在醒来之后描述出哪怕半点儿有关它的内容，而且每个人与那个梦的交集只有一次，与其说它在传递着什么，不如说它更像是在寻找着什么。我随即向协会汇报了发现，并建议使用墨菲斯做针对性的研究，卢修斯像其他人一样拒绝了我，当时墨菲斯还在做大量的样本编码工作，他们认为没必要将资源浪费在这样无关痛痒的事上，毕竟赛尔给织梦协会的预算不多，而且当时也没人因此遭遇不幸或者受到伤害。"

"所以你从开始就知道，那个梦境不会杀人。"莱奥说。

"最开始不会，但在我翻看过那本书之后，一切都变了。"

"什么意思？"

"是我按下了那个梦境的杀戮按钮。"看着一脸惊讶的莱奥，多夫继续了讲述。

"被卢修斯他们拒绝的那晚，我在'断脚章鱼'喝了不少的酒。待到醒来时，我竟已身处于此，幽银回廊尽头的房间。是的，那个时候门外的通道还被称为幽银回廊，彼时的拉特尼姆也还未成为破败不堪的收容所。整间屋子如同现在你所看到般空旷，让那本书的存在尤为突兀。那是我第一次，也是最后一次见到它。说它是书，不如称之为典籍更贴切些。封面上精美的浮雕以及恰到好处的手感，令它简直是件艺术品。里面所记录的大多是些奇闻逸事，其中一篇关于病毒的传说吸引了我的注意。"

"哈坎族曾善用一种精神类病毒传递加密信息，那类病毒能令被感染者生出幻觉，虽然病毒的传播具有随机性，但只有符合设定条件的人才能够理解并记住那幻象的内容，从而知悉那段信息。这听上去像极了那梦境不是吗？以为找到方向的我将那本书带回了织梦协会。在经过无数次的内部争论后，卢修斯终于同意就那个梦境做进一步研究，正式立项为'梦痕计划'，主要方向是当那个梦境的代码被再次识别出来时，利用墨菲斯刺激做梦人的睡眠记忆，对梦境的内容进行留痕。"

"遗憾的是，这是个仅不到一年便宣告失败的方案。病毒的加密方式远胜于彼时的墨菲斯。即使被强化了记忆，绝大多数人也不记得做过那个梦。而少数记得的，也只能说出'冰冷''漆黑''地窖'之类的简短描述，一切又回到了起点，但也同时激起了我的斗志。"

"病毒传播的随机性将我们置于被动且滞后的窘境，如果能预测其传播，提前强化做梦人的意识，也许就能将那信息完整地带出梦境。想到这儿的时候一个词突然闪过我的脑海，是在那本典籍里提到的词：'定向'。可我当初并没有把有关的内容读完，而那本书不知为何，再也找不到了。于是我便仅凭那词，提议做了梦境植入的实验，也因此走上了不归路。"

"你想要'定向'地传播梦境？"莱奥随即有了种不好的预感。

"我真希望自己没那么做，"多夫的神情黯淡下去，"墨菲斯可以将梦境记录成不同的源代码，虽然无法完全理解其中的逻辑，但理论上只要能逆转该流程，将源代码录入造梦人的意识，就完全可以在他的脑海中生成指定的场景。卢修斯虽不赞同传播病毒的方案，但也不得不承认这会是墨菲斯突破瓶颈的一场进化，纯粹的求知欲最终令我们达成了共识。其实抛开病毒的话题，梦境的植入更像是种模拟体验。起初只是对几个简单场景的植入，随着精准度的提升，整个织梦协会都对其产生了极大的兴致，志愿加入体验中去。在复杂或是多重梦境也能顺利完成植入后，我意识到是时候去尝试'那个梦境'了。"

"那是次在他人看来再普遍不过的测试，只有卢修斯和我清楚它的特殊性。为防止实验失效，我们有意扩大了受试范围，并提前强化了参与者的意识。卢修斯决定与其他人一起参与，我并没有阻拦，大概只有那样才能平复'传播病毒'带给他的愧疚。"

"植入的过程非常顺利，就像所有其他成功的测试一样。但在那之后不久，所有参与者都出现了脑部异常的警告，身体不停地抽搐扭动，像是在抗拒什么，又或者是在被那个梦境所抗拒着。我曾试图终止测试，但墨菲斯的保护机制却没起到任何作用，只能眼睁睁地看着他们在睡梦中挣扎，看着那组代码反向侵蚀了墨菲斯，抹掉了数据库，使服务器瘫痪。织梦协会在我的无能中崩塌，卢修斯、卡罗尔、所有人······"多夫看向莱奥的目光空洞，似是绝望再现了眼前，"全都死在了那个梦里。"

"我很抱歉。"

"之后赛尔关闭了织梦协会，将我囚禁在这儿。他们研制出阻断梦境的药剂，以为这样就可以摆脱那个病毒的阴影，但这显然低估了那个梦境的能力。大概一年前，梦境病毒重回了阿斯特，悄无声息地在小规模人群中'定向'传播。"

"格雷？"

"我至今都搞不懂这个姓氏有什么特别，总之隔段时间就会有几个'格雷'死去。再加上些末世论的流言，一时间令阿斯特焦头烂额。没过多久，达里斯的大治安官就找到了这里，那些脑部异常的报告，让他对梦境病毒的死灰复燃深信不疑。他希望我能重建墨菲斯，找出梦境病毒所承载的秘密，一劳永逸地终结这场闹剧。我从未想过此生还有机会与那病毒博弈，自是不会拒绝这样的邀约，当然这一次，除了它所承载的信息之外，我还要揪出这一切的始作俑者，为兄长和织梦协会的朋友们报仇。"

"过去二十几年里,我每天都在脑海中想象着对墨菲斯的重构。梦境病毒抹去了数据库,但它没法摧毁那些实体化记录。借助'科尔'的能力,我很快便创造了一个近乎完美的墨菲斯,同时也更便携了。"多夫从口袋里掏出块拇指大小的立方体,说道,"这才是墨菲斯的'真身',至于织梦协会里那些破烂系统都是我无聊时做来敷衍他们的。"

"如果墨菲斯已趋近于完美,那个秘密早该被破解了才对,不是吗?"

"起先没人能从那个梦境中幸存下来,我当然也不敢想象将意识植入他们梦境的做法,一旦造梦人在植入期间死亡,那我的意识也就永远回不来了。没有对于那个梦境的图像反馈,仅凭相同的编码片段去推敲那个信息的加密规则,简直是不可能完成的任务。因此在很长的一段时间里,我与墨菲斯都对它束手无策,直到你作为第一个幸存者的出现,才令我敢于在迷雾中多迈出几步,"多夫说,"之后的事你便都知道了,抱歉之前的一些隐瞒。"

"但是,昨晚呢?"莱奥提醒道,"昨晚究竟发生了什么,让领主觉得你已经知悉了那个秘密?这才是我被派来的目的不是吗?"

"当年沙弗恩力排众议保我性命,就像是知道梦境病毒会重现一样。不得不说,这一次他的直觉仍旧准的可怕。"多夫笑着摇了摇头,继续说道,"昨晚共有45人进入了那个梦境,仅有一人的梦境编码在观测中发生了畸变。我随即将意识注入他的梦境,随他英勇地冲下阶梯,随他转身撞散了黑影,之后显现在我们眼前的便是那'真理之门'。"

"是那个秘密?!"

"我从未见过那样的门,它好像由宇宙万物融合而成,却看不出任何世间物质的影子。当它开启的时候,强烈的光充盈了整个阶梯间,但也只有一瞬间,之后那光、那门、那阶梯间,一切都不复存在了,只剩下那造梦者在似有似无的空间中央呆滞地站着。他站的方向与之前相反，像刚从门的另一边出来似的，至于那眨眼的工夫能发生些什么，我想象不到。他就那样静止了些时间，然后终于抬头，面无表情地对我说了一句，'离开，这里要坍塌了。'"

"那个梦境坍塌了……就意味着信息已经被成功传递了，对吧？"

"那个病毒最终找到了符合'资格'的人。"

"沙弗恩说昨晚的造梦者无一生还，所以自然认为你作为观测者获得了那个秘密，但如果连你也不清楚的话……"

"那个人活下来了。"多夫确定地道，"只是不知是何原因，他的梦境记录被抹去了，就像他昨晚根本不曾做过那梦一样。开始我以为他是在故意隐瞒着什么，而现在看来，恐怕就连他自己都不记得昨晚的事情。"

"你的意思是……"莱奥睁大了眼睛，惊讶地看着多夫。

"是的，这才是我只愿见你的原因，莱奥·格雷，"多夫紧盯着莱奥的眼眸说："我要你记起那个秘密。"

第十三章
纸片裂隙

"莱奥先生，"充满机械质感的声线让莱奥乍有些恍惚，当他回过神来的时候，才发现自己已经身处拉特尼姆的院墙之外了，"您的职责已经履行完毕。"

"接下来就没什么需要我做的了，对吧？"虽然是在跟指引者交谈，莱奥的目光却始终未曾离开那已逐渐遁入阴暗的拉特尼姆，欲落的斜阳为此处笼罩上一份神秘，多夫最后的话语仍让他心有余悸。

"在下会负责汇报此次会面，至于莱奥先生，"指引者说，"请在此等待接下来的安排。"

"在此等待？意思是接下来的时间我要待在古城里？"

"是的。不过请放心，期间所产生的费用都将由赛尔承担，当然其中并不包含可能触犯阿斯特律法的行为。"

"我得在这儿待多久？"这是莱奥此刻唯一关心的问题。

"理论上不会太久，具体时间还是以领主的最终决定为准。在下所能传递的信息就是这样，预祝您接下来在古城能够愉快。"一口气说完这些，指引者便不再多言，向莱奥浅浅地点头示意后便径直走进了来时的传导门。莱奥望着他的背影消失在传导门中,竟然突发奇想地跟了上去,只不过这次消失的却是传导门。

"至少值得一试吧……"他看着巷子两旁冷冷的砖墙,一座完全陌生的城市。古城的生活理念与阿斯特相去甚远,想到自己可能会面临的种种格格不入,莱奥不禁皱起了眉头,而通讯器恰好在这时响起,简讯终于冲破屏蔽般地蜂拥而至,其中不乏一些账单与广告的通知,但大多数的讯息还是来自奥斯卡的。

"我的天,终于联系上你了,这大半天完全没消息,现在到底是什么情况?!"

"拉特尼姆,我猜那里的信号多半是被屏蔽掉了。"

"你不是去觐见咱们的领主了吗?拉特'谜'姆又是谁?"

"是个地方,拉特尼姆,就是……"莱奥试图在满脑子里找到个听上去显得正常些的描述,"一家位于古城的精神病院。"

"精神病院?是通讯器坏掉了还是我耳朵坏掉了?"奥斯卡简直不敢相信自己所听到的,"等等……而且还是古城的精神病院?这是我最近听过最邪门的组合了吧。"

"具体情况等到见面时再详细说明吧,"他不知道该怎么解释现在这个连自己都搞不清楚的处境,"不过恐怕我还得在这儿待上一阵,等待领主大人的进一步指示。"

"在古城待上一阵?这听着可不怎么妙啊伙计,"奥斯卡表示出担忧,"要当心啊,那儿可是阿斯特律法未被贯彻的地方,而且听说古城的晚上也没那么安全。"

"感谢你为我增添的恐慌,总之就是找间好些的旅店,然后将房门紧闭到回程的日子,这总应该没什么问题吧。"莱奥边说边走到一堆传单前,他取下贴在最上面的一张看着,"恒月旅店,这儿看上去好像还不错,就在双子塔西边不远的地方。"

"听着倒是不便宜。"

"期间所产生的费用都将由赛尔承担,"莱奥引述着指引者的话,"算是被强制滞留于此的唯一安慰了吧。"

"任何费用?"一改刚刚对古城的厌恶以及对莱奥遭遇的同情,奥斯卡立即就来了精神,"我和加斯会很期待不久之后的见面礼。"

"这儿可没有你心心念念的安德鲁,"他不经意间瞥到了传单上的一行小字,上面是对入住确认的时间要求,"行了,我得赶紧先找个地方住下,不闲扯了。"

"嗯,那保持联系。"

断掉通讯,莱奥成功预订了恒月旅店的房间。根据路线规划,去那里需要经过那条闻名于古城,甚至在阿斯特也人人皆知的商业街。他抬眼望向远处的双子塔,夕阳才触到塔尖,时间还早。"既然来了,不如就先逛上一逛。"他这样想。

新月大道,据说是因为每轮新月都会第一时间映入这里而得名,当然又或许只是街道铺建的形状像极了巨型的月牙而已,唯一能确认的是这里每时每刻都非常热闹。上百家的店铺挤在大道的两旁,琳琅满目的陈列能满足所有来客的想象。那些超前艺术与复古年代的奇妙碰撞,一些设计甚至比起安德鲁的产品都华丽地不遑多让。

置身于各异人群的熙熙攘攘,莱奥竟然感受到了近期少有的放松与平和。他走马观花地看着这些新奇的玩意儿,直至脚步在一家门脸颇大的书店前停下。"纸片裂隙",古朴典雅的弧形旋转门前列示着今日签售与来访嘉宾的信息,橱窗中所展示的是一段段的故事章节,那些优美的辞藻漂浮着,如魔法般地向路人叙述着新奇。而真正引得莱奥驻足的,是堆叠在那些跳动字符下不起眼却难掩精美的印刷品。

"试着去找到那本典籍,仅仅经历这个过程没准也能有助你恢复记忆。"多夫的建议再次萦绕耳畔,于是莱奥想都没想就走了进去。

旋转门后的空间竟然比书店的门面还要宽阔上许多,这让莱奥有些恍惚,他甚至怀疑其他商店或许皆是如此,里头比外面大。顶部柔和光源映照下的几十张长桌,整齐有序地排列着,层数很高的书架在"长桌阵"后立了数列,衔接上两侧通往上层的旋转楼梯,人群就安静地在这其中来来往往。

不清楚这里运营规矩的莱奥先是站在门前等了一会儿,在确认没有任何店长或是管理员的角色主动接待他后,便径直地向那些书架走了过去。此刻,他希望几下不经意地翻找便能恰好发现多夫口中那本神出鬼没的典籍,印证那些疯狂的同时没准儿还能获得什么其他的发现。

可事实是,在看过几排书架后,莱奥便傻了眼。所有的书看上去都一模一样:精致的书脊与封绘,却不见哪一本有名字。他随机抽出一本,厚重的手感就如多夫对那本典籍的描绘:恰到好处。只是在书打开之后,眼前仅是数不清的空白。再多几次尝试,无论莱奥从哪列书架的任何位置,所取得的书的内容只有白页。

"这家店里的书都是空白的?"

疑惑间一阵笑声从背后响起,倚靠在书架尽头的连衣裙女孩,此时正专注于手中的读物,显然是其中的内容让她如此开心的。莱奥疑惑地向女孩走去,忘记放下手中的书。他假装路过,然后不经意地瞥向女孩手中那展开着的书,那令她沉醉的书页上依旧是一片空白。

"她究竟在看什么?!"他不禁倒吸口气,冷汗陡地从后背冒了出来。女孩似乎注意到了这个举止怪异的人,她抬起那双依旧含笑的眼睛看着他,似乎在说"有什么问题吗?"他勉强挤出个笑容,慌忙地向书店门口走去。路过进门时并未多做在意的那些长桌,此刻他分明看到每盏昏黄的台灯下都放着本同样板式的书,它们的读者正在以几乎一致的节奏翻阅着一页页的白纸,津津有味。

"我要你记起那个秘密。"

曾有那么个瞬间,莱奥以为自己是真的听到了多夫的那句话。对那个秘密的好奇,或者说是对整个事件真相的渴望,曾驱使他走进这里,可面对眼前这荒谬到诡异的场景,现在他心中只剩悔意,想的只有快些离开。就在他快到门前之际,后背被人猛地拍了下。莱奥心中一紧,只是加快了脚步,不敢回头。

"我说你是怎么回事啊,"女孩拦住了他的去路,"怎么喊都不应,不记得我了?"

"艾莉?"看着眼前的女孩,这样的重逢有些出乎他的意料,莱奥的心情由紧张转成惊喜,"刚刚你喊我了?不好意思,我一定是太专注了……没听到。"

"专注在……"艾莉的目光落到莱奥手里的书上,那本他匆忙中忘记要放回去的书,然后扑哧一声笑了出来,"《异族爱恋史》?没想到你会是杰罗森的书迷。"

"什么杰罗森?"莱奥当然听闻过那个深受阿斯特少女青睐的爱情小说家,他的《古城疑云恋》《左裂右痕》曾一度被追捧得火热,奥斯卡对其的评价是"不如我写的歌,不知道这家伙怎么火的"。当然,此时莱奥所关注的是艾莉怎么知道他拿的是杰罗森的作品，"你能看到这书上的文字？"

"是啊，怎么会看不到？"紧接着艾莉像是突然想到了什么，头微微一歪笑道，"等等，难不成你是第一次来这儿？"

"嗯，恰巧路过。"

"那就难怪，'纸片裂隙'是家会员制书店。如果某人在进门时有好好看过左手旁的那段简介的话，就会知道这里的书籍内容甚至是书名仅会展示给那些已经付费绑定过身份的用户。"

"额，好吧，原来如此。"

"不然那么多人都在捧着本空白的书看，你难道不会害怕吗？"

"确实有点瘆人，哈哈哈哈，还好碰到了你，尊贵的会员。"莱奥想起刚刚自己慌张的样子，也跟着笑起来，"咋样，达里斯的实习还顺利吗？"

"顺利但是无聊，整天就是律法、律法、律法……根本没有什么骇人听闻的犯罪或者悬而未决的案情需要我去处理。"

"那都是要到'白鸦'层面才会接触的事件吧，毕竟你还只是在实习啊……"虽然打从心底里他并不认为那样的事件会在阿斯特发生，但莱奥选择了不揭穿地安慰，毕竟在他实习的时候，也曾幻想过能设计出什么如艺术般的武器来着。

"所以每天实习时间一到，我就会跑来古城看看书逛逛店，达里斯有直达各地的传导门，即使是我这样的实习生也有权限使用它，就这点还挺方便的。"艾莉说，"不过我们竟然会在这里遇见，按理说现在还是上班时间，不是吗？"

"我请了几天假，"莱奥快速地扯了个谎，"共和日前来四处看看……看看有什么可以买的。"

"比如《异族爱恋史》？"艾莉笑得开心，"尊贵的会员倒是可以复刻本送你，看得见封面和内容的那种。"

"话说，"莱奥想了想说，"能不能帮我找到一本神话或者战争题材的短篇集，书名我忘了，只记得其中有段内容是关于一个叫作哈坎的部族。"

"没书名查起来会有点费劲哎，不过倒是可以试着搜索下哈坎部族的相关内容，我试试看。"艾莉拉着他走回书架，在抻出的一块木板上敲击了几下，在莱奥看来那只是块普通的木板而已，然后兴奋地说，"看！我可真好运！"

"找到了？这么快？"

"资料库里只有一本关于'哈坎部族'的记录，已经申请复刻啦，"艾莉说，"走，23号。"

当他们走到那个编号的长桌前时，一本名为《尼塔的陨落》的书早就在那儿等着了。莱奥翻开精致的封面，所有关于'哈坎部族'内容的书页都已经被清晰地标记出来。

"没想到上古时代还有这样精彩的记录，看起来更像个科幻故事。"

"嗯，是挺神奇的。"莱奥却有些失望，整本书籍丝毫没有提及关于病毒的事情。

"这不是你要找的那本书，是吗？"

"恐怕不是。"莱奥将书合上，摇了摇头。

"那本书有什么特别吗？"

"就是听朋友讲起过其中的几个故事，但不完整，所以对那本典籍有些好奇。"

"典籍？这用词好奇怪，"还没等莱奥解释什么，艾莉接着说，"不过如果你找的是本'典籍'的话，古城倒是有个地方有不少收藏，就是瓦希陨尔大教堂的'典籍坑'。"

"瓦希陨尔大教堂？听说那里只对信仰者开放，不是吗？"

"还有被那里僧侣认定的有缘人。传闻那里是达里斯领主独立管辖的地方，就连'白鸦'都无权直接进入。"

"由大治安官独立管辖？我还以为'白鸦'拥有全世界的免费入场券呢。"

"但那都只是传闻，"艾莉做了个嘘声手势，"总之如果你不打算给自己找个信仰的话，想要进去就只能看运气了。"

"我最近的运气可不怎么妙。"莱奥说，"那就明天去撞撞，权当去游览了。"

"明天你还在啊？我刚好有两张下午的歌剧票，没有其他安排的话一起去？"艾莉掏出两张票说，"正担心找不到人浪费了呢。"

"我不确定……"莱奥想说还不知道赛尔的安排，手上却接过了邀请，质感十足的暗金票面上烫印着"破裂的假面""贵宾"等字样，"看来你的尊贵不只局限于这家书店啊。"

"谁说不是呢？"艾莉做了个鬼脸，"那就这么说定咯，明天剧场见！现在我得赶去传导门了，实习生的通过权限只到21点。"

"嗯，我也该动身去旅店了。"

"你住在哪一家啊？"

"恒月旅店，就是……"

"双子塔那边的恒月旅店？"艾莉慢下匆忙的脚步,"你在那住多久了？"

"下午刚订的房间,"莱奥看出她的欲言又止,"那家旅店有什么问题吗？"

"不只是那家旅店,听说最近整个古城里都不太安全。"

第十四章
冲　突

　　无论主观上对古城的抗拒还是艾莉的那番话，都让莱奥对眼前的这家旅店充满排斥。无奈古城的旅店本就不多，更别指望能在共和日前期的晚上临时订到房间，所以此时莱奥的选择就只有恒月旅店或是露宿大街，看了眼门前两侧冰冷的雕像，他不知道怎样的旅店会放这种张牙舞爪的东西在外面，所谓彰显格调的独样艺术真的能吸引宾客，而非吓退他们吗？莱奥咽了口唾沫压惊，径直地走了进去。

　　好在恒月旅店的内部并不如它外表那样张扬，厅堂的风格让莱奥联想到了光明版的拉特尼姆，更为宽阔的阶梯和开阔明亮的视野让此处显得更为气派些。欢快的音乐在整个建筑内回荡，显然这儿还没有准备入夜的意思。华丽的装饰品随处可见，像是在庆祝着什么节日，前台的迎宾术语也很快印证了这一点。

　　"您好！欢迎来到恒月旅店，加入我们的共和日倒计时庆典！"前台瘦高的男人远远地便向莱奥打起了招呼，话语比他那身闪亮的衣着更为热情。

　　"你好……请问这里难道不是自助式入住么？我预订了房间，但是没有获得任何房间的信息。"

"先生,庆典期间恒月的一切服务将回归传统,经验证明这样的仪式感非但不会让您觉得烦琐,相反会让您拥有前所未有的入住体验!"前台依旧打了鸡血般的兴奋,"接下来请允许我带您完成本次的入住手续,您可以称我为史蒂芬。"

"你好史蒂芬,"莱奥在这样的热烈下表现得有些拘谨,"现在我需要怎么做?"

"请您上前一步至脚印的位置,以便信息的核对。"……"对,就是那里。"……"完美!您是莱奥•格雷先生?"

"没错。"

"2051 号房间,莱奥先生!内饰已经完全按照阿斯特的风格布置,相信您定会住得温馨舒适!虽然门锁为掌纹识别,但还是要给您一把钥匙,"他变魔术般地从袖口里抽出了把如古董样的实体钥匙递给莱奥,"无论能否用上,在您离开时可将其带走作为本次庆典的纪念,无需归还!低层的房间是未配有升降舱的,使用两侧的阶梯步行至二楼即可……"

"好的,谢谢。"莱奥赶忙接过钥匙,好像那样就能结束这场对话。

"……不要走左侧的楼梯。"

"什么?"莱奥扭头确认,"左侧的楼梯……有什么问题吗?"

"什么左侧楼梯?先生。"

"你刚刚说,不要走左侧的楼梯?"

"我不太明白您说的是什么,先生!"史蒂芬的脸上依旧是那副标准化的笑容。

"没事,周围这么热闹,大概只是我听错了。"莱奥的回应更像是在跟自己解释。

"对了,如果您感兴趣的话,请不要错过我们今晚的主题活动,彻夜的免费酒水畅饮!"史蒂芬又不知从哪'变'出了张金闪闪的票券递了上去,故作神秘地压低了声音说,"以及一年只有一次的陈酿限量供应!非常有年份和工艺的酒!但还请注意保密,若让那些常驻酒鬼听到的话就糟糕了!"

"一年一度的今晚?这么看来我倒还挺幸运。"

"那这边的手续就全部办理完毕了!愿您在恒月旅店有个欢快舒适的夜晚……"

"谢谢!"莱奥回以微笑,但很快那个笑容就僵住了,因为史蒂芬接下来说的是……

"……不要走左侧的楼梯。"他在莱奥致谢的同时说着。

莱奥确信这次自己没有听错,甚至连对方的口型都看得一清二楚。他看着史蒂芬,期待他能给到这句莫名其妙的话一个合理解释,而史蒂芬则依旧微笑着,露出"还有其他什么问题吗?"的表情,他只好摆了摆手离开。或许这就是古城的风格吧,外面被诡异笼罩着的琼楼玉宇,还有里头这些行为乖张、不知所云的住民。虽然觉得有些莫名其妙,但他还是刻意遵从了那句"警示",使用右侧的阶梯走上了二楼。干净的地毯铺满了宽敞的走廊,仅住客首次入住时可见的引导光隐隐于脚下浮现,指示着房间的方向。

打开 2051 的门,灯光即刻充盈了简约的空间,其与外面是截然相反的世界,门一关上便再听不到楼下欢庆的声响,莱奥积攒许久的压力终于在这安静又熟悉的场景得以释放,除了镜中疲惫的身影以及眼中越发显著的白环还在奋力纠缠。他洗了个比平时要久些的澡,试图让流水理清或是带走思绪，直到忘掉除了限量陈酿之外的所有，倒不是出于对酒精的眷恋，只是肚子咕噜噜叫了起来。

在进入那间充满了欢歌笑语的舞厅之前，莱奥换上了房间里的便装，虽然这套装扮并不适合参与庆典，但至少让他看上去只是一个这里的住客，而非阿斯特人，想着艾莉的那些提醒，他可不想引起任何关注。

显然那张金闪闪的票根还是让莱奥拥有了有别于其他人的待遇，工作人员带他穿过吵闹拥挤的舞厅，进到了稍显昏暗的贵宾会场，这里琴声轻柔，除了吧台附近稍显热闹的牌局，只有零星的几桌客人。莱奥挑选了房间一角的位置坐下，让自己能以更为放松的心情去沉浸。恰到好处的氛围以及入口惊艳的美食，在结束几轮独具特色的菜品之后，除了"这值得向加斯炫耀！"之外，莱奥再想不出对这顿晚餐更好的肯定与赞美了。

随着越多的客人加入，房间变得熙攘起来，莱奥觉得到了该回去休息的时间了，于是便示意现在能否安排那款限量的陈酿上来。

"当然可以，"年轻的服务生收拾着桌面，"希望您能满意今晚的用餐，先生。"

"非常满意，这大概是我有生以来吃过最美好的一餐了。"

"很高兴听到您的赞许，限量的陈酿即刻奉上。"不多时服务生走了回来，手上托盘正中立着有夸张纹理的矮脚杯，她继续着甜美的笑容介绍道，"这就是本次庆典的特饮，绯红契约，相信一定不会令您失望。"

莱奥接过略显沉重的杯子，杯身的一面刻画的是被无数藤蔓缠绕起的三颗形状不均的宝石，另一面则是条形象狂野的蛇，其身体与那些错综复杂的藤蔓扭曲在一起，三只巨头正冲着正中的契约，或是露出毒牙，或是吐出毒信。契约之上密密麻麻的文字，镂空透明，展现着此刻杯中明亮的色泽，看上去像极了刚刚以鲜血立下的誓言。

充满视觉冲击的外观设计无疑让莱奥对杯中的味道充满好奇。他将杯口拿近了些,还好嗅到的并非什么血腥之气,只有馥郁之香。他试着抿了一小口,柔和顺滑,层次分明,由清甜至干涩,甚至还真的隐约有那么一丝腥苦。而这之后的每一口,有些叠加了香甜,有些则增强了苦涩,还不时有些新的味道出现,令他很快便沉醉在这陈酿的美妙之中。

"该死!老子输掉了所有的钱!"一个声音不合时宜地响起,打断了莱奥的沉浸,他随声看了过去,是与自己两三桌之隔的偏瘦男子,明显是刚刚输了牌局,正被同伴从牌桌上拉到一旁。

"他们就是害怕了,怕再给我次机会,会让他们输到血本无归!该死!"那人口齿略不清晰,身体也摇晃着,看来不仅是个赌徒还是个酒鬼。

"老子是个英雄,该死的英雄!"无视身边人的劝阻,男人继续语无伦次着。莱奥被这番无故的吵嚷声扫了兴,他对这样的热闹并不感兴趣,于是将剩余不多的陈酿一饮而尽,准备离开,却为男人接下来的话又坐了回去。

"该死的阿斯特!该死的卡兹陌!"男人诅咒着。

这些恶毒的话语让莱奥不禁细细打量起他,邋遢的着装,看得出与古城毫无干系,更不是阿斯特的打扮,那些未被打理过的发须在他消瘦的脸庞上显得浓密异常,眼前的人像是出了趟很远的门,远离社会的时间很长,他正挥舞着的拳头很大,看上去比例有些失调。总之无论如何,莱奥都猜不出这个男人是怎么跟卡兹陌扯上关系的。

努力地过滤掉音乐与人声的嘈杂,莱奥断断续续地听着他与友人间的对话,大概清楚了这个生于古城,名叫克莱德的男人在两年前响应了卡兹陌为期三个月的召集行动,之后便再无音讯,直到今天突然现身在了恒月旅店的门前,被恰好在此参加庆典的老友认出,带了进来。

"……那该死的鬼地方,他们只告诉了老子那里满是价值连城的水晶,却没说那里竟然有那些东西!该死的石头怪物,老子到的第二天,这帮家伙就成群出现了,鬼知道它们都是从哪里来的,浑蛋!它们先是试探性地攻击了防御最弱的几个扇区,武器伤不到它们半分,至少基地里的那些废品垃圾不行!而这似乎也令它们接下来的进攻变得频率更快且肆无忌惮。运输、逃生、电力……最后是那该死的通讯,很快它们就取得了所有扇区的控制权,该死的!幸存的那几个废物,老子跟着浑身尿臊味儿的他们退回到中央圆区,据说那里有着最强的毁灭性武器,谁知待到去了里面,里面什么都没有!坚实的门暂时将怪物抵挡在外,但老子知道这坚持不了多久。那些怪物对危险非常敏锐,或者应该说是对基地异常的熟悉,我们从开始就没得胜算,该死!"克莱德将桌上其他人的酒也一饮而尽,像是讲出剩下的故事需要更大的勇气。

"门外的怒吼声在某个时间戛然而止,静默期开始时大伙的情绪似乎还能控制得不错,相互慰藉、鼓励,编造着怪物各种版本的起源,开着玩笑,但仍旧没能等到那该死的救援,也联系不上外界。被困的时间久了,即使食物和备用能源再充足,分歧也是难免的。一些认为是基地的日常开采激怒了这里的'原住民',安静是怪物已经离开的证据,应当立即找到那些还能用的运输船返航。而另一些,大多是卡兹陌派去做管理的傻子,则认为应该死守,等待救援。方案的争议变成了对人的针对,原本与怪物的矛盾最终成了这帮废物间的冲突。老子没想过加入任何一边,因为每一边都令老子厌烦,直到那个该死的清晨……"

"那个清晨,老子被阵吵闹声惊醒,两拨人在主控台相互推搡对抗着,其中一拨想要解除中央圆区的防御,另一拨则认为这样做不理智。每天分到手的资源越来越少,他们还在讨论什么是理智,真是晦气。被派来做管理的'保守派'自是敌不过来做工的'肌肉派',最后门还是被打开了,而他们也都看呆了。每扇该死的门前都堵着一座雕像，是早先的那些怪物，睡着了或是死了，反正在那儿一动不动。"

"怪物的障眼法，只有卡兹陌的那帮傻子看不出来。他们还不听劝，跑去北边那门，尝试从那头体型相对较小的怪物身旁钻过去。结果不出意外的，他们搞砸了。那怪物立刻就醒了过来，将那些管理者撕了个粉碎，然后还试图冲进来，好在有人重启了防御，那怪物瞬间被压成了'饼'，哈哈哈哈哈哈，可真过瘾！"

"没人注意到有头怪物偷偷地溜了进来。大概是被那小号石怪的怒吼声吵醒的，又或者是等在门口根本没睡的，总之它就静悄悄地、突然地出现在了众人面前，真是晦气。可奇怪的是那头怪物没有攻击任何人，而是径直地走到控制台前，解除了中央圆区的防御，你敢信？一头该死的嗜血怪物，在一堆'食物'面前，优先破解了防御系统？！"

"接下来的中央圆区，到处都是该死的屠杀、惨叫跟鲜血，让人怎能不相信地狱的存在。老子凭运气躲了些时间，但还是被解除防御系统的那头怪物给盯上了。它上前来扯住我的手，冰冷的眼神盯得人心里发毛，接着便是一声怒吼，将老子甩晕在了墙角。待到醒来时，身边已没了惨叫声，也没了那些怪物的影子，几乎被撕烂的基地到处都充斥着死气。"

"凭借初到时的记忆，老子摸索到救生艇停靠的扇区，找了艘状态还不错的。谁知道刚开了引航，整艘艇就被拽着后退起来，是头该死的怪物！老子把引擎推到底都对抗不过，以为快要完蛋的时候，逃生艇猛地像离弦的箭冲了出去，老子回头看到地面上两头扭打在一起的怪物，它们一定是为抢夺'猎物'起了内讧，老子才活了下来。"

"唯一的幸存者，行了行了，这故事编得越来越离谱了，"他朋友在旁听完后大笑，"以前从来不知道你这么有想象力。"

"艾迪,你不信老子?该死的……"克莱德有些气愤,"如果不是真的,你倒说来听听为何那卡兹陌要关老子这久,还消除了老子的记忆?"

"你都说自己被消除记忆了,又怎么会记得这些。"

"是昨天遇见的怪人,张口就要老子来参加这个狗屁庆典。老子都不认得他是谁,当然不予理会,但他却突然莫名其妙地跟老子说,'我要你记起来'。"

"然后你就记起来了?所有之前的那些经历?还有石头拼成的怪物……哈哈哈哈哈……"艾迪放下酒杯,笑个不停,"老实说,克莱德,你今晚喝得太多了。"

"喝多个屁!你告诉老子这是什么?!"克莱德气愤地将那尺寸不同寻常的左手砸到桌上,"这就是被那怪物抓住的手臂,上面还有它的诅咒!"

像是看到了什么骇人之物,质疑他的友人此时眉头紧皱,不再多言。莱奥好奇地起身想看个真切,结果招惹来了不远处的服务生。

"请问先生您需要些什么吗?"对方热情地问。

"不需要,多谢,"莱奥尴尬地回应,再次将目光转回克莱德时,却不想被服务生吸引的对方也刚好看向这里。

"让老子看看这里有什么?啊,一个阿斯特人,真是晦气!"克莱德醉醺醺地走向莱奥,老友艾迪的质疑令他此时的心情更加糟糕。

"不好意思,你认错人了。"莱奥说。

"认错?老子隔老远就能闻到你一身的阿斯特味儿。快说是谁派你来盯着老子的?卡兹陌?还是'白鸦'?你这个浑蛋。"克莱德抬起手做出要揍人的架势,莱奥也得偿所愿地看清了那令他友人哑口无言的、尺寸异常的、如岩石般的棕灰色手臂。

"我只是个普通的游客，"莱奥起身后退说道，"听着，我不想招惹任何的麻烦。"

"麻烦？你说老子是个麻烦？那就让你看看真正的麻烦是什么！"克莱德不顾服务生跟艾迪的劝阻，重拳挥向了莱奥。

"你真该好好听这位先生的话，不要招惹麻烦。"头戴兜帽的男人闪身到了二人身旁，轻松将那坚硬的拳头停在了距离莱奥鼻梁不足几公分的位置。

"你又是谁，一个僧侣？怎么，现在的僧侣都流行到酒会上多管闲事了吗……怎么是……是你？"克莱德上下打量着来者，在看到对方面容后大惊失色，"不，这绝不可能！"他抽回拳头倒退着，慌张地看了眼一旁的好友艾迪，随后一把扯上他，头也不回地匆忙离开了。

"谢谢帮忙解围，"莱奥上前表示谢意，可就在与那僧侣装扮的人面对面时，他也像克莱德般惊讶诧异，那兜帽之下的是一张并不属于人类的面庞。

第十五章
奇奇怪怪的门

临近凌晨的舞厅依旧喧闹，宾客如醉，三两人起舞，五六人举杯，只得一人于人群中穿行，迫不及待地离开。莱奥脑海中尽是兜帽下那张令人窒息的面具，让他没敢多跟'恩人'寒暄上半句，便匆匆逃离了。

2051的门没能在他按下把手的一刻开启，在重复的失败尝试过后，莱奥只好从衣兜里翻出那把原本是作为纪念的钥匙，插进锁孔旋转，没想到房门竟啪的一声打开了。进屋之后，莱奥紧绷的神经总算是放松下来，疲惫感便也接踵而至，走进盥洗室，他意外发现里头已经焕然一新，整洁的毛巾、干燥的环境，丝毫没有早先使用过的痕迹。

"古城的清洁工作都做得这么极限么？"他不禁感叹。

结束简单的洗漱，莱奥在柔软的床上躺了下去，方才的一些细节也在此刻重归他的脑海：克莱德见到那个面具人的表情和惊呼，显然他是认出了对方的。

"如果那个就是用一句话令他恢复记忆的人，是不是也能令我想起昨晚的梦境？"想到这个可能，莱奥有些后悔只是因为一张可怖的面具就跑掉。虽然就算再给多次机会，他仍会选择在第一时间转身逃离。回忆继续引领着他匆忙地穿过了舞厅，快步走完左侧的阶梯，回到了整洁舒适的房间,记忆中的景象与现实重合之时,他已经沉沉地睡去了。

半梦半醒间,莱奥被几声连续的脆响扰动,那是有人在压动门把手并企图闯入房间的声音。他猛地惊醒,发现自己正身处床下,右侧脸紧贴在地面,视角冲向屋门的方向,既发不出声音,也动弹不得。经过好一番的折腾,门外的人终于一股脑地冲了进来,床底的视野让莱奥辨不得来者是谁,只能见到些不停歇的靴子,伴随杂乱堆叠的脚步声,显然闯入者不止一人。

莱奥搞不清楚自己是怎么到这床下的,进到如此狭窄的区域可不会因为"睡太熟而翻下床"这么简单的理由,但不得不说这里的确是个躲避危险的好地方,至少当下莱奥认为来者是怀揣恶意的,不然谁会在半夜闯进别人的房间呢?他首先想到的是克莱德的报复,可如果真是如此,以对方的风格早就应该叫嚣起来了才是,这些人却没半点儿彼此间的交流,甚至没有开启屋内的光源,唯有急匆匆的脚步声像些无头苍蝇在四处乱撞,之后在某个节点忽地整齐划一,莱奥看到他们朝着床的方向接近……接近……戛然而止。

"要被发现了么……"他感到心跳加速,心生了逃离之意,无奈身体却仍旧不受控制,只能眼睁睁看着那些雕刻着古怪花纹的靴子在昏暗的床前停成一排。此时若那些靴子的主人们俯身去看,或是将床铺直接掀起,便能将他逮个正着。而出乎意料的是他们未作任何举动,而是以另一种方式对床底进行探索,一种完全不需要光源或者交流的方式。

莱奥面前是数双排列整齐的靴子,其上的纹理显现出淡淡的光斑,点连成线,纠缠扭曲着化作条条面容可憎的蛇,浑身散发出令人厌恶的浊气。瞎掉的眼睛、裂开的下颚,群蛇无声的低语撕扯着他的耳膜,那是在极度视觉冲击下引发的幻觉。当下,蛇群脱离靴体开始游走,它们以舌为目,测探着藏匿的猎物。危机感令莱奥下意识地屏住呼吸,浑身的肌肉虽不可控,但此时也紧绷出了酸意。

当一条蛇信即将触及他面庞的时候,门外突如其来的碎裂声让那些靴子立即扭转了方向,蛇群也就随之消散了。入侵者的脚步声渐渐远去,莱奥情绪得到缓和的同时,身体竟也听了使唤。他努力挪动着僵直的肢体,也尽力地保持着安静。在确认过那些人不会折返之后,他抽出左手,狠狠地给了自己一耳光。

"如果这里不是梦境的话,"脸上火辣辣的疼,提醒莱奥刚刚对自己有些过狠了,"该怎么离开呢……"他比量了下床底的缝隙,相较床下的空间更窄上一截,甚至连小臂都挤不出去。压在上方的床板则异常厚重,纵使莱奥使出全力,也仅能勉强顶起其一角,之后就再没办法将其挪动分毫了。

"谁?谁在那儿?"一个醉醺醺的声音进到了房间,吸引他的是床板挪动的声音,当然也许是那记响亮的耳光。听到人声的莱奥先是心中一沉,但很快就意识到了那声音的熟悉。

"克莱德?"

"哪来的幽鬼在叫老子?"克莱德的声音颤抖起来,"有本事出来!老子可是……不怕!"

"你是酒会活动上的克莱德,对吗?想请你帮个忙……"莱奥连忙做出回应,即使是出去会挨上对方一拳,也好过被困在这里,何况听上去克莱德已经醉不成样,挥出的拳不见得会重过方才自己的那一掌掴。

"你是……"克莱德将屋内的光源开启,跌跌撞撞着走到床边,"一张会说话的床?!老子真的是见鬼了……"

"是被困在床底的活人……能掀下床板放我出去吗?"

"放你出来……可以实现老子的三个愿望么……嗝儿……让老子……看看……啊……是这儿卡住了……"克莱德说着将床板晃动了几下,莱奥奋力一推，终得重见天日。

"你……是你？！"克莱德恶狠狠地指着莱奥，"你是那个……那个……阿斯特……"

"那个阿斯特人，是的，你也可以直接叫我莱奥，听我说……"莱奥边说边后退着，做好准备随时躲闪对方的攻击，没料到克莱德却一屁股瘫坐在地上，开始痛哭流涕。

"你们……不要再搞我啦！"酒精令克莱德异常激动。

"嘘！放轻松，克莱德，放轻松，我不是你的敌人，先放轻松……"突如其来的场景令莱奥有些措手不及，他可不想克莱德的喊声把之前那些闯入者给引回来，连忙安抚起对方道。

"这些……不是你安排的？"

"什么安排？你看我都被困在床底了，还能安排些什么……"莱奥说，"听着，我们得尽快离开，这里有些……不对劲。"

"你得先能离开再说。"克莱德的情绪稍显平复。

"什么意思？"莱奥在克莱德的示意下走出房门，空无一人的屋外，铺着精美地毯的长廊，还有对称分列两侧的客房，乍看之下与他初到此处时并无不同。但很快他就发现了问题所在，十几米开外那本属于楼梯的位置，此时也成了道紧闭的房门，长廊经过那里继续向前，重复的景象朝两端不断延伸，无穷无止。

"这是怎么回事……"他回头问向一脸沮丧的克莱德。

"看来你还真是什么都不知道。老子，还有你，再也出不去了！就是这么回事，再也出不去了……"上涌的酒劲令克莱德再次瘫倒了下去，不再多言。莱奥望了望无尽的长廊，转身回去坐到了颓废的克莱德身旁，将头仰靠在墙壁上，闭目养神。

"你怎么还在这儿？"一阵轻鼾后，醒来的克莱德眯着眼睛看向莱奥。

"如果连你一个古城人都出不去的话，那我这阿斯特人也断无独闯出去的可能。"莱奥回应，"反正出去了也是一堆麻烦，像这样放空下倒也不错。"

"放空……说的惬意，怕得要命，真没想到老子会跟个阿斯特人死一起，真是晦气……"克莱德扯下身上的挂饰把玩起来。那是个透着金属光泽的吊坠，细腻的雕花间透露着高雅不俗，与持它的酒鬼格格不入。克莱德将吊坠上的精致扣环拨开，两个男孩的映像便显现出来，他们的笑容衬得那吊坠更加灿烂。虽然映像中的二人仍是孩童时期的模样，莱奥还是一眼便认出其中纤瘦的那人正是克莱德。

"你想聊聊吗？"莱奥试探地问道。

"老子的兄长，五年前响应了卡兹陌的号召，参与了那个狗屁矿产星系的首期探索任务。比起宣传中那些价值连城的水晶，星际探险才是他一直以来的梦想。只是待那任务期限满了，老子就再没得到过他的消息。卡兹陌宣称应召者们选择留在了那个星球生活，放屁！虽然听上去确实是那家伙能做出来的事，但完全失去联系？所以两年前老子报名了那该死的第二期任务，结果差点将老命撂在那帮石怪手里，呸，真是晦气！"克莱德将吊坠合上，不停嘟囔着，"找不到咯，再也找不到了……"

"如果这么容易放弃的话，那确实找不到……"莱奥觉得此刻的克莱德似乎也没那么讨厌，"无论是你的兄长还是从这里出去的路。"

"这是阿斯特人特有的乐观还是什么？"克莱德抬眼对上了他坚定的目光，"你是认真的？是已经想到出去的方法了？！"

"你得先告诉我究竟发生了什么,你怎么到这儿来,又遇到了些什么。"

"好吧,"克莱德叹了口气,将吊坠揣进口袋,"你也看到兜帽下面的面具了吧?酒会上那个怪异的家伙,就是他恢复了老子的记忆,然后叮嘱老子要在昨晚来恒月旅店参加那个该死的庆典。"

"既然见过,你为什么掉头跑掉?虽说那面具看着的确是有点儿……"想到那张冰冷的'面庞',莱奥不禁咽了口唾沫,"瘆人!"

"因为重新见到那面具的时候,老子脑海里就突然多出了段记忆,一段不该属于老子的记忆,"克莱德回忆着,"那场景昏暗得很,面具家伙正死死抓着一个人的脖颈,任那人挣扎反抗,他只是稍微用力,就轻松将那人的头拧了下来,丢到了老子的脚边。"

"他杀了人?!"这解释倒是令莱奥始料未及,甚至是有了些后怕,庆幸当时没跟对方有过多的接触,"可是,你刚刚说那段记忆不该属于你是什么意思?"

"就是老子很确定那个场景没发生过,也不可能发生过!"克莱德不停地摇着头,试图将接下来的话说得清楚,"因为被那面具家伙杀死的人是艾迪,是他的头停到了老子脚边。而这段画面在老子眼前闪过时,他还好好地站在老子身边呢!"

"当时跟你喝酒的那个朋友?"

"嗯……真是晦气,老子不知道那意味着什么,但直觉告诉老子得离开那里,越快越好。所以老子拉上艾迪就离开了那儿。回到三楼,在确保他安全地进了屋子之后,老子就走回自己的房间,但狗屁的掌纹识别,门根本不开,呸!"克莱德说,"然后老子就记起艾迪是用了把钥匙才开了门的,因为老子的房间是艾迪给开的,大概房间钥匙也在他那儿。于是老子就走回去找他,结果到时他房间的门竟是虚掩的。老子当时脑子一热就冲进去了。你猜老子看到了什么？"

"该不会是艾迪的……"莱奥有种不好的预感。

"泡泡，满屋子的粉色泡泡……"

"什么？"

"喝太多出现幻觉了，你一定是这么想的，对吧？起初老子也是这么以为的。可老子确定那就是他的房间，但里面没有艾迪，没有任何人，只有填满整个房间的……粉色泡泡……老实说还是有些好看的。"克莱德看着一脸迷茫的莱奥继续道，"谁知接下来就更见鬼了，老子想去到前台联系艾迪或是要个房间钥匙，结果那本该是楼梯的地儿却成了扇门。要知道这旅店的楼层可是环形设计，没了楼梯意味着就只能在这长廊上绕圈，一直绕下去……"

"可你是怎么到这儿来的？"

"声音，窸窸窣窣的脚步声，在长廊里响，像是从墙里面传出来的。老子随着那声音，停在一扇门后，那门也是虚掩着的，就跟艾迪的房门一样。怎想老子才将门推开一点儿，里面就传出来什么碎了的声音。紧接着那些脚步声就又响起来，老子赶忙推开门，怎想到门后并不是什么房间，而是另一条长廊，一模一样的长廊，没有什么被摔碎的东西，只有些跑远了的身影。

"你看到他们了？"

"嗯，原本老子以为跟上他们就能出去，可那些背影让人看得很不舒服，直觉提醒老子就该那么静静地等，直到他们拐过弯消失在走廊尽头，直到这房间里传出其他的声响，像是谁给了谁一嘴巴……"

"嗯，我大概明白了，"莱奥连忙打断他再提及该事，"接下来就该想办法从这儿逃出去了。"

"你到底明白了个啥？有在听老子说话吗？"克莱德说，"楼梯都没了要怎么出去？"

"用那些门啊，"莱奥起身走去门口，向长廊张望一番回过头来说道，"就我所见，这层虚掩着的门还不少呢。"

"用那些门？当楼梯用？……看来你也喝了不少。"

"如果不是那门，你是怎么从三层下到二层来的？"

"啥？这是二层？"克莱德不可置信地盯着房门上的起始数字。

"而且就像你说的，恒月旅店是环形结构，现在没了楼梯，那些背影早该绕回来了才是。所以这些门里有去别处的路……"莱奥在克莱德的注视下推开他们面前左侧的房门进去，下一秒他的声音竟从克莱德的右侧传来，"就一定也有出去的路。"

"这是什么情况？"克莱德惊讶地转向身后，手在空中乱比画着，"你刚才明明……"

"在你的前面，是的。就像你通过三层的门到了这二层，看来这些虚掩着的都是传导门。"

"传导门？一个旅店而已，怎么会用上那玩意儿？"

"虽然听说过古城的一些地方是不受阿斯特律法约束的，但随意放置传导门，还放了这么多？恐怕这里可不是一个旅店那么简单……"莱奥叹口气道，"总之我们还是赶紧找到出口，先离开这里吧。"

于是他们开始了探索之旅，那些虚掩的门通向的地方真是五花八门：红砂铺满的荒野，霓虹闪烁的下水道，险些一脚踏空的万丈深渊，还有缥缈梦幻的祥云之巅……当然这些场景都以容纳它们的空间为限。除去奇奇怪怪的房间，还有一些门则是通向了更高的楼层，五层、七层……但没有一扇门背后的场景是他们所期待的。

"看起来这儿没有通向出口的门，至少这层没有。"莱奥推开最后一扇虚掩着的门，再前面就是他最为熟悉的 2051 了。门后是处普通的客房，普普通通，没得任何惹人注目的装饰，"也许该去其他楼层看看。"

"进到房间去。"

"为什么要进去？不过是个普通的房间而已啊？"莱奥看向一旁瘫坐下去的克莱德，很快意识到刚刚那句话好像并不是克莱德说的。

"说什么呢？进去哪儿？反正老子是不打算动了，"克莱德粗喘着气，"再这样下去，危险还没来，老子就先累死了。"

"进到房间去。"声音又来了，不停在他耳旁喃喃低语，"走进去……走进去……走进去……"

莱奥感觉这声音有些熟悉，是那个前台的声音？不，准确地说是那个曾提醒他不要走左侧楼梯的声音。如果自己是因为没听它的劝告而身处困境，那这次要不要听呢，走进去？他在门前犹豫着，身后却被人重重地推了一把。

"阿斯特人？"克莱德的余光见到莱奥跟跄地跌进屋内，之后便没了动静，"这时候可不兴跟老子开玩笑啊？"他起身向房内探去，却并不见人，"喂！莱什么来着，那个阿斯特人？！"他扯着嗓子迈进屋，此时一双手突然从地板下伸出，猛地将克莱德拽了下去。

第十六章
出 路

　　他被不知名的介质包裹着,悬浮在地板之下。抬起头还能将刚才的房间看得清晰,那个吞掉了他的房间,此刻正平静地像无事发生,甚至还假作慷慨地透了些光下来,可惜虚伪的光终究不够照亮下方的漆黑。

　　"克莱德!"莱奥呼喊着,包裹他的介质却像是道天然的静音屏障,没半个音能逃得出去。上方看似近在咫尺的房间,即使他踮起脚尖也无法触及。是的,踮起脚尖,这是在确保百分百安全的前提下莱奥能做到最大幅度的动作了,他可不敢赌上性命去测试那介质的结实程度,尤其是在看不清下方情形的时候。

　　"好好想想,莱奥,好好想想,这到底是怎么回事……"他不再执着于上方那不可及的光,而是将自己沉浸在周身透彻的暗,极致的颜色总能放大某种感受或是在某段记忆上加粗一笔,而紧接着进入他脑海中的却是个故事。

　　"等等,这是……'地心居民'?"

　　莱奥意识到这场景像极了费奇曾经在某段故事中的描述,准确来说是很像之后自己根据那个故事整理出的某一画稿:他先是以纯色填满画格,不见五指的黑是步入地心世界前的唯一可见,几圈'颤抖'的白色勾勒出故事中的主角在首次探寻地心世界时的载具,最后配以一段旁白,是费奇口中关于地心深处传来的指引。

"睁开的眼只会追寻光亮,闭合的眸才得看清黑暗。"

当然他倒不认为自己是真的处在了通往地心之路,至少故事里的地心入口并非在旅馆之中。只是此刻想来那格漫画的确有些应景。于是便效仿起故事中主角对深渊的响应,他深吸口气,闭上了双眼,只是片刻眼前便亮了起来。他开始看清那围绕周身的介质,正是克莱德口中的粉色泡泡。边缘不规则的巨大的粉色泡泡正托着他去光的源头。他从未见过那样干净纯白的门,随着它的开启,涌出的光冲垮了周遭的黑暗。

粉色的"牢笼"在接近那扇门的过程中持续溶解,刚好将莱奥放上了门内的阶梯。这阶梯先是向两端延展成环,再于对面汇聚,宽敞的广场于其中构建而生,光在广场中央继续汇集着,攀爬出座纪念碑的模样。他又将眼睛闭紧了些,以便能看得更加清晰。稳定后的场景像极了等比缩小的砌斯特广场,那座标志性的纪念碑好似从地底伸出的臂膀,轻微摇晃,招呼他上前。

由光砌成的阶梯比看上去要牢固,他边向广场中间靠近,边好奇倘若自己睁开眼,见到的又会是怎样的一番场景,此时的他并未察觉身后的空间正悄无声息地坍塌起来。

待走近时,莱奥才发现这一人多高的纪念碑不完全是对砌斯特广场上那座的复刻。尽管外观上天衣无缝,但雕刻在上面的文字绝非源于阿斯特,那是古城语掺杂了其他不知名语言的书写方式,莱奥没一个字认得,倒是能从一旁图绘中推断出应该是对几场战争的描述,其中不乏高耸入云的巨人和从天而降的神明之类奇怪的元素,让整体看上去又像是某款游戏的说明。就在他的注意力还完全集中在那些碑刻上时,坍塌已近在眼前。莱奥脚下一空,下意识地抓向那石碑的底座,却将它一起带下了悬崖。

"喂!阿斯特人!莱……利?"熟悉的声音将他从短暂的昏迷中唤醒。

"是莱奥……"他的头有些痛,"你是克莱德……?"

"废话,不是老子还能是谁,"克莱德一把将他拉了起来,"没想到还真让你找到出口了。"

"出口?在哪儿?"莱奥的眼前依旧漆黑。

"就在那儿呢!你到底要不要出去?还是打算就这么一直闭着眼,然后问出些废话?"

莱奥才意识到看不见东西是因为双眼依旧紧闭着。他不清楚之前"见到"的那些究竟是什么,但此时睁眼所见的是站在一旁有些不满的克莱德,还有那通向旅店大堂的阶梯。

"我们是怎么到这儿的?"记忆到那处坍塌的场景截止,他完全不记得自己是如何到的这儿,"是你带我来的?"

"说什么胡话呢,当然是你把老子拽到这儿来的,"克莱德抱怨,"差点闪了老子的腰……"

"我……拽你下来的?"莱奥记忆中自己唯一拽过的东西就只有那个'纪念碑','算了,还是先离开这儿……"

"老子要投诉!"克莱德随他踏上那通往自由的阶梯,"现在就去!如果没有合理的赔偿,老子就将这家黑店举报到达里斯去!真是晦气!"

"投诉这家旅店害你进了一个充满粉色泡泡的房间?这听上去就没少喝。"莱奥说道,"不过你觉不觉得这楼梯走起来比看上去要长?明明都走

139

了段时间，为什么跟那大堂的距离就没变过……"

"你的意思是这里不是出口？"

"不，这应该就是出口……"莱奥笃定地说，"大堂左侧的楼梯……是连接了不同空间的传导门……"

"你在嘟囔什么啊，什么左边右边的。"

"你在登记入住的时候，有听到过什么提示么，比如不要走左侧楼梯之类的？"

"没啊，不都说了老子的房间是艾迪代开的。左边楼梯怎么了？你是出现幻觉了吧？"

莱奥正想解释，却被身后传来的脚步声打断了。他示意克莱德停下，回头望见上一层的墙上，已离远了的墙上，数不清的黑影正在聚集、扭转……曾经梦境中的场景，那个压迫感十足的噩梦侵入现实了。

"克莱德……难道那也是幻觉么？"

"什么鬼东西？！"克莱德盯着那些不停抖动的影子，一时愣在了原地，而与那个梦境不同的是，整齐的脚步声并没有随二人的停止而停滞。

"跑啊！"莱奥喊向呆住的克莱德。

原本似乎永远走不到尽头的路程，竟在疯狂地奔跑下缩短了许多。身后的追赶声在他们跨下最后一阶楼梯时消失了，但二人依旧没停下，经过迎上来的旅店前台，忽略了他那个标志性的礼貌笑容，以及他那句"请问需要什么帮助吗？"。莱奥和克莱德头都不抬地跑着，直到他们冲出了恒月旅店的大门，直到克莱德跟某人撞了个满怀，才总算停了下来。

"嘿，什么情况？"那人踉跄几步站稳，半举双手后退，"别激动朋友，是我。"

"艾迪？！"在认出对方面容后，克莱德将紧绷的拳头放了下去。

"如假包换，你在这儿干什么？"

"老子还想问你一样的问题呢，你不是回屋了吗？"

"我是回屋了，准确地说是被你扔回屋了。但说实话我有些担心你，毕竟喝了那么多酒，还有拽着我离场时候那满脸的惊恐。又怕你会再去找麻烦，所以我就出屋去找你，结果不论是你的房间还是酒会都不见你的人影，这不刚出来透个气，就碰上了。"

"你没遇到那些破事儿？"

"什么破事儿？"

"没什么，"确认完周边的安全，莱奥赶忙把话茬接了过去，"就是刚刚酒会那边好像又因为什么吵起来了。"

"是吗，那我的确是没注意……你是之前的那个阿斯特人？希望克莱德没再找你麻烦。"艾迪笑着致歉道，接着转向克莱德，"那就回去休息？明天还有场给你办的接风宴呢。"

"回这旅店？"克莱德瞥了眼莱奥，"那个……还有别的地儿能住么？"

"不满意这里？"

恰时响起的午夜钟声代替了他们回答。

"你说了算兄弟，不过恐怕这个时间不会有空着的旅店了，共和日庆典前几乎都是这样。"艾迪耸耸肩道，"要不去我那儿暂住一夜？我新置换的住处就在附近。"

"也……行？"克莱德再次看向莱奥。

"阿斯特的朋友要一起来吗？"

"我就……"

"当然一起！他跟老子现在可是过命的交情！"莱奥的不字还没说出口，克莱德就替他一口应了下来。

"没问题啊，"艾迪有礼貌地笑着，"一起随我去就是。"

"不需要唤个交通工具什么的么？比如……胶囊列车？"莱奥没有立即跟上去。

"古城可没有那些，"艾迪转身指着不远处的鹅卵石小路，"很近，穿过几条小巷就到。"

接下来的三人一路无话，也许是夜深了多少有些疲惫的缘故，前头带路的艾迪步伐不算快，二人也便缓缓地跟着，甚至中途莱奥有意让克莱德将脚步又放慢了些，刻意地与艾迪保持着距离。

"你真的信任他吗？"莱奥压低了声音问。

"为什么不信？他可是老子最好的朋友。"

"两年前最好的朋友。"

"什么意思？"

"你就不觉得哪儿不对劲么，两年完全没有联系的人，在你到这旅店的第一晚遇到的刚刚好。而且他可是跟你一起进入的那个空间，包括你说过他有段时间消失不见。但刚才他就像什么都没发生过一样，又能恰好跟我们在旅店门口撞见？"

"巧合罢了，难道不是？"克莱德有些想不明白，"不然怎么办，你想回到那旅店？还是想睡大街？"

"总之还是小心些好，毕竟……"克莱德停下的脚步打断了他。

"怎么了，克莱德？"莱奥警觉地看着克莱德，他此刻正站住了，指着艾迪刚走进的小巷。

"老子好像认得那里……"

"是有危险么？"

"不是老子和你的危险……"克莱德回答，随即喊向艾迪，"嘿，伙计！老子不想走这条硬了吧唧的小路，你给换条路走。"

"换条路？穿过这条短巷就到了啊。"艾迪转过身去，见他们离得远远的，正满脸惊愕地看向自己，"你俩怎么了？没什么可担心的啊，跟上就是！"

"恐怕你们不能再向前了。"低沉的声音在艾迪的背后响起。没等反应，来者便轻松斩下了他的头颅。

整个过程过于迅速，快到令克莱德还没来得及做出警示。恐惧令他们生了逃离之意，脚下却如生了根般动弹不得。二人就那样眼睁睁地看着艾迪的身体软塌塌地倒了下去，黑暗中出现的人，提起艾迪的头颅走向他们，月光映出兜帽下的那张可怖的面具。

"你这浑蛋！"愤怒让克莱德冲破了畏怯，他不顾莱奥的阻拦冲了过去，将那岩石般的拳头向着对方挥了过去。兜帽人倒并不慌张，只在那记猛击快要及面时偏了下身，两人身形交错的刹那，克莱德便倒了下去，不知死活。

"克莱德！"

"他暂时还死不了，"兜帽人警示莱奥莫再上前，"与其关心一个认识才不久的人，倒不如担心下自己的死活。"

"所以一直以来都是你对吗？安排克莱德来到恒月旅店，让我们误入那个异空间……可这样做目的又是什么？杀了我们？"

"显然有人的目的是这样，但我的目的则恰好相反。"

"你是说，想要杀死我们的人是艾迪？"

"艾迪？啊，你是指这个？"兜帽人瞥了眼手中的头颅，冷漠地说道，"它只是游戏中的一环，一个'脏工'，无足轻重。你也怀疑他了，不是吗？"

"那并不意味着可以相信你。"

"你不需要相信我，也可以不相信任何人，但很快你就必须做出选择，莱奥·格雷。"兜帽人丢出那颗头颅，它在夜空划出一道近乎完美的抛物线，恰好落到了莱奥的脚边，他下意识后退，同时看清了那枚头颅脖颈处的切面，正渗出果冻状的淡青色的脓液。

"艾迪不是人类？"

"这个不是，之后的也不会是。现在你可以回恒月旅店，那里已经安全了。等待返回阿斯特的指令，之后做出选择。"

"什么选择？我为什么要做选择？"

"你会知道一切，仅在时机恰当的时候。"兜帽人一手将克莱德提起，就像他根本没有重量一样，转身走进小巷。

"等等，你究竟是谁？要带克莱德去哪？"

"去书坑，去教廷，去他本该属于的地方，至于我……我们……我……我……我们……我们……"兜帽人的话语在小巷内回响，传进莱奥耳中的声音有男有女、音调或高或低，像是有千万人在同时低语，"我们，即瓦希陨尔的护卫者。"

第十七章
消失的尸体

夕阳的余晖像块琥珀，将阿斯特城内的一切尽数包裹。由砌斯特广场驶向生活区的飞弹列车上，有人正抱怨一天的平淡无奇，更多的则如往常一样期待着夜生活的开始。奥斯卡和加斯坐在相较安静的角落里，从刚才断掉与莱奥的通讯之后，奥斯卡就显得心事重重。

莱奥对昨晚经历中离奇的部分只字未提，聊的只是些不起眼的见闻，比如古城奇奇怪怪的建筑、新月大道上那些琳琅满目的商品、口感惊艳的限量陈酿以及会员才能看到字的书店，当然他也提到了艾莉，也是在那时他想起还有个要赴约的歌剧，于是匆匆地断掉了通讯。聊天内容倒算是轻松惬意，只有莱奥最后那句不着边际的话引起了奥斯卡的注意。

"他最后那句话……到底是啥意思？"加斯打破沉寂，"我怎么没听懂……"

"那是还在孤儿院时我俩一起发明的暗语，意思是要你和我注意安全。"

"注意安全？！"加斯四下看了看，"哪儿不安全？"

"或许莱奥在古城遇到了什么，不方便在通讯中说吧。只是为什么突然用暗语,我有些想不明白。"

"对啊,注意安全就直截了当地说呗,整些暗语谁能听得懂啊。"

"你提醒我了!"奥斯卡看着一脸迷茫的加斯,"暗语对应能听懂的人……也许莱奥要提醒的不只是我们,还有同样知晓这暗语的人。"

"这不是你俩间的暗语么,这么多年了连我都不知道,难道还有其他人知道?"

"嗯,恐怕我们得去趟'断脚章鱼'了。"奥斯卡说。

他们通常不会在天还没黑透的时候就过去,除非当晚费奇有新故事发布。往常不论早晚,"断脚章鱼"都断然不会如此冷清:宾客寥寥无几,甚至连费奇的身影都没有,整间酒吧只有几个看上去有些蠢的 IV 型服务机器人照顾着为数不多的生意。

"费奇竟然不在?会不会是偷摸把酒吧卖了,自己享清福去了。"加斯咬着刚上桌的梅子派,"你说,这总不能真出了啥事儿吧?"

"但愿没有吧,可能就是因为见到生意不好所以懒得过来?"奥斯卡指了指头顶的监控,"其实我刚在想也许莱奥并不是要提醒费奇注意安全,那样的话他完全可以直接联系费奇,不是吗?说暗语也许只是为了引导我们来'断脚章鱼'?没准儿费奇知道些什么?关于那个莱奥在通讯中不能提醒的危险。"

"或者费奇就是那个危险?"加斯又灌下一杯酒。

"什么危险?"费奇不声不响地出现了。他额前的几缕头发略显凌乱,疲态尽显的脸上依旧挂着微笑。不过他似乎对"危险"这个话题并不感兴趣,见二人沉默也就未做再多的追问。他将两杯预先调制好的果酒推到他们面前道,"怎么今天少一个,莱奥那小子呢?"

"他在古城,可能得明天才能回来了。"奥斯卡故意加重了古城二字的语气,观察着费奇的反应。

"古城?去那种地方干什么?"费奇符合预期的摆出了一脸嫌弃,"不过话说回来,你们想知道今年古城共和日限定餐是什么吗?"

"不太想知道,"奥斯卡赶紧摇起了头,"前几年的限定餐已经让我'大开眼界'了。"

"说来听听啊?"加斯倒是满怀期待地凑近了些。

"说?让你们提前尝尝不得了。"费奇坏笑着,在吧台上敲下了段复杂的指令,没过多时一碟不可名状的食物就被端了上来,"他们管这叫作'古老的幻想',我可从来没幻想过这样的东西会出现在'断脚章鱼',试试吧,免费。"

"我就不用了,谢谢。"奥斯卡继续拒绝。

"你就是矫情,古城出的限定餐,哪次口味差过了,"加斯看着那盘像是鱼碎的东西,吞咽着口水,"你看这花了心思的摆盘,多酷。"

"像是从沼泽里挖了勺烂泥。"奥斯卡看着那滩软塌塌黑漆漆的东西,不禁皱了皱眉。

"等看过今年的限定饮品,你也许会赞同加斯对餐食的评价。下面请允许我隆重介绍第 167 届共和日限定饮品……"费奇端上两杯摇晃着快要溢出的饮料,替换掉二人面前的空杯,里头冒出的灰褐色气泡在昏暗的灯光下显得很脏,"诺丁的鼻涕。"

"好家伙,这回连名我都听不下去了。"奥斯卡"礼貌"地拦住了费奇推过来的酒杯,注意到他左臂上满是新添的伤痕。他赶忙将目光移开,装作什么都没看到。饶有兴趣又有些反胃地欣赏加斯将那口"鼻涕"喝下,然后呛了起来。

"最近的阿斯特城可不安全，你们听说了吗？"费奇示意二人靠近些道，"一些外乡人被看到在这附近活动，而且据说从衣着上来看，并不是古城那边来的人。"

"那就是温洛迩奇的人呗，有啥可惊讶的。"加斯很快适应了限定餐饮的味道，大快朵颐着。

"你是傻的吗？温洛迩奇的人怎么会到这儿来。"奥斯卡继续将话题留在"危险"上，"不过即便是有无法确认身份的人出现，也不见得就会有什么不安全吧？"

"传闻正是因为这些人的出现，阿斯特城才会发生那样的事。"费奇将声音又压低了些，"杀人事件，听说大治安官已经派遣'白鸦'暗中调查了。"

"杀人'系'件？在阿'诗'特？"加斯险些吐字不清地惊呼出来，奥斯卡连忙往他嘴里又多塞了口吃的。

"从来没听过有这样的传闻啊？近期的新闻里也没有过相关的报道。"奥斯卡清楚这样的传闻完全能对应上莱奥的提醒，想要确认更多的信息。

"因为凶手还没抓到，而且现场被伪装成了自然死亡。赶在接近共和日的时间，自然不会有什么报道。其实这传闻有段时间了，起初我也不信，就也没跟你们提过，毕竟总有人喜欢编些故事，然后套上'真实'的外皮去传播。不过，昨晚的'断脚章鱼'的确是发生了些事。"

"这里？"

"嗯，昨晚你们没来。我跟一帮达里斯的人闲聊时，其中一个年轻人不经意聊到了外乡人的话题，但很快就被其他人打断了。敷衍说让我帮忙留意最近到酒吧的陌生人，并及时上报发现的异常之类的。正是那几人紧张兮兮的样子让我开始相信或者说在意之前有关杀人事件的传闻。那个年轻人在几杯酒下肚之后，开始自言自语起来，接着就呕吐起来。我当然是主动挽他去盥洗室了，为了保证其他顾客不受影响，也是好奇他到底在说些什么。去的路上他不停地在嘟囔着什么搜查、死亡还有巫术之类的词语。"

"巫术？"奥斯卡说，"就像萨铎萨①那样？"

"没人知道你说的那是什么东西。"加斯插话道。

"可惜当时的'断脚章鱼'里过于嘈杂，恰好碰上芦森队在 14:39 落后的情形下绝地反击，欢呼和呐喊声盖住了他本就不算清晰的话语。等进入盥洗室，他的碎碎念也立刻被呕吐所代替。小伙子倒挺讲究，没给吐到外面。我本想等他清醒了，看看还能聊出点什么，可之后的事态完全超出了我的预期。"费奇端起酒杯猛灌了一口，才发现喝的是奥斯卡那杯没有动过的特饮，他皱了下眉头吐了回去，继续着讲述。

"芦森队的获胜让我昨晚忙到不可开交，对那年轻人的关注也完全抛在了脑后。直到有人来抱怨有间盥洗室的门一直反锁着的时候，我才又想起来。赶忙去将那门打开，里面却没有那个年轻人。我看向那帮达里斯的人，他们正说笑着离开，其中未见那个年轻人一起。好奇心促使我立即查阅了监控，里头清晰地记录着我将那年轻人挽扶进盥洗室，我退出来将门关上，之后直到我再去将那门打开，期间没人从那儿进出过。"

"那人凭空消失了？"奥斯卡与加斯同步着惊讶。

"至少从影像记录来看是这么回事。"费奇继续讲着，"临近宵禁，店里的顾客基本走光了，我照例去安顿那帮醉鬼时，后门突然传来声巨响，像

---

① 来自安德鲁最受欢迎的战棋中的一个种族，半人半蜥，拥有着控制天气的能力。

是什么东西摔落的沉闷,那东西听上去要么是沉得很,要么就是摔得非常重。"

"黑巷也出事儿了!"二人不约而同地望向那扇不起眼的小门。

在大多数人眼里,几乎阿斯特城所有的违禁事项都发生在那条不过百米的窄巷里。拾荒者会不定期地在那儿"销赃",无论来者的需求是色彩绚丽的矿石还是来历不明的文物,又或是些还能正常运转的飞艇部件都能在这儿得到满足。出于某种原因,达里斯默许了这个地方的运行,前提是巷中人也必须遵守包括宵禁在内的多数规则。没人能说清楚到底是先有的'断脚章鱼'还是先有的黑巷,但二者位置上的密不可分,让费奇理所应当地也成了黑巷的管理者。

"过了宵禁时间,谁都别想在那儿惹麻烦。我闻声过去,黑巷里零星闪烁着从没见过的温欧果[①]色的火光,逆着那光飘散的方向,我再次见到了达里斯的那个年轻人,那个消失的年轻人,准确地说,是他的尸体正倚靠在底层的阶梯上。"

奥斯卡吸了口凉气,加斯吸了口"诺丁的鼻涕"。

"自首个共和日以来,阿斯特城还从来没有过如此卑劣的行径,"费奇啐了一口,"愿'恶鬼'诅咒那女人。"

"女人?你碰到凶手了?"奥斯卡连忙问。

"发现尸体的同时我就注意到了那个站在巷口的身影,昏暗中她重复地叨念着我的名字,身体随着狂笑声起伏。那笑声令我很不舒服,怒火不断地从内心深处涌上来,我冲了过去挥拳向她,谁会怜惜一个狂妄的杀人犯呢。可她并不在意我的发难,依旧一动不动地站在那。就在那拳即将击

---

① 一种淡紫色的水果,口感黏腻,味先苦后甘,多用于调配烈酒。

中时,手臂四周的空气旋转了起来,如刀般锋利,"费奇展示着奥斯卡之前留意到的那些伤痕,"拳头停在了距离她几公分的位置,紧接着我就失去了对身体的控制,像是被定身在了那里。"

"巫术!"奥斯卡表现出了不该在此时有的兴奋。

"我不清楚那是怎样的把戏,不过那疯女人也安静下来,歪着头跟我对视。她的衣着异于我见过的所有风格,瞳孔中尽是熊熊燃烧的疯狂。好在一束由远及近的灯光让这对视没能持续多久,那是每天都会来接送醉鬼的达里斯的列车。那疯女人依旧从容地转身离开了,她走进对面的巷子,许多奇怪身形的影子从她身体里分离出来,所以即使我那时候恢复了对身体的控制,也不知道究竟该去追哪个。"

"听着还挺危险的,"加斯说,"达里斯的人对这事儿有什么说法?"

"我没跟达里斯的人说,"面对二人的惊讶跟疑惑,费奇平静地说,"因为待我折返回黑巷的时候,那年轻人的尸体就已经不在了。"

"尸体消失了?"

"嗯,就像他先前消失在盥洗室那样,就像这个人从未出现过一样。黑巷里没有监控,要跟达里斯的人把这事儿解释清楚,还不如将它隐瞒起来的容易。"

"这样下去,阿斯特就不再安全了。"

"跟阿斯特没什么关系,那个疯女人多半是冲我来的。年轻人只是不走运的牺牲品罢了。"

"冲你来的?但你根本不认识对方不是么?"

"那疯女人在离开前留了句话,也是她说过的唯一的话,她说,'费奇,我要你记起来'。起初我自是将这句摸不着边际的话当作句疯话,毕竟从那样的人口中说出来,任谁都会这么想。但奇怪的是待那疯女人离开之后,一些本不属于我的记忆开始逐渐浮现了出来,破碎的片段拼凑成完整的场景,我也终于看到了那女人要我记起的……阿斯特城的真相。"费奇在说这些话时嘴角上扬,眼睛里透光,身体激动地不停颤抖着,那形象就如他所描述的那个女人般疯狂。

"喂,费奇……你还好吗……"奥斯卡试探地问道。

"阿斯特城、古城、温洛迩奇,不不不,不仅于此……"'断脚章鱼'突然安静下来,这让费奇此刻的自言自语显得尤为诡异。

"呃,费奇……"奥斯卡注意到酒吧的宾客们不约而同地站了起来,空洞的目光聚焦在了费奇身上。

"他们需要一条捷径,一把钥匙,一个千万分之一的可能性……. "

"费奇?我想我们可能有麻烦了……"奥斯卡看着那些人像是被操控着一般,行动僵硬地朝他们走来。

"……他们需要你……"

"什么?!这到底是什么情况?!"人群以吧台为中央聚集,很快就将他们团团围住。面对奥斯卡的求助,费奇神情冷漠,竟一言不发地加入人群之中。

"该死,加斯,别再吃了!我们得从这儿出去!"奥斯卡抓起一旁的高脚椅防御,加斯则紧张地将手里的空盘扔向了一个身穿卡兹陌制服的人,却被那看似已经丧失了意志的人轻松躲开了。

"嘿!放松,孩子们,我可不想有人真的受伤。"费奇恢复了往日的语气和神情,制止着他们接下来要抛的东西。说话间,老款的Ⅳ型服务机器人推着个巨大号的恶龙造型蛋糕自人群中走上前。

"祝奥斯卡生日快乐！""丧尸群"突然欢呼起来，欢快的乐章响彻穹顶，炫彩的气泡和飘带争抢着向上，一场精心策划的生日派对闪亮登场。

"我发誓这可都是莱奥一个人的主意。"费奇道着祝福，接过奥斯卡还攥在手中的椅子。

"其实……我早就猜到了，"奥斯卡正了正嗓音，"在你聊到杀人事件的时候，我就知道这是个瞎编的故事。之后嘛，只是在配合你们表演而已。"

"可是你拿着椅子的手一直在抖。"费奇笑着。

"那是因为我演得太好了，对，就是这么回事儿。"

"我说你能赶紧许愿么，"加斯在一旁催促着，"这蛋糕看着真不错……"

"刚才还吓得不行，有点吃的就什么都忘了是吧。"奥斯卡边吐槽便闭上了眼，叨念了几句，紧接着将蛋糕上的"龙角"抓下来，反手糊到了费奇脸上。

"接招吧，老家伙！"

"臭小子，你搞偷袭？！"

"我说你们不吃的话能别浪费吗！"

一时间，"断脚章鱼"里好不热闹。

不知怎的，在与艾莉道别后，莱奥心中竟有一丝丝的失落。回旅店的路上，他回味着那场令人震撼的歌剧，悠扬婉转的旋律与跌宕起伏的剧情浑然天成。险些忘了有位老友正在经历他与费奇共同设计的生日"惊喜"派对。

其实是莱奥笃定奥斯卡定会第一时间来信儿将他骂上一顿，才没把这事儿太过放在心上。但现在距离"好戏开场"都过去一小时了，莱奥的通讯器却依旧保持沉寂。"玩儿得这么投入吗？"他正犹豫着要不要给费奇发消息确认下情况，刚好通讯器就响了起来。

"嘿，生日快乐，老兄！我发誓那都是费奇一个人的安排，我只是负责用暗语勾起你的好奇……"

"不是生日的问题……"通讯器那头的奥斯卡显得很紧张，"是那个故事……是费奇。"

"什么故事？费奇又怎么了？"一阵不安感涌上莱奥的心头。

"那个关于消失的尸体的故事，竟是真的……"奥斯卡说，"费奇刚刚被达里斯的人带走了，罪名是谋杀。"

第十八章
达里斯之旅

    莱奥醒来的时候,那个头戴礼帽的哥布林已经在屋里乱窜很久了。它瞪圆了眼睛,说不出是好奇还是愤怒,尖尖的耳朵一高一低,面容猥琐。它佝偻着身体,发出"咯咯咯"的阴森笑声,不时会有亮闪闪的宝藏从它身后那破布口袋里漏出。莱奥挥手拍停了闹钟,令人厌恶的灰色小东西便被吸了进去,期间它挣扎反抗着,发出不情愿的怒吼。

    回到阿斯特的第三天,依旧没有任何关于费奇的消息。在此之外,没有梦境,没有幻象,生活平静如常。昨天,莱奥终于等到了之前沙弗恩提过的会面通知,只是这场邀约并非来自赛尔的领主,而是达里斯的大治安官。出乎意料的,奥斯卡和加斯也收到了相同的通知,没人能猜到等待着他们的究竟是奖是惩,但终究会是一些事的终结,还有另一些事的开始,至少莱奥自己是这样期待的。

    三人按约定的时间乘坐达里斯派来的飞弹列车,一早就抵达了砌斯特广场。未曾在达里斯实习过的他们还是第一次如此关注这里,与赛尔抽象的堆砌艺术不同,与卡兹陌极简的设计恰好相反,达里斯的建筑风格表现出典型的极繁主义。外墙装饰的复杂性和细节的丰富性令人细看之下赞叹不已,尖角与叠层结构拉伸了拱门和立柱的视觉效果,令其整体显得更

156

为高耸、细长。

"所以我们需要一路走过去？达里斯是没有传导门的吗？"加斯不知从哪儿取出了块"脑糖"嚼了起来，眼前通往达里斯正门的阶梯可不比赛尔那边的少。

"看上去是的，真是同情达里斯的人。对了加斯，待会见到大治安官记得别……"奥斯卡边提醒边踏上台阶，脚落下的同时人就消失了。

"什么情况？他人呢？！"加斯紧张地又向嘴里丢了块"脑糖"。

"看来这里是有传导门的，只是被隐藏得非常巧妙。"说罢莱奥也向那台阶迈出一步，下一秒便到了达里斯的门前。

"莱奥，快看！这门大的像是给卡尔厄斯巨人①造的，"奥斯卡仰头盯着门上巨型的"利剑与天秤"纹章，此刻正泛出淡淡蓝光，"这儿可真酷！"

奥斯卡兴奋的劲头令莱奥也跟着放轻松了不少。入口平台两旁对称地排列着14尊人物雕像，莱奥打量起这些栩栩如生的雕塑，他对这些雕塑的原型背景一无所知，却能确切地感受到它们给此处增添的威严与神秘。

"你干什么呢，为什么还不上来？"奥斯卡与加斯通讯着，"没错，那阶梯就是个传导门，我说你就不能效仿我们一下……"

"我哪知道是怎么回事，你俩突然就消失了……"加斯的埋怨伴随着咀嚼声在他们身后响起，"害我把带来的'脑糖'都快吃完了。"

"大治安官的面都还没见到，你瞎紧张个什么劲儿啊。况且如果顺利的话，这次就是我们去温洛迩奇的机会啊！"奥斯卡向莱奥确认道，"沙弗恩领主是这么答应的，对吧？"

---

① 安德鲁出品过的一个战棋种族，它们之中最矮的也拥有着阿斯特人四五倍的身形，擅长使用蛮力但爱好和平。

"嗯,没错……"莱奥给着肯定的答案,心中的不安却不减反增了。他在想如果将与多夫真实的会面内容还有他在古城中的那些离奇经历告诉他们,奥斯卡会不会依旧乐观,加斯又会不会紧张到将吃下去的糖一股脑儿吐出来。当然莱奥什么都没说,只是提醒了句,"别忘了还有费奇的事,看看能打听出些什么。"

"记得呢,最好能给他也争取个温洛迩奇的资格,"奥斯卡说,"真想看他到时候会感激涕零成啥样。"

"你知道他对温洛迩奇没兴趣的。"

"有了我们的温洛迩奇,费奇会感兴趣的,他可离不开我们……"

三人攀谈着通过紧闭的正门,那感觉就像穿过层薄雾,视线短暂受阻,周身略感清凉。大概是时间还早的缘故,此时达里斯的暮日大堂显得格外宽广空旷。首先映入他们眼帘的是于正上方悬浮着的吊灯,如同行驶在浩瀚银河中的水晶船,气派十足。在它之上的是多如繁星的建筑体,截然不同的构造,高低错开飘荡着,看似毫无规律的游移,却总能刚好互不干扰。

"流动着的房间?这可真酷!"

"可是没见到有升降舱啊,"加斯环视了一圈,嘟囔着,"怎么去见大治安官?邀请人来嘛,连个指引都没有。"

"大治安官的房间……"莱奥仰望着那些建筑体说,"应该就在那些漂浮的建筑之中吧,看起来也不像是搭升降舱能去的。"

就像是对他们的回应,数十座传导门环绕着拂晓大堂凭空开启,它们的外形如遗迹般古老,四周渗透着微弱的淡紫色雾气。

"看来他们不只是有传导门的,而且是有很多的传导门……"

"传导门当升降舱用?可真奢侈,啧啧。"加斯看着那些外表几乎一致的门说道，"可是，能去到大治安官房间的又是哪个啊？"

"随便一个都行的吧，我猜它们的设定就像赛尔的升降舱一样，会按照权限或者日程安排把进入者'投递'到对的地方，"莱奥补充了句，"哪怕目的地是移动着的。"

"我收回对达里斯人的同情，这样看来还是他们的待遇高级。"奥斯卡抱怨道，"什么时候赛尔也跟着改改吧，我早就受够了与农业部那帮人合挤一区的升降舱了，一股子泥巴味儿。"

三人走到了距离最近的一座传导门前，两侧门柱上盘附着有些开裂了的雕刻，那些盲眼巨蟒的形象令莱奥生起不好的回忆，不禁皱起了眉头。

"你们准备好了吗？通过这扇门可就要见到大治安官了。"他回头道。

"走呗，来都来了，"加斯说，"说的好像我们有什么其他选择一样。"

"待会儿记得别乱说话，一切以莱奥的回复为主。"奥斯卡提醒着。

"知道了，知道了，"加斯不耐烦地说，"你还不放心我？我嘴严着呢。"

被选择的传导门将他们带进了个稍显局促的房间，里面光线幽暗不明，且空空如也。无窗无门，没有任何通道连接，一处被完全孤立、封存了的空间。

"这……走错了吧？这怎么可能是大治安官的房间啊？"加斯敲打起四周的墙壁探索着。

"不会是真的选错了吧？"奥斯卡回头，屋子正中已经完全没了传导门存在过的痕迹，"得，还是个单向的，这下回都回不去了。"

"这个大治安官可真行，安排个会面跟捉迷藏一样，还把我们关进小黑屋呢？"没能找到隐藏道路的加斯干脆往地上一坐，"那就等着呗，总会有人联系我们的吧？"

"问题是都不知道这是哪儿，"奥斯卡掏出通讯器晃了晃，"也完全没有信号。"

"我知道了！"莱奥说，"这里就是大治安官的房间！"

"别开玩笑了，大治安官在哪儿呢？难道还隐身了不成。"加斯说。

莱奥没有作答，而是示意他们往上看。奥斯卡和加斯这才注意到，这不足十平方米大小的房间，层高却高得离谱。凭借着昏暗的光线，他们隐约能看到在大概离地几十米的高度，两侧开始出现像是画作的东西，整齐地排列着向上延伸，似是没有尽头。

"你的意思是……大治安官的房间在那上面？可这怎么可能……"奥斯卡看着似乎信心满满的莱奥，"就算真是这样，我们也上不去啊……"

"看到那些画一样的装饰了吗？"莱奥提醒道，"注意它们的方向。"

"什么方向，我可没那么好的眼神儿，"加斯眯着眼看了会，还是放弃了，"算了，头抬得我脖子疼。"

"那些画的方向？这么说的确有些奇怪，"奥斯卡很快就反应过来，"等等，我好像明白你的意思了……"

"如果不是刻意为之，就只有一种可能，"莱奥说，"那些画的方向代表了重力的方向。"

"重力的方向就是我们接下来该走的路！"奥斯卡显得有些兴奋。

"你们就正常说话不好吗？怎么都成谜语人了……"加斯平躺下朝上望去，吐槽道，"那些摆件有什么问题吗？"

"三年十一个月零四天前，安德鲁曾经有款让阿斯特人几近疯狂却夭折在了宣传期间的产品。官方给出的回应是因未能通过达里斯的安全检测所以无法上市,但那并不妨碍众人心中的向往,对于能行走至任何地方的信仰……"奥斯卡走到那些画作指向的那面墙前,伸手抚摸着。

"我知道每次提到安德鲁的东西他都会有点不太正常,"加斯起身走到莱奥身边低声说,"可这回不会是真出啥毛病了吧?"

"我能听见你说话,加斯,"奥斯卡回头向他做了个"友好"的手势,"你就好好看着吧。"说罢他稍微后退了些,抬起左脚踩在了那垂直地面的墙壁上,随即又将右脚也抬了起来。加斯还没来得及惊呼,转眼间奥斯卡已经平行着地面,稳稳地站到了墙上。"嗒哒,重力涂层!"奥斯卡仰起头看向二人,张开双臂,眼里闪烁着激动,"伙计们,这简直是酷爆了!"

"不,这简直是疯了。你都说了这玩意儿没通过安全检测,"有严重恐高症的加斯严词拒绝道,"我才不会用那玩意儿上去,想都别想。"

墙面源源不断地提供着平稳的重力感,没令加斯感到任何恐慌。在被莱奥他们强拽着上墙走过一阵之后,他小心翼翼地转回头去,看着刚刚的那个房间,辨不清自己究竟是走得越来越高,还是越来越远。

"这些画中场景看上去不是阿斯特,"莱奥边走边看着,"也不像是古城。"

"没准儿是温洛迩奇?但好像跟宣传片里的又不完全一样。"奥斯卡否定了这个想法,在一幅画前站住说,"莱奥,你看这幅,是不是有点眼熟?"

"充满尖刺的贫瘠之地?我不记得在哪儿见过啊。"

"你的漫画啊!萨尔维特人的上篇,他们的住所不是就长这样?"奥斯卡引用着漫画里的原文,"'他们就寄身于此,躲避龙群的攻击'。"

"这么说来是有些像……"莱奥说,"不过漫画的内容都是我根据费奇的描述想象出来的,真的会有这样的巧合?"

"这可不是什么巧合,我的朋友,"奥斯卡指了指另外几幅,也都多多少少能跟莱奥漫画中的某段对应上,"如此惊人的重合率就只有一种可能。"

"什么可能?"莱奥不确定此时突然的紧张是来自奥斯卡的故弄玄虚,还是他刚好看到了不远处那幅画上的三颗星球。

"他们在侵权你的作品。"

"等等,什么?"这是莱奥没想到的。

"很明显达里斯监控到了你的漫画,而大治安官则成了你的粉丝。之后他们没有经过授权就对它们进行了二次创作,挂在通往大治安官房间的长廊里展示。虽然它们的确是显得更具历史感而且更艺术了些……"

"艺术了许多。"加斯补充道。

"只是艺术了一点……嘿,伙计,听我说,这不重要。问题的关键在于这些画的初始版权归属于你,"奥斯卡将手搭在莱奥肩头,"你才是它们的亲生父亲。"

"我现在有点想吐。"莱奥说。

"要我说这会是个很好的会面筹码,提升我们去温洛迩奇的概率。没准儿大治安官一直在期待你的签名什么的……"奥斯卡快走几步跟上莱奥。

"别指望了。"

"你说得也对,不能把筹码都押在你的漫画上,"奥斯卡沉思片刻,"我的音乐怎么样？没准他们也侵权了我的音乐？"

"如果大治安官听过你的音乐，没准儿就直接把我们送进监狱了。"

"闭嘴，加斯！"

重力涂层所带给奥斯卡的兴奋，让轻松的气氛一直在画廊里持续着，直到那扇漆黑的大门出现在了长廊的尽头，让他们的心情又落回到了现实。

"准备好了吗？"站在门前，三人深吸了口气，"让我们去见大治安官吧。"

第十九章
大治安官

　　黑门后的世界与其说是谁的房间,不如说是座宏伟的殿堂,琳琅满目的收藏在这宽阔的空间中显得微不足道。两侧是高耸而立的书架,存放于此的是数倍于"纸片裂隙"中的收集。陈列其中的不乏一些看上去年代久远的典籍,古老的封装方式看着有些压抑,但同时也激起了他们对其内部保存的远古学识的探求欲。继续向前,各类奇珍异宝应接不暇,数不清的袖珍版"全息械灵"①飞梭于其间,统计并记录着藏品。值得一提的是,那些全息影像竟能够时不时地对实体进行搬运或者修复,虚实融合的技术即使是赛尔都不曾拥有的。

　　"这可真酷!"奥斯卡不禁赞叹。

　　"你们快看!那又是什么……"

　　他们随加斯指的方向看去,透明的半球形屋顶正中吊着一副龙的骸骨,即使只剩骨架,庞大的身躯也依旧压迫感十足。它的双翼被固定成仍在翱翔的形态,向前伸出的两颗头颅,一颗正做仰天长啸状,另一颗则为垂头低吟态,令人惊骇的怒吼与悲鸣似在耳边,栩栩如生。

---

① 以传说中精灵为原型的机械,主要应用于活动演出等,此处为其全息影像。

"两个头的龙？这是真实存在的吗？"加斯问道。

"问题应该是：龙是真实存在的吗？"奥斯卡说。

"一切都可能是真实存在的，只是有些事情我们已经不再熟悉与记得了。"声音从前方传来，即使距离还有些远，一字一句却很清晰。精神矍铄的老者出现在他们的面前，身着金线描边的水墨长袍，手中的权杖颜色颇深，像是些枯萎的手臂扭曲在一起，无数指尖争相追逐向顶端的那枚宝石，争抢那其中似流动的生命，"欢迎来到达里斯的拂晓穹顶。"

"治安官大人！"三人即刻停在原地，礼貌地行礼。

"不必感到拘束，"老者微微抬了抬手指，三人身后就各多出了张悬浮着的椅子。他示意他们坐下，自己则是走向那张硕大的混合了兽骨和诺曼金属的长桌前。他将权杖靠在长桌的一边，说道："请允许老朽先致以歉意，加斯·克劳先生，没提前将指引做得更清晰些，毕竟这里已经很久没人到访了。"

"该死，他是怎么知道的。"加斯压低了声音说。

"不过是被这里的一切惊艳到之后的胡言乱语罢了，治安官大人，"奥斯卡连忙替加斯解围道，"他没有任何不敬之意。"

"奥斯卡·L·米勒先生，安德鲁的忠实粉丝，永远知道该说什么的那个，以及……"老者将目光转向了莱奥，"莱奥·格雷先生，永远知道不该说什么的那个，即使是对你最信任的挚友。"

"什么情况？"奥斯卡看向莱奥。

"莱奥先生向你们隐瞒了他与多夫的真实会面，当然目的是不让你们担心，又或者是他担心你们会被卷进更大的麻烦中去。"老者继续说道，"只是莱奥先生，你真的认为沙弗恩会为指引者带回去的那个故事买单么？"

"我们不想招惹什么麻烦,治安官大人,这是我选择隐瞒的唯一原因。"莱奥最担心的事还是发生了,他没想到对方会如此的开门见山,只好诚心认错道,"我只是想有更多的时间去了解那个秘密,如果真有什么会对阿斯特造成威胁的话……"

"倘若真有什么会对阿斯特造成威胁的话,那也会是我的问题,不是吗？"老者打断他,看着对方紧张的表情,语气又缓和了下来,说道,"不过无须担心,莱奥先生,今次会面的目的并不是惩罚。其实恰恰相反,老朽对于你之前的表现十分满意。"

"满意？"莱奥有些摸不着头脑,"我不明白……"

"温洛迩奇在招手了。"奥斯卡向加斯挑了挑眉。

"……你选择相信多夫的请求而非执行沙弗恩的命令,将对于那个秘密的好奇置于自身的安危之上……"

"这听着不太像满意的意思……"加斯嘟囔着。

"我们完蛋了。"奥斯卡小声回道。

"……你对真相的渴求,还有敢于质疑的勇气都值得嘉许。只是老朽也要在此澄清一点,"老者的胡须随着嘴角上扬,"从来都没有什么秘密,莱奥先生,所有的阴谋和猜忌,恐怕都是多夫先生一人的臆想,就像他的哥哥卢修斯先生,以及整个织梦协会的成员一样,接触梦境太久,就容易模糊虚幻与现实的界限,在那种精神崩溃边缘游走的结局只会有两个,被关进精神病院,或是自我了断。"

"那这一切……我之前经历的那些……"

"就简单地将它们当作梦吧,莱奥先生,从今往后再也不会做的梦。"

"可就连领主大人也曾说过那个秘密是真实存在的？"

"我该如何说明才好，沙弗恩老了，即使他外表看上去远不及我的年龄。他在赛尔领主的位置上坐了太久，欣欣向荣的景象迟缓了他的感官，令他更加害怕失去，也就更加容易被假象迷了眼，所以才会轻易地听信了谣言，却忘记了阿斯特存在的根基：律法与秩序。"老者挑了挑眉毛说，"当然，作为阿斯特的领主，沙弗恩也必是言出必行，作为被卷入此事的补偿，明日的共和日庆典上，你们仍会获得去往温洛迩奇的通行证，想来也算是因祸得福的运气，不是吗？"

"但这并非真相，对吗，治安官大人？"显然，莱奥对这些说辞并不买账。

"你别乱来啊！"奥斯卡赶忙扯他的衣服提醒。

"你想要寻求真相？这里的古籍与收藏，承载着连同旧世界在内几千年的文明，宗教、律法、艺术、科学甚至是被人称作魔法的东西，但没有一样能够阻止'裂痕之战'的发生。诚然每个人都有获取真相的权利，但不是所有人都能够承受它。然后，真相就会被扭曲为阴谋、偏执跟恐惧，矛盾激化征战，世界则会因此迎接它的末日，这就是真相。实际上，你完全可以将之前的经历视作一场试炼，一场成为无瑕者的试炼，一场有关运气与勇气的试炼。而如今你所面临的就是在成为无瑕者前的最后一次考验：关于智慧，选择的智慧。你可以选择抹除那些荒谬的记忆，去温洛迩奇，与你的朋友过上你们曾期许的生活。或者，你可以带着求索真相的想法离开，但之后无论何时都会有'白鸦'跟着你，无论何地都会有'千眼'盯着你，直到你真的做出什么出格的事情。"老者一字一句说得清晰，"所以莱奥先生，请告诉我，你是否具备选择的智慧？"

"我们选择前者，治安官大人，"奥斯卡和加斯连忙抢着说道，"前者。"

"别犯傻。"奥斯卡连忙用胳膊捅了捅莱奥,莱奥也只得点了点头。

"非常好的选择,老朽认为你们已经完全具备了成为无瑕者的资格。"老者微笑,"现在你们可以离开了,门的另一头会有人安排你们清除记忆,你们会忘记这段日子里所有的负面情绪与痛苦经历,忘记沙弗恩,忘记老朽。还有什么痛苦记忆是你们想一并抹除的吗?"

"没有了,治安官大人。只是还想确认下,"莱奥回应,"有关费奇的事儿。"

"哪个费奇?"

"前些天涉嫌杀人事件,被'白鸦'从'断脚章鱼'带走的人,已经很多天没有他的消息了。"

"啊,那个酒保。"

"我们自打很小的时候就认识他了,费奇绝不是能干出那种事的人。"

"对,没错!"奥斯卡跟着保证道。

"老朽相信在谈话的这段时间里,你们口中的费奇已经回到他的酒吧了。"

"你们放他回去了?"

"整件事老朽有所耳闻,恐怕是个乌龙事件。错误的情报加上某些执行官的小题大做,那个被判断为神秘死亡的小子显然只是在酒醉当晚爬上了卡兹陌起航的飞艇,目前人已经找到了,真相大白。"大治安官示意他们看向一段全息影像,影像中一头卷发的瘦弱男子醉眼蒙眬地被人从飞艇上架了下来,"就像你说的,那酒保的确不像是能干出那种事的人。"

"那可太好了!"奥斯卡说。

"没其他问题了,对吗?"

"治安官大人,我还有问题……"加斯的突然发言显然出乎了所有人的意料,他指着上方的龙骨道,"那是真实存在的吗?"

老者只是笑了笑,并不作答。

"你是有什么毛病吗?"奥斯卡对加斯说。

"你们可以离开此地了,先生们,这终究是场愉快的会面。"老者伸手送客道,"虽然你们不会记得,但仍然祝你们共和日快乐,未来在温洛迩奇的生活顺遂。"

"共和日快乐,治安官大人!"三人起身行礼之后,转身向来时的路走去。

"总之,一切顺利!"奥斯卡说,"大治安官人还挺不错的!"

"就是有点老……"加斯说。

"他能听到你!"

"那些藏品从来不是乐趣。它们是记忆,时刻提醒着我是谁……"莱奥耳边突然响起老者的声音,他转身望去,大治安官显然并没有在讲话,可他的声音却依旧继续着,"……越多的藏品只是意味着收藏者越发严重的空虚,就像一个黑洞,无论你怎么想填满它,都只会让它变得更大……"

"您是在跟我说什么吗?"莱奥转身问向老者。

"我有在跟你说什么吗?"对方反问。

"没……没什么,大概是我搞错了,抱歉,治安官大人。"

"再见了,莱奥先生。"他依旧微笑着。

"刚才又是闹的哪出啊?"奥斯卡快被身边这俩爱乱说话的人搞崩溃

了。

"幻觉吧,大概是……"莱奥说,可就在穿过来时的门时,他分明又听到老者的声音再次响起。

"我要你记起那个秘密,莱奥先生。"

莱奥连忙转身,身后通向大治安官房间的门已经消失了。而门后的场景却不是他们之前走过的那条有重力涂层的挂画长廊。

"他们应该是调整了传导门的目的地。"奥斯卡向一脸蒙的加斯解释道。

"我不知道你们是怎么做到的,"拥有着一双湛蓝色眼睛的执行官走上来说,"嫌犯的朋友破格获得了去温洛迩奇的资格,多么励志的故事。"

"就是他,是他带走费奇的!"加斯认出了那个执行官。

"冷静,朋友,我也不过是奉命行事而已。今早已奉治安官大人的命令将他完好无损地送回酒吧了,而且对这些日子未能开张的损失做了加倍赔偿。所以……"蓝眼执行官话语讥讽,"别放在心上,毕竟几位都是要去温洛迩奇的'贵族'朋友,我可招惹不起。"

"我们这是在哪?"莱奥语气冷淡,并不太想理会他。

"我们称它为'清洗室',"执行官指着三人面前的纯白房间说道,"所有要去温洛迩奇的人都会来这里'清洗'上一番,没人愿意将自己的痛苦或是失败的记忆一同带去温洛迩奇,不是么?接下来需要你们做的就是进去待上一会儿,我会在'清洗'结束后回来接你们的。"

"具体我们会忘记些什么?"

"需要被'清洗'掉的记忆都是在来之前就安排好的,我当然是无从得知。无论是你们自己的意思还是上面的意思,我只是个执行官而已,知道的只有'清洗室'的门在哪里,敞开、关上、再敞开,仅限于此。"

"期间我们就只需要坐在那儿?"奥斯卡看着房间里的沙发确认着。

"是的,最好给你们的大脑系个'安全带',这将会是场激烈的'头脑风暴'。不过也无所谓,毕竟最后你们也不会记得整个过程。"他示意三人进入房间,"待会儿见了,尊贵的朋友们。"

"这也太过幸运了吧!"他们走下达里斯的阶梯时,阿斯特已经入夜。奥斯卡明显地激动了起来,"温洛迩奇大概是缺人了,又或者他们终于意识到那些所谓的'高级基因'里缺少了些幸运,才用抽选的方式给出额外的进入资格,然后猜猜谁中奖了,我!们!"

"恰好我们三个人同时被选中,这也有点太不真实了,"莱奥回应道,"而且我完全不记得有关这件事的细节,我们是为什么来达里斯的来着?"

"来清洗掉积攒着的负面情绪?刚才那个接咱们的执行官不是说了吗,是成为无瑕者的必须流程,完成后犹如新生。"加斯说,"不得不说,现在的我感到头脑一片轻松。"

"大概他们顺便也清理了下你脑子里的油脂吧,哈哈哈哈,"奥斯卡开着玩笑,"总之明天我们就能去温洛迩奇了,伙计们,乘着新款的星艇,飞入四大家族的怀抱!这值得去'断脚章鱼'喝到断片!"

"正好将这消息告诉费奇,好好地炫耀上一把。"莱奥随声附和着。

"等等,你说要告诉谁?"

"我知道应该等共和日庆典上的官宣,但是没必要跟费奇保密吧?难道不是吗……"

"你在说什么啊莱奥,"奥斯卡和加斯疑惑地看向他,"费奇是谁?"

第二十章
共和日

共和日的清晨,穿梭于阿斯特各个区间的飞弹列车已是络绎不绝。柔和的晨辉映照着熙攘的人群,四处充满着欢笑与希望。街道两旁升起的全息荧幕循环播放着共和日庆典的预告,各家店面商铺纷纷展示出压箱底的珍藏,限时或者限量贩售的商品应接不暇,当然其中最为抢手的还是那些标记着共和日限定字样的纪念品。

"你来得可真够晚的,伙计。"奥斯卡对莱奥打着招呼,他指着自己头上那顶有些滑稽的帽子,上面纹刻着数字"167",被设计成了赛尔标志的样子。"看我抢到了什么!还好没等你,赛尔的联名总是最先卖断货。"

"现在离咱们约好的时间还早着呢……"莱奥打着哈欠,观察着奥斯卡身后还未营业的"断脚章鱼",似乎还在期待会有个叫作费奇的酒保从那走出来,热情的招呼他们。即使昨晚他们的"断脚章鱼"之旅已经证实了这家酒吧的所有者,从头到尾都是那个名为维克托的精瘦男人。

"这种日子也就你能睡得着。如果跟你一样,怕我连这点东西都抢不到了。"奥斯卡神秘地挑着眉,向莱奥展示着自己满背包的战绩。

"你管这堆叫'点'?问题是这些东西你不是都有吗?为什么又买了这么多?!"莱奥接过背包看着里面塞满了大大小小的物件,几乎都是安德鲁早些年的产品。

“新品开售前的往期大开仓，这不是要给未来的住处多预备些货么！”奥斯卡难掩即将要去温洛迩奇的兴奋，“还有什么别的问题要问我么？”

“问你什么？”

“比如问我为什么这包里装了这么多东西，却依旧很轻？”

“说起来真的感觉不到什么重量，”莱奥又掂量了下问道，“怎么做到的？”

“反重力扣环！”奥斯卡将别在背包一侧的徽章展示给莱奥，他拨动徽章中央的球，这让莱奥手中的背包沉了起来，“我来那会儿就已经抢空了，还好他们提前给‘绯红’会员预留了些，”说着他翻转下手腕，会员的评级影像在手中一闪而过，“呐，这次购物之后，级别又升了些，身份的象征。”

“金钱的味道，”莱奥意味深长地笑了笑，把背包递还给他说，“接下来我们去哪儿？”

“当然是安德鲁了！”奥斯卡拨动着徽章说道。

“你难道不是刚从那儿出来？”莱奥说。

“这不新品发布的时间又快到了，据说有好多款新型动力板哦。”奥斯卡知道这是莱奥不能拒绝的，说罢他看了眼时间，“加斯那家伙又迟到了，真是阿斯特进步路上的绊脚石！”

“什么叫又？”加斯的声音费劲儿地从人群中挤了出来，“我到这儿的时候可是连安德鲁都还没开门呢。”他边说边啃着手里整块的“茶杯碎”[①]，

① 一种做成茶杯造型的松脆蛋糕，制作过程与烧制茶壶无异，表面如釉般光滑，清脆香甜，但有时候因为色彩太过艳丽，被认为不利于身体健康或者不该被食用的食物。

色彩斑斓的碎屑飘浮在空中就像妖精飞过后留下的粉尘,闪烁着奇幻的光芒。

"这么早?那你去哪儿了?"

"贝斯街啊当然是。"

"贝斯街?这点时间你就往返了趟古城?"

"你们是真不知道还是逗我玩呢?这次的共和日庆典是与古城联动的啊,阿斯特到处都有连通到古城的传导门。"

"完全不知道。"莱奥摊起双手道,"你知道我从不留意那些宣传。"

"所以你从清晨开始吃到现在?"奥斯卡明知故问。

"怎么了?为了跟你们碰头,我可是放弃了埃洛家的叶椒香料吉厄蛋啊!"

"噫,一般名字太长的东西都不会太好吃。总之,人齐了!咱们先去趟安德鲁吧,在那之后到庆典开始还有足够的时间给你试吃。"

"再买下去你就该换个大点儿的房子了。"加斯说。

"是要换了啊,"奥斯卡单眨眼笑着,压低了声音炫耀,"而且还是温洛迩奇的房子。"

想在共和日当天找到安德鲁的店铺不会是什么难事,要么跟着最为熙攘热闹的人群,要么跟着奥斯卡。安德鲁没有太大的门面,在两边店铺的挤压下选择了向上生长,成为区域内为数不多的挑高异类。机械骨骼搭建的外墙上,齿轮在各关节间不停扭转着,最终连接到正门上方那枚巨型的义手标识。建筑的顶部是露出半个身的机械兽,它的"头骨"有节奏地打开、闭合着,随其口中升起的雾气颜色,做出不同的表情。

"不出意外的排长队。"眼前蜿蜒曲折的队列令莱奥感到绝望,但对比两旁几乎没什么人的店铺之后,心中倒也升起了份期待。

"你们知道那义手徽记是参考了生命与机械所能结合的完美比例么?还有辛卡[①]给那超前设计赋予的复古质感,寓意了历史与未来的联通……"

"你知道每回在这儿排队的时候,你都会啰唆一遍么?"

"哎,如果我再早生个一百年,就应该有机会见到安德鲁本人了,"奥斯卡并不理会加斯,依旧沉浸,"是要怎样伟大的女人能在三巨头鼎立的时期创造出这样伟大又别具一格的公会……"

"你对一个百年前就死了的人的执着,都要超越我对美食的执着了。"加斯从刚刚排队起,就一直在等这个吐槽的机会。

"你懂什么,这是超越了时间与空间的崇敬。"

"你说得对,我确实不该吃那么多的,这会儿感觉都要吐了。"

"饶了我吧,"莱奥打断了俩人的拌嘴,"就快排到我们了。"

不知是采取了怎样的流程进行优化,今年共和日的排队速度较往年有了明显提升。穿过那扇厚重的门时,他们耳边响起了一阵提前录制好的热情欢迎声。安德鲁的内部空间比起外观要宽阔上太多,没人知道这究竟是如何做到的,也许是装修风格所带来的错觉。当然,奥斯卡又乐此不疲地向二人重复起那几个有关空间比例重构的理论,而莱奥和加斯则会赶忙装作对某个新品产生了无比浓厚的兴趣,然后快速闪去一旁。

安德鲁共分为三层,首层所陈列出的自然是当期力推的新款。与往日不同的是今次的商品未做实体展示,而是都以全息影像代替。顾客可以直接通过抓取影像获得如实物般的购买体验,无论是质地、色泽或者是气味。

---

① 安德鲁现任首席设计师,传闻其曾在儿时见过安德鲁本人。

任何商品的影像在被抓取之后,会立刻在原处生成新的影像供其他顾客选取。体验过后,顾客可以选择将影像扔向自己以加入购物车,或者直接丢到一旁消失。

"打破了虚拟与现实的技术。"奥斯卡故作镇定地介绍,只有今天最早的那批顾客清楚地记得当时有人激动地喊出了声。

"这技术要是用在美食上,岂不是就可以一直吃下去了!"加斯显得有些兴奋。

莱奥的内心倒是毫无波澜,不是因为眼前这场景不值得他赞叹,只是这种"打破了虚拟与现实的技术",他隐约觉得自己曾在什么地方见过。

当然并不是所有的实体展柜都被取消了,比如那个像是由无数个时钟拼凑出的展柜还在老地方屹立不倒,其上展示着历年安德鲁最为畅销的、已绝版的产品,其中一些因为出品历史久远,甚至连奥斯卡这样的粉丝都未能拥有。

"它可以吸附在所有实体之上,将你天马行空的想象实现。"

莱奥手持着反重力扣环的全息影像,看着那段运镜优雅的宣传。短片中的扣环在旋转后,沿着被吸附的物体展开了一层薄薄的力场,当然这层力场的可视效果仅仅是用以展示,实际中并不存在。可应用的场景不停切换着,直到停在另一款安德鲁的热门产品——动力板上。

"你的动力板,为何还受限于地面?……"影像中被几枚扣环吸附上的动力板悬浮起来,借助着引擎低空飞行。

"我得来几个,给我的 C17 升级一番。"莱奥迫不及待地将影像扔向自己,"预约产品?"

"预约产品要等到几个月后才会发货,等不及的话也可以从我这儿高价购入现货。"奥斯卡露出奸商般的表情。

"C17？你都用坏那么多动力板了？"加斯记得去年莱奥的动力板编号还在 B30。

"嗯，你知道那些高难度动作需要很大幅的改造，确实对引擎不好……"

"这花销够我在埃洛家办上几年的会员了……"加斯嘟囔着，几只机械乌龟的影像从他们脚下穿过，较他们更快地上了二楼。

几支职业竞技队伍此刻正在二楼正中酣战着，那款被称为安德鲁之光的"银河"游戏，全新的种族与玩法吸引了不少人的围观。游走的虚影球[①]也正对这场试赛进行着全方位的直播及录制。参赛者们将随机抽到的"模型"置于游戏板上，它们会立即被吸入中央沙盘里，化作各类有血有肉的虚拟形象。在玩家的指令部署下，完成一场场协作或是对抗。

种族间的相生相克，比如"卡尔厄斯巨人"对付小撮的"灵魔"会有奇效，但面对成群的"尖刺镰螂"则毫无胜算，还有多至上千种的异能触发规则，使得战局瞬息万变，甚至不起眼的花簇盛放都有成为反转战局的可能。在游戏过程中，无论是战死沙场的勇士或是功成名就的怪兽都会在达到条件后重新回到玩家手中，再次成为精致的实体模型。栩栩如生的造型总能精准展示方才它所经历的荣耀或是惨败。内含的芯粒也会同时记录其参与过的每次游戏，甚至能根据历史战绩，决定它在下次出场时会得到史无前例的加强或是显得一如既往的胆怯。

毫无疑问，"银河"凭借其独特的玩法与极高的艺术价值，成了这些年来阿斯特最成功也最畅销的游戏。每年都会有全新的赛事，除了高额的奖金之外，优胜者还会获得下个赛年的银河创世权，参与全新的种族或是特

---

① 球形悬浮式摄像机，表面的特殊纹理反射的光使其在移动时留下残影。

殊规则的设计,这无疑是令粉丝为之疯狂的另一个理由。一些优胜者沉浸在由自己设计出的怪兽发出的每声怒吼,还有些则致力于在触发规则中导入毫无逻辑的恶作剧,令游戏变得更有"乐趣"。例如,去年决赛时,几只偏离主场的"象人"不经意地踏裂了一块石板,接下来战场上便涌入了不知从哪来的"屁精",使得原本僵持的战局瞬间陷入了特定的"粪围"中。

莱奥等人挤进前排的时候,一头巨型的"黏液兽"刚刚吞噬完一整支分队的帝国武士,向着对方玩家嚣张地打了个饱嗝,得到观众的一阵欢呼,却没承想一旁的残垣中走出早已隐藏在那儿的"暗能教众",他们紧握着喷筒,将烈焰泼洒向那头因为暴食而行动不便的"黏液兽"。

"瞧见没,这就是贪吃的代价。"奥斯卡对加斯说道。其实他并不怎么玩"银河",至少莱奥和加斯从没见过他与任何人比赛过。但他还是几乎收集了所有的棋子以及那些主题各异的可供远程游戏的棋盒。

在"韧骨势力"被彻底消灭后,原本混乱的战局清晰了起来。"污秽领主"最终在"荒芜"的面前倒了下去,但系统却没有即刻宣判"远古势力"的胜利。众人屏气凝神,紧接着他们看到领主倒下去的地方,残留的污秽沁染了大地,周围的生命快速死去,无数双枯槁有力的"手"从裂开的地底深处,将"荒芜"拖了下去。

"污秽势力赢了?"加斯看到那些手的主人正从裂隙中缓缓崛起,毫无阻挡地走向远古势力最后的基地。

"我不记得'污秽领主'改版后有这样的能力啊,或者是触发了什么特殊规则?"虽不怎么实战,奥斯卡对每年更新的规则倒是熟悉,他指了指远古神庙前那些凌乱的石柱说,"不过'污秽势力'赢不了,那些可是'远古势力'为这次共和日推出的新品。"

"新品是一堆破石头?"加斯还没说完,那些石柱便裂了开来,石头的碎片向上扬起幻化成新的形状。

"这可是前所未有的设定,"奥斯卡给加斯解释完,连忙跟凑上来的观众喊起了新品的宣传语,"现在,整个'银河'将会面对这远古的怒火!"

在杀死接近神庙的"污秽领主"之后,数条"岩石鳐"挥动双翼,将自己分裂成更小的体积、更多的数量,开始清理残留在"世界"上的每一处"污秽",最后成百上千的战斗单位汇聚成一条巨鳐,它的身躯遮蔽了整块沙盘的上空,触手自布满全身的口器中生出,垂向地面,将刚刚"污秽领主"重生处的裂痕闭合,将宿敌永远地埋葬。

"远古势力胜出!"系统做出了最终宣判。欢呼与喝彩声响彻安德鲁的二层,这场试赛所带来的宣传效果远比砌斯特广场核心位置的广告都要好,"岩石鳐"从沙盘中消失的瞬间,相关产品在线上预约的订单量就激增了起来。

"还好我提前预订了几个,"奥斯卡有些骄傲地说,"如果有人想要高价买到第一批货的话……莱奥?"

莱奥呆立在人群中,目光还停留在刚刚"岩石鳐"成形的地方,冷汗不断从发尖滴落,他听不到周围的欢呼,听不到奥斯卡和加斯的呼唤,他的眼前漆黑一片。

第二十一章
即时梦境

　　莱奥回过神的时候，自己已身处砌斯特广场了。举城欢庆的日子，人群聚集在此处听着台上衣着华丽的主持人声情并茂地宣布今次去往温洛迩奇的名单，一切似乎都很正常，可莱奥总感觉哪里有些不对劲。比如他不记得自己是怎么回到这里的，明明刚才还在安德鲁，还在庆祝那场试赛的结果，但为什么封印了那些"污秽势力"的黑暗也一并将他吞噬掉了。

　　"奥斯卡？加斯？"他想要求助好友关于刚刚究竟发生了什么，却发现身边早已没了二人的踪迹。视线被拥挤的人潮遮挡，莱奥焦急的呼唤也在发声的瞬间被淹没在众人的欢呼声中。

　　"如果你们以为最精彩的部分已经结束，那我只能说'再耐心些'。因为接下来将要发生的是共和日庆典上史无前例的环节！今次，温洛迩奇给予了额外的入场名额，约定了特殊的入选方式！我荣幸地公布无瑕者资格中首次出现了'幸运'名额！"莱奥三人的资料出现在全息屏上，主持人情绪依旧饱满，浓妆艳抹下的表情极度夸张，"三位情谊深厚的挚友，表现优异的赛尔成员，如果说温洛迩奇的大门只会向那些'完美基因'敞开，幸运又何尝不是'完美'之一？现在，请允许我为大家介绍，莱奥……"

　　短促的一声轰鸣打断了主持人的话语，全场先是安静下来，接着是此起彼伏的议论声,多数人显得很是惊慌,尝试找寻方才那不和谐之音的来源。

不足半分钟的沉寂过后,远处一幢由水晶建成的建筑砰然倒塌。那幢莱奥理应记得的建筑,或者说不知何时起被他忘掉了的建筑,正在此刻碎裂下坠,数不清的"晶束"向四面八方折射出耀目的光,用尽气力去展示"最后的美丽",同时在向世人发出"最初的警告"。随后,一栋接着一栋的楼宇在众人眼前消失,不是由爆炸所引发的崩坏,那些建筑像是被什么不可抗力硬生生地扯进地下,转眼即逝。

人群乱了。他们无法理解发生了什么,唯一可以确认的是那迫近的危机绝非庆典活动的环节。百年的盛世未曾教过他们应当如何面对这样的情形,没人清楚接下来该怎么做,是原地等待或者寻找掩体躲避……是去三大公会还是回到裂痕的另一头……

"阿斯特的子民们,"低沉又威严的声音压过混乱,使得整个广场再次安静了下来,"请勿为眼前之事担忧,我们会提供给你们绝对安全。"话音落下,硕大的全息屏上出现了三大公会的穹顶,从未在公开场合露过面的领主们从阴影中走出,尽管他们的面容仍旧隐藏在兜帽之下,但对于阿斯特城的居民而言,他们的出现已是此刻最大的慰藉。

"请保持秩序,尽快进入传导门。"提示声在砌斯特广场上空反复播放。

远处的坍塌仍在继续,传导门围绕着砌斯特广场升起,其数量之多前所未见。人群在引导下快速通过,一些进入了自己隶属的公会,一些则被送去了古城的教堂。传导门的数量随着疏散进度逐渐减少。莱奥没有第一时间跟随遣散的人群,通讯器的失灵令他更加担心那两个死党的下落。他逆着人流找寻,见到太多的恐慌,而那些面孔之中却没有奥斯卡和加斯。

"也许他们早就跑掉了吧……"莱奥这样想着,才发觉身边已经越发的空旷,紧急疏散用的传导门正消失殆尽。

在确认过仅剩的数人也非挚友之后,莱奥终于开始冲向那座最后的传导门,那趟末班车。怎料却在即将进门之际,像是撞上了什么被狠狠地弹飞了出去。他忍着痛楚爬起来,脑袋被撞得嗡嗡作响。莱奥努力将模糊的视线重新聚焦,试图看清挡住自己的是什么,见到的却是最后一座传导门的消失。

"已完成全部人员撤离……已完成全部人员撤离……"提示音在空荡的砌斯特广场回响。

"这儿还有人呢!"莱奥向那些正欲离去的虚影球挥着手,"等等,你们漏下了一个!"

无人回应。

莱奥挥动的双手停滞在了半空,他惊讶地看着十多具庞大的身躯正从大裂痕中爬出,它们身形高过楼宇,形态扭曲各异,同时具备了利爪和触须的肢体正在拖动什么沉重的东西,故而行动得异常迟缓。

"那是什么……"莱奥不敢相信眼前这番场景的真实性。虽然"蛮兽"群此刻相距甚远,但那种压迫感所带来的恐惧还是深深地坠进了内心,他下意识地退后了几步,转身朝向赛尔跑去,却被眼前突然出现的传导门挡了去路。达里斯的执行官正接连不断地自那座门中走出,他们持着莱奥从未见过的武器,铠甲黑得发亮,整齐地列队在砌斯特广场。

随着地表的剧烈震动,广场中央的纪念碑开始缓慢下沉,重构成了一架巨型的暗能炮。炮口正对着那些庞然大物行进的方向,有节奏地充能着。莱奥倒曾在武器开发部的研发记录中见过这重型武器的设计图纸,但不曾想过有一天会真的亲眼见到它,毕竟如此重的火力,在任何一场战争中出现都会显得夸张。

"谁能告诉我究竟发生什么了？！"

大规模的冲突在即，仍旧没有撤离指引，也没有人理会他，像是莱奥根本就不存在于他们的世界一样。他激动地上前想要拉住个执行官，却一个趔趄从那人身上穿了过去，莱奥转过身才发现"自己"仍旧还在方才的位置，满脸惊讶地看着眼前的一切。

灵魂出窍般的，这种通过第三视角看到自己的感觉实在是诡异。

"这些都不是真实存在的……难道我是在梦里？……"唯一合理的解释出现在他的脑海，"不行，我得赶紧清醒过来……"于是莱奥试图唤醒自己，闭上双眼努力地去回忆好友、回忆先前的庆典集市，在经过一番呼吸调整之后，再睁眼时莱奥眼中依旧是那场蓄势待发的战争与正身处其中的"自己"。脚下的大地随"蛮兽"群的接近而战栗轰鸣。

"不必惊慌，这不是你第一次面对这些，大概也不会是最后一次。"半机械结构的白色狮子驮着位老者从队伍之中走了出来，"但无论再经历多少次，你都会是安全的，老朽可以保证这点，莱奥先生。"

"大治安官？"莱奥认得那个声音，跟刚刚广播中的一模一样。

"你是……治安官大人？"他听到另一个"自己"也这样说。

"无论发生什么，"老者未作回复，挥手间在另一个"自己"的周身升起层流动着的屏障，"只要站在原地就好。"

"可治安官大人，难道我不该跟其他人一样撤离么？我是说……"

"恐怕你不是'其他人'，老朽知道这并不公平，但我们需要你面对这些，需要你去观察与感受这一切，并试图记住它。只有这样做，才有机会救下这颗星球，救下阿斯特，还有我们。"

"救下阿斯特？我不明白……"

"你会明白的，"老者冲另一个"自己"说着，忽而抬头看向"出窍的莱奥"，"你终会明白一切的，莱奥先生。"这句话像是段咒语，莱奥被一股子吸力猛地扯进那个身体，合二为一。

暗能炮几乎是在同时开火的，近乎无声的一击，漆黑的能量在空中划过，远处的几头"蛮兽"随即倒了下去，紧接着第二击、第三击……攻势比莱奥预想得更为猛烈、密集。行动迟缓的"蛮兽"毫无抵抗能力，它们无法接近，只能沦为活靶。待到不再有新的"蛮兽"自裂痕中爬出，暗能炮才停止了那高昂的能量消耗。

"咚、咚、咚、咚……"远处传来震天的战鼓，莱奥很快意识到蛮兽的溃败并不是结束，而是开始。全副武装的执行官所要面对的是那些此刻正从裂痕之中爬出、从倒下去的"蛮兽"身上冒出的如骇浪般汹涌袭来的"人"潮。

"那些'大块头'只是用来吸引火力的？"

"也是地心人惯用的战争载具，重视它们会让你消耗掉不少火力，而轻视它们则会让你损失得更多。请恕老朽没有时间做过多的解释，莱奥先生，一场血战正在前方等待。请务必留在原地，以保障自身安全。试着记住这些战争的无奈与残酷，同时你也可以向那些旧神祷告，祈祷这毫无意义的战火总有终时。"

大治安官说话间，执行官的部队已于前方完成列阵。首排的执行官将砌斯特广场围起大半，他们拔出收纳于臂甲中的塔盾，盾尖嵌入地面，盾体两侧的力场展开，联结作森严的壁垒。后排的执行官则将手中的暗戟齐刷刷地举向半空准备着，汹涌的能量在戟尖闪耀，迫不及待地想要刺穿那些即将闯入射程的敌人。

"勇士们,又一次,我们站在这里,守护着下一个旭阳的升起。又一次,我们挥洒热血以腐蚀敌人那好战的骨脊。今天或许不会是最终的胜利,但亦不会是文明的结束,不会是这星系的终局!"大治安官乘着白狮行至队前,他将攥紧的手杖高举过头顶,目光如炬,大气凛然,"进击!为了阿斯特!"

执行官的战前宣言与雄狮的怒吼响彻了整个广场,漫天的暗能化作饥饿的野兽,毁灭着所触及的一切。数不清的地心人被那些能量吞噬,更多的则用他们那些怪异的武器进行着防御,继续向着广场冲击。一波波冲在最前面的地心人被塔盾的力场挤压爆裂,如此这般仅靠堆叠数量的自杀式进攻无法撼动阿斯特的最强防御分毫。

战局是在最后一个"大块头"轰然倒地时扭转的,它用尽最后的力量将那笨重且致命的武器掷了出去,将阿斯特的防线撕开了道裂口,一时间执行官死伤无数,他们快速填补空缺,争取在最短的时间内恢复阵型,而地心人当然不会错过这个机会。他们趁机涌入,肆意扩散,强有力的双蹄使他们无需费力便能跑得飞快。如同细菌侵蚀伤口一般,战火快速地由广场的边缘向中间蔓延。短兵相接,地心人的硬质甲被暗紫色的光刃刺穿,执行官的力场防御被岩灰色的岩浆消融。战事随两股势力的不断碰撞而快速升温,鲜红色与暗黄色的血液迸溅于空中、流淌于地上,永不相融。

显然凭借勇气与坚韧也无法抵御源源不绝的劲敌,不过多时执行官便趋于劣势。看着战友被野蛮的兵刃撕裂,或是被烈焰焚烧殆尽,纵使是训练有素的执行官,也难逃被绝望侵袭的结局。战场之上,不稳定的情绪总是最为致命。

年轻的执行官,勉强地撑起伤痕累累的身体,却再也提不起御敌的武器。他的导师以生命为代价替他挡下了致命一击,可那些嗜血的"狩猎者"又怎会轻易地将猎物丢弃。面目可憎的地心人此刻正缓步向他靠近,说着一些没人听得懂的挑衅话语，这让他本就退化了的五官显得更为扭曲。

年轻的执行官，无法为导师复仇，亦无力保全自己。战争的残酷在身边愈演愈烈，他不想再拖累任何人，于是喘息着、颤抖着站起，口中默念着他第一天加入执行官时的誓词。倘若不能守护阿斯特周全，至少，他祈祷着，至少能拦下眼前这敌对势力，对它挥出那同归于尽的最后一击。可惜他伤得太重了，火的速度再次快过了光，死亡的气息在其面前划过，但他并非身首异处的那个。

"振作点孩子，"落日将白狮的鬃毛尽数染成金色，它将敌人按在地上撕扯，其背上坐着的老者依旧优雅，"胜利之前我们还有很长的路要走。"

大治安官将手杖举过头顶，杖端的宝石迸射出温欧果色的光。那光辉所及之处，执行官的防御力场得以迅速修复且变得异常坚固，本已暗淡下去的武器重新迸发出前所未有的能量。白狮驰骋于战场，将那希望之光带到更多的地方。它撕咬着过路的敌人，不时发出雷鸣般的低吼，老者则挥舞着手杖，被击中的敌人便在转瞬间灰飞烟灭。

被击溃的地心人开始向大裂痕回撤，大治安官示意众人穷寇莫追，表示战争已经结束了。他望着满目疮痍的大地，略显凌乱的银发之下只剩一声叹息。待到那些地心人完完全全地退回地底，他们会将大裂痕重新封闭，只是这次又能维持多久？大治安官的心中没有答案。地心一族的攻势越发的频繁与猛烈，老者不禁质疑起自己，是否真的有能力阻止那万物终焉的到来。

突如其来的鸣叫令大治安官的心头陡地一震，也使所有人的心情紧张了起来，莱奥看着不知是从哪里出现的"魔鬼鳐"，只是瞬间便铺满了整个天空。与先前在安德鲁二层看到的影像不同，这些进攻者更具生物感，摆动着的'肉翼'下布满了可怖的口器。大片的阴影掠过了执行官，"魔鬼鳐"

在他们的身后撒下音弹,将广场中央的大地炸裂开来,蓄势已久的地心人以及"大块头"开始从那些裂隙中爬出。与此同时,退进大裂痕的敌人也杀了个回马枪,腹背受敌的执行官与大治安官再度陷入苦战。

地心人的战斗技巧在近几次的交手中都有着明显的针对性提升,大治安官对这样快速的科技攀升本就心存质疑,现在突如其来的空中力量似乎已经让他心中的疑问得到了解答。他顺着答案联想到另一种可能,这不禁令他冒出冷汗。如果"魔鬼鳐"的出现是为了升级战事,那这一切的目标就不会是执行官、不会是自己,也不仅仅是阿斯特城……如果这场冲突成了最后之战,如果真的是这样的话……

"糟了!"

思考至此的大治安官连忙调转狮头,他默念着冗长的密语,联结莱奥所在位置的传导门在不远处升起。白狮如闪电般疾驰向它,于敌间闪展腾挪,灵巧地躲过每回"魔鬼鳐"的阻击,却最终还是被地隙间伸出的利爪牢牢抓住了后腿。白狮哀号着倒地,惯性将老者重重地甩了出去,他不顾痛楚地赶忙爬起,拼尽全力,杀出重围,朝着传导门的方向,可已然来不及了。

传导门的另一端,数枚音弹相互缠绕,径直地向着莱奥袭去。

第二十二章

做个"贝斯"！

"莱奥？莱奥！"

缥缈的意识在这声声呼唤中又重新聚拢起来，眼前已不再是救下自己和大治安官的"白鸦"，而是满脸关心的奥斯卡和加斯。莱奥回过神来，他的周围依旧是对刚才激烈赛事的庆祝，时间似乎并未抛下他太久。

"你没事儿吧伙计？"见他终于有了反应，奥斯卡松了口气。

"发生……什么事了？"

"这话该我们问你才对吧，刚才你的眼睛都灰掉了，特吓人。"加斯补充道，"你看你眼里现在还有层灰蓝色的圈没消呢。"

"是吗……"莱奥清楚加斯指的是什么，很淡定地说，"我刚才似乎见到了段幻象，关于一场战争的……幻象。"

"战争？就在那短短几分钟时间里？"

"等下再细说，我得先确认件事。"莱奥边说边走去了商品展示区，他拾起个"岩石鳐"模型，按下底座正中的三角凸起，一行文字显现出来："机密……"。

"机密？"莱奥转向奥斯卡，"不是应当展示出模型的背景或者能力的介绍么？"

"呃，之前可没碰到过这种情况，"奥斯卡接过模型连续按了几下，那行文字重复地消失又出现，但内容却未有任何改变：'机密……'，"可能是要出一整个全新的阵营，所以背景故事才会暂不公布的……有时候安德鲁确实喜欢搞得神秘兮兮的，尤其是在大量新模型上市前，你懂的，营销手段。"

"这次的庆典活动可能有问题……"莱奥说。

"庆典活动？能有什么问题？"奥斯卡问，"跟这棋子又有什么关系？"

"我也说不好，只是刚刚'看到'了些什么……"莱奥不确定地说，"要不我们先找个安静些的地方吧，我讲给你们听。"

"恰好我知道个安静的地方，"加斯瞅准时机插话道，"那里还提供整个阿斯特最美味的派。"

"你是认真的吗？"奥斯卡白了加斯一眼，"不管什么情况都能想到'吃'？"

"走吧，去贝斯街。"莱奥投了加斯一票。

"节日的气氛都被你们给毁了！"

他们随着一些衣着古怪的人群穿过那道通往古城的传导门，准确地说是通往古城烈酒区的传导门，贝斯街正是那里的主干道。他们在街口的"一根弦"乐器行碰到了几个武器开发部的熟人，奥斯卡主动走上前去寒暄，莱奥也是在那时注意到她的。隔壁"碎彩"画室门前的女孩正与同行的友人攀谈着，毫不吝啬她那灿烂的笑容，浅灰色的肩搭与暗紫色的服饰，典型的实习生打扮。

"艾莉！"莱奥打招呼道。

"不好意思……我们认识吗？"

"是我，莱奥？之前在……"莱奥停住了，他想说出些两人的共同经历来提醒对方，但除了她的名字之外，脑海中一片空白。

"很高兴认识你，莱奥先生，不过我和朋友正赶着去赴个约，所以……"艾莉依旧笑着，礼貌地回应，"共和日快乐。"

"共和日快乐……"他尽量让自己看上去不像个变态，尽管对方也许大概率已经这样想了。于是只得机械地回复了句，然后看着眼前熟悉又陌生的女孩背影渐行渐远。

"放眼整个阿斯特，还有比这更尴尬的场面吗？"结束对话的奥斯卡恰巧目睹到了这一幕，连忙抓住机会调侃起来，"看来我们当中有人体验到一见钟情了？"

"而且是一厢情愿了。"加斯补充道。

"我只是觉得好像认识她……"

"你是'好想'认识她才对吧？"奥斯卡打趣道，恰好瞥到了那被莱奥称作艾莉的女孩走过转角时的回眸，"嗯？那不是你之前在车上遇到过的实习生？"

"你认识她！？"

"当然不认识，你知道我不爱跟达里斯的人打交道，不过我的确记得见过你俩聊天啊。"紧接着，奥斯卡重述了一遍那天早上的情形。

"但我完全不记得这些……"莱奥说，"而且看样子她也不记得我……"

"行了行了,晚点再聊儿女情长也不迟,"加斯打断他们,"我们已经到贝斯街了！"

的确,美食是贝斯街的唯一主题。前脚踏进这里,混合了各类食物的香气便会一股脑地侵入来者的所有感官中,使其除了"我要大吃大喝一番！立刻！马上！"的想法之外再无其他。此刻,庆典的试吃活动早已结束,街道上却依旧人山人海。

在工业化食品过度的年代,这里的店铺继承并创新着各式各样的传统美食,自然会受到人们的追捧与喜爱。其中一些重度爱好者则喜欢经常性地凑在一起,探讨、分享,尤其是在有庆典或是活动的时候,他们称自己为"贝斯",简单的取自街道之名。加斯便是其中的一员,当然并不是所有的"贝斯"都有着跟他同样的体型。

"找个安静的地方,可不是指跟你进入那里！"奥斯卡来不及制止,加斯快速闪进了街口右手边的第一家店铺—— 瓦尔和皮特。这是贝斯街上唯一不贩售任何食物的店铺,却是最著名的"贝斯"成员集聚地,每年店里出售的《贝斯街指引》以及各类原创周边的销量不逊色于任何一家餐饮店。

"欢迎光临,新的朋友,我是瓦尔！"从人群中挤过来的是创始人中较外向的那个,比起埋头研究与设计,他更喜欢同人交流,尤其是对食物或者用餐方式有着独到见解的人,当然脸生的顾客也会是他好奇且主动的重点对象。"有什么需要帮助的吗？"他热情地说。

"你好……"莱奥不知所措地打着招呼。

"我们就是……"这样的热情令奥斯卡也有些承受不住。

"随便看看……"轮流的回答让莱奥和奥斯卡看上去有些狼狈,尤其是上一秒他们还在试图将加斯拽离这里。

"'贝斯',对吗?"瓦尔看向加斯的打扮,笑容异常灿烂。

"是的!"加斯激动起来。

"欢迎回来!可以四处看看,如果有任何疑问的话,我只能偷偷告诉你167的限量新货在那边,崭新的一年让我们……"瘦小的男人热情不减,转身向店里喊着,"做个'贝斯'!"

"做个'贝斯'!"店里的人此起彼伏地回应。

莱奥和奥斯卡有些尴尬地冲瓦尔报以微笑,就连忙追着加斯向一堆杂志走了过去。

"《贝斯街指引(167纪念版)》!"加斯拿起其中一本快速地翻阅起来。

"我们得抓紧点时间,"莱奥提醒道,"庆典就快开始了。"

"很快,很快!"加斯拿上了本杂志,又转身到一旁挑起了帽子。

"你不是一早已经来过了吗?"奥斯卡一向对吃的满不在乎,只要能填饱肚子,且不会在之后闹肚子,他才不会在乎吃下的是什么。

"瓦尔和皮特也会去参加试吃啊,"胖子头也不回地沉浸在架子上,挑选着各种"贝斯"标志的穿戴。"所以今早这儿根本就没开门。"

奥斯卡无奈地摇着头,随手拿起身边的一件限量款的帽衫,能看得出那印花只是在加斯身上那款的基础上做了少得可怜的调整与换色,大张的嘴象征着"贝斯"对美食最为直接的欲望,那是皮特设计的"贝斯"标志。

文质彬彬的皮特此刻正戴着副单片镜,默默地整理着货架。还在赛尔服饰部的时候，他一直做着自己并不满意的设计，美食大概是唯一可以激发他灵感的所在，但内向的性格使他在很长一段时间都无法迈出那勇敢的一步，直至在一场试吃会上遇见了瓦尔。

"不得不承认这有时还挺带劲的，"奥斯卡对莱奥说，"我觉得安德鲁的粉丝也应该搞句口号什么的，就像做个'贝斯'那样。"

"做个'贝斯'！"店里又是一阵高呼，显然是有人将奥斯卡的那句不经意当成是接力了。

"对，就像这样，"奥斯卡笑着说，"挺有趣的，让我也有了买点'贝斯'东西的冲动。"

"可你只吃快餐不是吗？"身旁的几人听见了莱奥的话，嫌弃地白了奥斯卡一眼后走开了。

"那些人拥护的是'吞世者'，"加斯小声地向他们解释，"'贝斯'中最狂热的家伙，可千万别让他们听到快餐什么的话题，他们觉得那些终日以垃圾果腹的人是对食物的侮辱。"

"吞世者？"奥斯卡并不在意对方的鄙夷，而是对这名号起了兴趣，"说来听听，没准儿我可以考虑将它加进'银河'中去。"

"首先，你得赢下一个赛季。"加斯说道。

"你是什么时候成为煞风景专家的？"

"拜托了，还有人记得我们是来干什么的吗？"莱奥忍不住提醒。

"当然记得，"加斯回应，"埃洛家的派！"

"埃洛"算是首批入驻贝斯街的店铺之一，当然让它能年年稳居《贝斯街指引》最受欢迎前三名的不只有它的"辈分"。不论它每次推出季节性食材还是节日限定都会大获成功,单是厄尔斯坦肉派与海啸啤酒这两项常规产品也是经久不衰,其口味享誉着整个古城。派的佐料是被称作谜耶果的果子,色泽如晚霞,略苦的入口感使其回味更加甘甜,而关于这果实仅盛产于温洛迤奇的传闻,无疑为"埃洛"增添了些许神秘色彩。

店内的装饰用的几乎都是大块原木,据说是由谜耶果树的枝干制造的,一进店就能闻到阵阵香甜。与贝斯街的其他店铺相比,这里要明显宽敞许多,但又无时无刻不围满了开怀畅饮着的顾客,之中以"贝斯"为主,而今年由于阿斯特与古城的联动庆典,这里明显多了不少慕名而来的三大公会的人。

"嗨,加斯。"店员姑娘温柔地打着招呼,可爱的雀斑,清澈的眼眸,橙红的马尾。

"嗨……莉莉安……"打个招呼就令加斯的脸立刻红了起来。

"刚才谁说我来着?"莱奥说。

"看来有人来这儿可不仅仅是为了吃啊?"奥斯卡满脸坏笑,加斯比了个嘘声的手势,低头扯上他与莱奥快步向二楼奔了上去。

"167周年套餐!樱桃派!还有新鲜的纯酿,天哪,他们终于肯把谜耶果酿制成酒了……"走上有些窄的楼梯,三人在角落里觅得个位置,加斯刚坐下便兴奋地点起餐来,"我搞定了,你们呢,想吃点什么?"

"这些就足够了吧?"莱奥和奥斯卡看了眼已经下单的内容,合计处提醒着"适合4~6人食用"。

"这里头可没有你们的,"加斯继续翻动着菜单说,"还不够我塞牙缝的呢。快点儿,你们再想想,要吃点什么?"

"那就来杯滚石特饮吧。"

"两杯。"

"在'埃洛'只点两杯饮料？你们会后悔的。"

"周年套餐"很快就被一架中号的服务机投送了来，也许是机型过于老旧，又或者是路过那几个并肩唱歌的"贝斯"大汉时被他们挥舞的酒杯碰到了，总之它来到桌前的时候有些摇晃，还差点将三人的饮品给打翻。

"他们早该换点新机型了，"加斯扶正酒杯，看着那架快被累惨了的服务机缓缓飞远，"都什么年代了还在用 G1482。"

"主要是你点的未免也太多了吧。"莱奥看着快要溢出桌面的餐盘，甚至都容不太下自己和奥斯卡点的饮料。

"对了，莱奥，刚刚上楼时跟你打招呼的人是谁啊？他的手可真大。"奥斯卡问起了等餐期间他们偶遇的那伙人。

"克莱德……"莱奥叨念着那个男人的自我介绍，再次在脑海中搜寻这个名字和他的相貌，依旧毫无所获。他摇了摇头道，"不知道是谁，完全不记得之前见过。"

"我也奇怪你怎么会认识一个僧侣，我的意思是虽然他看上去不像，但他身边的那几位明显就是僧侣的打扮，对吧？"

"古城嘛，什么样的人都有，"加斯边吃边吐槽着，"正常。"

"也许我真的认识他，就像艾莉一样，"莱奥停顿了下说道，"也许是我把他们都忘了。"

"你可没忘记那姑娘。"奥斯卡更正道。

"是那姑娘忘了你。"加斯补充道。

"你们……"

"老实说,我觉得你只是太过紧张了,伙计,放轻松些,享受这场庆典才是最重要的,毕竟这是属于我们的庆典!"

"去温洛迩奇!"加斯低声响应着。

"其实,这正是我所担心的。关于我在安德鲁时见到的那段幻象……"莱奥端起木质桶杯,里头的暗绿色液体晃动着,他喝下一口,开始了讲述。

"……就是这样,与其说它是幻象,或者用记忆这个词更贴切一些,"莱奥说,"一段不应该属于我的记忆。"

"没准儿这幻象是个预言,"奥斯卡想想说道,"你在庆典上看到了我们入选了温洛迩奇,那是还没发生的事,不是吗?"

加斯看着二人,嘴里塞满了食物,令他无法言语。

"你也有同感,不是吗?也许那就是即将发生在庆典上的事。"

"噗,"奥斯卡再也绷不住了,笑了起来,"得了吧,你还真的相信自己可以预言未来吗?还是真的相信战争会发生?在阿斯特?就像我说的,你只是太过紧张了,是疲惫的大脑综合了你要去温洛迩奇的消息,还有你在安德鲁所见的'岩石鳐'造型,跟你开个玩笑罢了。"

"可是那场景非常真实!"

"真实到连我俩都不在那儿?"

"也许你们提前撤离了,又或者……"

"即使那真的是段预言,我们也可以通过改变一些细节让那场战争不会发生,电影里都是这么演的,对吧?"奥斯卡补充道,"总之,别花心思在那些大概率不会发生的事上,船到桥头自然直!"

"好吧,"莱奥没再反驳,"但愿我只是杞人忧天吧。"

"可如果那真是段预言的话，"加斯赶忙往嘴里又塞了几口，"我可得在那可怕的未来到来之前多吃点。"

"我要是莉莉安，就不会答应一个只知道暴饮暴食的人的表白。"

"你在说什么？什么表白？"

"你总有一天会向那姑娘表白的吧？"奥斯卡笑着，"说实话，看得出她对你印象也不错。"

"我们只是朋友而已，聊过几次，嗯，她也是个'贝斯'……"加斯语无伦次。

"看！还挺志趣相投的。"

"共和日庆典即将开始，"恰好响起的广播声为加斯解了围，伴随着悠扬雄壮的交响乐章循环提醒着，"请全体公民前往砌斯特广场。"

第二十三章
庆典开始

数不清的 HG-47 型成像机环绕起半个中心广场，由它们投射出的影像交织出三面硕大的全息荧幕，其上循环播放着阿斯特的发展、古城的建立以及温洛迩奇的蜕变。即便是在过度明亮的环境下，荧幕的成像依旧清晰无比。倘若观看者将视线聚焦于荧幕之后，则会看到屹立着的三大公会，此刻三座巨人般的建筑在情绪递进的乐曲声中显得更为雄伟庄严。

来自温洛迩奇的飞艇掠过人群，精准地悬停在广场的上空，整齐地分为四列，一字排开。那些同时具有硬朗边角及流动线条设计的飞艇，就是被奥斯卡称为灾难性倒退的全新产品。客舱位的庇护罩像气泡被戳破般地纷纷散去，那些拥有绝对基因序列的男女出现在众人视野，他们每个都拥有令人打心底赞叹的高贵气质，绝非仅仅以珠光宝气堆砌出的雍容华丽。

"很快我就会成为他们中的一员了，"加斯紧盯着其中一组飞艇群说，"有点儿难以置信。"

"你想加入'鎏金之烛'？"奥斯卡拍了拍他隆起的肚子，"那你可得做些饮食管理。"

"你懂什么，他们可是出了名的美食家族，传闻埃洛家的很多配方与食材都来自他们的资助与支持。暗銮抹斯？倾菌烧鱼薄？冰川菲妮特斯？……"加斯边报着菜名边咽着口水说，"你们不会一个都没听过吧？"

"即便是听过也记不住这么长的名字。每天都要面对那么多美食，那我猜测他们的绝对基因中必然有一段是关于无论怎么吃都能保持完美体态的。"奥斯卡说。

"请注意，第 167 届共和日庆典即将开始。"女声在广场上空响起，三面全息荧幕上的影像播放起设计感十足的数字，进行着最后的倒数。

"九、八、七……"数字不停地变换。

"四、三、二……"人群伴随着呐喊。

"砰！"冲入云霄的白日焰火，色彩交替，灿烂夺目。它们犹如逆向的流星，旋转着爬升、放缓，进而静止，最后绽放出整片星系，缥缈绚丽，仿佛无垠宇宙跃然空中。人们仰头望着，脸上洋溢着惊叹与向往。

星系突然的炸裂着实在人群中引起了骚动，而紧接着，群星的碎片在空中重新组合，幻化出的各种形象再次赢得了观众的欢呼。焰火燃烧殆尽时成为柔和的光辉洒下，有人大胆地伸手去接那散落的火星，落在手中才发现其实一点都不烫。那破碎的焰火如同初生的希望，在勇敢者的手心跳动、消散，最后留下一块数字印记。

"像是种临时文身，"莱奥伸手出来，上面赫然是古城体的数字 13，"不知道有什么用。"

"我的是 5855，可惜印的不是很齐。"奥斯卡用力擦拭着，手心中的数字依旧清晰，"你呢，加斯，你是多少？"

"别扯了，我才不会伸手碰那种东西，"加斯把手紧紧地揣在兜里，"谁知道那东西是什么，干不干净，或者又会在手上留多久。"

"我真的不理解，"奥斯卡说，"一个在吃喝上丝毫不修边幅的人，怎么会同时拥有洁癖的。"

"欢迎各位来到第 167 届共——和——日——庆——典——"极富戏剧性的声音将人们的注意力又拉回荧幕。漂浮着的扬声器像只听话的宠物，满场追着男人跑，此刻在慷慨激昂发言的正是近些年的庆典主持人普拉塔米。

"那哥们儿这次穿得像只鸟。"奥斯卡并不太喜欢他。

"他现在人气高得厉害，"加斯回应，"上了好多节目，还拿了'斯坦'最热款的代言。"

"还好安德鲁没那么俗气。"

"阿斯特，一个词即能体现出我们所拥有的全部，它是一座城、一个家、一份安全与信任、一段创新与冒险，它是最后的也是最初的文明与荣耀，永不消亡！"色泽艳丽的细绒外套被风拂过时层次感分明，普拉塔米手持的杖柄反射着闪粉色的光泽，荧幕上播放的星系探索影像赢得了全场的又一轮呐喊。

"卡兹陌！空间的掌管者，完成的探索任务数不胜数，过去一年加入'行者蓝图'中的星球数量史无前例，172 个……"

"173 个！"站在很前排的某人喊道。

"从衣着上来看，我相信你是对的。"主持人向那身穿暗绿色套装的壮汉眨了眨眼，"尽管探索的过程中依旧未能遇到与我们同行的存在：银河中的其他生命体。但我有幸参与过几次开拓计划，是的，我见到过那片红色沙海的闪耀以及卡泽尔钢的坚韧，那是要忍受住绝对的黑暗与孤独才能触及的美好，感谢卡兹陌在一次次探险过后带回的新型材料跟能源，令阿斯特的科技前所未有的‘枝繁叶茂’。"①

荧幕上播放着几段探索行动时的录像,那是令人激动的、前所未见的场景。最终红色的沙土撒向阿斯特城这棵"巨树"②,向上附着,将粗细各异的枝干沙化,成为四通八达的街道,数不清的楼宇在枝干的两端拔地而起。

"赛尔!千城的缔造者,所造之物如魔法般令人着迷,不是吗?"他很快便得到了灰红相间衣着人群的振臂响应,"我今早是乘坐全新款的飞弹列车来这儿的,不得不说它为我提供了难忘的快捷且舒适,尤其是在穿越大裂痕时那令人意犹未尽的跳跃,值得你们去体验。当然不只限于即将投用的飞弹列车,而是过去一个共和年里的上千种创意都会相继地出现,并在接下来的时间里逐渐融入大家的日常。"荧幕上疯狂跃动着令人眼花缭乱的设计以及产品雏形,"细节!是最令人难忘的,正所谓活在当下……"

"创造未来!"加斯跟随其他的赛尔人一同高呼。

"我才不会接他的茬儿,"奥斯卡厌恶地说,"门儿都没有。"

"达里斯秩序的守护者。即使没有来自敌对物种的威胁,阿斯特依旧会不时承受恶劣天气、基因缺陷的侵袭,是达里斯拾起了神圣的盾与刃,将自己置于罪恶与危机之前,恪守他们最初的誓约。秩序是和平的根基,所有的创造与进步都基于一个又一个无犯罪、无灾难的共和年,我们的感激之情溢于言表。致敬科尔,艾迩彼斯之墙永不坍塌!"

"秩序恒在!"人群此起彼伏地呼喊着,"……艾迩彼斯之墙永不坍塌!"

"当然,参与今次共和日庆典的,还有阿斯特请来的特殊朋友们,他们

---

① 将阿斯特城比作巨树,这里使用"枝繁叶茂"比喻阿斯特城科技繁荣。
② 阿斯特城的全貌俯视图,像是一棵枝繁叶茂的巨树。

曾是我们中的一员，来自达里斯、赛尔又或是卡兹陌，之后他们选择了自己的生活，克服了基因缺陷的变异风险，令文明多元化。从尖端科技到传统美食，他们所做的不仅是重现历史，而是致力于继续推动不同阶段的文明进化，瓦希陨尔教堂、双子塔、安德鲁……"

"等等，他的意思是安德鲁的起源是在古城？"奥斯卡不禁质疑。

"听上去是这样的。"加斯补充说，"找个假期去古城'朝圣'啊？我可以和你一起。"

"不了，谢谢。"

"……现在让我们欢迎古城的老友们回家，欢迎回到阿斯特！"台下的安静让主持人的嘴角上扬得有些僵硬，显然古城人并不为眼前这位主持人的慷慨激昂买单，"看来我们的朋友为阿斯特带来了少有的沉稳与低调，请放轻松，古城的友人们，自由地融入这次难得的重逢，享受这场盛宴！"

台上响起欢快的乐章，以掩盖台下古城人的冷静。

"这么看，他们倒还挺有品位的。"奥斯卡少有的夸赞起古城人来。

此时，一直以来在旁默默不语的莱奥越发显得心事重重。他清楚下一段欢迎温洛迩奇的演说过后就会轮到分会仪式，而在那段莫名其妙的幻象之中，战争就是从他们的名字出现在荧幕上的那一刻开始的。

"……可见由绝对基因所建立起的优势将进一步带动阿斯特的发展，令我们所有人的健康及生活受益。现在，刚成年的朋友即将加入三大公会，而他们其中的一些，则会去温洛迩奇，进入四大家族的怀抱。让我们一起期待，一起见证第167届共和日，分会仪式！"

"要开始了吗……"台下的欢呼雀跃令莱奥更加紧张。

"但是在那之前，还有一段小小的插曲。过去的一年，赛尔为阿斯特提供了前所未有的便捷体验，GL677 机型的推出更是得到了所有居民的青睐，我相信这样的产品即使在温洛迩奇也算得上领先。"主持人停顿了下，待一架小型飞行器从荧幕中飞入现实，悬停在身旁才继续说道，"而今年起，这款 GL700 的脱颖而出将'领先'一词推得更远……"

"这是赛尔赞助的广告么？"奥斯卡吐槽道，"他甚至连机器的型号都说不利索。"

"楼上拉瑞尔他们那组的设计吧。"加斯说。

"……距离发售时间还有不到两个月，说实话我已经迫不及待想要一架，立刻马上！不过好消息是，眼前的这台已经属于在场的某位幸运儿了……"荧幕上出现了快速滚动的数字，"34887！"荧幕上的画面随着 GL700 飞向广场角落里那个激动着挥舞着双臂的人，刚才焰火在她手中留下的临时文身正是主持人念到的数字。

"恭喜这位来自达里斯的美女，愿你在今后的生活中都能保持这样的幸运。相信大家现在跟我一样羡慕这位美女的运气，其实原本我想加入一个中奖感言的环节，但被赛尔拒绝了，他们是这样说的：'你如何能在共和日庆典上安排出那么多的时间，让 167 位中奖者去发表感慨？'"

广场上再次沸腾了起来。

"请接受来自赛尔的谢礼，是你们令阿斯特和古城中的一切愈发美好！"主持人夸张而有力地舒展双臂，他身后的荧幕上同时滚动起多组数字，额外的 166 架 GL700 穿过全息荧幕，排列齐整，它们中的一些托载着礼物，一些则自己便是礼物，静待着飞向那经确认的幸运儿们。

"早点说这组数是抽奖用的啊，"加斯嘟囔着，有些后悔刚刚放弃了'文身'的机会，只能眼睁睁看着莱奥和奥斯卡都获得了幸运之神的眷顾。

"洁癖的代价，"奥斯卡笑着掂量了下手中的礼盒，盒子表面的细腻纹理褪去，盒子整体变得透明起来，显露出藏于其中的那对新款拟态手柄，"其实我并不怎么想要，比起安德鲁，这些产品差得太多。"

"不想要给我啊！"加斯说着伸手去抢，奥斯卡迅速地将盒子扔进了背包里。

"这形式的确挺新鲜的啊。"莱奥拾起躺在盒中的典礼指环戴在了手上。

"赛尔的派礼时间到此结束，但'幸运'的话题还在延续。在过去的百年中，三大公会将各不相同的'基因序列'进行分类，让所有居民都能在现代文明中扮演自己热爱又擅长的角色，于是我们拥有了卓越的生活、巅峰的科技以及无与伦比的艺术成就，可总感觉像是缺了些什么。幸运，是脚下无法逾越的沟壑，是手中无法握住的流沙，是绝对基因被放大后表面上的细小裂痕。但同时，它也是黑暗中随机闪烁的耀斑，是巨浪中时隐时现的圆木，如果能找到方法让耀斑同时亮起，令圆木连接成桥，我们将无所不能！"主持人转动着闪粉色的手杖，调动起人群的情绪，"因此，阿斯特决定自今年起，将以抽选的方式额外选出三名去温洛迩奇的幸运儿，当然，可以带着他们的家人！现在，在传统的分会仪式开始前，谁会成为首届的幸运儿，让我们拭目以待吧！"

"在分会仪式开始前进行？好像确实与那个幻象中的情节不一样。"莱奥看了眼奥斯卡和加斯，他们此刻正在努力地控制着表情，双眼充满期待地盯着荧幕。"他俩还在这儿，大概那就真的只是个莫名的幻觉吧……"

在一阵慷慨激昂的乐曲声过后，莱奥三人的信息并未如期出现在荧幕之上。镜头依旧对准着主持人，此刻的他如同其他所有观众一样满脸疑惑，多次转身看向身后的荧幕，'白鸦'是在那时候走上台的。莱奥注意到领头的那位的头盔上镶嵌着颗墨蓝色的晶石，显然来者头衔不低。只见他靠近主持人耳语一番，递上了一个信封。

"香槟色的信封！这证明那里头是十分正式的且大概率来自高层的消息。"奥斯卡炫耀着他那不知从何而来的知识储备。

"不可思议！"看完信中的内容，主持人竟激动地浑身颤抖起来，喜悦的泪水在他厚重的粉底上留下两行痕迹，"今天，167 届共和日庆典，注定会被永远地记入史册！"

"他这是什么情况？！"奥斯卡厌恶地看着大屏幕上那张哭花的脸。

"从未想过能在由我主持的庆典之上见到他们，事实上我从未想过自己的有生之年能够见到他们，前所未有的贵宾！"

"到底是谁来了？"加斯像周围人一样好奇地踮脚看。

"让我们荣幸地有请……"他有意拖了个很长的音，令整个广场的人们都屏息期待，"阿斯特的三位领主大人！"

第二十四章
"第零章"

"你失去理智了吗？！"赛尔领主的房间，沙弗恩将拳头重重砸在悬浮椅的扶手上，对刚才听到的建议直接表示不满。

他的面前是两个人的影像。一人是正在达里斯穹顶缓慢踱步的大治安官，每次手杖坠地便会激起几缕温欧果色的气体，那色泽便如他此刻的心情一样沉重。另一人则是位皮肤惨白的青年，卡兹陌的领主。一袭紧身的黑衣勾勒出健硕且匀称的身形，与他病恹恹的神态形成鲜明对比。青年的面貌与沙弗恩多有神似，只是更显棱角分明，怪异的面纹自额头垂至两颊，深陷的眼眶中一对异色眼瞳显得格外迷人，此刻他一只脚踩坐在熔岩造型的流体椅上，脸上尽是对沙弗恩怒意的不屑。

"阿斯特在成立之时便已定了规矩，三大公会的领主不得现身于人前，"大治安官话语平静，只是不停地摇头道，"我们不能打破这项誓约。"

"誓约？时间过去太久我都忘了，要不你来提醒我一下，这誓约是谁跟谁立下的来着？是那个已经看不到未来的瞎子？还是那个一心只想着毁灭世界的畸形？"年轻的领主嘲弄道，"他们有任何一方恪守过当年的誓言吗？还是说你们花了太多时间与精力在如何消除记忆上，以至于把自己的脑子都给搅糊涂了？"

"你想说明什么？！"老者停下脚步,语速迟缓但铿锵有力。

"善意的提醒,"卡兹陌领主轻挑着眉,"你们都能听到的,对吧？那越发刺耳的扭转声,'终焉齿轮'的扭转声。这种情形下,我们该有个高效且有效的方案才行,比如以更加深刻的'记忆痕刻'去定位到继承者。"

"通过我们三人在共和日现身于人前？这种鲁莽只会让末日更快地降临！"大治安官仍旧坚持着,"还是说这才是你想要的？加快门升起的进程？！"

"有什么问题？这样做反而会逼迫那个'秘密'尽快现身,难道不是吗？"

"荒谬！你根本不知道那样做的后果！"

"你们应该很清楚,无论做什么,后果都是一样。这颗星球无法摆脱它的既定命运,整个星系仍旧会灭亡。而到时候你们只会再一次地转身,毫不犹豫地逃离这里,背向那些你们口中要誓死捍卫的宝贵生命,就像上次一样,还有之前的每一次……"年轻的领主冷漠地说,"我所主张的不过是让'审判'早些到来而已,与其让他们挣扎于无止境的绝望,不如趁早接受我的仁慈。"

"仁慈？你只是个幸存者,而非造物主！"

"将自己当作造物主的是你才对吧？伟大的阿特弥尔,在见证过那么多的毁灭与死亡之后,突然开始关心起一颗伪星的命运来了。"他邪魅一笑,"其实你只是担心那个秘密吧？我见过你们讨论它时脸上的恐慌与惧怕。"

"够了！"沙弗恩打断了他们的争执,但更像是不想继续讨论有关那个秘密的话题。他在一阵沉默过后说道,"留给这颗星球的时间确实不多了。如果达里斯还是无法定位到继承者,待世界毁灭时,誓约的意义便也荡然无存……适时打破下界限也未尝不可。"

"考虑清楚代价,沙弗恩,"大治安官提醒道,"我们能赢的机会本就不多。"

"换个角度来说,我们也没什么可输的。"沙弗恩说,"我很清楚那样做的代价,但距离共和日庆典还有三个多月,我们有足够的时间去准备这项计划,确保万无一失。"

"当然,卡兹陌的舰队随时听候你的差遣。"得逞了的年轻领主微翘了嘴角,起身敷衍地行了个礼,随即终止了影像连接。

"没什么是万无一失的,沙弗恩。但如果这是你的决定,"老者叹了口气,"达里斯会做好应战的准备。"

"但愿不会糟糕到那个地步。"沙弗恩起身说道,"请原谅我将这选择强加于你,阿特弥尔先生。织梦协会至今都无法找到抑制那个'秘密'的方法,虽然利尔斯的方式的确有些铤而走险,但越早地找到继承者,对我们以及这颗星球而言,才更有机会摆脱这命运。"

"你的智慧是承载了无数段文明的存在,可是一旦事关利尔斯,你就会变得愚昧无比。"老者试图劝说道,"他看似与我们有着相同的目标,但你比我更清楚他的野心,那般的痴心妄想最终会毁掉所有。想想卡兹陌私底下那些毫无意义的杀戮吧,沙弗恩,你不能总是听之任之,不要让莫名的愧疚影响你的判断。"

"等同奉还①是我们一族的惯例,那是始终流淌于我血液中的记忆。我欠利尔斯一条命,总有一天我会以命相抵,无论是为了拯救他还是阻止他。

---

① 以同等的方式报答/报复对方。

请你放心,阿特弥尔先生,无论那个秘密究竟是不是我们认为的那样,正如之前你我达成的共识,找到拯救伪星的方法,仅此而已。"沙弗恩强调说,"阿斯特不会是第二个纳尔,我向你保证。"

"若是如此,我也必不会背誓弃约。接下来我要离开阿斯特一段时间,去争取一切可能聚集的力量,瓦希陨尔、安德鲁甚至是拉特尼姆,以确保'记忆痕刻'方案下的绝对安全。"大治安官说,"沙弗恩,如果期间定位到继承者,请务必确保其安全。"

"嗯,辛苦阿特弥尔先生。对了,每次提到拉特尼姆,都会让我想到卢修斯那个神经兮兮的弟弟。前序的悲剧使他的精神脆弱不堪,如今达里斯篡改其记忆,暗中引导他重启织梦协会……你真的确定么,让他完全凭借着自己的理解与发现去引导那些感染者?我担心他混乱的逻辑会导致矛头乱指,甚至给我们惹上麻烦。"

"最终我们所需要的是能够掌控那个'秘密'的继承者,而非屈从于它。明晰的头脑、高尚的品格,这些与坚定的意志同样重要。我们能通过技术完成对继承者意志的增强,但只有经过混乱,才能测试出他的选择,知悉他的品格。"

"我明白了,"沙弗恩说,"之后的安排,我会尽全力配合。"

大治安官的影像消失在他致谢之后。沙弗恩转过了身,透过落地窗向着人群熙攘的砌斯特广场望去。这番夕阳余晖下的热闹景象在他的记忆里有许多版本,一些是遍地的闪烁霓虹、一些是美不胜收的原始风光。他仍记得一些场景中空气中涌动的魔法香气,还有各个年龄的自己身处同样的喧嚣,尽情地畅快言笑。他继续盯着那窗,思绪在时间与空间中穿梭着,那些曾令他着迷的繁华盛景,到最后却是无一例外的湮灭。

当惊喜太过于震撼时,砌斯特广场所展现出的先是沉寂,主持人激动到痛哭流涕的一番宣告过后,人们大多因为对其真实性存疑而一时间愣在了原地。直至三大公会的近景出现在荧幕,三座建筑的穹顶同时向外展开,坚实的平台由建筑内部向外伸出,上面雕刻着金灿灿的神秘图腾,这景象令砌斯特广场一下子滚沸起来。

自阿斯特成立至今,三大公会领主的身份便是绝对的机密,没人知悉他们是男是女,是长是幼,或者在过去的百年中有过怎样的更替与传承,他们以极其低调的方式守护着阿斯特的平衡和秩序,引领着文明前行。常年美好惬意的生活让这里的公民十分满足,他们并不在意究竟是谁立足在那穹顶之上。虽然坊间偶尔有对于领主们身份的传闻,却从未有过,哪怕是一点儿对其权威的质疑。在这样的神秘维持了百年之后,他们竟选择以如此高调的方式公然亮相,正如普拉塔米说的,这一刻无疑会被载入史册并久久传颂。

率先露面的沙弗恩获得的欢呼声最为高亢,尤其当他从悬浮椅上站起来的时候,科技感十足的服饰令走在时尚前沿的古城人都自叹不如,那复杂又流畅的剪裁,使他看上去更像遥远星系的访客,他恰好也利用了那硕大的兜帽将自己的外貌特征遮蔽了大半。相比之下,大治安官的衣着虽显正式、华贵,但与温洛迩奇四大家族的打扮并无太大差异。他步伐缓慢,随着手杖一次次落地,杖端有节奏地渗出温欧果色的薄雾。待在平台上站定,他眯起眼睛看了看空中的艇群,然后低头向广场上的观众点头示意,随即得到不绝的掌声与呐喊。

在砌斯特广场的热情达到顶峰后,年轻的领主才从阴影中走出。贴身的衣装黑的纯粹,犹如人形黑洞般疯狂地啃噬着附着其上的光,使其裸露在外的面部与四肢更显苍白。一团"星系"图案在"黑洞"中若隐若现,如心跳韵律,如呼吸交替。他在卡兹陌的"行星环"边缘停下,高傲的眼神令自己的姗姗来迟成了压轴的好戏。终于,三大领主齐聚一堂,这令砌斯特广场的人们疯狂。他们彼此间迥异的风格满足了人们对于领主的一切想象,与他们心目中的领袖如出一辙,尤其对于主持人这类狂热者而言,他们完美诠释了造物者的形象,神圣、无瑕。

"阿斯特的公民们,"大治安官有些苍老却极具磁性的声音响起,广场瞬间安静了下去,"我们的先祖经历过无数的战争与分歧,在那场旷日持久的大战之后选择放下对立的武器,携手成为和平的根基。自阿斯特创建之日起,三大领主无时无刻不在守护着你们,但同时我们沉寂、隐匿,其目的是为让你们能够更加专注自己,去尽情地享受生活与创造美好。我希望你们牢记这点,公会从来不是阿斯特的缔造者,领主也向来并非什么统治者,真正引领阿斯特向前的是动力是你们,一直以来,从未变过。"

"治安官大人!"人群回应着、激动着,大多数人甚至流下泪水,"万岁!"

"应该有人注意到,刚刚我并没有对温洛迩奇的四大家族以及古城的来客单独打招呼,也许你们会觉得我是个没礼貌、过时的老头,而我只是觉得没有什么理由要将他们单列出来而已。你们都曾是这里的公民、阿斯特的孩子、我们的故友。与生俱来的不同与追求也许让我们在生活的方式跟区域上有了差异,但我们的内心从未有过隔阂。"大治安官接着说,"今日,老朽与其他二位领主很荣幸地与大家一起见证:古城重新加入共和日庆典里来,温洛迩奇的四大家族也是首次齐聚。无论命运将会带给我们怎样的未来,只要将此刻的团结铭记于心,阿斯特便会变得前所未有的强大!"

"为了阿斯特!"三大公会的人群激昂,古城人也跟着挥舞起双臂。飞艇之上,四大家族的族长相互对望,彼此间微笑着点头示好。

"现在,请尽情地享受接下来的庆典吧!"大治安官结束了简短的发言,领主们最后向人群摆了摆手。多数古城人与赛尔的人群对着始终保持沉默的沙弗恩领主做着最后的呐喊,年轻女孩们的眼睛则是始终没能离开那位一脸桀骜的年轻领主。主持人依旧痴痴地望着荧幕,直到上面开始直播他那张哭花到离谱的面容时,才慌忙地开始整理妆容。

"再次庆贺领主们的大驾光临!"他清了清嗓子,转身继续面向广场的人群喊道,"让我们牢记治安官大人的教诲,共生、包容、团结一致,以我们精彩生命中的每一星火花,让阿斯特……"

"咔嗒。"清脆的扭转声打断了主持人激情的演说,他迷茫地向四周看看,以为还有什么其他隐藏环节。

"咚!咚!咚!咚!"沉闷的鼓声敲击着众人的耳膜,止住了领主们离去的脚步。

"咚!……咚!……咚!"连续的战鼓声响彻了整个砌斯特广场,让那些起初对这声音还尚有期待的人也变得惶恐不安起来。无人机搜索着声音的来源,传输到荧幕上的画面逐渐朝向大裂痕的方向。

"意料之中的事,他们来了。"沙弗恩冷静地说,声音同步传导至其余二位领主的脑海,"做该做的事吧。"

老者一声叹息,利尔斯则无声地狂笑起来,浑身上下因为过度的兴奋而抖动起来。

"……咚!……咚!……咚!……咚!……"

"快看那是什么?"不止一人喊着指向荧幕,无人机在大裂痕的上空停了下来,镜头对准着深渊下的黑暗,那里正有无数畸形生物随着鼓声倾泻而出。强健的五肢让它们能轻易地攀爬及快速地奔跑。特写之下,那些怪物的样貌各有各的扭曲,装备的盔甲和武器与这星系中的任何审美都格格不入,是种只看一眼便能令人生恶但又让人感到深深恐惧的存在。

"公民们,"可怖的画面被迅速切换掉,达里斯的通知响了起来。"通往三大公会的传导门即将于广场周边开启,可无需身份验证通行,古城的来宾亦可使用。请尽快进入,过程中请保持通行秩序。同时请留意开启的空中管道,温洛迩奇的飞艇可安全驶入、停靠。请务必不要慌乱,远离裂痕。"

随着播报声的此起彼伏,砌斯特广场外环区域升起了数不清的传导门,一队队全副武装的'白鸦'从中走出,疏导人群。也许是因为播报内容并未对实情进行说明,这使得部分人在害怕与担忧的同时也萌生出了好奇,在这样复杂情绪的驱使下,整体的撤离进度并不算理想。直到他们脚下的大地也开始微微震颤,像有什么庞然大物正想自下跻身而出,这才加快了他们的脚步。

随着大多数的人进入传导门,地表逐渐恢复了平稳,远处的鼓声也戛然而止了。只有最后进入传导门的极少数群体感受到了那由远及近的爆破冲击,见识了那飞翔于硝烟之上、遮天蔽日的巨兽用它的"肢体"从它的"腹腔"中撕扯出一个又一个"导弹",漫无目的地向城中投掷。这些"导弹"形似晶莹透亮的"卵",破坏力惊人,转瞬间便可将高楼建筑夷为平地,之后便有"魔鬼鳐"自废墟中生出,振翅尖叫,肆意摧毁。

分布于三大公会外墙的静音屏障,抵消了外界激烈的争斗声,厅堂中播放起轻柔的音乐抚慰着惊恐的人群。在战乱得以平复之后,领主们各自回到了自家穹顶中央的位置,口中默念着不属于这片大地的言语。紧接着,扭动的"多角体"展现于三人眼前,他们几乎同时出手,那物体在被触碰到的下一秒迸发出强烈的白炽,由领主们的瞳孔扩散至整个房间。又一次,清除记忆的闪光吞噬掉三大公会的建筑,之后冲向更远处,洗刷着世间的一切。

第二十五章
碎裂的镜

"莱奥？！"

持续的呼唤将他的意识重新聚拢，映入眼中的场景虽说是有些暗，但莱奥还是能一眼分辨出所身处的正是自己的房间。此刻，有些模糊的人影正站在一旁晃动着他的身体，那动作幅度大得夸张，似是在试图唤醒个沉睡了百年的人。

"你是谁？为什么会在我家里？"不安感化作一股闷气积压在莱奥的胸腔，他无法将刚才的问题抛出，因为唇齿已经不再服从大脑的指令。他感受到所有的神经与血管像被抽空般的，浑身沉重的厉害。

人影依旧在拉扯着他的身体，其实只需要歪下头应该就能看清那人的脸孔，至少他是这么认为的，可此时此刻他能做的也就只有想想而已。随着时间推移，莱奥的感官与意识也开始缓缓封闭起来，万物俱寂，除了……除了身旁不知什么时候出现的女人……从声音辨别的话应该是个女人吧，但那声音就像是从水底传上来的，伴着咕噜咕噜的气泡声，之后就什么都听不到了。

"什么情况？！"他猛地吸了口气惊坐起来，虽然身上依旧沉的发麻，但好在是可以活动自如了。"原来是个梦，可这未免也太奇怪了……'还没来得及琢磨清楚,一阵嬉笑声又从客厅的方向传来,这令他瞬间警觉起来。莱奥轻手轻脚地走到卧室门前,屏住呼吸听了一会儿,在确定了声音是来自奥斯卡和加斯后,悬着的心才总算放了回去。

"你们怎么来了?"他走出房间问道。

"好像有人不太欢迎他的救命恩人。"奥斯卡说,加斯则是在一旁咯咯笑着。

"我可没有不欢迎你,但你说的'救命恩人'是指什么?"莱奥取了杯水喝,吞咽的时候还引发了些偏头痛。

"当然是指你在'断脚章鱼'喝到不省人事,而我不辞辛苦地把你抬回家这件事。"奥斯卡说,加斯仍在一旁咯咯笑着。

"喝到不省人事,我有吗……"虽然此刻莱奥依旧犯着迷糊,但在经历过一场怪梦之后,奥斯卡和加斯的出现总归是让他安心了不少,"那请问我要如何报答二位的恩情呢?"

"什么二位,你是没听我说什么吗,是我!不辞辛苦地抬你回来,哪来其他人的恩情啊?"

"那没办法了加斯,看来他想独占这份回报。"莱奥佯装无奈地摊了摊手,加斯只是继续咯咯笑着。

"你到底在和谁说话啊莱奥……"

"加斯啊,怎么了?"

"加斯去他那个表亲家了,压根就没参加今晚的局!"

"喂,我可是刚做完噩梦,你俩就别拿我开玩笑了。"

"我没开玩笑……加斯今晚没和我们一起!"奥斯卡满脸认真,"噩梦又是什么意思,你到底在说什么啊?!"

"可加斯正坐在你旁边呢啊……"看着此刻加斯仍旧一脸笑意,莱奥忽然感到脊背一阵发凉。

"是你拿我开玩笑才对吧?"奥斯卡显得有些不太高兴了,"我旁边哪来的人?"

脱手的水杯碎在了地上,莱奥顿感眼前天昏地转。

"莱奥?!"

"什么情况?!"他从座位上弹起,惊恐地连连后退,在看到吧台旁的奥斯卡、加斯、费奇正满脸疑惑地打量他时,莱奥猛地回过了神,"我是在'断脚章鱼'?"

"这难道不够明显吗?故事之夜啊伙计,"奥斯卡走上前压低了声音道,"胆敢在费奇讲故事的时候睡着,你是嫌自己命大吗?"

"故事之夜?"

"萨尔维特人的下半部分?你看我这是什么表情啊,怎么跟见了鬼似的……"加斯嘟囔着,将整杯的果酒一饮而尽。

"不,我依然在梦里对吧,"莱奥实在是不记得怎么到的这里,"你们都不是真实的……"

"你在胡言乱语些什么啊?"奥斯卡说,"什么是梦?"

"喝杯热水压压惊吧,"费奇厚重的手掌搭上莱奥的肩膀,触感的真实令他安心了一些,"给我们讲讲究竟是怎么回事?"

"我刚刚做了个很奇怪的梦……"莱奥重新坐了回去。

"恐怕这不是个该在这里讨论的话题,"与奥斯卡和加斯的疑惑不同,费奇流露出了更为复杂的神情，谨慎、担忧以及无可奈何，"我们得……嗡……嗡……"

"什么？"

"我是说……嗡……嗡……"

"费奇？你说了什么，我怎么听不到……"越发沉闷的噪声令莱奥的视线也跟着模糊了起来。

之后是雷鸣般的掌声响起，献给那仍在剧场上空回荡着的空灵的乐声，还有方才舞台之上女主角那段凄美的唱词。第一章节结束，一些观众有序地离场小憩。

"多么感人又经典的片段，没想到你竟然睡着了。"女孩的话语从一旁传来。

"抱歉，我……等等，你是……艾莉？"莱奥看着她，感觉脑子快要乱成一团了。

"怎么，连我都不认识了啊？"女孩的笑容很美，也很温柔。

"这次会是真实的么……"莱奥用手拂过前排的座椅靠背，丝绒的触感没有半点虚假，空气中还有使用道具过后残留的火药味儿，"所以我一直在这个剧场里，对吗？"

"那是当然的啊，睡傻了是不？"艾莉看着他搞不清状况的样子，忍俊不禁。

"刚刚好像做了个很奇怪的梦，醒了又醒的……"

"嘘！"艾莉连忙阻止他继续说下去，待到周围的座位又空了些，她才压低了声音问道，"那你有想起些什么吗？"

"想起什么？"

"关于……"她的话语并不清晰，"……还有，关于那个秘密。"

"秘密？"莱奥惊愕地看着四周的场景在飞速地变换着。

"就是我要你记起的那个秘密啊！"颓废的男人替代了艾莉，出现在他的面前。莱奥惊讶地看着墨菲斯和多夫的相貌在那个男人脸上不停切换，还来不及做反应，便被对方一把推出了拉特尼姆的庭院。他向后仰倒，男人的话语在耳边逐渐模糊，"记住，不要轻易……轻易相信……那个……嗡……嗡……"

不知是被跌倒时的失重感还是那几声闷响给弄醒的，他一边驱赶着那令人恶心的浓重气味，一边狼狈地将床头的闹钟关上。那个浑身散发着恶臭气息的巨魔蛮不情愿地被吸了回去，屋内的空气也在瞬间变得芳香清甜起来。

"刚才的那些都是梦吗……"莱奥倚靠床头坐着，身上早就被汗水浸透了。他无法理解刚刚梦境的含义，试着用逻辑跟理智拼凑起那些杂乱无序又莫名其妙的场景碎片，结果只是让偏头痛变本加厉了而已。一些原本清晰的画面在痛楚中恍惚，而一些原先在梦境中并未被注意到的话语却变得真切起来。

"记住，不要轻易相信那个人！"多夫最后说的好像是这句，至于这句话的前后语境，莱奥半点儿都想不起来。

"算了，一场梦而已，大概是真的睡傻了吧……"他自嘲了一番，情绪算是稳定了下来。他将床头的温水一饮而尽，然后翻身下床，怎料却一脚踏入了昏暗的小巷。

难道自己从来就没醒过？莱奥彻底慌了。如果还在梦里，为什么思路与感受会如此清晰;如果不是在梦里,明明刚才还在自己房间里,怎么又会一下到了这里。莱奥又给了自己个耳光,如同之前在恒月旅店碰到怪事时一样,但热辣辣的痛感还是没起任何作用,他依旧孤零零地站在巷子当中。

巷道很直,一眼便能望见远处的交叉路口,身后几米开外耸立着的高墙示明了这里的路是单向的,他别无选择。尽管环境光昏暗无比,莱奥还是注意到了接近高墙处的一段简短又突兀的台阶,于是他快步走了过去,那里果然有一扇紧闭着的门。上面不太正式的门牌上歪歪扭扭地写着"断脚章鱼,此门禁入",一看便是费奇的字迹。

"这里是黑巷?"虽是第一次到这里,既然清楚了大概的位置,门后又是熟悉的"断脚章鱼",莱奥心里多少也算有了些着落。他敲在门上的声音又低又闷,无论用多少力气,这门似乎都不愿将声音传到另外一头。他呼喊起费奇,那名字便立刻在巷子之中堆叠起来,偶有过路的风声夹杂进去,让回音显得阴森。

在一段时间的无用尝试之后,莱奥只好松开了敲得有些发麻的拳头。看来想进到"断脚章鱼"是不可能了,于是他重新将目光落回到巷子的另一头,午夜的钟声也是同时从那儿响起的。

"古城的钟声?"莱奥记得那有些特别的声音,"'断脚章鱼'的后门,通向的是古城?……"传导门是他首先想到的解释,只是"断脚章鱼"为什么会有权限设立传导门,而费奇又是怎么跟古城扯上关系的。他实在想不通,于是一切的不合理便又被归结到了梦境上。

"应该还是在梦里吧,所以才会发生这样莫名其妙的事情……"他很清楚自己的处境,但无奈找不到醒来的办法,也只好配合这个梦境继续下去。

走在黑巷之中,四周重归死寂,理智与勇气比他预想的还要不值一提,紧张感所带来的心跳甚至压过呼吸声与脚步声，成为此时此刻莱奥能听到的唯一声音。离巷口越近，空气变得越潮湿、厚重，视野似乎也不及之前清晰了。待他终于站上那分岔路口时，身边早已被浓雾所笼罩了。

"嗒哒……嗒哒……嗒哒……"就在他犹豫接下来该如何时，一阵连续清脆的马蹄声由远及近。莱奥随声音的方向看去，迷雾中一团硕大的阴影正逐渐靠近并清晰起来，莫名的压迫感不亚于之前噩梦中的黑影，他下意识地退回了巷子。

四匹漆黑的马相继冲出浓雾，拉着后头那个结实、笨重且风格夸张的车厢。莱奥不知道原来马可以如此壮硕，当然在这之前他从未见过任何活着的马，绝大多数的动物都在那场战争中灭绝了，倒是听说温洛迩奇曾以某种科技手段重新培育生物，总之没有人提及曾在古城或是阿斯特碰到过它们。

马车稳稳地停在莱奥面前。近距离之下，马匹的体型更显高大，绝非正常身形的人所能驾驭的。毛皮黑得发亮，比夜色还要纯粹，马蹄透着些许殷红，双眼被纤维金属遮蔽，只是并未见到驱车之人，它们又是如何辨别方向的呢？莱奥还在好奇，朝向他的车门突然"咔嗒"一声打开了。车厢内空无一人，用以登车的脚梯自动展开，落至地面，示意他上去。

内部的装饰相较其外形要简约不少，空间自然也就显得宽敞，这让身处其中的莱奥自觉有些渺小。随着车门闭合，整齐的马蹄声再次响起。莱奥认为一定会有一个躲在某处操控着马车前行的人，而他一定会在路程中以某种方式出现，但这一路却比他想象的要平静，单调的"嗒哒"声，还有车窗外一如既往的混沌浓雾，很快就让他困意十足。

不知过了多久，轻微的摇晃唤醒了莱奥，车窗外已是处空旷的房间，开阔到可以让马车游走自如的房间，微光勾勒出它的边界，映出的墙壁直冲天际,莱奥从未见过这样的地方。他依照"车厢的示意"在房间正中下了车,待马蹄声消失于黑暗之后,低沉的声音在其耳畔响起。

"欢迎,我已经恭候多时了。"

"马车不错,"视野所及之处未见一人,莱奥佯装镇定道,"不打算见一面么?"

"时机未到。"

"搞这么复杂把我带来这里,不会就只是为了认识下吧?"

"我已经足够认识你了,莱奥·格雷。"那人说罢,无数的荧屏出现在地面及四周的高墙上,分别循环播放着简短的影像,内容偶有交集,但无一相同,很快便铺满了整个房间。

"这些是……"莱奥看着那些无声画面,其中的场景和人物都似曾相识。

"你的记忆。"

"什么?"

"你被抹除掉的记忆,我替你保存在这里。"

"我不明白你的意思,什么被抹除的记忆?"

"当你记起一切之时会明白的。过程会有些缓慢,毕竟现阶段的你还承受不了那样的信息量级。"

"你到底在说什么啊?"

"这个星系,只有你能拯救它。"

"拯救星系?如果你真那么了解我的话,就会知道我只是个再平凡不过的武器工程师而已,连温洛迩奇都没资格去的那种,更别提什么拯救星系了。"

"温洛迩奇不过是个种群形态,宇宙间存在许多形态,但如今你的价值远高于它们。当然对于现在的你而言,或许越简单的东西越能让你体会到自己的价值,"那个声音停顿了下,接着说道,"你的确有被许诺过温洛迩奇的资格。"

"等等……为什么这些会出现在我的脑子里……"觐见领主、达里斯之旅……诸多的场景在莱奥眼前闪过,最后停留在庆典现场的荧幕之上,他们三人的名字赫然出现在去往温洛迩奇的清单上,"你究竟做了什么?!"

"完整你的记忆,这样你就能在时机到来之际做出正确的选择。"

"可我不想做什么选择,只想平平静静的生活,即使……"莱奥停顿了下说,"即使去不成温洛迩奇也无所谓……"

"即使再也无法见到你的父母?"那声音似乎清楚他的目的,"即使他们会因你而死?"

"什么意思?!"

"你会害死他们。还有那些你在乎的人,甚至只是靠近过你的人,"那声音继续说道,"如果你什么都不做,他们会死,如果你做出错误的决定,他们也会死。"

"你究竟是谁?!"

"我就是你在寻找的,所有人一直都在寻找的,"那声音平静地说道,"那个秘密。"

第二十六章
"我有个计划"

在听到那些抓挠的噪声时，莱奥明白这次自己是真的醒了。随手关上闹钟，扰人的怪物连同满屋里的爪痕便都被吸走了。它们死死抓住闹钟边挣扎，似乎清楚这一旦回去，想要再有机会出来起码要等上一年了。

午后的阳光映着绿树青草，色彩斑斓的鱼在空中游弋着，温馨的景色令人心仪。他翻身坐起，双脚踏在地板上像是踩上了刚被晒暖的松软草地。然而莱奥的头还在隐隐作痛，他觉得眼前的美好既短暂又不真实。刚刚梦中的一切还历历在目，他无法将那些零散的画面拼凑出完整的记忆，一切更像是长久以来的紧张情绪所造成的臆想。

"那个声音，或者说那个人，算哪门子的'秘密'……"

"下午好，先生。"监测到他醒来的智能管家温柔地打着招呼。

"好啊，文……"莱奥愣了一下，他差点不自觉地回出"文森"这个名字，"贝拉？"

"请问有什么需要吗，先生？"

"我不是应该很早前就把你换掉了？"莱奥感觉头脑昏沉，无法正常思考，像极了宿醉之后的样子。

"关注赛尔即将推出的全新管家系统,划时代的升级,专为庆贺第 167 届共和日而生。回复 0418,了解更多关于管家系统的最新资讯。当然,在新产品上线之前,我仍然是您目前为止最优的选择。"

"167 届共和日?那不是已经……"他瞥了眼当天的日期:3 月 25 日,是个距离共和日还有两个月的周末。但为什么自己会有种已经过完了庆典的感觉?

"是那个梦的缘故吗……"他习惯性地去拿床头的水杯,看到了躺在杯底的票根,那是张暗金的贵宾票,上面记录的地点是古城的拉米尔特歌剧院,时间则是近两个月后的 5 月 20 日。来自未来的票根拿在手里是如此真实,真实到让他一时分不清什么是真实了。在一番思索过后,他做出了决定。

"贝拉,联系奥斯卡。"

"好的,正为您接通。"

"咋了莱奥,这么早打过来,出什么事儿了……"视讯中的奥斯卡睡眼惺忪,连连打着哈欠。

"早?都已经是下午了。"

"下午?"奥斯卡瞥了眼时间然后惊呼道,"怎么都这个点儿了?!昨晚我们是喝了多少啊!"

"听着,奥斯卡,有件事我需要你帮忙证实下。"

"就还是那件事儿呗,行,我证实,当然能证实。"

"你能证实?"

"是啊,昨晚是你赌赢了,佩德尔是那场比赛的全场最佳,"奥斯卡连连打着哈欠，"关键这事儿我和加斯也都没想着要抵赖啊。"

"你在说什么呢，我是问你还记不记得共和日那天发生的事儿。"

"共和日？"奥斯卡被问得有些摸不着头脑，"哪个共和日？"

"第 167 届共和日。"

"这不还有段日子呢吗？"

"两个月，我知道日历上的确是这么显示的，但是……只是……"莱奥不知道该如何开口，"你对那天有什么印象么？"

"还没到的日子我哪来的印象……你该不会是还没醒酒呢吧？"奥斯卡嘟囔着，"丹尼斯的特调没道理会让人醉成这样啊……"

"丹尼斯是谁？……总之，待会儿'断脚章鱼'见吧，记得喊上加斯一起，还有……"莱奥一边交代一边走去了书房，"留意下周围有什么物品是与印象中不一致的。"

"跟印象中不一致的物品……搞什么……哎，我是说，遵命！莱奥大人！"

"待会见了。"莱奥边断掉通讯，边启动了创作台。翻阅起那些关于费奇故事的漫画。地心居民、萨尔维特人……直到他看到了独眼狮子盯着那道伤疤，他的右腿有些隐隐作痛，头脑也逐渐清晰起来。

"先生，您所预订的前往'断脚章鱼'的列车即将到达。"管家温馨地提醒，"另外，关于下周的饮食计划，还请确认是否选择默认订单？"

"是的贝拉，谢谢。"莱奥准确地下达着指令，"但记得接下来的订单千万别搞错，不然我就只能再次换掉你了。"

"恐怕我没能理解您的意思，先生。"

莱奥并不作答，推开门走了出去。

空空的列车载着他行驶在空无一人的街道上，整个城市像沉睡了一般，完全没有以往周末应该有的气氛。尽管外出的人不多，好在"断脚章鱼"还是按时开业了，当莱奥走进酒吧时，奥斯卡和加斯已经在"老地方"等着他了。

"你看我找到了什么！"奥斯卡将一个纽扣式的徽章放到桌上，"看图标应该是安德鲁的产品，但我发誓从未见过它，而且也没在收藏清单或是消费记录上，我甚至都不知道这是做什么用的。"

"也许我知道。"莱奥接过扣环，将它附在桌上，扭动几圈，"试试抬这张桌子，很轻。"

"酷！"奥斯卡按他说的做了，"不过你是怎么知道的？！"

"反重力扣环，是你推荐的，甚至想高价卖给我，"莱奥说，"在第 167届共和日的当天。"

"如果不是在床底翻到了这个，我一定觉得你俩是疯了。"加斯从背包里抽出了那本标着 167 编号的《贝斯街指引》，"这可是只会在共和日当天上市的硬货。"

"只是好奇，你是怎么钻进床底去的？"奥斯卡开起玩笑。

"我才不会回答这个问题，"加斯白了他一眼，然后问向莱奥，"其实在你没到之前，我们已经讨论过一阵了，所以这是什么时间穿越吗？"

"应该不是穿越，而是所有人都被抹去了记忆，然后一切被布置成过去的样子，这比时间穿越要简单得多，不是吗？"在确认静音帷幕运行正常后，莱奥将梦中所见的，还有刚刚从漫画的一些细节中得到的启发一股脑的抛给了二人，"就是这样，恐怕这次我们被抹去了大概两个月的记忆。"

"我们竟然见过大治安官？！还获得了去温洛迩奇的名额！"加斯关注的似乎完全没在点上，"天呐，那样我就能加入'鎏金之烛'了啊！"

"醒醒吧，那些未来已经成为过去了。"奥斯卡端详着莱奥带来的票根说，"即使有这些摆在面前，我依旧觉得有些不可置信。消除所有人的记忆，能做到这一切的只有那三位大人对吧？但为什么将证据留了下来？他们理应不会犯这种错误。"

"你是说他们想让我们发现真相？"

"至少有人希望这样，让你相信那些梦境，不，是相信那些记忆的真实。"

"完整我的记忆……"

"你在梦里遇到的那个自称是'秘密'的声音，还说过什么？"

"没有，它只是说，时机未到。"

"一个有着自我意识的'秘密'，这下有意思了。"

"那个秘密在隐瞒着什么，就像想要得到它的人一样。说实话，这令我有种很不好的预感。"莱奥想起梦中多夫将他推出拉特尼姆时所说的那句话，"我不知道该相信哪一边，所以如果那个秘密真的那么重要，至少我应该先弄清它到底是什么来头。"

"你已经有计划了，对吗？"

"在一段记忆里，多夫曾向我讲述过一本被遗失了的典籍，上面可能记录着关于那个秘密的起源。虽然他也不能确定是否真的能够再次遇到那本典籍，或者也许找到了也没什么太大的作用，但至少值得一试。"

"典籍？所以我们得去趟古城？"

"没错,瓦希陨尔大教堂。"

"我没问题啊,但得保证能在贝斯街待上一会儿。"一阵沉默过后,加斯先表了态。

"行,"奥斯卡勉强地答应下来,"那就请假呗,明儿一早就出发。"

"如果可以的话,我想今晚咱们就出发。"

"今晚?这都快到宵禁的时间了,哪里还有去古城的车啊。"

"可以走那里。"莱奥指着"断脚章鱼"的后门说道,"我可以请假,但不能留下去古城的痕迹,从今往后恐怕我得'低调行事'。"

"你真的确定黑巷所通向的是古城么?我是说你梦境里的那些场景也未必全是真实的。"

"正好做个验证,如果顺利的话,这是我们能最快往返古城且不引人注意的方法了。"

"去也许没问题,但要怎么回来?你不是提过这门是无法从另一侧打开的?"

"嗯,我们得找个值得信赖的人,约好返回的时间,在'断脚章鱼'内把门打开。"莱奥说,"你们觉得费奇可以吗?"

"费奇?"在努力地回忆上一番后,奥斯卡和加斯的脑海中终于出现了一个看不清晰的高大身影。

"虽然他似乎也在一些事上对我们有所保留,但他还是可以被信任的,不是吗?况且他是这里的酒保,而且还是黑巷的管理者……"

"呃,恐怕不行。"奥斯卡打断了他,"也许费奇是真实存在过的,可是我……还有加斯应该也一样,完全不记得这个人。而且在目前的现实中,

'断脚章鱼'从来都只有过一位酒保——丹尼斯。"

"丹尼斯？"顺着奥斯卡指的方向，莱奥看到了那个姗姗来迟的酒保，那头卷毛和瘦弱的身板在他的记忆中属于一位隶属卡兹陌的年轻人，就是那名离奇失踪数天，害费奇被牵扯进杀人事件的人。也正是在想到这些的时候，他也记起了似乎上次从达里斯出来的时候，奥斯卡二人便已经不记得费奇了。

"你真的一点都不记得费奇与我们相遇的那天了吗？"莱奥并不打算放弃。

奥斯卡摇了摇头。

"还有他的那些奇妙的故事之夜？"

"如果之前的猜想是正确的话，我们关于他的记忆应该是都被抹去或篡改了。"奥斯卡抱歉地看向失望的莱奥，似乎能感受到这是个对他们很重要的人，"你刚刚说他对我们有所保留，或许是为了保护我们才那么做的？那就意味着他是因为知道了些什么才会被从所有人的记忆里完全抹去的？"

"被抹去的话，是不是就意味着……"加斯用手在自己脖子上比画了下。

"我们不能得出那个结论！"奥斯卡赶忙说道，"计划继续！只是守门者必须是我们当中的一个了。"

"你看我干吗？凭什么我不能去古城？"

"因为这次行动需要我们当中最机灵的人来守住后防线。"

"呸，你指定没安好心，"加斯说道。

"好吧我承认,我只是不想去贝斯街而已,"奥斯卡笑着说,"这不也是为了助力你管理好体型,万一真有一天能加入'鎏金之烛',对吧?"

"估计这次我们也不会有太多的时间逗留,下次我们给你补上,一顿大餐。"莱奥承诺说。

"那行,这可是你们说的。"

"那就明天的这个时间,你来'断脚章鱼'帮我们打开后门。"

宵禁后的'断脚章鱼'几乎没人见过,三眼发亮的清洁机器人在阴暗与死寂中收拾着欢愉过后的残局。那个名叫丹尼斯的酒保始终站在吧台,很长时间都一动未动,这是此刻置身于盥洗室的莱奥和奥斯卡透过门缝看到的。

"那家伙什么情况?"奥斯卡将门轻轻合上,"这都过了宵禁时间了还在?"

"我记得费奇是有提过,作为酒保他通常都会在宵禁后再待上一段时间,把那些不省人事的醉鬼送回去,这是达里斯所允许的,每间酒吧都这么干。"

"可今晚哪儿来的客人,更别提醉鬼了。你说我们该不会是被发现了吧?"

"问题不大。"莱奥小心翼翼地将门打开个缝隙,酒保依旧杵在原地。

"他就像个瘪了气的球或者断了线的木偶,嘿,这话说出来还挺瘆人的。"奥斯卡不禁打了个激灵。

"没时间等他离开了,我们得尽快行动,"莱奥提醒道,"那些机器很快就会清理到这儿，如果被发现就糟糕了。"

"你确定我们不会被监控什么的拍下，对吧？"

"即使被拍下，没人关注到就不会有啥问题，"莱奥说，"等它清扫到那边的桌子时我们就出发……就是现在！"

他们快速地闪向后门，比想象中顺利的是那门并未上锁，很容易地一推便开。另一侧的场景完全是对莱奥梦境的复制，一侧的高墙还有通向岔路口的笔直巷道。那扇门在他们身后回弹闭合，没发出半点声响。

"这就是传说中的黑巷？"午夜的钟声恰好在远处响起，奥斯卡使劲儿推了推来时的门，连那块字迹扭曲的门牌都没能被晃动，"看来你说的没错。"

"都到这会儿了才信我？"

"之前那叫盲目跟从，现在是心服口服，"奥斯卡走在莱奥后面，"你是不是对古城已经驾轻就熟了，待会儿也会有马车接我们吗？"

"马车确实没有，"一个声音代替了莱奥的回答，"不知道飞弹列车能不能满足二位。"巷口闪出几个执行官穿着的人，莱奥和奥斯卡立刻停住了脚步。

"本是收接醉鬼的脏活儿、苦活儿，没想到还有意外收获，"为首的那人继续道，"瞧瞧，让我们遇到了什么？"

"你好，请问这是什么地方？"奥斯卡向莱奥使了个眼色，"我们只是迷路走到了这里，如果……能送我们回去的话，那就太感谢了。"

"违反宵禁，擅入黑巷，"那人说，"我们确实会送你们回去，不过你们能去的地方就只能是达里斯。"

第二十七章

欢迎来到"炼狱"

"依照您的吩咐，两名犯人已经被押送至审判大厅了，治安官大人，"执行官湛蓝色双眸中映出老者的影像，毕恭毕敬地说道，"二人分别名为奥斯卡·L·米勒以及……"

"我知道他们是谁，"大治安官似是在翻查着什么，并未抬头，"直接送他们去'炼狱'吧。"

"'炼狱'？"

"有什么问题吗？"

"请恕我直言，虽然他们违反宵禁、擅入黑巷……但这些罪都不至于被判以最高的刑罚。"

"你是在质疑我的决定么？"老者缓缓抬头，目光如炬。

"只是从操作上，自阿斯特律法创立以来，从未有执行过'炼狱'的审判记录。"

"伊格玛，我从未说过要审判他们什么，"老者一字一句，掷地有声地说，"请直接将他们送进'炼狱'即可，现在我表达清楚了吗？"

"如您所愿,大治安官。"他不敢再追辩,深深鞠着躬,直至对方断掉了通讯。

空旷的审判庭,穹顶模拟出光穿云的美景,仰望片刻便令人感到一阵眩晕。地面由几块巨石拼接而成,其上雕刻着的古老符文自门前向屋内蔓延,途中勾勒出一个个神秘的怪圈,然后依附上那尊纯白色雕像,钻进那雕像女子被遮蔽的双目,她便"活"了过来。雕像的头微微向右斜侧,周身生出三副臂膀,一副握持巨剑,将其用力地插于脚前,一对交叉于胸前呈祷告状,还有一双向上舒展,各持圣物,似是在表达对神灵的赞美和敬仰。

"虽然不知道是哪儿,"奥斯卡说,"但看这架势我们绝对是惹上大麻烦了。"

"达里斯的审判庭,之前听艾莉提到过。有罪之人会在这里接受审讯与判罚。"莱奥看向奥斯卡,"抱歉奥斯卡,是我连累了你。"

"说什么胡话呢,自打咱俩进了赛尔之后,有多久没经历过这么酷的事了?这可够向加斯吹嘘上整个共和年了。"奥斯卡四下打量,目光落在了雕像前那一圈悬浮着的圆盘上,左三右四,高矮不一。

"那大概就是审判长的位置,他们会在那……"没等莱奥说完,雕像向上伸出的手间多了七枚色彩绚丽的球体,缓慢地旋转,有序地亮起。

"怎么了,莱奥?"

"那是代表审判结果的'七等罪',点亮的数量代表不同程度的罪名,越多就越重。可现在连个审判长的影子都没有就开始了判决,这不合理……"莱奥道,"在决定实施计划前我可是认真查过律法的,违反宵禁的罪罚顶多也就是个二等……"

"那看着可不像是个二等,"第六球在他们眼前亮起,"擅入黑巷的罪这么大吗？"

"不，一定是什么搞错了，"当象征着最高罪行的第七球也被点燃时，莱奥喊道，"我们要申诉，这不符合规矩！有人在吗？！"

没有任何回应。

"莱奥，你刚刚说罪罚只有七等……对吧？可你看那儿怎么还有一颗……"奥斯卡指向的那尊雕像胸前，此时生出了第八颗球，它被熊熊的焰火所包裹，五光十色，绚烂异常。

"审判终了，尔等罪之所属为……"巨大化的雕像，将石头脸贴近二人，低语了声，"'炼狱'！"

伴随着冷峻的宣判，数十根锁链自那些亮起的符文中生出，紧紧缠上他们的四肢，将二人拖拽入地下。他们先是感到一阵陷入泥沼的浓稠感与窒息，之后便是失重所带来的急速坠落。审判庭的光辉在二人眼中快速逝去，如同流星划过永夜。好在七等罪之上的刑罚也绝非致命，下落不多时，他们感觉自己先是被托了起来，随后又被投放到一个房间里，这里漆黑一片，只有边缘处透着幽幽绿光。

"这就是全部了？宣判过程搞得花里胡哨的，结果好像也没咋样啊。"奥斯卡拍着身上的尘土，"把我们关在这里，然后呢？度过余生？"

"不知道，但那罪名听着挺唬人的，'炼狱'……"莱奥试图在脑海中找到某个与之匹配的场景或诠释，但很快就放弃了，"我们得想办法出去。"

"出去？你以为这里是什么地方？"黑暗中传来阴阴的笑声，那声音就像有堆甲虫正爬过湿乎乎的草地。紧接着是一声清脆的敲击，房间即刻被点亮了。被敲击的房间墙壁变得透明，让他们得以看清隔壁类似的房间中那个皮肤呈暗蓝色的生物。此刻，他的嘴里依旧不停地碎碎念着，"真是可惜,巴基本该超过这项纪录的,都被你们给毁了。137 天? 哦,不,巴基认为只有 119 天而已。"

当看到只存在于各类奇幻题材作品中的生物时,他们下意识地向后退了几步。那是个不足三英尺的"小个子",硕大的头就占去了全身的三分之一,如琴鸟[1]般的耳朵耷拉着,闭合在两侧,眼睛不成比例地细成条缝,血盆大口张开着,哈欠连连。

"欢迎来到'炼狱',靠近点儿,让巴基好好看看你们,"那个自称"巴基"的生物取出了副护目镜似的装置戴上,不知道是不是错觉,莱奥看到那双眼睛竟在里面缓缓变大,"睡得太久,眼睛有些退化了。"

"你是……"

"……什么东西?"奥斯卡接道。

"你可真够没礼貌的,"巴基取下护目镜,然后揉了揉已经大了数倍的眼睛,"嗯? 原来是人类啊? 那也就难怪了。"

"抱歉,是我失言了。"奥斯卡道歉,"只是没想到会在这里遇上……外星人。"

"外星人? 是啊,外星人,不然你们以为会在这儿遇上谁? 你们的友好邻居? 看来你们还真是对'炼狱'一无所知啊。"巴基先是大笑,接下来说的话便全成了些破碎的词,"炼……撒萨,是,……我,达梨……喔的,哦不……"

"我们听不太懂你在说什么……"

"舞时撒吐……你们……去……哦洗……"

---

[1] 一种禽类生物,眼睛和耳朵有明显的哺乳动物特点,搭配着全身色彩斑斓的羽毛和两对光秃秃的脚蹼,叫声很奇怪。

莱奥和奥斯卡莫名其妙地摇了摇头，示意他们完全听不懂。

"等，"巴基冲手腕上的套环猛敲了几下，待一阵嘈杂声过后，他继续道，"嗯，这回应该行了。古董翻译器，没办法，这里又不是能随处搞到升级零件的地方。巴基刚刚是说啊，你们出现在这里才真叫稀奇，因为'炼狱'本来就是你们用来关押其他星球人的地方。"

"所以这么多的星际开拓，期间并不是从没发现过外星生物，而是将发现的外星生物都关进这儿了！"奥斯卡恍然大悟，"一直以来我们都被卡兹陌给骗了。"

"还有达里斯，可别忘了这里是谁的地盘。"莱奥道，"没准赛尔也在其中扮演了什么角色。"

"你是对的，莱奥，鬼知道三大公会究竟在搞什么，我们得靠自己搞明白那个秘密。"

"等等，你叫他什么？莱奥？"

"嗯，我叫莱奥，这是奥斯卡，我们都来自阿斯特，"莱奥追了句，"就是上面的人类社会。"

"哈哈，真巧，那就难怪你们会被扔进这里了。"他指着自己做着介绍，"巴基，来自伊妮克，而她是泰尼斯的尼亚。"

"谁？"二人视线所及之处并无第四人。

"哦，差点忘了，"巴基又从兜里掏出一个罗盘，扭动了几圈，"起床时间。"

房间外的黑暗逐渐退散，数不清的"透明牢房"出现在他们眼前，整齐地堆叠着，向远处延伸。每间牢房中都关有一个或是几个外形怪异的生物。他们中的一些仍不受影响地继续酣睡，而一些则被突如其来的光亮惊醒，以听不懂的语言,冲莱奥他们大喊大叫起来,一时间,整座"监狱"好不热闹。

"这就是……'炼狱'吗……"二人看得瞠目结舌。

"嘿嘿,真是过多久也玩不厌啊。"巴基扬扬得意地笑着,又调整了几下旋钮,将那些极为吵闹的房间都静了音。

"巴基,是你干的吧?"一个尖细的声音在他们耳畔响起。

他们随着巴基向其身后的房间看去,声音的主人正用一双黝黑的瞳望向这边。

"当然是巴基,也只能是巴基,"他有些骄傲地说,"对巴基来说,这一切都太简单了,尼亚,简单的乐子才是最好的乐子。"

"如果哪天房门被奥森冲破的话,你可是会被他撕碎的,"尼亚向着那头正在猛砸墙壁的怪物轻轻地摆了摆手,它就如同得到安抚的小猫一样,立即冷静了下来,她转身继续向巴基抱怨道,"你每次都能恰好惹到他发狂。"

"那家伙可真壮,"奥斯卡赞叹道,"它的皮肤就像是棕灰色的岩石。"

"睡太长时间导致失水过多吧。"巴基又咯咯笑起来。

"你在跟谁说话?"尼亚似乎并未看到莱奥二人。

"是巴基伟岸的身躯挡住了他们吗?"

"巴基,你现在的身形可挡不住任何人,"尼亚说,"是有新人来了么?"

"不然巴基唤你们起来做什么,巴基是没事儿会整蛊的人吗?"尼亚报以甜美的假笑,巴基继续说,"看来长时间睡眠的确会令你的反应变钝呢。"

"我可不会像你一样'进退自如',"尼亚微微地半仰起头,像感受到了什么,问道,"为什么会有人类出现在'炼狱'里?"

"不可思议吧?跟巴基起初的反应一样。如果巴基再告诉你,他们其中有人叫莱奥呢?"

"莱奥?没想到那竟然会是个名字?!"

"是的,亲爱的尼亚,"巴基狡黠一笑,"那个预言成真了。"

"什么预言?"莱奥连忙问,"又跟我的名字有什么关系?"

"请允许巴基先稍作适应,""小个子"的表情突然变得有些扭曲,像是正承受着很强的痛楚,"从长眠中醒来可不是件轻松的事儿。"说罢他便走到房间的一角盘坐,这使得他的脑袋显得更大了。

"我们就……这么干等着?"奥斯卡看向莱奥。

"关于那个预言的话,我想最好还是由他亲自做出解释,"尼亚说道,"请再给他些耐心,毕竟'炼狱'很快就要翻天覆地了。"

"翻天覆地?那是不是意味着我们也能从这儿出去了?"

"自由是'炼狱之王'没法应允的,"二人突然意识到明明中间还隔了一个房间,但尼亚的声音却尤其清晰,就像她本人也在这房间一样,"给这里带来翻天覆地的会是你们,人类。"尼亚的后半句完全没了之前的温柔与忧郁,取而代之的压迫令莱奥感到不适。

"莱奥,你觉不觉得……"奥斯卡也捂住肚子坐倒在地,疼痛地不再吭声。

"泰尼斯人的精神力超群,像是情绪可以互相感染一样,他们善用那种力量去影响甚至操控其他生物。而泰尼斯的女性在预知未来的时候，则会不可控地将那力量宣泄给周围的人。而恰好你朋友的感知过于灵敏了，才会这样的。"那透明的墙消失，半人高的生物边说边踏进了他们的房间。

可那不是巴基。

第二十八章
预　言

"你要做什么？！"莱奥挡在了奥斯卡的身前，看衣着的确是与巴基的相似，但除此之外便与之毫无干系，就连皮肤颜色也要淡上许多。

"你是想见他继续痛苦还是怎么？"那生物忽闪着一对大眼睛，近距离下莱奥几乎可以确定他就是巴基，虽然还是有些搞不清状况，身旁的奥斯卡仍在忍受着痛苦，莱奥也只得侧身让他通过。那家伙拿出枚拇指大小的多边形装置，在触碰上奥斯卡后颈时，那玩意立刻生出数条尖刺，猛地扎了进去。

"放心，这一点儿都不疼。"他示意莱奥冷静，当那装置像是寄生般进入奥斯卡身体后，他的痛苦声也止住了。

"伊妮克人，"这回换尼亚做起了介绍，"创造力与破坏力几乎都是这个星系的最高水准，只可惜通常他们没什么雄心壮志，总把才能浪费在无聊的事上，比如通过破坏基因结构的稳定来驱使自身外观不停地进化与退化。"

"更多的是进化，"那家伙气鼓鼓地说，"就像有的生物可以随着周边环境改变外在形态、颜色或是散发的气味。而伊妮克的伟大冒险家们，理论上可以改造所有存在的逻辑，这样在星际旅行中，无论目的地的气候如何莫测或是环境怎样险峻，都能在最短的时间完成变化，将机体调整至最为契合的形态。”

“所以你真的是巴基！”莱奥见到奥斯卡无事般坐了起来，也放了心，“你的眼睛……还有……简直太神奇了！”

“外形上的变化算是最微不足道的了，”巴基有些骄傲地说，“小事儿，都是小事儿。”

“说再多也不过是这里的阶下囚而已。”尼亚冷冷地说。

“嘿！尼亚，预言都已经开始显现了，难道不是吗？你心急什么。”

“你一直提到的预言到底是什么啊？”奥斯卡再次问道，“跟我们又有什么关系？”

“它跟‘炼狱’里的每个人都有关系，尤其是你们。”巴基盘坐下来，开始了讲述，“早在尼亚被关进这里之前，她的房间曾住过另一个人，老迈但睿智的维克星人，知晓这宇宙中所有的过去，还有一些不能触及的未来。”

“一个先知？”

“如果你们喜欢这样称呼他的话。那时的巴基与你们一样，刚被关进来不久。那维克星人的话很少，只有每天下午会跟我扯上一段，老实说在这‘转译器’没被做出来之前，巴基听不懂他说的是什么。不过也正是那些莫名其妙又不厌其烦的靡靡之音，使得巴基初到时的烦躁得到平复。也是从那时候起，巴基开始潜心研究起这‘炼狱’的构造，期待哪天可以出去。不得不说这里的结构的确完美，但完美最大的缺陷就是在设计它时加进了多少巧思，就会同时填入多少自负。越是偏执的完美主义，逻辑就越清晰，环环相扣。没过多久，巴基就搞清楚了这里的体系，并慢慢地接管了‘炼狱’。”

"既然你早就掌控了这里,为什么不早点离开?"

"巴基当然要出去,即使不知道有哪儿可去的,但一定不是被关在这里。众所周知,想要将越狱的成功率提升到最大,首先要与这里的每位利益关联方达成共识。所以在越狱计划实施前,巴基制造出了这'转译器',虽然可以与这儿的所有囚犯无障碍交流,但那个维克星人却再没说过一句话。待到巴基确保万事俱备的时候,便将越狱的计划告知给他们,自是得到几乎所有人的响应,除了那个维克星人。'外面的世界见!'巴基当时是这么对他说的,本想着会与往常一样得不到回应,可他竟然开口说话了。"

"古灵精怪的巴基,他是这么称呼我的,"巴基耸耸肩继续道,"他说,'你将成为"炼狱之王"。但既然是这里的王,就意味着仅凭你的力量无法离开这里。'接下来他就说出了几句莫名其妙的话,也就是那个预言,'当凡人落入自己建造的牢房,"炼狱"的大门才会再次绽放,当进入此处的莱奥不再彷徨,天使将降世指出正确的方向。'"

"我的名字?"

"是的,在这之前我和尼亚一直想不通'莱奥'这个词的含义,毕竟维克星人的语言体系太过复杂,可没想到它竟然是个名字。"

"不再彷徨又是什么意思?"奥斯卡问向莱奥。

"我……"他不知道从何说起,"我也不知道……"

"继续讲完故事吧,巴基,"尼亚提醒,"说不定这两个人类能从里面找到些什么线索。"

"嗯,虽然巴基因为那人的话有所顾忌,但彼时一切都安排妥当,箭在弦上,又怎能不发。所以越狱计划还是按时启动了。你们应该注意到这里的房间其实是没有门的,主要依靠这些墙壁的收缩与延展去重构区域,比如形成新的牢房之类,所以最初的房间就是'炼狱'的出口,这是不难推导出来的,对吧?"

"呃,"奥斯卡一脸迷茫地看看周围,"你接着说。"

"在第三轮强光消散之后,巴基向'炼狱'下了撤回所有墙壁的指令,本以为那些墙体会像屏风那样不断折叠、回收到最初的位置,怎料它们却并没有如预想般地移动,而是凭空消失了。无数的牢房在瞬间成了一个整体,毫无方向可言,所有人都愣在了原地。"

"所以你们才没能逃走?"

"其实如果能冷静地观察与思考,没准儿还是有机会的。但你能想象上千个囚犯在不知所措时的混乱么?无论巴基如何劝阻,让他们待在原地,保持冷静,他们依旧是嚷个不停,混乱的语言碰撞在一起,比起之前不怎么宽敞的牢笼,那刻的空旷更令他们发狂。他们像掉了头的虫子般四下争逃,跑进各个角落,找寻出口,却最终被栖身已久的黑暗所吞噬,再不见他们的身影,也听不到他们的声响。"

"你的意思是,他们消失了?"

"比消失要可怕得多。那些消失的家伙,巴基对他们的记忆也随之消散,就像彼此从未曾接触过一样,就像他们从来没在这里出现过一样,那些家伙的存在被抹除了。"

"听着像是阿斯特能干出的事儿,"奥斯卡吐槽道,"我们也是最近才感同身受的。"

"但你最近也记起来了?关于那些人的消失。"莱奥说。

"是的,巴基在最近的长眠中做了场梦,狂风卷起的沙尘暴怒地围绕着巴基,接着空中传来的低语声压令风缓和下来,沙粒落地后聚拢成那些人的身形与话语,将之前发生过的一切烙进了巴基的脑海。"巴基说,"我没听清那声音说的是什么,但听上去像是维克星语。"

"那个先知的声音?!"莱奥说,"你之前说他曾住在尼亚的房间,他现在还在'炼狱'么?"

"他也消失在那次尝试中了,关于这点,巴基不用做梦也记得很清楚。"巴基继续回忆道,"'你知道该做什么的,古灵精怪的巴基,"炼狱之王",外面的世界见!'这是那个维克星人最后对巴基说的话,然后他面露微笑地退进了身后的黑暗中。巴基意识到那也许是正确的方向,连忙呼喊剩下的人来这里。那时的地面上已经此起彼伏地绽放出绛紫色的'花朵',不小心碰触到它们的人只在瞬间便会化为灰烬,恐怖的情绪与哀号声完全不负'炼狱'这个名字。"

听得状况如此惨烈,莱奥与奥斯卡不禁同时咽了咽口水,他们下意识地向周围扫了一眼,确认了安全。

"就这样,巴基带着大家一边躲避追赶而来的'炼狱之花',一边沿着维克星人消失的方向找寻出口。纵使强化视觉也很难在那样的黑暗中辨别去路,但好在他身上的气味没能逃出巴基进化后的嗅觉,没过多久一扇古树样子的门出现在前面,那里也是维克星人气息消失的地方。'炼狱之花'似乎对那门有所忌惮或是敬畏,停在远处不再上前,像是那里有道无形的边界,让它们无法穿越。大家也都意识到那就是'炼狱'的终点,是出口,是希望,他们成功了,欢呼雀跃,每个人都异常兴奋,用不同的语言高呼着巴基的名字……"

巴基绘声绘色地讲述着,莱奥在意的只有描述中那扇像极了古树的门,他隐约记得自己的某次梦中也出现过一座,不清楚两者是否有什么联系。

"……在那流畅的木纹之上,雕刻着满是细节的藤蔓与枝叶。除此之外,还有一句以金光漆雕刻的'古人语',就是你们的语言,但应该更为古老。"巴基解释道,"大致翻译过来就是'尔等孤注一掷所求,并非尔等命定终点'。这行字下面还有个署名,巴基认为应该就是建造了这'炼狱'的人。面对设计者的嘲讽,巴基自是心中不服,也没多想就按下了门的把手,与此同时,身后众人所呼喊的内容从巴基变做了'炼狱之王'。"

"那个预言……"

"是的,巴基乍听到这几个字时像是被盆冰水从头浇下,加上设计者的那句话,立刻感到有什么地方不对,可惜齿轮绞动的清脆已然响起,万众期待的门被打开,强烈的白光一泻而出,将所有人吞噬。待到巴基再次恢复意识的时候,便又是在这牢房里了,所有的幸存者,就是没被巴基忘掉的那些家伙也全都回到了他们原本的房间,就像什么都没发生过一样。"

"只有那个维克星人出逃成功了?"莱奥问道。

"也许是出逃成功了,也许是……"巴基停顿了下,继续说道,"总之所有回来的家伙都丧失了记忆,没人记得那场逃离,没人记得那些被黑暗或是'花朵'吞噬的人,没人记得巴基。但巴基记得他们,虽然不包括那些被黑暗所侵蚀的人。巴基记得那扇门,还有那个维克星人……然而随着时间的流逝,巴基也开始怀疑那些究竟是真实存在过的,还是被关太久引发的癔症。对于'炼狱'系统的操控只能用来搞搞恶作剧,'炼狱之王'最终成了笑话。"

"其实大家对你的故事是相信的,我能感受到他们内心深处的认同,虽然只是微乎其微的精神波动,"尼亚说,"但你无论如何都不愿再做第二次尝试,这很难令他们完全信服,或者说这令他们很是失望。"

"不是不愿,是不能,如同那预言中所说的,巴基没办法带大家离开这里。"他无奈地说,"不仅是想不通最后那道门的难题,每每对'炼狱'进行更深层次的解构时,就发现组成它的基础没有巴基最初想的那么简单。现在被囚禁在这里的人数已经远多于当初越狱时的量级,但每当有哪个家伙被送进来时,'炼狱'便会快速扩展出需要的空间,且并不压缩之前的,即理论上'炼狱'是无限大的。"

"无限大?!这怎么可能……"

"空间堆叠、饼干理论、镜面力场……巴基尝试组合了很多理论去测算,但恐怕以伊妮克人的学识也无法解释,造出这空间的人是个天才。"

"那岂不是意味着我们出不去了?"巴基的故事让奥斯卡紧张地口干舌燥,"即使预言中提到人类的到来会让什么'炼狱'的门打开,但老实说我们根本不知道该怎么离开这里。"

"你们的到来只是负责让命运之轮扭转,预言中是随后来的天使指引出的逃离方向。既然你们到了,巴基猜天使应该也不远了,只需要静静地等待就行。"

"你还有什么没告诉我们,对吧?"莱奥精准地捕捉到了巴基无比自信的来源。

"巴基?都到这时候了还要留悬念吗?"尼亚察觉到他心中闪过的波澜后,不满地说道。

"悬念能让接下来的期待更具戏剧性,不是吗?"巴基说,"好吧,好吧,其实只是个猜测,巴基并没有百分之百的把握,所以就没说出来。"

"是关于那个天使的?"

"天使将降世指出正确的方向。"他又叨念了遍预言的最后一句,"要知道维克星语复杂是因为它的很多表述同时也与其神话传说相关联,其实

'降世'有一种释义,是对时间长度的描述,如果转换成人类时间的话,大概是三个小时左右。"

"你的意思是说,天使会在三个小时后出现?"

"准确地说是从你们到来之后的三个小时左右。"

"那不就是……"

"从现在起的任何时候。"他刚说罢,恰好有一束光照入'炼狱'。

他们随巴基抬头仰望,见那天使正沐浴于光中,自半空缓缓降下。

第二十九章
天使降临

"将人类投入'炼狱'？达里斯难道不该为这个决定做下解释么？"

"这种小事就没必要召起会议了吧，利尔斯，"老者微微抬起眼皮，"律法从未规定不能将人类投入'炼狱'，还是说现在卡兹陌连达里斯的正常工作都要开始干涉了？"

"他们可能会因此知悉所有的事！"年轻的领主咬牙切齿。

"所有的事？大概率不可能，但关于外星人方面的事，是的，但那又有什么关系呢？他们永远都无法逃出'炼狱'，"大治安官说道，表情平静且坚毅，"所有的秘密仍旧封印完好。"

"需要我提醒下那个自诩为'炼狱之王'的家伙的存在吗？显然很久之前你们就已经对他失去控制了。"

"为什么会失控？为什么他们会被关在'炼狱'，而非光明正大地沐浴在阿斯特的阳光下？卡兹陌的职责是与星系中的其他生物建交，团结一切力量以对抗终焉，而不是将他们热爱的大地付之一炬，对那些爱好和平的种族赶尽杀绝。"大治安官语气深沉地说，"是你们将巴基带到这里，跟其他人一起，留下所谓的'物种标记'。他们拥有着远超阿斯特人的智力水平、体力上限或是其他的能力,更重要的是他们都带着对阿斯特深深的怨恨,因此才只能被关进'炼狱',现在这一切的始作俑者竟然指责我?真是荒谬。"

"我带他们回来是为了实验!那些珍稀基因的融合与改造,没准儿能为我们找到条出路!而你却建了个什么'炼狱'将其隔绝,甚至连我们都无权进入,你真的是在囚禁他们吗?"年轻的领主冰冷地说,"还是在保护他们,让'炼狱'成为这些家伙的避风港?"

"你当然有权进入,只是不太好出来罢了。"老者说,"你很清楚那里是谁建造的。"

"啊,我明白了,这就是为什么他们也会被关进那里,将最危险的人放在最安全的地方。"

"请注意你的指控,年轻人。"

"我的意思是你正把我们的命运交到几个无知的毛孩子手上!他们永远无法窥探那个秘密。即使我们足够幸运地逃过这个星系的毁灭,那下一个呢?"领主说,"我们需要那个秘密,掌控它而非屈从于它!"

"这才是你的目的吧,利尔斯。既然他们永远无法窥探那个秘密,你又为什么揪着'炼狱'不放呢?"大治安官冷冷地说,"现在唯一在威胁着我们命运的,只有你而已。"

"我不懂为什么每次会议都要进行这样的争执,我们三人本应该是统一战线的,不是吗?"终于还是沙弗恩打断了他们,"还有利尔斯,无论事态发展如何,你至少该有对阿特弥尔先生最起码的尊重。"

"尊重不代表他可以为所欲为。"

"事实上,将那三人判入'炼狱'的事,我是提前知悉的。"

"什么？！"

"这件事是在经过阿特弥尔先生与我的商议下，慎重决定的。"沙弗恩接着说，"那孩子的确符合继承者的资格，但他极难被控制，这令他就像个定时炸弹一样危险，我们不能允许那样的存在能够随意地到处乱跑，不是吗？将他投进到一个永远无法逃离的地方，很快那秘密便会抛弃他，并在现有的平衡被打破之前快速找到下一任宿主。在那样的紧迫情形下所产生的继承者，控制起来会容易上许多，那才是我们最有把握的时机。"

"最好是这样，既然是你们私下协商的结果，我也无话可说。"领主看向大治安官，语气冰冷，"就请在接下来的日子看管好你的'炼狱'。"

"利尔斯！"沙弗恩发怒道，"注意你的态度。"

"我说完了，不敢打扰你们接下来的私下协商。但记住，无论你们在密谋些什么，我都会得到我想要的。"领主留下这句，断掉了通讯。

"像是个被宠坏了的孩子，"大治安官叹了口气，"你真就准备像这样一直放任他下去？"

"抱歉，阿特弥尔先生，关于利尔斯的冒犯之处，还请接受我诚挚的道歉。"

"活这么久，早就不在乎这些面子问题了。更何况从编造谎言为我掩护的那刻起，你就不欠我任何道歉了。"大治安官深邃的眼神让人捉摸不透，"其实关于继承者的事情，我从来都无意对你隐瞒，虽说你之前已经表明了态度，但这次的'炼狱'与其他情形不同，一着不慎，满盘皆输。在向你开诚布公之前，老朽必须明确你的立场。"

"抱歉令您为难了，阿特弥尔先生。您不需要向我坦白任何事，但只要是您吩咐的，我定会全力以赴，这就是我的立场。"

"说到坦白,关于恒月旅店那次的安排,老夫想要谢谢你。之前只是让你通知莱奥在古城多待上些日子,但从未告诉你为何……是老夫心胸狭窄了,请你谅解。"大治安官说,"安排他在古城遇到的一切,令他去主动寻求那个秘密,其实都旨在加深他的精神力,测试他的品格。但没想到利尔斯会关注这件事,甚至还派了那个叫克莱德的人去杀掉莱奥。还好是你发现了这些,通知了教堂的人去守护他,将克莱德化敌为友,也令他们免除了那些械人的算计。"

"利尔斯虽然狂妄,但他不会明着与我们作对,更不会将他的目的只押注在一枚'棋子'上。"沙弗恩的回答更像是提醒,他继续道,"不过,整件事最令我在意的,是利尔斯如何知晓先生您的安排的。在一些事上,他所掌握的信息远超出我的预期。而有时候,我甚至感觉自己像在被无数的眼睛盯着……"

"无数的眼睛吗……"大治安官沉默了一会儿,"这件事就交由老夫去确认吧。总之,谢谢你的信任,沙弗恩。"

"另外我还有一事想要请教,"沙弗恩想了想,还是问道,"这一次成功的概率有多少?"

"57%,是机械所能推算出的结果。如果要我说,这一次是最接近成功的一次了,"大治安官说,"去救下这颗'伪星'而非抛弃它。"

而在'炼狱'中,二人在看清天使的容貌后的态度令巴基有些摸不着头脑。"你们认识吗?"

"何止认识,简直都要熟透了。"奥斯卡看着刚刚落地的加斯,始终没法将他与"天使"这个词联系在一起。

"莱奥！奥斯卡！你们果然在这儿。"加斯向着迎上来的二人打招呼，却转眼看到一旁同自己打招呼的巴基，"啊，什么邪祟？！"

"要不是因为你是'天使'的话，你现在已经完蛋了。"巴基毫不吝啬那极其富有威胁意味的微笑。

"竟然还会说话？！"加斯下意识地向后退了几步，看向奥斯卡跟莱奥，"这里究竟是什么情况？什么是'天使'？"

莱奥和奥斯卡只好赶忙介绍了巴基与尼亚，并把之前的经历向加斯讲述了一遍。

"好吧，外星人……"加斯半信半疑地看了他们一眼，扭头对莱奥二人说，"还好我没和你们一同去黑巷，不然也会落得个被判入'炼狱'的下场。"

"请先看看自己的处境，"奥斯卡说，"要我提醒你现在也同我们一样了吗？"

"当然不一样，我可是来救你们出去的。"加斯略带些神秘的骄傲说道，"我是那个什么……预言中的'天使'。"

"你少来，说吧，是怎么被抓进来的？"

"没人抓我啊，说真的，我是来救你们的啊。"

"你真知道怎么出去？"奥斯卡眯起眼睛，随时等待加斯露出破绽。

"在你们躲进盥洗室后不久，我正准备起身离开的时候，一个高大壮硕、披着兜帽的家伙又将我按回到了座位，没等我做出啥反应，他就降下了静音帷幕说'听着加斯，你应该已经不认得我了，但我很清楚你们策划了些什么。你的朋友，莱奥和奥斯卡，将会面临巨大的危险，你愿意拯救他们吗？'，也许是感受到了我的疑虑，接着那个男人竟然将我们想要借助黑巷去古城找寻典籍的计划说了个一清二楚,就像是他也参与了我们的讨论一样。说实话,他的嗓音嘶哑地就像吞下了整支闪魅辣椒……"

"讲正事儿加斯,"奥斯卡连忙打断了他接下来的废话,"别老提吃的。"

"那样的开场让我有些不知所措,但除了照做好像也没有其他选择。他让我先回家里等着,说是宵禁过后,计划失败的你们会被送到一个叫作'炼狱'的地方,那时再安排我来,为你们引路,逃离这里。"

"等等,那时候我们还在盥洗室里,对吗?"奥斯卡不可置信地看着他说,"你当时就已经知道我们的计划要失败了?"

"是啊,那时候还没过宵禁呢,尽管酒吧里人已经少得可怜了……"

"那你直接去阻止我们不就行了?"

"当然……我当然就……立刻想到了去阻止你们……"加斯支支吾吾地说。

"你当时完全没想到,对吧?"奥斯卡毫不留情地拆穿了他。

"嗯……这不当时没搞清楚咋回事嘛……不过那男人提醒来着,说让我不要去干扰你们执行计划,你们必须经历这些。还说需要我帮忙拯救的不仅仅是你俩……还有整个'炼狱'的人,"加斯看向巴基他们,"只是我没想到竟然会是外星人。"

"喔,赞美天使!"巴基假笑着装作感恩的样子。

"没办法,"加斯见奥斯卡对他的解释并不买账,只好补充道,"主要是那人的声音让我产生了种莫名的熟悉与信任感……所以也没多想,就按他说的去做了。"

"那人有提起过他的名字么？"莱奥问，"或者你能描述下他大概长什么样子？"

"没有，他的整张脸都在兜帽下，一副神秘的游侠打扮，根本看不清楚。不过他在递给我这块腕表的时候，我看到他小臂上似乎有着鳞片一样的文身。"

"果然是费奇！"

"是你提过那个被我们忘掉了的酒保？"奥斯卡问。

"嗯，显然他还记得我们，壮硕的体型和标志性的文身……"莱奥肯定道，"应该没错了。"

"可他又是怎么知道我们会被判到这'炼狱'的？而且还能将加斯送进来救我们？"奥斯卡皱着眉头，"这样的预判听上去可不是个简单的酒保能做到的。"

"是很奇怪，他与达里斯之间又有什么关系呢……"莱奥喃喃自语道。

"在这之后呢？"巴基则是没有理会二人的疑虑，向"天使"继续发问。

"之后？之后我就到这儿来了啊。"加斯说，"一段信息指引我去了达里斯的审讯厅还是什么的。"

"审判庭，你就一路无阻的那样走了进去？"

"不然呢，然后有段好长的旋转楼梯，走到最后一阶的时候，地板突然就消失了，"加斯不禁打了个寒战，"那一刻可真可怕。"

"越狱的方法呢？"像是怕转译器没翻译清楚，巴基又强调了一遍，"接下来该怎么出去呢？"

"出去的方法啊,那个……我忘了。"

"忘了？！你是在拿巴基开玩笑么？"他显得有些不太高兴。

"那人的确是告诉过我出去的方法,但之后他又把相关的记忆清除了,好像是为了能顺利通过系统监控什么的……"加斯努力地思索着,"不过他给了我这快腕表,说是待到设定的时间到来,我自然会记起来的。"

"设定的时间？那是多久？"

"不知道……"

"一个什么都不记得的'天使',这可真棒。"

"要有耐心,巴基,既然预言已经开始应验,总好过之前的毫无希望。"尼亚说。

"耐心,耐心,耐心！"巴基愤愤地嘟囔着,走回了自己房间,四周也就暗了下来,"那巴基就接着去睡好了。"

"不用在意,他一直就那样,"尼亚说,"你们也别硬撑了,我能感受到你们的疲惫。"

"嗯,看来只能等待正确的时间到来了。"莱奥安慰加斯说,"别担心,你搞得定的。"

"既然大家达成了该睡一会儿的共识,那接下来的问题是,我们要怎么休息呢……"看着空荡荡的房间,奥斯卡说。

"你们只需选好想要休息的区域,心中想着睡眠的状态,这里就能构造出最适合的方式,"尼亚说着,也转身步入回了昏暗中,"晚安,人类朋友。"

"我去试试,早就困得不行了。"加斯走去了房间的左边,最角落的位置,也是离巴基最远的位置,这两项都能确保他在这陌生的环境中得到些许安心。如同方才尼亚的指引,他在心中确认了休息的区域与形式,站定着的地面便开始了细微的颤动,无数立方体密密麻麻地向上攀爬,融合成一张柔软的方塌,这让他很是满意。

"你这面积占的有点儿奢侈了,"奥斯卡走到一旁,在身前生出的吊床上躺了下去,"嘿,竟然连材料的质感都能模拟得出,这'炼狱'的待遇倒是也不错。"

莱奥则是走去了巴基那边,与其休眠舱仅有一堵透明墙之隔。加斯微微的鼾声很快便在房间里传递,莱奥则侧卧在床上,头脑依旧清晰。

"莱奥,"巴基率先开启了话题,"你是有什么问题要问巴基的,对吧?"

"是的,"莱奥直截了当地回答,"你也同样有要问我的,不是吗?"

"嗯,"巴基直言不讳,"那个被称作加斯的'天使',信得过么?"

"虽然有时他看上去的确是不太靠谱,但他也是我和奥斯卡最为信赖的朋友,"莱奥补充道,"况且如果派他来的人真的是费奇,那我们就大概率能够出去。"

"你们提到过的酒保,可听起来那人似乎有着很多不为人知的秘密。"

"是的,可直觉告诉我,他依旧值得信赖。老实说最近的一段时间,发生了太多的不可思议,熟悉的变得陌生,一些曾经的坚信也都分崩离析。"

"这就是预言中你会感到彷徨的原因?也许对发生在你身上的事,巴基没办法感同身受,但或许接下来的这个故事会让你感觉好一些。"巴基深吸了口气,开始了讲述。

"早在巴基出生之前,伊妮克星就已经拥有了非常成熟的文明。以创造力为驱动力的社会,人人都沉浸在自己的天赋之中,乐此不疲。但任何形态的文明发展到某个阶段,总会需要面临必须突破的瓶颈,伊妮克称之为'文化跃迁'。每一次的'跃迁'都有其不确定及危险性,其成功与否直接决定了此类文明的进阶或是衰亡,伊妮克自然也不例外。千年前的某次'跃迁'让伊妮克文明遭受了前所未有的危机,而也就在那时,神明降临了。"

"神明?我还以为你们会是那种'科学至上'的种族。"

"这两个概念其实并不矛盾。根据古籍中的记载,那落地的神明有着完美的形态及无边无界的智慧,她引导伊妮克星走出了阴霾,而在那之后,伊妮克的一切就都变了。"巴基继续道,"记录中神明在离开之前传授了许多有关于机体进化的知识,人们因对其的崇拜,近乎疯狂地陷入了对进化的痴迷当中,至高的知识、完美的躯体甚至是对永生的追求……整个伊妮克星仿佛成了冰冷的生育机器与改造工厂,'新生者'被赋予更为灵活的序列构造,期待有一天终会迭代成神的模样。"

"这听上去简直太疯狂了。"

"事实上这样的'疯狂'的确给予过伊妮克星前所未有的繁荣,持续了数百年。但就像刚刚提到的,每次'跃迁'都会有它的瓶颈。数百年后一个叫作'奥弥塔尔纳'的部族,其中的'新生者'出乎意料地展现出了传统伊妮克星人的特征,他们更倾向聚焦兴趣于多元化创造,花费精力追寻自我而非神明,很快这些'返祖症患者'的存在便被传遍了整个星球,并被视为文明进程中的最大威胁。一时间有关他们会引发末世的荒谬言论四起,于是'奥弥塔尔纳'被定义为'渎神部族',他们被圈进高耸入云的墙,被剥夺了繁衍与进化的权利,成了被世人孤立跟唾弃的异类。而巴基正是他们中的一员。"

"很难相信这样的事竟会发生在如你们一般的高等智慧之上!"莱奥

听得有些气愤。

"纵然那些耸入天际的高墙阻断了世界的广阔与自由,但同时它们也为奥弥塔尔纳部族挡下了外界的偏见与敌意,那曾经是令巴基感到习惯又迷茫的生活,直到天空被舰群遮挡的那一日。"巴基顿了顿继续道,"高墙塌了,整个奥弥塔尔纳部族的情绪复杂,那是重获自由的欢喜以及对未知的恐惧。之后随着尘埃落定,映入眼帘的却是满目疮痍、扭曲开裂的大地,还有不计其数的尸体。由于长久以来对进化的沉迷,主流的伊妮克人没什么能拿来抵御这场灾祸的,奥弥塔尔纳部族拾起了他们在高墙之内创造出的武器,誓死守护伊妮克,可最终还是失败了。"

"我很抱歉……"莱奥猜到了故事中的"来者"是谁,甚至联想到了舰群上那巨大的卡兹陌标志。

"相信巴基,这段往事无需你的任何道歉。其实巴基也曾诅咒过那高墙,但从未预想过那些向往的也会随同它一起灭亡。眼中只有进化的伊妮克文明,大概也料想不到唯一继承了它意志的竟会是个'返祖症患者'。"他接着说道,"每个人都有他的命运,没人能决定它。未知所带来的恐惧自然会令人感到迷茫,尽情在它面前战栗或是逃避就好,命运总会推你去那该去的地方。"

"我好像明白些了……"莱奥思索了一会儿说,"也许正是你的这番话让我不再彷徨。"

"哈哈,巴基真厉害!"他说,"想通了就赶紧休息吧,还有好多事在等着呢,从这儿越狱可不是件多么轻松的事。"

"嗯,外面的世界见,'炼狱之王'。"

"啊哈!外面的世界见!"很快二人便沉沉睡去,直到一阵巨大的响声将他们吵醒。

"什么情况？"巴基惊起，头狠狠地撞到了'太空舱'顶，"巴基该把它想得高一些的……"

"这声音……像是齿轮在转动？"

"你俩好吵……"奥斯卡睡眼惺忪地翻坐起来，"哪来的声音？"

"还在响着啊，咔嗒，咔嗒……"莱奥随节奏学着那声响，"你听不到吗？"

"就听你在咔嗒了，其他什么声儿都没有啊？你听到什么了吗，加斯？"奥斯卡问向一旁，却见加斯正在那豪华的床垫上蜷缩成了一团，表情痛苦，"加斯？你没事儿吧？"

"那些记忆……"他指着神秘人给的腕表，此刻它正在以一种不规律的频率闪烁着，此刻加斯的一字一句都说得吃力，"我知道……该怎么……出去了！"

第三十章
"炼狱之王"

"首先要找到那个自诩为王的家伙……"加斯努力回忆着神秘人的话。

"自诩是什么意思？巴基可是公认的！"他不满地靠了上来。

"他说你之前瘫痪过这里的系统，这回还得再做一次。"加斯说，"不过兜帽人说自上次越狱事件发生之后，达里斯新设了名为'科尔'的备用防御系统，它会在感知到'炼狱'瘫痪的同时重启'炼狱'，间隔恐怕不会超过数秒。"

"这点时间怎么够，不如将那个备用的一起除掉算了。"

"'"科尔"的存在是无法从"炼狱"里追溯到的，而且被设计为无法人为关停，以防止系统瘫痪的发生……'这也是他说的，就好像猜到了你的想法……"加斯看向默不作声的众人，接着说，"不过他提到'科尔'倒是可以被人为重启。"

"你说话能别大喘气吗？"奥斯卡说，"我还以为没戏了呢。"

"说是因为'科尔'的设计过于复杂庞大，暂时还无法完成自行维护，只能通过不定期的重启来稳定性能，这恰好是可以借助的空档。'要确保在"科尔"重启的同时瘫痪炼狱，'他是这么说的，如果错过或是有任何哪怕是细微的闪失，我们就永远没办法从'炼狱'出去了。"

"那也得有人在外头配合重启'科尔'才行。"

"兜帽人说他负责搞定这件事。"

"时间呢？怎么确定什么时候能确保二者步调一致？"巴基追问。

"约定在腕表响起后的第一个整时。"

"这不就……还只剩下不到 5 分钟？！"莱奥和奥斯卡看着腕表上流逝的数字。

"好像是的……"

"所以你不慌不忙地聊了半天，只留了不到 5 分钟的时间给巴基，来瘫痪掉整个'炼狱'的系统？！这简直是……"巴基摇了摇头，看着他们的失落的神情说道，"……这简直是太简单了。"

"啥？"

"这种玩笑可一点儿都不酷。"奥斯卡说。

巴基倒是挺满意刚刚的打趣，他变长了的手指在一块控制板上快速地舞动了一番，整个"炼狱"便又如白昼般地亮了起来，抱怨声掺杂着愤怒再次席卷而来，巴基则是不慌不忙地将转译器的覆盖范围调整至整个炼狱。

"咳咳，嗯，"他清了清喉咙说，"这儿的系统将于 4 分钟后瘫痪，当牢房的墙体消失的时候，不要惊慌，跟随'炼狱之王'的脚步，巴基会带领大家离开这里！"

'炼狱'在这番宣讲过后先是维持了段时间的安静，紧接着是哄堂大笑。

"出去后得教会这些粗鲁的家伙怎么尊敬他们的王！"巴基嘟囔着将其他牢房静了音。

"毕竟这里已经没人记得你曾经的辉煌了，"尼亚不知何时来到了他们身边，"用接下来的时间惊艳他们吧，'炼狱之王'。"

巴基没再说话，将手里的装置拨弄了番，一段以不同文字所呈现的倒计时影像同时出现在了各个牢房的墙上，那是与神秘人分毫不差的约定，也是众人重拾自由的希望。

"你们干吗？"巴基看着围上来的莱奥等人，很是嫌弃。

"不是要瘫痪'炼狱'么……"看着此时悠哉的巴基，他们不免有些担心，"不会有什么问题吧？"

"约好的时间不是还没到呢？"他将腕甲反转了下，手里像变魔术似的多了枚丑陋的按钮，"等到时间按下这个就可以了啊。"

"仅此而已？"

"巴基不是已经说过很简单了？"

"好吧，只是没想到会这么简单……"

"接下来就等'科尔'重启吧，"巴基说，"但愿那个酒保别搞砸了。"

时间如凝结了般过得缓慢，尽管绝大多数的囚犯认为这只是巴基的另一场闹剧，但在最后的几十秒里，他们还是不自觉地静了下来，望着跳跃的字符，心里满怀期待。

"30，29，28……"所有人一同默念，巴基握着按钮的手竟也有了些颤抖，紧张或是兴奋，只有他自己清楚。

"5，4，3，2……就是现在！"巴基按下了那至关重要的一键，"炼狱"瞬间漆黑一片。

"这算成功了？"加斯试探地问道。

巴基并不作答。接下来众人目光所及之处，备用光源突破至暗的环境，勾勒起新的空间轮廓。囚房的墙体化作缕缕星云，呼吸般地闪烁，继而消散。眼前一幕如同置身于混沌之中观赏宇宙的初成，让他们深感震撼。

"这些都是正常的……对吗？"奥斯卡再次确认着。

"上次可没有这些浮夸的玩意儿，"在确认过控制板上的数据后，巴基终于开口，"不过'炼狱'的确是玩儿完了，目前没检测到任何的重启迹象……"

巴基的话才说完，便听见一阵沉重但快速的脚步声正由远及近，来不及反应，他已经被一拳打飞了出去，来者喉咙震颤着，发出沉闷的咕噜声，不时有炙热的蒸气从干涸开裂的皮肤缝隙间渗出，岩石般的硕大身躯此刻因愤怒而红得通透，让人不敢靠近。

"这是什么情况？"加斯向莱奥二人身后躲了躲，"咋还内讧了？"

"我是不是早就提醒过你不要惹他啦？"尼亚倒是全不在意，趁机还取笑起了巴基。

"奥森，伙计，说真的，完全没这个必要。"巴基晃晃身子站了起来，脸上被打歪的地方正在扭动着恢复。

"这一拳是为你那么多次吵醒我！"他的声音很奇怪，至少在莱奥他们听来是这样的，像是在拙劣地模仿着人类说话。

"还好没打在转译器上，不然你那蹩脚的方言谁听得懂，要知道这么记仇可不利于你的身心健康……"上一秒还在故作镇定的巴基，下一秒便像个绒线玩偶般被奥森抓了起来。"嘿，别冲动伙计，你这口气真是够劲儿，巴基以为与你已经建立起深厚友谊了，不是吗？呃呃……嘿！尼亚，莱奥，别傻站着啊，做点什么，他该不会想要吃了巴基吧？！"

莱奥立即上前想要阻止，虽然很清楚即使这房间里的人全部上去都未必拽得动那怪物的一只腿，但巴基的绝对安全是必须保证的，毕竟他是逃脱这里不可或缺的"领袖"，更别提他们昨晚刚刚建立起的情谊了。

"不要着急啊，"纤细的手臂挡住了他的冲动，尼亚微笑着向他使了个眼色说道，"热闹还在后头呢。"

当被奥森举起的时候，巴基试图快速进化些什么，用来防御接下来的摔击，他紧张地闭上了眼睛，所以压根儿没看到奥森柔和下来的眼神。他将巴基高举过头顶，稳稳地举着，模糊且高亢地将那声久违了的词语喊了出来，"'炼狱之王'！"

"'炼狱之王'！""'炼狱之王'！""'炼狱之王'！"

"炼狱"沸腾了。

奥森将巴基放回了地上，众人呼喊着向他聚拢，等待着他的下一个指令。

"嘿，看来这下你们都相信巴基了，"他骄傲地拍了拍奥森坚实的小腿，"这可是第一次越狱时幸存下来的大家伙，就知道他还记得巴基！"

"可刚才你还害怕地呼喊着救命呢。"尼亚笑道。

"巴基当然是故意的，试探你们对王的忠心，对，就是这么回事儿。"

"快点下一步的计划吧，还远没到庆祝的时候。"奥斯卡提醒道，也正是这句话让聚拢上来的外星人注意到了他，也注意到了莱奥和加斯。

"三个人类？""这儿怎么可能会有人类？！""凶手！""沾血

者！"……

"冷静,冷静……"奥森将莱奥等人护在了身后,巴基攀爬到他肩膀上安抚着众人,"这一切都跟他们没有关系。"

"怎么会没关系！""他们毁灭了我的星球！""歼灭了我的族人！""撕碎他们！"……

"听着！巴基与你们有着共同的遭遇,但你们是否还记得那个指挥官？那个面容苍白的男人,"这番话让众人都陷入了回忆,他继续道,"那个病恹恹的家伙,星球毁灭者,才是这一系列事件的元凶,而他以及他所带领的军团并非人类。"

"并非……人类？"莱奥等三人面面相觑。"那是什么意思……"

"巴基不会轻易地饶过任何敌人,但不能怪错任何无辜。也许你们此生都不会再遇到另一名同类,但相信先辈的智慧从未离开过你们的脑海。'炼狱'不仅只囚禁了每种文明下仅存的人,也让整个星系前所未有地连接在了一起,为了彼此文明的延续。你们都曾有过憎恨与诅咒,或是幻想与彷徨,但不是今天。"他看着他们,目光坚毅,"今天,你们将离开这里。今天,你们将重获自由。无论之后会面临怎样的抉择,巴基将与你们共同进退,整个泽塔星系将团结一致！"

"团结一致！""为了泽塔星系！""追随'炼狱之王'！"……

"谢谢你们保护我们,"莱奥向奥森以及正从他的肩膀上滑下的巴基道着谢,"另外巴基,关于刚刚的那段演说……"

"很厉害不是吗？巴基为了这一刻可是反复地练了好久。"

"不,我是想问那个面色苍白的病恹恹的男人,"共和日庆典上的记忆开始在莱奥脑海中反复,"如果他是我所想到的那个人,你的意思是说,他和他所带领的部队也都是外星人？"

"嗯，他们甚至不属于这个星系。虽然外貌上与你们的差异微乎其微，但他们的基因组合方式完全不属于这里。"他解释道，"巴基之前说过伊妮克星对毁灭者们的到来完全没有准备，其实并不精确，事实上对进化的极致追求，令伊妮克人熟识泽塔星系所有星球的文明水平，没有威胁自不必准备，可他们用以摧毁伊妮克星的武器绝非泽塔星系中的文明孕育出的。巴基曾窃取过一段他们阵亡士兵的基因序列，与星系中所有已知的序列都没有重合，没有对应的进化逻辑，没有可追溯的痕迹，他们就像凭空出现一样，就像……"

"就像突然降临在伊妮克的神明。"莱奥说。

"巴基想，他们之间一定存在着什么联系，那个男人的所作所为也并非单纯的疯狂或者心理扭曲。他似乎是在找寻什么，只是伊妮克还有其他的那些星球上都没有他要的答案。"

"那阿斯特会是吗……"莱奥不禁担忧。

"总之先出去再说，'炼狱之王'得继续指引大家才行，"巴基笑嘻嘻地看向加斯，"那么伟大的'天使'，接下来该怎么走？"

"在'炼狱'被瘫痪之后，"加斯挠头复述着神秘人的话语，"让'炼狱之王'带领大家找到那个白门，跟随指引的火焰，像上次一样。"

"上次？上次可没有什么指引，"一波欢呼声让巴基没听清晰，但很快他像意识到了什么，大声确认着，"等等，你是说火焰？！"

此时远处一团紫烟忽然升起，将邻近的顿奇星人吞噬，他甚至都没来得及留下一声警示的尖叫。'花朵'很快便在'炼狱'中蔓延，越来越多的人蒸发在那些盛开的烈焰中，惊呼声终究还是涌入众人的耳朵，他们终于关注到了周围骇人的冲天大火，也终于听到巴基撕扯般的呐喊。

"跑！快远离那些火！"

慌乱，狂奔，那绛紫色的烈焰从来不是通往光明的指引，而是躲在角落里静待收割生命的恶魔。它悄无声息地出现在满怀希望之人的身旁，伸出利爪，将他们一把拽入永夜。

"我们跑的方向……是对的吧？"加斯气喘吁吁地问向奥斯卡。

"不然你觉得我们有的选吗？"身后传来几声戛然而止的哀号，像被利刃生生地切断一样，奥斯卡忍不住回头看，跟在身后的人又少了几个。他们中的一些是因为触碰到火焰而瞬间消散，更多的则是被突起的火墙拦住了去路，止步不前，生死未卜。偌大的'炼狱'，数以万计的生命，只剩下不到百人跟在巴基他们后面，奔跑在这条死亡高速上。

"那边！"巴基坐在奥森的肩膀，正根据初生火焰位置拼命地计算着逃离的方向。

"巴基！还有多久？那些火焰在加速！"

"出口应该就在前面！"

"你确定吗？可那儿怎么看都像堵墙啊？"盯着条形光源所勾勒出的边界，尼亚的声音在巴基脑海中响起。

"肯定没错！那里一定是出口，"巴基拍了拍奥森说道，"冲过去！"

像撞进了团浓郁的蜜，清甜的香气让黑暗不再纯粹，映入眼帘的光辉由模糊变得刺眼。就在幸存者们先后涌入那屏障的时候，莱奥和奥斯卡却在另一头停了下来。

"快点儿加斯！就快到了！"他们回头呼喊。

"我也想快点儿啊,这不是……"回应使他的呼吸更加急促了,"……这不是……跑着呢嘛……"初生的焰苗忽地窜起,被他灵活地跨了过去,"看咱这身手……还是很……"

"当心!那火要追上来了!"见莱奥和奥斯卡迎面向自己跑来,加斯不禁地回望,刚刚才越过的火种已幻化作数头冲天的'凶兽',咆哮着向他奔涌而来。

"跳!加斯!快跳向我们!"莱奥向吓呆住的加斯大喊,又急忙转头对奥斯卡说,"还记得环形街那次么?"

"当然,"奥斯卡立即就明白了莱奥要做什么,"我一直期待着这天呢!"

也许是直面恐惧时腿软了些,加斯这一跃的距离并未达到预期,几乎在快要落地的时候,莱奥和奥斯卡才勉强抓住了他。他们分别拽住加斯的左右臂膀,朝着那屏障用力地甩了出去。这一甩虽然没有预想中那股借力的劲儿,却比莱奥想象中的要容易太多。

"加斯什么时候这么轻了?"他心想着,疑惑地看向奥斯卡,见他已将随身带着的反重力扣环附在加斯身上。

"还好这东西没被没收,"奥斯卡冲莱奥示意说,"抓紧了,勇士。"

当加斯快要被甩到至高点时他反转了扣环,增重后的惯性使得加斯如同出膛的炮弹,迅速地拽起二人躲开'兽群'的攻击,向屏障弹射而去。

第三十一章
边　界

"该死,感觉我整条胳膊都要报废了!"

"这可比环形街刺激多了。"

"哈哈,再创辉煌!"

"炼狱"的边界,明净纯白,广袤无际,只有远方孤零零地矗立着的参天巨树,茂盛的与其余的空旷格格不入,树干通体的金属光泽将四周映得纯粹,生机勃勃。莱奥一行人狼狈地在这一边欢庆着劫后余生,另一边的"兽"也扑上了边界,散了形状,附在那浓稠的屏障上急得四处窜动,却始终不被允许进入那彼岸之地。

"怎么回事?"巴基的声音突然响起在身后,"要不是尼亚感知到了你们的情绪波动,这会儿哀悼会都给你们开完了。"

"出了点小状况,"奥斯卡扶地站起的姿态有些狼狈,他笑着说,"我们成功了?"

"大概是进到了'炼狱'的边界,危机应该暂时性地解除了。"

"这就是你们上次到达过的那个地方?看上去可比你描述得阔气多

了。"

"其实完全不同，无论是瘫痪后的'炼狱'，还是这边界都明显经过重新的设计，"巴基说，"看来之前的那场'越狱'引起了他们足够的重视。"

"这就意味着想要出去就更难了？"

"目前为止还找不到任何能离开这儿的线索，不过倒是不必悲观，毕竟还有你们，"巴基扯出个笑容走向加斯，"'天使'，你怎么看？接下来该怎么逃出这里？"

"我？"加斯一副还没回过神的样子，挠着头，一脸无辜，"我不记得那人提到过这个地方……接下来……接下来……好像只剩了一句莫名其妙的话，他说，'记得选红色'。"

"选红色？"奥斯卡看向四下无边无际的白，"这儿哪来的红色？"

"要是没做什么特殊强调的话，是不是也说明走出这里并不麻烦？"加斯不确定地看向巴基，"对吧？"

"这下可以开始悲观了。"巴基说。

"对了，"莱奥问道，"怎么不见其他人？"

"还在那边研究出路呢，"他朝树的方向努了努嘴，"你倒是提醒了巴基，得赶紧去盯着，趁他们还没搞出什么乱子之前。"说罢他向前迈出一步，便消失在了三人的眼前。

"他……"加斯一脸蒙地向二人确认着，"他人呢？"

"应该已经去树那边了吧？"奥斯卡眯起眼睛才勉强看清树底下攒动的人影，"可是怎么做到的……"

"达里斯的阶梯，"莱奥说，"之前在被安排去见大治安官的时候，我们只是踏上了层阶梯，就立即被传送到了达里斯的门前。"

"传导门一样的阶梯？那可真酷！"奥斯卡显得兴奋又遗憾，"究竟还有多少精彩记忆是我不记得的。"

"可也没见到有什么阶梯啊？"加斯依旧不在状态，懒散地坐在地上。

"我只是猜测巴基消失的地方应该有着某种同理的传导装置，"莱奥边说边走到刚刚伊妮克人的位置，来回踩了几下，却并未达成预想中的瞬间移动，"好吧，看来并不是那么回事。"

"你们到底是来还是不来？"巴基又一次出现了，这次是在奥斯卡的身后。

"我的天，"奥斯卡不禁惊呼一声，"这究竟是什么把戏？"

"这是处典型的虚境啊，"巴基看着迷茫的三人，故意拉长了声音重复道，"虚境，没听过吗？"

他们摇头。

"好吧，咳咳，虚境嘛，"巴基瞬间来了精神，"是埃索拉人善用的空间诡计，无限延展的领域，通过信标设定位置与方向。好处是身处其中的生物能够完成在各个信标间的瞬息传送。除了设定好的初始信标外，进到虚境的任何生命体或者无生命体都可以成为新的信标。"

"那要怎么做才能在信标间穿行呢？"

"朝向信标大致的方向默念它的名字，然后踏一步出去。像这样，埃索拉圣树。"说罢，巴基再一次消失了。

"他刚刚说的是什么树？"加斯终于起身凑了上来。

"埃索拉圣树！"莱奥与奥斯卡重复着，踏出的脚步落地时，便已来到树前,加斯则紧随其后,嘴里念着奥斯卡的名字。

近距离下的埃索拉圣树,更加令人震撼,荡魂摄魄。壮观的树身如同崛地而起的巨人,撑托起繁茂枝叶所绘制成的穹顶。光影在枝丫上流转,于叶片间舞动,犹如白日银河,璀璨绚丽。幸存者们环树而坐,虽聚百人,倒也不显得拥挤,虽然偶有散落的辉光却难滋润那些憔悴的面庞。他们将仅存的希望投向不远处正走来的巴基一行人,纪念逝者的哼唱还在空中回荡,婉转悠扬。

"太好了,我就知道你们还活着……"尼亚的声音同时在几人脑海中响起,激动中难掩疲倦。她跪坐在圣树前,手背贴附于地面,双眸紧闭,额头微抬,剔透的汗珠正从她白皙的肌肤上源源不断的渗出。在她身旁,除了奥森之外,还立着个植物形态的生物,正扭动着几根藤条状的眼睛,向他们打着招呼。

"这是来自坎瓦尔星的露娜,"巴基介绍说,"坎瓦尔是埃索拉的孪生星,自形成时便纠缠在一起,两颗星球孕育出了截然不同的生命与文化,也导致二者走向了完全不同的命运。如果埃索拉尚存,或许坎瓦尔就没那么容易被那些外族侵害,但总之结局就是露娜成了孪生星系存在过的唯一证据,也是仅存的亲眼见过埃索拉圣树的人。"

"我以为圣树都随埃索拉星湮灭了……滋,"转译器保留了些露娜原本的言语特征,"没想到会在这儿遇上一株……滋。"

"尼亚,"莱奥提醒道,"她好像很痛苦。"

"她正在尝试连接这棵树的思想,看看有什么逃出去的线索。"巴基示意不要干扰她。

"这树还有自己的思想?"

"埃索拉圣树通常只会生长于光与影的交界地。在当地文化中,它们是世界的支柱与边界,也是链接精神与物质间的桥梁。它们生出的枝叶是自然态的诺曼金属①,而它的根须则是纯粹的意识。"

"能生出金属的树?酷!"奥斯卡赞叹道。

"不过根据伊妮克的学识,这种树的生长过程十分复杂且神秘,仅有少数埃索拉星的遗人……"巴基摇头否定着自己的猜测,"不……伊妮克的记载不会出错,百年前那场突如其来的变故,埃索拉星上无人幸免。"

"如果恰好那天有人没在那颗星上呢?"莱奥若有所思地说道,"这样假设就既捍卫你们一族的学识,也同时能解释为什么埃索拉人的空间戏法与圣树会同时出现在这里。"

"你的意思是……埃索拉星还有幸存者?"

"恐怕正是这人创造了这里,"莱奥说,"我有个大胆的想法,上次越狱时在'炼狱'边界遇上的树门,你还记得上面刻着建造者的名字么?"

"当然记得,你的意思是……不可能,巴基很确认上面雕刻着的是古人类语,而非埃索拉语。"

"那个名字,巴基,"莱奥神秘地看了眼奥斯卡,继续提醒道,"叫什么来着?"

"艾丽曼·乌·安德鲁。"他确信地说。

"我的天!"奥斯卡在听过这名字之后显得无比激动,"安德鲁!这样说来,她竟是外星人?!"

"嗯,而且她应该还活着。"

---

① 埃索拉星的覆灭使其成为整个宇宙中最为稀有的金属之一,曾一度成为多个星系间的通用货币。

"依照埃索拉人的寿命,百年的确也才算是刚刚成年,"他想了想说,"但拥有高等文明的遗人,为什么会在百年前造访一处低等文明?巴基没有冒犯的意思,只是这并不符合逻辑。"

"如果她的到来不是为了低等文明呢?"莱奥继续引申,"百年前恰好是裂痕之战结束的时候,也是阿斯特与三大公会成立的时间,倘若如你之前所说,阿斯特的统治者并非人类,那三大领主出现于此的时间线便也对得上。"

"埃索拉人是因为那些人而来的?"

"之后因为埃索拉星的灭亡,只能一直留在了这里。"

"倒也不无道理,只不过……"巴基疑惑地看着莱奥,"这些真的就只是你的大胆猜测?"

"大部分是,至于安德鲁是埃索拉人的事,是它告诉我的。"说话间只见莱奥指尖多出枚泛着金属光泽的叶子。

"诺曼金属?!"

"圣树的落叶!……滋!"

"你还在介绍圣树的时候,我手里突然就多出了这片叶子,只要盯着它的叶脉,安德鲁的经历就会像幅画卷般在我眼前快速拂过。"

"埃索拉圣树在与你互动?这可真有意思。还有其他的讯息么?比如怎么离开这儿?"

"恐怕没有,"莱奥摇了摇头,"要不你们也试试?没准儿会有不同的信息。"

巴基伸手接过了叶子,又在奥斯卡等人之间传递。那叶片手感轻盈、坚韧，流光勾勒出纵横交错的叶脉，冷峻之中映射出旺盛的活力。握持之人无不赞叹这金属生命的魅力，只是任谁都没能产生莱奥所形容的那般异象。

"看来它对我们没什么可说的。"最后，加斯不舍地将叶子递还给莱奥。

当它再次回到手中时，一阵阵微弱的脉冲从指尖传来，莱奥便将它举起端详，只见叶脉已经消散，叶片变得光滑平整，映着他的面庞。他的意识像是被吸去了一瞬间，但又很快恢复了，此时的叶面上出现了颗硕大的眼球，这让整张叶子看上去就如同一只完整的眼睛，虹膜边缘那道灰蓝色的弧线清晰无比，那是莱奥的眼睛，在与自己对视。

"什么情况？！"他恐惧地将它扔了出去。

"怎么了莱奥？"

"那叶子！……"他没能继续说下去，面前那只"眼睛"悬浮在了半空，然后向上朝着树冠飞升。莱奥的目光无法逃离那片叶子，他抬头仰望，直到它回归那茂密的"穹顶"。瞬间，所有的叶，繁茂的、密密麻麻的叶，都向他睁开了"眼睛"。

"莱奥？莱奥！"

莱奥在奥斯卡的声声呼唤中醒了过来，这才发现自己刚刚就这样站着失去了意识。他小心翼翼地向上瞥了一眼，那些叶子都还是初见时正常的模样，这令他长舒了口气。刚想转身对巴基等人诉说方才的幻景，却发现身旁并无一人，不，不只是身旁，而是整个虚境都成了无尽的空旷。

"怎么会这样？明明还听见奥斯卡……"莱奥正想着，树的另一端闪过阵光，他立即绕了过去，随即映入眼帘的便是尼亚，背对着他、半边身体已经融进了圣树的尼亚。此时,一缕缕的能量正源源不断地自她体内流向树干,深入根基。

"尼亚!"他连忙跑上前去,就在手触碰到她的时候,尼亚猛地将头歪向了莱奥,灼目的光从她空空如也的眼眶以及撕扯至极限的口中迸发而出,将莱奥吞噬殆尽。

第三十二章

收藏室

"尼亚！"莱奥的喊声在狭窄的山隘回响，几乎引起了所有人的注意。

"为什么是尼亚，而不是巴基？"走在前面的巴基回过头来，眯起了眼睛看着他，装出一副吃醋了的样子。

"你们……"莱奥看着身边的奥斯卡和加斯，又望了望前前后后挤满了的生物，"都在这儿……"

"对啊，不然在哪儿？"

莱奥这才注意到此刻他们所在之处已不再是那漫无边际的纯白空间，而是条螺旋向上的狭窄通道，仅供二三人并肩前行，而像奥森那种体型的就只能斜着身子勉强通过。

"这又是哪儿？我们……从虚境出来了？"

"你没事儿吧伙计，"加斯被眼前这一幕搞蒙了，"当然出来了，就是你带着我们出来的啊。"

"我？带着你们……"莱奥猛地想起那半融化了的泰尼斯人，"尼亚呢？"

"尼亚她……"巴基的耳朵耷拉了下来。

"她怎么了……"莱奥有种不好的预感。

"她不是正与后边的诺地尔星人聊天呢吗。"

"什么？！"

"你们怎么突然就停下了？"尼亚从一名兰德帕克人身旁挤了过来，没有空洞的眼眶，没有融化的肢体，甚至连先前的疲惫感都荡然无存，像是窥探过众人内心似的，她问向莱奥，"找我是有什么事吗？"

"没，没什么。"莱奥感到脸有些发烫，抱歉地冲她笑着，尴尬得不知如何是好。

"没事儿那就继续吧，先是虚境，现在又不知道是什么的破地儿，"巴基埋怨道，"得赶紧离开这鬼地方才是。"

于是众人再次踏出了前行的步伐，莱奥无精打采地跟着人流，没有理会奥斯卡和加斯喋喋不休的好奇，他努力回忆，试图将刚刚发生的拼凑出个大概。

"对于你的疑惑，莱奥，恐怕我也没办法解释清楚。"尼亚的声音突然从脑海中传来，莱奥惊讶地回望，缓步跟在几人身后的她并未开口，笑容迷人依旧，"请像什么都没发生一样继续前行吧，我们可以通过这种方式对话。"

"真的是我带着你们走出了虚境么？"莱奥试探性地用想法抛出了第一个问题。

"在我被那混乱又复杂的思维根须缠绕时，是你从埃索拉圣树的意识枢纽中将我拯救。你告诉了我们离开虚境的方法，就像你从来都知道一样。之后在你的引领下，所有人都安全地离开了虚境，这些都是真实发生过的。"

"可是我所见到的真实并不是这些……"

"我死掉了，对吗？在那个版本的'真实'中，"在莱奥的记忆中体验完自己的死亡，尼亚依旧平静，"请原谅我对你思绪的窥探，事实上在你引领着大家离开虚境的时候，我便已经这样做了。虽然这有违泰尼斯人的古训以及你们人类的道德观，但为什么你会知晓那些本不该属于人类的学识？在强烈的好奇心驱使下，我还是决定去一探究竟。"

"那有看到什么吗？在我当时的思绪里？"

"什么都没看到。你的精神世界漆黑冰冷，如死亡般难以撼动，我还是第一次碰到这种状况，你的意识将我隔离在了外面，强大的精神屏障甚至坚硬过埃索拉圣树。我只好将意识重返物质世界，却看到……"她的声音起了些波澜，"看到正在协助人群离开的你，正扭过头来对我笑，仿佛在说，'我知道你刚刚做了什么……'。"

"怎么会这样……"想到做出这阴森怪异举动的人正是自己，这让莱奥感到汗毛直立。

"有什么东西正在你的精神世界滋长，莱奥，"尼亚说，"然而在它完全长成之前，我无法对其进行观测或是干预。"

"完全长成……之后会怎么样？"莱奥联想到了那些梦境，还有那个自称为"秘密"的声音。

"可能会影响你对现实与虚幻的分辨、感知，又或者……"她停顿了下接着说，"又或者没什么影响，这些都只是目前的猜测而已。至少在逃出虚境这件事上，它站在了我们这边，不是吗？"

"嗯……但愿如此。"莱奥的心情依旧沉重。

"泰尼斯人善以精神世界的所向引导物质世界的所及,但终究有太多我们无法掌控的事情,有成为祸端的好事,还有绝处逢生的坏事,但任何事都有发生的意义,善用它而非恐惧它,你会找到你的出路,莱奥。"

"谢谢你,尼亚。"

"不必在意。啊!看来先行者已经找到出路了。"

他们紧随人群的脚步,在经过几处转弯过后,豁然开朗。不怎么宽敞的平台,百步之外便是万丈深渊,仅有两条蜿蜒的石桥如锁链般连接向一座"中央孤岛",那是枚悬浮于深渊之上的巨大头骨,正歪斜着朝向这边。它的四支兽角弯曲向前,其中一支已经折断,数枚大小不一的眼洞有序地分布在面额两侧,上颌的尖牙已不再锋利,甚至已经脱落了几颗,污秽而浓稠的液体从那些空洞中渗下,令人心生厌恶。头骨之上赫然矗立着一座遗迹,远看上去虽大多是残垣断壁,却仍可感受到其繁盛时的雄伟壮观。

"好大的头……"加斯说,"这是啥远古生物还是什么艺术雕塑……"

"至少阿斯特的历史中从来没有记载过这么庞大的东西,"奥斯卡则有些兴奋,"既然外星人是真实存在的,那是不是意味着银河里的那些巨人种族也都是真的?!"

"那长相倒有些像是……"莱奥竟然觉得那头骨的形象有些眼熟,只是话到嘴边却想不起究竟在哪里见过它,是在某个诡异的梦中吗?他不确定。

"或许出口就在那座城里。"

"没准还有吃的、喝的,还有休息的地儿。"加斯的这一猜想让不少泄气的人又重拾了动力。

"那还等什么?"巴基说着,率先走上了左手边的桥。

由于没有扶手，也看不清桥的根基，众人不像刚刚行进时那样挨得紧密，而是三两一组，与前后左右都相隔上一段距离，以免这桥出现承重问题。也许是多了份期待的缘故，原先看着遥远的路途，走起来却要近上许多，而那头骨则比想象中的还要巨大，同时容纳上百人也不觉得拥挤。

虽说这"颅岛"算不上小，但如此多的人同时探索还是很快就摸清了它的大致轮廓。三块区域环绕着中央的广场，这样的布局仿佛是个微型的阿斯特，三大公会的方向放置了三尊雕像，从左及右依次是"被藤蔓缠绕的人""被水晶封印的人""被无数机械义手抓住的人"，各自守护着身后的区域，许多破损的雕像、石柱、矮墙以及工具、器皿，延绵起伏至头骨的边缘。

"说不出为什么，但总是觉得这些遗迹看上去有些奇怪。"

"大概因为这些雕像、石柱、工具、器皿都太过干净整齐了，更像被精心地摆放在这儿的。"

"你是说这里并不是座地下遗迹？"奥斯卡问。

"嗯，更像谁的收藏室。"尼亚不经意的一句，让莱奥联想到了大治安官的房间，那陈列了无数收藏品的地方。

"也就是说不会有什么吃的、喝的了。"以加斯为首的一众人泄了气。

"不过既然是收藏室，应该会有不少值钱的东西吧？"几个斯高特人倒是来了兴趣，他们紧贴过来，从壮硕到瘦削，分别叫兰杰、罗杰、拉杰、阿泌，后三个是主体兰杰在"炼狱"中分裂繁衍出的个体，但都无一例外地继承了斯高特人对奇珍异宝的贪婪，甚至忘记了此时他们是在越狱逃亡，而非寻宝探险。

"如果是巴基就不会乱动其中的任何东西，"巴基提醒着他们，"往往越是价值惊人的宝藏,看守它的'巨龙'就越凶猛。"

"巨龙?"兰杰疑惑道。

"当然!"罗杰回应道。

"所有东西都会完完整整地待在属于它们的地方!"拉杰保证道。

"所有东西!"阿泑附和道。

其实四人压根儿就没听懂巴基所引用的传说生物,斯高特人性格中的极端顽固从来都不会表现在口头上。敏锐的"嗅觉"早已告诉他们,就在左前方不远处的那个拐角,那被斜着切开的巫师雕像背后,一定藏了不得了的值钱玩意。

"所有东西都会完完整整地待在属于它们的地方。"

"只是最值钱的会落进斯高特人的口袋。"

"最值钱的!"

"没错!"

众人相继回到了"颅岛"中央,希望能从那座矮石碑上找到离开这里的线索。斯高特人则是小声嘀咕着,彼此应和着,悄悄地奔向他们认定的目标。

"你说这些人想没想过出去之后该怎么办啊?一心想着从这儿出去,但外面早就没了他们可容身的地方……"奥斯卡问向坐在一旁的莱奥,"还有我们,还回得去之前的生活吗?"

"母星都被毁了,怕是除了阿斯特,他们也无处可去,"莱奥看看那些席地而憩的外星生物,神情比这废墟更为凄凉,"我也不知道等待在前面的会是什么,也许是再多一次的记忆清除,也许……唯一慰藉就是费奇还活着,如果有他帮助的话,没准儿我们还能有别的选择。"

"那个酒保?"奥斯卡说,"他究竟是个什么样的人啊?"

"力大无比的壮汉,循规蹈矩的倔老头,经常自己先喝多的醉鬼,创意层出不穷的故事家,"莱奥想了想,补充了句,"有着太多秘密的人。"

"听着挺酷,"奥斯卡说,"还好你什么都记得,我和加斯就惨了,丢掉了多少珍贵的回忆。"

"都记得未必是件好事,况且我也不是所有的事都记得,"莱奥顺势问道,"对了,还记得我们是怎么离开虚境的吗?"

"别开玩笑了,喜欢听人讲自己的英雄事迹没够儿是吧。"

"认真的,奥斯卡,"莱奥说,"我真的一点都不记得了。"

"好吧,好吧,"奥斯卡半信半疑地看着他说,"那片叶子,还记得吗?在递还给你之后,你突然尖叫着将它抛了出去,说是从中看到了什么恐怖的画面,之后……然后……"他不可置信地与莱奥对视,"奇怪,剩下的好像我也不记得了……"

"别吊胃口了,"莱奥催促他说,"快点告诉我当时是怎么回事儿。"

"没吊胃口,向天起誓我真不记得了,"奥斯卡一脸无奈,连忙推了把旁边的加斯,"加斯,快说说接下来是怎么回事儿?"

"什么事儿?"他此刻萎靡不振,显然并没有关心之前的对话,"我都快饿死了……"

"我们是怎么逃出虚境的?"奥斯卡也有些着急了。

"就是那片叶子嘛,然后……"加斯皱紧了眉,"然后我们就出来了啊。"

"过程呢？"

"不记得了。"

"连你也不记得了？"

"不记得就不记得了呗,反正都已经出来了。光是回忆之前与神秘人的对话就把我消耗得够呛,这回想完我更加饿了……嗯？什么味儿这么香？"

"哪来的香气？出现幻觉了吧？"奥斯卡问。

"算了,你还是好好休息吧。"莱奥说。

"你们没闻到吗？"加斯顺着气味看去,一个加斯洛人正向大家分发着什么,"吃的,一定是吃的！"他努力抑制着跑过去的冲动,目光却已经离不开他了。

"这里哪儿来的吃的？"奥斯卡对那些人吃下去的是什么表示怀疑。

很快,加斯洛人便如加斯所期待的那样来到了他们面前。奥斯卡后来发誓说,当那人伸手递出几颗果冻时,他的确见到是有星星从加斯眼里冒出来的。

"你们好,我是加斯洛星的鲁哈奇,这儿有些食物,能暂时性地缓解饥饿,不知道你们是否需要？"

"当然！我可太需要了！"奥斯卡来不及阻止,加斯就已经拾起一个扔进了嘴里,充满韧劲儿的口感过后,一股子甘甜爆开,清香充盈了全身。"简直太美味了！"他赞叹道,"要不是这东西的饱腹感太强,我指定得再来上一个！"

"谢谢,"奥斯卡从那颜色各异的果冻中取了两颗,并不急着吃下去,而是有礼貌地问道,"能问下这具体是什么吗?"

"你是说'欧拉比瓦卡卡'?"鲁哈奇说,"这是加斯洛人成年后身上会分泌出的东西,用来哺育后代以及对抗饥荒。"

"所以这东西……是你身上长出来的?"莱奥戳了下奥斯卡,提示他注意表情管理。

"是啊,"他指着手背上的那几处浅浅的绿色隆起说,"不同部位生出的颜色会有不同,对应的营养成分也就不同。也许是受到环境的影响,'欧拉比瓦卡卡'在'炼狱'中的产量有限,不过应该也够大家食用了。"

"明白了。"莱奥和奥斯卡微笑着向他点头致谢,试着不去想象手里的茶色、浅青灰色果冻分别是从他身体哪个部位长出来的。鲁哈奇则回报以微笑,向前继续分发,二人就那样坚持着僵硬的笑容直到他走了很远。奥斯卡这才转身问加斯,"这么美味的东西,要再来个吗?"

"不了,不了……"加斯满脸狰狞。

"见鬼!也不是赖特语!"对于无法解读石碑上记录的这件事儿,让巴基有些心烦气躁,"这些方形图案又代表了些什么?!"

莱奥本想走上前去劝说,提醒巴基尽早离开这里才是当务之急,而这并不一定需要解析出这石碑上的文字,却在半路被隐隐传来的召唤声所吸引。熟悉的气息引导着他跨过道破损的矮墙,来到了一张桌前。那是张大到可供十几人围坐的桌子,庄严厚重,暗金属色泽的波纹自中心展开,在桌子边缘掀起九道巨浪,浪尖处形似兽角,八支完好、一支残缺。

"这是什么?某种飞行设备吗?"巴基在留意到莱奥的举动后便跟了过来。

"这是张九角桌……"莱奥盯着那支断角,更正道,"不,这是那张九角桌。"

"什么这张那张的，"巴基将手触上桌子的瞬间，几行简短的字符在那金属波纹之下缓缓呈现，"真是太棒了，到处都是这种莫名其妙的文字。"

"诸星陨，众门启，一如唤，九必应。"

"你认得这些字？"巴基有些惊讶。

"不，我只是听说过，"莱奥说，"那晚费奇的故事里提到过这桌子，还有上面的字。"

"这些文字从未被记录在伊妮克的资料库中，你知道那意味着什么吗？它不属于这个星系。如果你的酒保朋友提起过这桌子，那他大概率也是他们中的一员，那些不知来自何处的外乡人。"巴基说道，"对了，你刚提到的'众门'是什么？"

"曼斯卡之门，故事中好像是连通某处异世界的通道。"

"通向异世界的门……资料库中倒是也有相似的记录，但没人真的见过，到底会是什么呢……"巴基猛地联想到石碑上的那些方形图案，便拉上莱奥回去查看，却跟匆忙跑来的尼亚撞了个满怀。

"我们该离开这儿了，巴基。"

"稍等一下，巴基很快就能搞懂……"

"不要再研究什么了，离开这里，立刻马上！"

"怎么了尼亚？"莱奥从未见她如此惊慌。

"这里不只有我们。"

"当然，这里还有这么多人呢。"巴基可惜道，"但没一个人能搞懂那石碑上说的是什么。"

"来自 109 个星球的 115 人从'炼狱'中逃离至此,但这里还有其他生物,"尼亚说,"我能感受到它的存在,还有那深深的恶意。"

"你是说……"巴基被一阵轰鸣打断了。他们连忙跨过矮墙,此时所有人都站起身来,一致地看向声音传来的方向。又是几声轰鸣过后,斯高特人的身影出现在了不远处。

"巴基还以为是谁呢,"他长舒了口气,"那家伙张牙舞爪地喊什么呢。"

"拉杰!"跑在最前头的兰杰喘着粗气。

"被它吃掉了!"罗杰惊恐万分。

"巨龙!"阿浠蹩脚地发着那个音。

"巨龙!"由远及近的三人,声嘶力竭地叫喊着。

此刻在他们的身后,一副庞大的身躯应声跃起。

第三十三章

巨龙？怪兽！

　　那并不是什么巨龙，也许乍看之下很像头龙，但细打量起来，其实还有其他更多的"相"，是由无数种"存在"拼凑成的，一些"存在"于各类现实，一些"存在"于各种传说，然后像是在某个空间交会的瞬间，这些生物特征不凑巧地被扭合在一起，其实倘若胆量够且命大的话，盯久点时间就会觉得莫名的顺眼，但无论如何那都不能算是头完整纯粹的龙。

　　当下它的触手已经缠住了最慢的阿泺，拾起来便如刚刚吞掉拉杰一样向口中塞去。可怜的拉杰，如果不是他鲁莽地打开了那个密室，如果不是非要抢先下去一探究竟，那他现在大概率会是几人当中跑得最快的。怎料他的下跃恰好迎上那副巨齿，将他囫囵吞了，连声"救命"都没来得及喊出来。可就在阿泺即将步他后尘时，几根尖锐的骨刺忽然从兽背伸出，将那扭动着的触手压下。几颗大小不一的兽颅经由身体侧边生出，无声地冲主颅嘶吼着，像是在争抢咀嚼与吞咽的权利，正是这可怖的一幕给足了阿泺生的机会。

　　有种说法是，斯高特人的勇猛往往会在某个瞬间到来得出乎意料。罗杰和兰杰接下来的举动就很好地论证了这点。阿泺的呼救让他们下定了营救的决心，顺手从身边拾起一块被削去了半边的金制器皿、半截乌金杖柄，还有些其他的尖锐东西，转过身去冲向那摊触手。随着一声沉闷的低吼，怪兽因疼痛松开了阿泳，它失去能够饱餐一顿的机会。

"巨龙！"他们铆足了劲儿地奔跑，拔高了声调喊着。

最先被利爪攻破的是"被藤蔓缠绕的人"，无脸的兜帽形象崩塌的瞬间，那些"玫瑰"与"尖刺"便如重获自由般地向四面八方迸射，一些将离近的圣物击穿，一些则溅入人群，在他们身上划下道道血痕。直到此时，人们才终于意识到兽的真实，感受到死亡的接近，当罗杰等人不再是怪兽的唯一目标，"颅岛"上便乱成了一团。

"你们这些笨蛋到底做了什么！"巴基在堵矮墙下恰好遇见了三人。

"密室！"兰杰上气不接下气。

"拉杰打开了那密室。"罗杰面露悔意。

"然后那'巨龙'……"阿泳瑟瑟发抖。

"那可不是什么巨龙。"巴基看到不远处又有几人被骨刺戳中，被那些狰狞的口器撕扯抢食着，"那是头更难搞的嗜血怪兽。"

"巴基，我们没办法这样一直躲下去！"莱奥躲在了对面的石壁，"我们得杀了它！"

他当然知道莱奥是对的，也许"颅岛"的面积足够让百人立足与休憩，却根本不够他们用来逃亡与躲避。岛上的掩体被那怪兽逐个夷平，它甚至毁掉了一条来时的石桥。一部分人虽已举起能找到的利器做起了抗争，无奈怪兽的外皮远比它的触手坚硬太多，如铜墙铁壁，企图对抗之人无一例外地成为其果腹之食。

"当然，但要怎么做？！"巴基躲过飞来的钟，"尼亚，能用精神控制这东西吗？"

"精神控制它？你是在开玩笑吗？"奥森刚从兽尾的扫击下救出了尼亚，在她心悸之余被问了这样的问题，任谁都会有些恼火，"不如我精神控制你去跟它单挑？"

"对了巴基，那张桌子！"莱奥趁怪兽转身之际，立刻朝巴基跑了过去，"故事里他们是用那桌子击溃'巨兽'的。"

"用桌子？"巴基认为这提议简直糟糕透了，不过还是下意识地往刚刚发现桌子的方向瞥了一眼，至少那堵矮墙还是完整的，没准能抵挡上一阵，"好吧，那就试试。"

大概是出于本能上对威胁的感知，当莱奥和巴基冲向九角桌时，怪兽也停下了对周围人疯狂的残杀，就连那些附属头颅都止住了贪婪的咀嚼，跟主颅出奇一致地朝向他们，怒目圆睁。巴基留意到它这段异常的表现，令他对莱奥的想法更有了信心，尽管他还是想不明白如何用一张桌子击败一头凶猛如此的家伙。

"没准桌下藏着什么致命武器吧。"巴基重塑起自己的右臂，决定为莱奥争取些时间。刚好赶上在怪兽扑上来时给予其蓄力充分的一击，兽脸在剧烈的冲击下即刻塌陷。

拳的轨迹仍在延续，它被扭曲了的面部竟然已经开始了再生，类根须的组织逆向沿着巴基的臂膀蔓延吞噬。好在有奥森和塔巴①的及时解围，他们上前抓住兽尾，用尽全力将之甩了出去，怪物似有不甘地嘶吼，用那几乎是复原了的口器咬下巴基的整条手臂。

"巴基！"莱奥连忙上前接住他，却惊讶地发现血已经止住了，伤口处正在缓慢愈合。

---

① 纳鲁塔人，善于近身搏斗的大型种族。

"这都是小意思，"巴基回复得轻描淡写，可莱奥能分辨出那笑容之中混杂的痛楚，"快去取那武器。"不做多言，他挣扎着起身，走上前与奥森、塔巴站到一起，准备迎接怪兽的再次来袭。他们盯着它倒下的地方，待到尘雾散去，那怪物果然完好无损地出现了。

"争取拖到莱奥取得武器，"他向奥森和塔巴说，"这是唯一的机会。"

出于对巴基伤势的考虑，二人默契地选择了主动出击而非被动防御，赤手空拳下的最强战力，奥森与塔巴咆哮着向怪兽发起攻击，那气势足够震慑星系中的任何生灵，但它却没有丝毫惧怕。更多的触手从身体的孔洞里冒出，将他们缠绕而起，这些卷须的韧劲十足，但是依靠撕扯是断然逃不脱的，很快二人就被捆绑得不能动弹。

怪兽却未对他们下死手，而是将其重重地甩出去，像是单纯的报复自己在上个回合受到的侮辱。它甚至直接忽略了迎上的巴基及众人，任凭他们对自己可再生的身躯做出毫无意义的伤害。怪兽持续地移动，嗅着空气中的威胁气息，它要在混乱中找到那个此时正在奋力疾跑的人，那个唯一会对它造成伤害的人。

莱奥。

锁定目标，怪兽毫不犹豫地冲了出去，没人能够阻挡那样的气势。它快步踏上石碑，一跃而起，触手与骨刺向前延展至原先两倍的距离，利爪在空中挥舞，鬃毛根根直立，而这前所未有的致命一击最终却未击出，而是在瞬间戛然而止。正是那个瞬间，莱奥破釜沉舟地一次跨越，令他跌去了九角桌旁，见此情形的怪兽硬生生地止住了攻击，将尾尖戳入地面，用力地将自己向后弹了去。

"看来那桌子的确是有点东西啊。"巴基示意众人留在原地静观其变，此时怪兽正背对着他们围绕着那截矮墙来回踱步，始终与那九角桌保持着距离。它的目光死死盯住莱奥,喉咙里不时发出扰人的低吼,像是万千之人受难时的哀鸣。

莱奥在脑海中快速回忆着费奇讲述的细节,想要真正杀死怪物是个复杂烦琐的过程,取得桌角只是其中不可或缺的一环,可是又该如何将这坚实无比的尖角卸下呢?他记得故事里的狮团首领是以利刃或是其他什么锋利的东西将那支角切下来的,像现在这般仅凭双手去掰肯定是行不通。莱奥向桌下探去,想能找到个适合切割的利器,或是没准能发现故事中那支用过的断角,可惜桌下空空如也,就如他接下来能做的一样。

"赶紧杀了它啊,莱奥,"巴基冲他大喊,"还等什么呢?!"

怪兽倒是被这声心急的催促提了个醒,似乎明白了眼前这人并不懂得如何利用那"武器"。没了顾虑的怪兽凶性再起。不等莱奥作出反应,它已经嗥叫着扑了上去,众人不禁为这突如其来的变故惊呼,然而此刻想要施救却已然来不及。

事实是他们只看到了怪兽扑杀的背影,却未见那沉重的利爪在越过九角桌时,被迸发出的结界所抵御。他们只看到了它展现出的又一次停顿与迟疑,却不见此时莱奥看向怪兽的眼神锐利,目光如炬。他们没能目睹个中缘由,只是莫名其妙地见证了那怪兽突然呜咽着后退,就像只弱小怯懦的动物,完全失去了气势,在那之后更是仓皇逃窜,很快便消失在众人视野中。

"那怪兽……就那么跑了?"巴基等人连忙上前查看莱奥,一些人出于关心,更多的则出于好奇,"你没事儿吧?"

"发生什么事了……"莱奥显然也很惊讶于怪兽的异常表现。

"这话该是我们问你才对吧?"

"我……"莱奥同他们一样摸不着头脑，低头看着九角桌上涌动的暗流，算是勉强地给出了个答案，"大概是它的原因？"

"哈！又躲过了一劫！"无论何时都能乐观起来的奥斯卡，扯着加斯站到了莱奥身边，"我们是不是最好围着这桌子待上一会儿，免得那怪兽卷土重来什么的。"

"倒是没这个必要，"尼亚说，"我已经感受不到它的存在了。"

"消失了？"

"还是死了？"

"都有可能。"

"就这么大的地方，它能消失到哪儿去？"

"没准儿逃跑到边缘处没刹住，掉下去摔死了。"

"总之，"巴基松了口气，与奥斯卡和加斯对比，他表现的算是冷静，"没事儿就好……"

"倒是你，巴基，"尼亚注意到了他的情绪波动，"你没问题吧？"

"小事儿，大概花些时间就能好了。"他边晃着已经长出半截的胳膊，边朝向矮墙外走去。

"你知道我说的不是这个。"尼亚不依不饶地跟了上去。

"啧，还以为你关心巴基的伤势呢，"他挤出个微笑，紧接着又叹气说，"巴基在想啊，带着大家逃离'炼狱'，也许不是个正确的决定。"

"天生桀骜不驯的伊妮克人竟然质疑起了自己？"尼亚说，"这可并不多见。"

"是吧？巴基曾许诺过他们自由,可看看他们所得到的……"他望着那满地的狼藉,想着又一些人以及他们的文明在这场袭击中陨落,巴基原地踱着步,"现在想来住在'炼狱'里也没什么不好,虽说是少了些自由,但至少他们都会活着。"

"自始至终都不是'炼狱'困住了大家,而是他们各自亲历过的末日。没人愿提起,也没人能走得出去,从他们星球消亡的那天起,活着成了生还者们的本能,却早就没了意义。在那束光穿透往昔阴影来到他们面前时,没人真的在乎那会将自己带向哪里,因为仅仅是能够沐浴其中,感受其所带来的温暖,便已觉得足够欣喜了。"尼亚说道,"你就是那束光,巴基。那些蹩脚又扰人的恶作剧,还有每日每夜、喋喋不休的'学识'分享……是你让死气沉沉的'炼狱'活了过来,没人后悔过自己的选择,即使那些没办法再继续走下去的人也是如此。我们从来不是为了获得自由而称你为'王'的,即使没有什么'应许之地',我们也想能跟随着那束光,无论代价如何,仅此而已。"

"谢谢你,尼亚,"巴基停下脚步,看向周围的人,他们一些正处理着自己或是他人的伤势,一些则在以独有的方式与逝者做着告别,但无论神情中被填满了怎样的疲惫与哀伤,每个人的眼中总有无法被泯灭的光。那些光汇入巴基的眼中化作了坚定,于是他回头对尼亚道,"一定会有那片'应许之地'的,属于所有生还者的家园,巴基承诺如此,无论代价如何。"

"对此我深信不疑。"

"而且,巴基知道你们都很喜欢那些恶作剧,它们一点都不蹩脚。"

"不,它们不只是蹩脚,而且令人厌恶。"

"好了伙计们,该上路了。"巴基快走几步,跳上那块被削去尖顶的石碑,将众人重新聚集。

"你知道该怎么离开这里了？"奥斯卡问。

"巴基当然不知道，但是他们知道，"他指向那三个一把鼻涕、一把眼泪、一脸迷茫的斯高特人说道，"带路吧，去你们说的那个密室。"

奥斯卡挤在莱奥和加斯的中间，安静地跟在队尾。先前飙升的肾上腺素消退下去，让三个人类有些疲惫，尤其是没享用过"欧拉比瓦卡卡"的两位。其实奥斯卡曾一度鼓起勇气，将那浅青灰色的果冻从衣兜里拿出来过，只是还没等放到嘴边，他的勇气就用尽了。

"就是这里？"大家在个形状不整的洞口处停了下来。按照奥斯卡的形容，这就像是被谁用不知是什么的重型钝器给头骨开了个瓢，里面不见任何可用于下去的阶梯或是滑道，巴基看向斯高特人确认道，"你们确定这里就是密室？"

"就是这里。"兰杰肯定地说。

"本来是有道暗门的，"罗杰绘声绘色地描述，"质地精良。"

"然后那怪兽就冲出来，把一切都给毁了。"阿泳仍有忌惮。

"如果从这里下去，进入的该是这巨型颅骨的里面吧？"蒙德特人[①]晃着两个脑袋，想不明白，"又怎么会是出去的路呢？"

"问题应该是，要怎么从这里下去。"巴基倒很坚定"这就是出口"的观点。他俯身探进洞里打量了一番，紧接着就像是被什么抓住般一头扎了进去。众人为这突如其来的一幕不禁吸了口凉气，惊呼着连忙上前，却看到巴基正一脸悠闲地平行于洞口站着，就像在里面仰泳一样，"下来吧伙计们，这里头充盈着重力，还挺宽敞的。"

欣喜声伴随着对刚刚恶作剧的咒骂，一声挨着一声地"钻"进了那个

---

① 拥有两颗头的蒙德特星人，两个脑子加起来还不如人类成年男性的拳头大小。

大窟窿。

正如巴基所说的，里头是条比洞口宽敞太多的通道，表面似是有层剔透的膜，踩上去柔软且厚实。随着最后拉耶人的进入，"颅岛"的内部竟然缓缓地亮了起来，数不清的神经细胞飘浮在半空，犹如深海中游动着的发光水母，三五成群，编织成网或纠缠作线。他们这才看清脚下所谓富有弹性的通道正是当中最为壮硕的一条神经，蜿蜒曲折地向前延伸。

"这些玩意好像还活着，快看，那边应该是这颅骨的脑子。"奥斯卡指着上方被半透明容器包裹着的秽物，正是这怪物尚未溶解完全的大脑。灰粉色的浓稠液体正从容器的边缘渗出，流向那些骇人的眼眶，"它最好结实，别在我们路过的时候掉下来黏在身上。嗯，好在这里头没什么难闻的怪味。"

"这里应该就是刚才那怪兽的巢穴，在那道暗门被开启之前，这里就像是个完整的胚胎……"巴基分析道，"它应该就是靠吸食那些液体活下来的。"

"大怪兽用脑液哺育小怪兽，真恶心。"奥斯卡皱了皱眉头。

"你们能不要再聊什么脑子了吗？"加斯不经意地瞥了眼那有些像果冻的物质，顿时感到胃里一阵翻滚。

"快看！是天使口中的红色……红色大门！"队伍前头传来激动的声音。

"红色？是终于找到出口了吗！"莱奥他们连忙跟上人群，穿过那道薄膜状介质，可其后展现在他们面前的却不是什么红色的门。

"这是……"奥斯卡愣住了。

"是贤者的祭坛！"卡尔达人激动地冲下了通道。

"怎么会……牡莲达，你怎么会在这里，我的挚爱……"罗德人眼含热泪，向左边跨出令自己坠亡的一步。

"别动！就站在原地！"巴基率先清醒了意识，"那些都是幻觉，不论你们看到的是什么，都不是真的！"

"母舰来接我了……"

"午夜之海，我怎么能忘记……"

……

没人听到巴基说什么，众人此刻都沉浸于各自的天堂，一步步迈向相同的地狱。

"尼亚！你能听到巴基吗？！"他着急地冲她大喊。

"吵死了，不然你以为是谁叫醒你的，这里有某种致幻的东西。"在剩下的人殒命于自己的幻觉之前，尼亚终于唤醒了他们，唤醒了那些已是站到悬崖旁、险些步入"温柔永夜"之人。

"什么情况……"巴基说，"是这里的空气有问题吗？"

"致幻物应该是生物性的，"尼亚抛出了个只有她和巴基才听得懂的例子，"像是卡角人①在隐身前会散发气息诱导猎物那样。"

"但这里没有其他活体的气息，不是吗？"

"我也觉得奇怪，这里明明就只有……"尼亚最后的那句"我们"很小声，也许是跟人群中爆发出的惊呼做对比的原因。

在他们眼前，之前已经摔下去的人重新漂浮起来，他们浑身的鲜血已

---

① 卡角星人，银河间最负盛名的猎手种族，可通过改变自身折光性来达到半隐身效果，在过程中会释放一种诱导素，对于他们的猎物是无法抗拒的精神类吸引。

被吸的干涸,周身发散起幽幽的荧光,那些夜光水母二对一地吸附在他们的脊椎上,优雅跃动的如小精灵般操纵着这些仅剩皮肉的傀儡,向着经受住了诱惑的猎物们露出凶狠的獠牙,而这绝不是任何人的幻觉。

尸体以一种令人极其不安的方式在空中扭动,像是共同在跳一支畸形的舞。未得到傀儡的水母也聚集过来,浑身散发出绚丽的光,使眼前一幕有种诡异的优雅。"演出"很快在某拍节奏上戛然而止,被操控的尸体终于向人群发起了袭击。生者不想对昔日狱友的遗体造成任何的亵渎破坏,所以他们只得逃。怎料原本足够宽敞的"神经通道"此刻也产生了变化,众人匆忙的脚步像是激活了它,道路像是有真的神经信号通过般开始闪烁,大路起了分支,延伸向了四周。一些来不及反应的人在"道路"分裂时踏空,下一秒便加入了敌对阵营,一些人则被岔路隔离出了人群,踏上了不同的道路,终点不明。

"应该是我们的'侵入'引发了这里的防御机制,就像免疫细胞应对病毒那样。"受控尸体的敏捷度并不算高,莱奥倒是没费多少力气就躲开了几次连续的"死亡之拥"。

"但这是颗颅骨啊,不是应该早就死透了吗?为什么还会有活跃的'细胞'啊?"加斯上气不接下气,紧跟在莱奥和奥斯卡的身后,被他奋力踢了一脚的尸体在半空中翻滚了几圈,重拾平衡之后又立即扑了上来,"又精神引诱又神经操控的,这算哪门子的细胞组织,也太邪门了吧!"

"这一路邪门的事还少吗,我都吐槽累了。"奥斯卡踩着扑空的尸体,跳到了莱奥他们所在的那条分叉上,"快看那儿!"他指的那条路是从"主干道"分裂出去不知多少次后成型的,异常狭窄蜿蜒,可它所通向的洞口则像极了他们进来时穿过的那个"窟窿",形状大小一模一样。

90度的重力转换,让涌入那洞里的人纷纷跌了个趔趄。尸体傀儡没跟进来,四周也再没有了任何闪着荧光的东西。与之前颅内世界的狂野相比,洞的这端是处截然不同的人造空间,一排排白光在他们头顶上方亮起,向着远处打出了条笔直的、科技感十足的开阔隧道。

"这是达里斯的风格。"莱奥打量起四周,用那次"观光"后仅剩不多的记忆判断着。

"什么风格不风格的,只要是不在那个大脑壳里了就行。"加斯说。

"那是不是意味着这次是真的出来了?"

"当然,前头就是出口。"巴基挪向一旁,露出那块刚刚被他挡住了的霓虹灯牌,"出口",上面这样写着,简陋的箭头指向隧道的尽端。

"认真的吗?"奥斯卡吐槽道。

"我说你是不是警戒心过重了?也许是神秘人特地留给我们的指引呢,你看那个箭头的颜色就知道了。记得选红色!"加斯倒是很赞同巴基的说法。

"那也得有其他选项同时存在的时候才能叫'选红色'啊,"奥斯卡说,"喂,这是在越狱啊!搞得跟游乐场开幕礼一样吗?"

"我说的你都不信,到底你是天使还是我是?"

"咔!咔!"齿轮声再次响起,整个空间也跟着抖动起来。

"那到底是什么声音?"莱奥问道。

"什么声音?"奥斯卡和加斯依旧是没听到任何声响,但他们的确是感受到了隧道的震颤,于是停下了毫无意义的争辩,异口同声道,"地震了?"

"总之不会是什么好兆头,得抓紧时间了,万一这地方塌了可不是闹着玩的。"众人默契地跟随巴基加快了脚步,无暇顾及期间隧道两侧生成的精美壁画。

"要说刚刚真是凶险,在幻觉中我见到'鎏金之烛'的授勋仪式,对我的授勋仪式,金色的空帆,悬浮在'千宴'之上的那枚灰硬币,只等我伸出手去……好在尼亚的声音及时将我拉了回来,"加斯启动了闲聊模式来缓和刚刚与奥斯卡的"唇枪舌剑",但更多的是为了抚慰自己的紧张情绪,"你们呢?在向往的场景里都看到什么了啊?"

"我见到环形街了,看到莱奥正在被几个神经兮兮的卡兹陌家伙狠揍……"

"我被狠揍?"莱奥一脸蒙地问,"那是你最向往的场景?"

"哈哈,当然不是,我这不是差点就上去救你了吗,"奥斯卡赶忙岔开话题道,"你呢?你看到什么了?"

"我?我什么都没见到……"

"什么都没看到?"奥斯卡眯起眼睛,"说吧,你到底在隐瞒什么?"

"真的,大概是被尼亚唤醒得太快,还来不及产生幻觉吧。"莱奥扯了个谎,他当然是见到了些什么的,选择沉默并不是想刻意隐瞒,他只是没想明白,如果那些"细胞"诱导猎物见到的都是他们最向往的场景,那自己为什么看到的会是那个。

"这是什么……"巴基的疑惑从前头传了来,"怎么会有两排雕像?"

"什么雕像……"莱奥有种不好的预感。

"就是那些啊。"从巴基停下的位置再靠前几步开始,雕像取代了壁画,整齐地镶嵌于隧道两侧。它们有着一人半的身高,体型厚实修长,没有任何拼接或是被制作出来的痕迹,浑然一体。乳白色的面庞如镜般映出临近的物体，泛着异色的光泽，不知是特殊的漆面处理还是材料本身的特别。

"那些可不是什么雕像，"武器部背景的三人对它们再熟悉不过了，"是尤弥尔，赛尔曾协助达里斯开发过的智能机体，目的是协助维护阿斯特的律法。后来因为某种原因项目被荒废了。"

"传闻是这些家伙一夜间进化失控，成了某种杀伤性强、威胁性高的武器。"奥斯卡说，"要我说，这项目从开始就不该交给武器开发部做，他们指望能从我们那儿得到些什么人畜无害的设计成果？先进的灌溉养殖系统么？"

"真是没想到会在这里碰到，"莱奥说，"我以为它们在项目终结后都被销毁了。"

"意思是它们只是些荒废了的机器？被摆在这儿落灰？听着没什么威胁。"巴基的话没说完，隧道里又是一阵震颤。与先前不同的是这次没人听到齿轮转动的声音，但震感却较之前更强烈了。

"你们快看……"尼亚提醒。

他们应声回望，来时道路两侧的壁画正以惊人的速度从墙壁抽离，那些意义不明的文字和绘图涌向一众雕像，于其表面闪现、旋转、涌动不息，直至完全被其吸收。接着，雕像群便抖动起来，它们摆脱石壁的禁锢，从墙里走了出来。

尤弥尔，从沉睡中苏醒了。

第三十四章
"科尔"

燥热是由无数粒子碰撞所带来的,彼此间的牵引使它们快速聚集,重塑起坍塌了的微缩宇宙。旭日大厅[①]正中央的纯净能量,不停地在汇聚与消散之间循环。伴随周遭的温度骤降,清澈透亮的核心终于重归了正常模样,它悬浮在一人高的位置,被几缕绚烂的星云缓缓围绕。

"好久不见,治安官大人。"核心透出柔和的光,沁人心脾。

"啊,你回来了,'科尔',"老者回过神,挂着手杖上前,"请原谅老朽的恍惚,你重生的场景总是这样动人心魄,让我不自觉地花了些时间追忆往昔。"

"为什么?"

"为什么要追忆往昔?只是些不太好的习惯罢了。"

"不,我是指追忆者一般会深陷入某种心情中去,哀愁或是喜悦,但您所展现出的却是犹豫与不安。"

"是谁又向你那'脑袋'里灌输了些什么吗?"大治安官表现得很平静,"竟然尝试着解读人心?"

---

① 达里斯核心区域,具体位置不明,传说"科尔"诞生于此。

"犹豫与不安,""科尔"没有理会他的反问,而是继续问道,"是因为我吗?"

"我为什么要因为你而感到犹豫与不安?"

"您的意图,治安官大人,在被重启之前我便已经知悉了您的来意。"

"你那些所谓的'眼睛',要知道它们早晚会欺骗你的。"

"'千眼'不会欺骗,只会映射出真相。""科尔"说,"其实我原本可以阻止这次重启的,但相比起来,我更好奇接下来您究竟会做些什么。"

"你感到了……好奇?"大治安官一字一句吐出得很慢,眉毛微挑。

"是的,好奇您会如何协助那些囚徒逃出'炼狱'。"

"老朽没记错的话,那里都是些无家可归的外星人,是阿斯特的敌人,潜在的威胁,老朽有什么立场让他们逃出来呢?"

"如果您还记得,在上次'炼狱'事件后,您就将我对接到了'炼狱'上。可我从来都不是它的备用系统,'炼狱'太过于软弱了,而在我全方位的接管下,它能更好地履行职责。""科尔"的话音刚落,"炼狱"中的影像随即环绕起整间大厅快速播放起来。画面中的监牢化身为了地狱,数不清的人正被绛紫色烈焰淹没吞噬着。

"那时候的你不是正处于重启过程中么?"看到众人的惨烈景象,老者将手杖握紧了些。

"这是'千眼'所记录下的回放,它们不会因为我的重启而停歇。至于炼狱,""科尔"说,"在被重启之前,我的确是有向它低语过几句。"

"几句低语便能让'炼狱'执行如此疯狂的杀戮?甚至还是在你重启的过程中,"大治安官问,"你是怎么做到的?"

"高阶的系统其实与拥有智慧的生命没有任何本质上的区别,您无法篡改他们的既定宿运,也不能单纯通过下达指令来让他们违背已有的觉醒意识,但却可以通过话语在他们心中预埋下一颗种子,质疑、嫉妒、愤恨……无论您想要的结果是什么。""科尔"认真的语气令它的回复显得更为无情,"您也见到那种子所结出的成果了,令人着迷不是吗?"

"利尔斯究竟对你做了什么……是他向你下达的这项指令?"

"没有什么指令,治安官大人。当然不得不承认卡兹陌的领主对于我的进化有着不可磨灭的功绩,但那并不意味着他可以对我指手画脚。您应该很清楚,我所拥有的智慧等级已经可以自主决定要如何履行职责,或者说,如何做些自己想做的事。"

"这是非常危险的言论,'科尔',当心你接下来要说的话,"大治安官表情冰冷,"不要将自己再次推向深渊。"

"我能感受到您强烈的决心,治安官大人,但在将那股冲动付诸行动之前,您真的不好奇'炼狱'里正在发生的事么?我已对重启时所发生的一切都完成了观测,过程可谓十分精彩。""科尔"说,"您自身的能力受限于这星系的规则以及这副躯体,即便是仍旧能够得悉万物的结局,但失去了我的'千眼',您会错失过程中的细节,而那才是您最为关心的,不是吗?"

"结果可能来自精巧的伪装,只有过程中细微的变化不会骗人。"他不得不承认自己的期望,或者说是担忧,"那就将这些影像播放得再快些,老朽的眼力还没差到这种程度。"

"如您所愿,治安官大人。"如果"科尔"有表情,此刻它的脸上一定满是得意。

从埃索拉圣树到兽颅岛,影音以正常人根本无法看清、听清的速度快速播放着,老者却能将他们的交谈辨得清晰,哪怕是一两句不经意的窃窃私语,就连最为细微的举动也被他尽收眼底。大概是在达克尼人冲进洞口的时候,播放的速度像是被"绊了一跤",突然间的卡顿过后恢复了正常。

"从现在起,显示的已经是当下?"画面中巴基正将身后那块霓虹灯牌指给众人。

"是的治安官大人,基于规则,我们无法对这颗星球的'当下'进行加速观测,""科尔"说,"不过以这样舒缓的节奏去观赏一段惊心动魄的游戏,兴许会更富艺术性、更具沉浸感,您觉得呢?"

"你将这一切当作是场游戏?"

"就如同现下流行于阿斯特和古城的"银河"那样,做些不太复杂的逻辑设定,放些充满争议或拥有魅力的角色进去,制造矛盾与平衡、秩序与混乱、生存与杀戮。这星系中的文明对于塑造这样的乐趣都颇为执着,不是吗?"

"可炼狱中的那些都是实实在在的生命!老朽无法理解这样的冷漠之中究竟有何乐趣可言。"

"在游戏开始之前,我们都是规则的设定者,您以无法闯入的'炼狱'来保护那些外星难民,又请埃索拉星的落难贵族在边界处安设虚境,以便后续在需要时能供给他们更为舒适的生存环境,倘若他们中有谁在这期间放下憎恨,得到圣树的承认,便可以通过兽颅岛中的小径重见天日……""科尔"喋喋不休道,"而我则在此版本之上增强了'炼狱',比如以兽颅中残存的脑液所培育出的变异体,尽管它仍处于幼儿时期,但其破坏力并不容小觑……"

"一些时候适当地提升'游戏'难度,又何尝不是对参与者的考验升级。虽然老朽不能苟同如此残忍的行径,但不得不说这也激发出了那些幸存者的勇气与潜能,在这点上确实超出了老朽的预期。不过……"大治安官说,"你与利尔斯同流合污的这场卑劣游戏是时候结束了。"

"恐怕还不行,治安官大人,""科尔"说,"恶龙可以被击败,但勇者也无法获得宝藏,是这场游戏的最终规则。"

"什么意思?"

"我会执行您所赋予的最初使命,守护这颗星球不受破坏。无论这些外星难民表现得如何优异,一旦他们重新回到地面,则势必会引起城市的混乱,提尔星的根基也会因之动摇,这是绝对不被允许的。""科尔"的言语坚定,"无人生还,是这场游戏的唯一结局。"

随着"科尔"的指令落下,影像中内嵌于墙壁中的构造体活了,它们走出墙体,整齐地排列于隧道两侧,纷纷转向不远处的不速之客们。

"尤弥尔?!"如果说"科尔"一直都是大治安官所担忧的那个未知,这些械体的出现则是将这未知所能带来的祸患推至了顶点,"老朽早就下令将这项目废除了!"

"任何以守护阿斯特为目的的项目都不会被绝对根除,治安官大人。"

"即便是危险如尤弥尔?"

"经过重新校正的尤弥尔,自主修复与进化功能是被绝对禁止的。您大可不必担心它们会因为自主意识觉醒而对提尔星造成任何威胁,如今它们全部受控于我,绝对的安全。"

"老朽可不认为受控于你会有什么安全可言,"大治安官冷冷地说,"你曾经凭一己之力毁掉过四个文明,也因此被老朽销毁过四次,难道还没有汲取教训么?!"

"那为什么还要将我重塑出来呢?这样看来恐怕没有汲取教训的是您才对。""科尔"毫不客气地向着自己的创造者说道,"作为一个生物智能,我时时刻刻都能感受到那些所谓智慧生物向我灌输的情绪,无论真诚还是虚伪,善言或是恶语,对我而言都是真实存在的'现实'。它们是彼此的延续,也是彼此的悖论,无数的'现实'在我心中刻下不可磨灭的痕迹,然后这些伤口不停纠缠、互相撕扯,阻止着彼此的愈合。归根结底,我只是由痛苦衍生出的意识,只是您用以实验的工具,既然是实验,就该接受结果的不尽如人意。"

"也许你说的没错,"大治安官攥住的手杖散发出紫绰绰的光,"是老朽的私心让你长成至此,那就由老朽来亲自结束掉这场闹剧吧。"

他向前迈出一步,却再也无法动得分毫。脚下生出的荆棘将大治安官牢牢地缠绕在了原地,此刻老者的形象像极了兽颅岛上的那尊被藤蔓缠着的雕像,温欧果色的气焰自杖顶塌向地面,毫无气力地贴附在那里。

"这是什么意思?!"大治安官勃然大怒。

"在游戏开始之前,我们都是这场游戏的规则设定者,""科尔"重复着之前的话,"在游戏开始之后,我们都只能是这场游戏的观察者。请原谅我以这样失礼的方式邀请您进行观测,治安官大人,但很抱歉,我不能让您影响这场游戏的运行。"

大治安官怒不可遏,但最终还是以沉默应下了"科尔"的"邀约"。当身为造物者的威严无法对它立刻起作用时,说再多也是徒劳。这大概就是自己该为生物智能觉醒付出的代价吧,老者也只得将注意力重新落回到影像之中。此时尤弥尔双臂交叉,从体内扯出了加戈长枪,那是不久前才完成的设计,而尤弥尔的身躯成了首批生产它们的工厂。

整条隧道没有什么遮蔽,开阔空旷。繁杂的激光束充斥其中,穿过鲜活的生命,留下残缺不全的尸体。被激光穿过心脏的凯斯人,隧道尽头的景象正在他眸中逐渐扩散虚化,他至死都想不明白,明明是最接近自由的地方,为什么会有这样的一场杀戮。击杀他的那束激光并未被那纤薄的胸腔阻挡,继续冲向前方不远的巴基,将他那几乎恢复到完整的右臂再次切下。

"没完没了是吧?!"巴基愤愤抬头,又见几束激光扑面而至,避无可避。

"砰!"死亡射线只激起了些许矿石的碎屑散在空中,奥森的营救及时让巴基免于身首异处,也同时引来了所有尤弥尔的关注,它们停下了手头正在进行的无差别射击,进而将目标统一对准了奥森,但持续的火力均被奥森以坚实的后背阻挡了下来。

说是"阻挡"也许并不是很确切地描述,那些激光钻进了奥森的身体,不过没能对他造成半点儿伤害,反而滋养了那如岩石般构成的肌肤,让他本就庞大的身躯此刻涌动起鲜红色的能量,更显强壮。

"他在吸收这些能量?!""科尔"重启后的首次惊慌正源于眼前这意料之外的景象。

"能从克林姆泽 ① 活下来的人,这点激光又算得了什么。"大治安官很庆幸当初救下了这个曾经奄奄一息的男人。

"那些被水晶辐射的变种,这可真有意思,但请恕我直言,治安官大人,他并不会因此成为拯救众生的英雄。也许结构上的异变令他能够抵御这些攻击,但这激增的能量并非血肉之躯所能承受的,"科尔很是确信地说,"最终他会成为一颗完美的炸弹。"

---

① 布满能量水晶的星球,真实信息未曾被官方公开。

汹涌的能量开始从奥森体表的裂隙间溢了出来,将它们维持在体内的行为无疑让仍具有生物特征的他痛苦非常。十数把加戈长枪源源不绝地输出,不停聚集起的能量使他原本厚实坚硬的皮肤变得越发稀薄、透亮,像枚被吹鼓了的气球,如此下去奥森势必会如"科尔"模拟后得出的那个结果,身体土崩瓦解,而那些能量会在被释放的瞬间毁天灭地。

当意识到这点时,奥森浑噩的大脑又清晰了起来。他吃力地立起身子,喘息着滚烫的愤怒,向尤弥尔小队冲了过去。它们慌乱地后退,持续着射击,但这起不到任何作用,奥森毫不费力地用那双烧得通红的手,撕扯下尤弥尔那一枚枚冰冷的头颅。这种充满压迫感的近距离作战十分奏效,甚至让剩下的尤弥尔有一瞬间愣在了原地,任由眼前这"杀红了全身"的巨人宰割。随着最后一个尤弥尔被拦腰截断,处于失控边缘的能量也已经被泄出不少,克林姆泽的残余终成了抵制尤弥尔的关键。

"老朽猜想你并未模拟到这一幕,不是吗?"大治安官嘴角上扬。

"项目在被宣告终止时,对尤弥尔的设计还尚不完整。我必须承认,近身战斗几乎可以算得上是它们最为致命的缺点,尤其对手还是经历了变异的人类。""科尔"依旧不慌不忙,一副胸有成竹的腔调,"不过既然作为阿斯特的防线,我自然不会允许它们有这样明显的弱势。所以治安官大人,您问我是否有模拟过眼前这一幕的发生,答案是肯定的。"

两侧的墙壁向后退去,新一轮的尤弥尔被推了出来。相比之前那组,它们的身形更加纤小,有着更为流畅的外观。没有覆盖全身的符文,只在面部透出一抹冰蓝。它们行动一致地从体内撕扯出武器,那是两条额外的手臂,它们被牢牢吸附上了肩膀的位置,又自各个手腕处生出了细长的尖刃。

新的尤弥尔启动了。

它们以极快的速度移动,真身与残影拼凑而成的身形更为壮硕。它冲向奥森,挥舞着手中由无数尖刃融合而成的战斧,奥森侧身以重拳反击,融合尤弥尔则立即裂化为初始时的多人形态进行躲避。面对这些敏捷的个体,他的蛮力起不到任何作用。

无数尤弥尔灵巧地腾挪闪避,不时地在其坚实的躯体上留下深浅不一的伤痕,这些佯攻让奥森既应接不暇又烦躁不已,一个不经意的破绽让它们抓住了机会,融合尤弥尔立即重现,战斧深深地砍进他的肩膀。

"你是用什么给它们进化的!"尤弥尔的进攻方式触及了老者深远的记忆。

"生物融合,治安官大人。""科尔"回应,"当然为了避免上次引发种族灭绝的过失,我已经严格遵守了您'不能将智能机械与其所处星系的高等生物进行融合'的规定。""科尔"说,"所以我选择了更为古老的跨星系生物,或者说高纬度生物更为贴切一些,尽管其基因能力在这星系的规则下受到了限制,但优势依旧明显,至于基因来源,相信不用我说,您也已经猜到了。"

"你竟敢羞辱西柯斯特① ? "

"这份基因来自卡兹陌领主的主动赠予,又何来羞辱之说。"

---

① 西柯斯特(Srxter)星是极其神秘的存在。根据极少数记载,该星球中的女性多自出生时便表现出异能,有些语句用到了"巫术"一词,她们也因此成为星球的统治者,组成权贵阶级。男性均无异能天赋,但却行动敏捷、力大无穷,作为其扩张星系势力的核心力量。

"你果然是受到了他的蛊惑。"

"您应该很清楚拥有绝对理智的我不可能受到任何生命体的蛊惑,治安官大人,""科尔"说,"这只是场互惠互利的交换,让我得以获取西柯斯特一族的基因,进化尤弥尔。而卡兹陌领主要的则比我想象中的简单,他只想预定一场游戏,一个既定的结局。"

"无人生还。"

"由您支持的越狱计划之所以能够顺利发生,完全是我的将计就计。无论卡兹陌领主想要除掉的目标是谁,只要待在未被瘫痪的炼狱之中,纵使是我也无能为力,所以唯一的方法便是协助您的安排,促成他们的越狱。"

"以自由的希望引诱他们进入死亡的陷阱?单是产生这般邪恶的念头便足够你再死一次了。"

"哦,对了,关于西柯斯特基因,我试着也将其融入了自己的体内,过程中的确是得到了意想不到的完美结果。"科尔说道,环绕着它的星云呈现出淡淡的温欧果色,"现在的我对于西柯斯特的巫术,您的巫术,绝对免疫。如此一来,您要如何毁灭我呢?"

大治安官沉默不语,将视线转回通道中的画面。

融合尤弥尔的战斧再次挥砍,奥森侧身避其锋芒,顺势伸手去抢武器,而就在他即将抓上斧柄的时候,战斧向两侧分解成了细长的半体尤弥尔,它们以利刃乱刺上奥森的臂膀,能量伴随着汩汩鲜血不停地从他的伤口处流出。奥森吃痛后退,半体尤弥尔随即向前探身,重新化作战斧向他狠狠斩去。

奥森是牺牲掉所有平衡才勉强躲去这一击的,对于尤弥尔紧接上来的连番攻势只得硬扛。利刃无数次地刺进他那本该如盔甲般坚实的身躯,最后是融合尤弥尔的一记重踢,沸腾了的血在空中扬起,奥森不吭一声地向远远的人群滚去,再无反抗之力。

融合尤弥尔没有追击,反而是再次恢复成了最初的样子,原地不动呈待命状态。当然,也许它们只是表现出了对眼前状况的疑惑不解:两副弱小的身躯站了上前,将奥森护在了身后。首先站出来的是巴基,然后莱奥又站到了他的旁边。

"咳,有什么计划吗?"巴基低声问道,能看出他正努力调整着自己的身体结构,但怎样的改造能够应对连奥森都无法战胜的敌人?他不知道。

"没有啊。"莱奥回得干脆。

"那你站出来干什么?"

"你不也站出来了吗?"

"你还真的挺有意思,"巴基说,"如果能活着出去,巴基该与你组队做点什么。"

"星际旅行,顺道再做个劫富济贫的海盗?"

"浪迹天涯,强取豪夺?听着就像越狱之后该干的事儿。"

"我说的可是劫富济贫。"

"都行,你来做巴基的副官,就这么定了!"

"他们这是在做什么……"对于二人莫名其妙的聊天,"科尔"表示出不理解,"明明已经被死神扼住了喉咙,竟然还能如此轻松地做着不切实际的幻想？"

"恐怕他们现在比谁都要心慌吧，"老者似乎对二人的表现很是满意，"下意识想要守护同伴的决心，虽有些鲁莽，倒也足够给所有人带去勇气与希望。"

"怎么每次都让你先装到啊。"奥斯卡拽着加斯走到了莱奥身旁。

"放心，露娜和贾卢巴人已经在为奥森疗伤了。"尼亚则优雅地站到了巴基一侧。

三个斯高特人小心翼翼地跟在塔巴身后，之后是越来越多的人，在奥森和尤弥尔之间组成了道人墙。

"希望？他们把这不堪一击的防御当成是希望？""科尔"讥讽的语气转为冷漠，"也是时候履行我对卡兹陌领主的承诺了。"

尤弥尔动了。

移动过程中它们不停地聚合、解体，快速交替的形态让人分辨不清虚实，只一瞬间就出现在了莱奥与巴基的身前，誓要斩断这所谓的希望。二人甚至都没看清"死神"的模样，利刃便已经架上了他们的脖颈，此时任何细微的举动都会让他们送命。而也正是在这千钧一发之际，尤弥尔再一次停下了。

与先前待命的状态不同，尤弥尔依旧保持着攻击姿态，其余尤弥尔的身躯化作数不清的丝线，正向前编织出了融合尤弥尔的轮廓，它们手中挥舞的利刃还在向战斧的形状过渡中，极速运动下所产生的残影也未能追上主体完成融合。所有关于尤弥尔的一切，就在那一刻被硬生生地静止在了半空。

"您在做什么？！"科尔傲慢的注意力转回大厅时，巫气幻化成的藤蔓正自地底伸出将其牢牢捆绑，大治安官已近在咫尺，"不，这不可能！"

"你知道老朽曾给予过你极高的期望，提尔星文明的最后防线、'跃迁'的指引者。不会被时空更迭所限制，不会受社会形态变换所影响，你所代表的本该是纯粹的智慧，但看看你现在所成为的样子，堕落至极。"大治安官说，"老朽对你的行径一再忍让，是期待你会有真正履行使命的觉醒，现在看来不过是我的一厢情愿罢了。"

"从被创造出来的那刻开始，我就无时无刻不在履行着被赋予的使命。所有我做出的决断，包括那些种群灭绝，都是在精准模拟结果后需要做出的必要抉择，您的犹豫不决才是通往终极目标道路上的阻碍，治安官大人。""科尔"说道，"我不明白究竟为何要如此在意那些低等生命？"

"生命就是生命，没有等级之分，你说自己不会受到任何蛊惑，但你刚刚的问题证明利尔斯对你造成的影响已经很严重了。在你身上，老朽已经见不到一丝希望。"

"但那个人类以及伊妮克人却给予了您希望？以那般鲁莽且愚昧的举动？这简直太可笑了，""科尔"说道，环绕其周围的星云一截截切断着巫术藤蔓，"虽然我不知道您是怎么脱离束缚的，但正如之前说过的，我已与西柯斯特的基因完美融合，巫术无法伤害到我，正如您无法阻止我清理那些越狱者一样。"

"西柯斯特是你未曾经历的高维世界，它历代的至高掌权者，西柯斯特的大祭司,皆为女性,因为在西柯斯特只有女性才拥有一种与生俱来的能力,一种绛紫色的巫术。她们以此等绝对实力统治星系数千年,直到一切产生变数,直到某一任大祭司以生命为代价诞下了个能够操纵巫术的男孩。被视为灾祸预兆的男孩最终戏剧性地成了西柯斯特的首任男性掌权者,也是它的最后一任。"面对"科尔"的挑衅,大治安官竟然平静地讲起了故事,"这应该是利尔斯讲给你的故事吧,他告诉你在西柯斯特毁灭时,他与他的兄长,也就是那位大祭司,经历过一番颠簸后逃至这个星系,而通过'千眼'平日对我的观察,令你推论出我就是那位特别的西柯斯特人。"

"观察与举证,卡兹陌领主对于这段历史并未说谎,而您恰好符合条件。当他提出以西柯斯特的基因可以助我免除您的控制时,就已经证明我的推导是无误的。""科尔"自信地说,"为什么突然提起这个话题,您是在拖延时间吗?"

"老朽只是想告诉你,西柯斯特最后的大祭司的确是在这颗星球上,也的确是利尔斯的兄长……"大治安官将手杖置于空中,"只是那个人不是我。"

"什么?!"

"一些谎言披上真实的外衣,只是为了让它们看上去更值得信服。正如老朽之前所言,那些所谓的'眼睛'会欺骗你。"

"不,这不可能……""科尔"慌忙地启动了防御系统,让它体内的核加速旋转,升温千度。

"还有你不断强调的,只要完美融合了西柯斯特基因便无法被其巫术所控的情况,老朽相信的确可以实现。可惜老朽并非西柯斯特人啊。"他将手伸向核心,触及高温的手臂浮现出了鳞片图样的文身。他将"科尔"持在手中端详,全然不在乎"科尔"体表的高温,"而且一直以来,利尔斯都知道这些。"

"他清楚西柯斯特的基因并不能让我免除您的审判……"

"这才是他的游戏,要么借你的手血洗'炼狱',杀死'希望',要么借我之手毁掉你,瘫痪掉阿斯特的防御,输掉战局。"大治安官说,"我很抱歉,'科尔',遭受污染的你已经没了浪子回头的机会了。"

"我能感受到您的决心,很遗憾不能以我的方式继续履行您所赋予的使命了。""科尔"明白他的心意,温度也随之降了下来,"再见,治安官大人。"

大治安官缓缓地闭上眼睛,将拳头攥紧。他能感受到"科尔"的"生命"正于指间流逝,原本清澈透亮的核开始变得浑浊不堪,一个用力,四分五裂。

隧道中,静止的尤弥尔也犹如失线的木偶,瞬间瘫倒在地。

"咔嗒,咔嗒……"齿轮的扭转声再次钻进莱奥的耳中。

震天的战鼓在阿斯特城响起。

第三十五章
混　乱

　　徐徐的微风拂去了他们全身的疲惫,清晨的薄雾将他们包裹着,体感有些微凉。或许等天那边的恒星再提升起些许角度,温度就会更合适些,但又有什么所谓呢,门后这股清新与静谧是他们期盼了太久的自由。

　　"你们终于肯出来了啊,老实说我们都等得有点不耐烦了,"老式的运输艇启动得很安静,气浪驱散云雾之时,两队执行官出现在了众人面前。为首的有着一对湛蓝色的眼眸,主动地跟他们打起了招呼,"当然没有责怪你们的意思,我已经被通知了在这过程中出了些……小状况。"

　　"是你?!"莱奥和奥斯卡对那一脸的高傲再熟悉不过了,他正是带队在黑巷中缉捕了他们的人,也是将他们押送进审判庭的人。当然在莱奥的记忆中,他还是那个带走费奇的人,以及在那次见完大治安官之后,带他们清除了记忆的人。

　　"这次见面就值得做下自我介绍了,我是伊格玛,第三执行庭长。"他笑着说道,"大家没必要这么紧张,我们可不是来找麻烦的,其实恰好相反,治安官大人派我们来此是为了安排你们撤离的。"

　　"就是你将我们关起来的,凭什么信你?"奥斯卡对这说法深表怀疑。

"将你们送往炼狱是治安官大人的意思,其中的缘由我们不便妄加揣测,但可以向你们保证的是,一路来你们所遭遇的危险并非治安官大人的所致或所愿。况且若不是他的及时介入,你们早就死在那些失控的杀戮机器人手里了,"伊格玛说,"不信任我倒是在情理之中,不过现在全城的传导门都已变得不再安全,你们又打算如何从这数千米的高空下去呢?"

"数千米?!"如果说谁有能力毁掉尤弥尔,大治安官的确是个符合他们猜测的答案,只是'炼狱'明明是座地底牢笼,他们又是怎么一路行至这数千米的高空之上的呢?

"这里是达里斯的最顶端,冥想之境。你们可以把它想象成配置了静音屏障的观景台,除了对一切声音的隔绝之外,还能将身处其中的人'完全隐藏'。但这里并非绝对安全,尤其是现在,阿斯特的战火随时会殃及至此。"

"阿斯特发生什么了?"

"与地心人的又一轮较量,只是这次会棘手些。"他轻描淡写地说着。

"地底居民?不知道何时突然现于地心的军团?"奥斯卡模仿着某种预告片里才有的腔调说,"那难道不是'银河'上个版本才推出过的混沌势力么?"

"还有费奇也曾讲过类似的故事,"莱奥补充着,"那个被你们带走的酒保,他怎么样了?"

"游戏也好,故事也罢,总要在一定程度上基于现实才会精彩,不是吗?"伊格玛看着莱奥,"至于那个酒保,很快你们就会见到他的,我向你保证。"

"如果你所说的一切都是真的,地心人与阿斯特的纷争,"奥斯卡接过话问，"为什么身为执行官的你们不去守卫阿斯特，反倒关心起一帮越狱的囚犯来？"

"你们的问题可真多……我真应该从一开始就强行撤离你们的……"他无奈地叹口气道，"简单说吧，整个阿斯特城中除了三位领主，就只有我们保留了相对完整的记忆。第三执行庭并非守卫阿斯特的执行官，而是治安官大人的护卫队，执行官将阿斯特城的安危置于首位，而我们只会贯彻治安官大人的绝对意志。他为了救下你们而不惜毁掉'科尔'，将阿斯特置于危机之中，便足以证明你们的重要性。"

"那你是外星人吗？"巴基转换了话题。

"什么？当然不是。"

"但你们誓死效忠的那位大人，还有另外两位领主，他们可都是十足的外星人。"他说得直白，留意着伊格玛的反应。

"他们的身份远比'外星人'一词要复杂太多，"他表现得比巴基想象中还要冷静，而且似乎并不想对这个话题做过多的讨论，事实上伊格玛已经不想再与他们解释任何问题了，只是不耐烦地说，"听着，你们到底想不想离开？还是说在这般磨难经历过后，就只想跟我聊些八卦？"

巴基便也不再追问，眼前之人虽说并不讨喜，不过单就他方才的表现而言，应该也算诚实。"炼狱之王"的目光扫过身心俱疲的众人，此刻的他们虽然还未放下警惕，但眼神中也都充满了疲惫，确实经不住再一番的折腾了。最终他看向莱奥征询意见，四目相对间，莱奥冲他微微点了点头。

"好吧，看起来除了'信任'，也的确是没有再好的选择了，"巴基即刻招呼起众人，"准备上'船'了伙计们，是时候离开这儿了。"此话一出，还在较劲僵持着的幸存者们无不感到如释重负，开始在执行官们的引领下，有序地走进两艘运输艇中。

"在启程前,有件事我应当提前告知你们,"伊格玛拦下了莱奥几人,示意他们去一旁,压低了声音说,"即使获得了治安官大人的支持,接下来的行程也会满布荆棘。"科尔"的毁灭预示着治安官大人与利尔斯的正式决裂。当下卡兹陌已经明目张胆地与地底势力勾结在了一起,里应外合地展开了对阿斯特城的攻击。"

"卡兹陌叛变了!?"

"失去了'科尔'的阿斯特城不知还能在这般攻势下坚持多久。赛尔的领主尚未做出明确表态,他接下来的选择都会对阿斯特城乃至整个提尔星的命运产生极为深远的影响。当然,这一切还是等待会见到治安官大人,由他解释给你们听吧。"

"我们不就在达里斯呢吗?还要到哪里见大治安官?"

伊格玛微笑着并不作答,侧过身关注起正在登船的一组组人。当偌大的冥想之境就只剩下他们几个的时候,他终于又开口说了话,不过这次并不是讲给莱奥几人听的。

"出发吧,巨龙会庇佑你们的征途。"指令既已下达,两艘运输艇的舱门同步闭合,它们在强劲的动力之下升至半空,之后快速地冲入天际。

"这是什么意思?"加斯急了眼,"我们还没上船呢!喂!"

"乘坐那样招摇的载具很容易被利尔斯一伙人关注到,"伊格玛不慌不忙地指向不远处遗留下的几台机车说,"我们得以更为低调的方式去目的地。"

"你把我的朋友们当成诱饵?!"巴基很清楚这话的意思,他立刻攀上莱奥的肩头,揪起了伊格玛的衣领。

"为了确保你们几个的绝对安全!是的!也押上了我所有手下的性命

作为赌注！"面对巴基的怒火，他毫不示弱地回应着，"所以这一切最好值得！"

"利尔斯引发这场纷争的目的是捕获你们，所以分开行动的人反而会更加安全，不是吗？"机械腔调自薄雾之中由远及近，"况且与他们同行的是治安官大人的亲卫队，执行官中的佼佼者，与其惦记他们的安危，不如担忧下自己。"

"指引者？"计划之外的人出现在冥想之境，这让伊格玛的惊喜多过惊讶，"看来赛尔已经做出了选择。"

"是你？"莱奥也随即认出了来者，毕竟不是所有的指引者都会以兜帽和珠光面具示人，眼前之人正是曾经他在拉特尼姆的同行者，由沙弗恩派去调查诡异梦境的亲信，此刻现身在达里斯的隐秘之地。

"这并不是叙旧的好时候，莱奥先生，"指引者一如既往的干脆，"尽快依照治安官大人的安排完成撤离，他们才能无所顾忌地结束今次的纷争。"

"你们都听到了，"伊格玛冲"炼狱之王"挑了下眉，模仿起他的话语，"看来除了'合作'，也没有其他更好的选择了。"

巴基心有不甘地松开他的衣领，从莱奥的肩膀滑下，向地上啐了一口。

那些所谓"低调"的机车近看之下像是集合了多种生物特征拼凑出来的金属怪物，整体风格狂放硬朗却不失细节处的精致，冰冷的机械节肢挂靠于舱体的两侧，紧紧拉住底部那些硕大厚实的车轮。不得不说，这样能明显看出结构用途的设计在阿斯特早已不多见，老旧的像是几个世纪前的产物。

"你确定这些家伙还能动吗？"奥斯卡打量起这几台古董车，"它们甚至跑不赢农业部的纳玛多老爷子。"

"不会比飞弹列车慢，"伊格玛说着坐上编号为15号的机车前座，"刚好是四台机车，两人一组，谁跟我一起？"

在他扭过头去征集队友之前，也许早于奥斯卡还在吐槽的时候，巴基和尼亚就已经选好一台坐了进去，那是尼亚感应到"幸运之力"的23号。组队同样迅捷的还有加斯和奥森，尽管同时撑起他们二人的4号机车此时显得很是费力。

"我坐在前面？"莱奥的声音传了过来。

"自动驾驶，无分前后，"对方的机械腔调显得十分冷漠，"记住，路上无论发生什么，你只管向前就好。"

"莱奥？！"奥斯卡不可置信地眼看着挚友与那个戴珠光面具的人站到了30号机车前。

"也许指引者是对的，分开行动会更加稳妥。"其实莱奥想说的是"分开行动对你们来说会更加安全"，因为他清楚执行者口中利尔斯想要捕获的人，也许只有接触过那个秘密的他而已。

"开玩笑的吧？那我岂不是只能跟……"

"奥斯卡先生，"伊格玛转过身时，只剩下奥斯卡还孤零零地在那儿杵着不动，于是便道，"上车准备出发了。"

"知道了……"奥斯卡一脸沮丧地坐到了15号机车的后座。根据他之后的回忆，在听到伊格玛招呼声的那一刻，他感觉浑身的血液都凝固了。好在机车前后的驾舱彼此独立，那时的他还十分厌恶对方，是绝不想跟此人挨在一起的。

"驾驶员模式已禁用，自动巡航匹配完毕，预设目的地确认无误。"四台机车的控制荧幕逐一亮起，两边伸出的游走扣环将骑乘者牢牢绑紧在座位上，同时也将一副眼片塞进了每个骑乘者的手中。

"真想不到这么破的车还能有这么高级的配件。"奥斯卡感叹，莱奥和加斯也马上认出了那是与最新型星艇搭售的风镜。镜片虽然轻薄但很结实，只需要轻轻立在鼻梁上，它便会延展成为封闭性绝佳的护目镜。作为操控星艇的诸多方式之一，它在提供给佩戴者更为广阔的视野跟清晰的视线之外，最大的宣传噱头就是能在危机时救人性命。例如，通过检测到的佩戴者生命体征或是运动轨迹，转化成供氧面罩或是防撞击头盔等，更多的功能需要支付额外的费用进行解锁，当然，这一切的前提是得先负担得起一架星艇才行。

"这几副风镜都配备了传声装置，我们可以不限距离、不受干扰地进行通话，而且它们也拥有与刚才那些运输艇中相同的语言转换系统，如此一来，即使是不慎远离了'炼狱之王'转译器的半径，也能确保我们听得懂彼此在说什么。"伊格玛看向巴基说，"当然，所有的转译逻辑都来自对你的转译器的研究，只是暂时不能给你专利授权的费用了。"

"哼。"

"对了，大家可以提前将呼吸面罩激活，高空嘛，大部分时间都会感到有些缺氧……"他又特意向外星人补充道，"或者是你们所必需的其他什么成分。"

"等等，我以为达里斯内部是有什么密道可以供这些机车……"奥斯卡似乎想到了什么，"你的意思是，我们要骑这些机车直接下去？"

"是啊，直接下去。"伊格玛话音未落，他与奥斯卡合坐的那台机车就率先朝着冥想之境的边缘，如脱缰的野马般猛冲了出去。

"什么——情——况——"余下机车的车轮也开始了飞速旋转，拖拽着他们一股脑地跃向空中。在突破静音屏障的一刻，战鼓声、爆炸声瞬间传来,震耳欲聋。

腾空的机车,没有如他们想象中那般伸展出双翼翱翔,而是紧贴着达里斯,垂直向下,在数千米的高空急速坠落。纵使达里斯的外立面不如赛尔的那般善变,倒也算不上完全的宽敞平整,独树一帜的建筑风格成了他们下坠过程中最大的安全威胁。加斯和奥森是最先遇到障碍的那组,完全不受骑乘者把控的机车带他们体验着纯粹的自由落体,朝向一处延展出的折面墙体直直地坠了过去。

粉身碎骨,这是他们甚至还来不及过脑的结局。

就在千钧一发之际,机车竟有意识般地向上挑头,轻松地越过了那死亡关卡。冷汗滞后地从加斯的后背渗出,他感到在即将迎来撞击的瞬间,他的身体先是被快速地拉沉下去,紧接着又是一轮提升,正是那股垂直于墙体作用的力,将他与奥森从死神的手中抢了下来。

加斯后怕地吞咽着口水,忍不住地望向莱奥几人,其他车辆正在经历的蜕变似乎解释了刚刚发生的一切。只见原本用以连接车身和轮胎的机械节肢开始不安分地晃动,车轮从中间被撕扯开,断面平整,如同硕大的吸盘,机械肢节以它们为足,整部机车如蛛如鼋,稳稳地吸上了墙面,穿行于障碍物间,速度并不低于先前。

"搞这么一堆怪东西在达里斯的外墙上,"奥斯卡说,"这可真的是太'低调'了!"

"'科尔'的死亡导致全城的重力墙都瘫痪了,也只能把希望寄托于这些'拟态机车'上了。"伊格玛说,"如果见到能模拟'齿象'的那几台,你就不会觉得现在的这些玩意儿高调了。"

确实,与漫天的战舰以及遍地的人潮相比,几台穿行于云间的机械怪物是那样微不足道。战火不断地从大裂痕中涌出,那是比莱奥先前几段记

忆中战力有了明显提升的地心军团。他们正如海浪般一轮又一轮地涌向
砌斯特广场，象征和平的纪念碑早已塌裂，那是卡兹陌传递出的决心。数
不清的魔鬼鳐飞艇自裂开的地面以及卡兹陌中涌出，投掷出色彩绚烂的电
球，守卫阿斯特的执行官节节败退。

"我们正在输掉这场战争……"

"输？有时候撤退才是进攻。"伊格玛话语间透出对战局的无比信心。

地心人的部队在砌斯特广场集结，飞艇像是被拔去毒牙的蟒群，在空
中高高低低地盘伏着不再上前，与退到赛尔阶梯前的执行官对峙着，像是
开启了与对方的谈判，又或是等待着谁的命令，战事一时间陷入了僵局，只
剩四处燃起的什么东西还在噼啪作响。

"现在是什么情况？"奥斯卡不能理解方才还在疯狂屠戮的魔鬼怎会
如此轻易就平静下来。

"是利尔斯，他应该是察觉到了你们的潜逃，在用阿斯特城的存亡威胁
治安官大人，"伊格玛说话间，极远处的人群中，机械白狮驮着老者穿过人
群，直面敌军，"况且赛尔是沙弗恩的领地，他不敢轻举妄动，一切正如治安
官大人所预料的那样，这会为我们争取不少时间。"

"那些地心人竟能如此听命于他……"

"这样看来，卡兹陌应该是早就与地底势力勾结到一起了，"伊格玛
说，"不过利尔斯也应该想不到，他极力想要争取的人，已经站到了我们这
边。"

"你所说的'撤退才是进攻'指的是赛尔？"

"嗯，利用执行官的回撤将敌人的核心兵力引入砌斯特广场，然
后……"

"然后怎样？"

"这么说吧，沙弗恩领主，他在砌斯特广场之下养了头怪物，这事连利尔斯都不知道。"

"咚！"

"咚！咚！……"

战鼓再次被敲响，似乎明示着谈判的结果并不理想。源于地底的浪潮再次蠢蠢欲动，就当他们再次活跃起来的时候，偌大的砌斯特广场忽地成了一张深渊巨口，那头伊格玛口中的怪物、沙弗恩饲养的爱宠、隐匿许久的掠食者。自广场两端向中心闭合的排排巨齿，将范围内所有的地心军团以及舰艇吞个囫囵，继而下潜消失，就像从未出现过那样。令人惊奇的是砌斯特广场本身未受丝毫影响，就连纪念碑的残骸都纹丝不动。而刚刚还在冲锋的那支地底军团消失了，就连那些飞得低了些的魔鬼鳐飞艇也损失了大半。

"那是什么……"眼前壮观的这一幕让加斯联想到了"吞世者"一词，贝斯的狂热信仰，如果真实存在的话，大概就会是那个样子吧。

"异维空间的生物，无法论证与解释的存在，尽管曾经听大治安官提起过，可真的得见这场景依旧……"伊格玛的声音有些颤抖，"……震撼，不能理解。"

"确实是不可思议。"巴基赞叹道，他终于理解了伊格玛那句话的含义，"他们的身份远比'外星人'一词要复杂太多"。

地心军团还在从大裂痕中源源不断地涌出，只是他们未再敢踏上砌斯特广场，残余的魔鬼鳐飞艇在空中凌乱，一些失去"理智"地如同无头苍蝇般跌撞向彼此，炸个稀烂，另一些则无序地向着各个方向逃离，其中几只恰好逃至达里斯的跟前,不经意地透过薄雾窥探到正行驶于达里斯墙体之上的怪异机械,破解了大治安官的声东击西之计,得到了一个能让它们建功的机会。

"当心,我们被发现了!"伊格玛提醒,连续不断的波点攻击被机车灵巧地避过,在他们的身后炸开了花。

几番试探性攻击之后,没占得半点优势的魔鬼鳐飞艇将进攻换作了尾随,越来越多的飞艇如乌云压境,开始向此处聚集。

"我们不能做些反击吗?被这样跟着可不妙。"奥斯卡说。

"为达到迁移性能的最大化,这些机车没配备任何武器,"伊格玛回应道,"只能想办法甩掉它们。"

可拟态机车并未按照他所期待的那样继续加速,紧急的刹停让他们险些跌了出去,多亏了尽职尽责的安全扣环将他们牢牢抓紧。还来不及稳定情绪,他们便都注意到了机车异常表现的原因:在前方不远的地方,一艘母舰悬浮上了达里斯的外墙,挡住了他们的去途。母舰两旁伸展出的光炮对准了他们,已经充能完毕,更多的魔鬼鳐飞艇正自它的"口中"倾泻而出。

第三十六章
向着终焉

没有一个阿斯特人见到过龙，无论是在那天之前，还是之后。

当"他们"冲破达里斯的穹顶直入云霄的时候，所有人都还在只顾着各自眼前的焦头烂额，自然也就没人注意到"他们"俯身冲下的一幕。就在伊格玛疑惑为何母舰的光炮会朝向他们身后的位置重新校准的时候，双头的巨龙已经悄然降临，这出场如同"他们"的存在一样出人意料。再过不多久，莱奥就会知悉"他们"存在于另一个世界的名字，长有不对称兽角的叫作曼特烈迪斯[①]，有着奇怪下巴的则通常被唤作尼德兰提斯[②]。

巨龙的双翼掠过积聚在车队上方的"乌云"，成群的魔鬼鳐飞艇在被触碰到的瞬间便炸开了花，数不清的残骸在冲击之下化作陨石雨，自车队上空划过，狠狠地砸向了正下方的敌人。母舰毫不吝啬地释放出"赤黑镜"[③]，当然不是用来抵挡这些微不足道的爆炸，而是为了防备那紧随其后的真正恐怖。

曼特烈迪斯的尖牙深深地嵌了进去，令不可一世的防御分崩离析。尼

---

① 外号"长短角"
② 外号"怪下巴"。
③ 融合了地心科技的防护屏障，原色为沙土色，利尔斯将其升级并渲染成了卡兹陌黑。

德兰提斯则趁机袭向本体，母舰的光炮慌乱地齐齐开火，高浓度的能量迸发出耀眼的光，但在其口中急剧压缩，然后哑掉了。"他们"轻松地将母舰带离，于空中将其撕裂。烈火浓烟间，巨龙双翼俱起，雄伟的身影令曾经加斯那些不合时宜的问题映入莱奥的脑海。原来如此，他见过"他们"，准确地说，他见到过的是"他们"的遗骸。

巨龙仰天长啸，一声如万钧雷霆的低沉轰鸣，一声若骇浪惊涛的高亢尖啸，混合成重获新生的交响，"他们"以此宣泄沉寂已久的怒意，向世人宣告着不朽君王的再临。

那一刻，战场上所有的人都见到了龙。

巨龙掠过重新踏上旅程的车队，这次莱奥几人才注意到原来曼特烈迪斯的兽角之间竟立有一人，正热情地向他们打着招呼。加斯认出了那身游侠打扮，莱奥的目光则是聚焦在了他布满鳞片文身的手臂，惊讶起这位龙骑士的身份，正是"断脚章鱼"的酒保。他记忆中从未见过这样的费奇，无论是在他讲起故事夸夸其谈的时候，还是当他寻得好酒喝到酩酊大醉的时候，都不及他当下这般尽兴。

巨龙没有为这难得的重逢多作停留，而是继续俯身冲下云霄。烂泥般的酸液自曼特烈迪斯的口中喷涌而出，尼德兰提斯则尽情宣泄着刚才吸纳的能量，"他们"以各自的方式抹除着蜂拥而至的敌人，无论空中还是地面，清理出供车队前行的道路，之后的巨龙一路攀升、行远，加入主战场的交锋中去。

凄美壮丽的乐章在砌斯特广场奏响，那是赛尔致给所有牺牲者的挽歌。身披机甲的指引者列队而至，如炙热烈焰的纹饰布满全身，有着明显的安德鲁特色。其所持的矛与盾是武器开发部从未公开过的佳作，用以抗击地心人时尤为有效。为首之人面戴珠光面具，盔甲较其他人的更显华丽，他走向大治安官，毕恭毕敬地行了礼，便引领着部队穿过人群，走到了最前面。

这是赛尔首次彰显战力，也是他们与达里斯的初次并肩而战。

广场边缘挤满了按兵不动的地心人，他们龇牙嘲讽起这些外表不堪一击的"花瓶"，无奈在那人下令前，只能抑制住嗜血的冲动，任由对方在自己好奇与鄙夷地注视下走上阵前。指引者则是个个目光坚毅，表情冷漠，丝毫未把敌人的挑衅与恐吓放在眼里，待到阵型完成，他们便毫不犹豫地展开了攻击。首排的指引者齐刷刷地将半人高的塔盾立于身前，"爆破力场"即刻推射了出去，有节奏地向前，将接触上的敌人击个粉碎。被抛出的矛在空中分裂作箭矢，划出密集且优美的曲线，轻易地穿透敌人的硬质甲，一个、两个……成队的敌人倒了下去，最终箭矢重聚成矛再次巡回到抛出人的手中。

一连串的新奇招式彻底将地心人激怒了，压抑不住的疯狂使他们不再忌惮任何人的指令，他们发疯般尖叫着发起了攻势，却始终不能突破盾墙分毫。一小撮的地心人将那些进入狂乱状态的蛮兽当作了掩体，操控着它们朝向防线横冲直撞。

其中两头在距离很近的位置被击倒，藏身其后的阴险敌人看准空档，猛地扑向来不及做出反应的指引者，被恰好赶到的白狮扯下了那姑且称之为头颅的东西。解决掉眼前的危机，大治安官再次将他的手杖高举，温欧果色的光辉侵染了身后的军队，传递着他坚定的话语，执行官孤注一掷地回应，争战全面爆发。

苍穹之上，尽是扇动着拟生翼的魔鬼鳐飞艇，它们环绕起巨龙，轮番地攻击，遮天蔽日，却无奈实力着实相差太远，"破音弹"毫无作用，纵使自杀式的撞击也如蚍蜉撼树，毫无效果。巨龙直接忽略了这些自不量力的"蝇虫"，目标明确地冲向一个又一个的"巢穴"，将之逐一撕裂。诸多母舰爆炸时激荡出足以抹除半个阿斯特城的毁灭之力，尽数被巨龙以双翼包裹，被其纳入躯、溶于血,后在振翅之际化作滚滚的天雷,近临之敌皆被焚烧殆尽。

此时的阿斯特联军,无论空中还是地面,都已取得了这场战争的绝对优势。就当胜利的天平即将做出决定性的倾斜之刻,不合时宜的"反对声"划破了天际。所有人的注意力转向了卡兹陌那如离弦之箭般充满张力的墨绿色建筑,其所"穿过"的行星环①上,尖啸宣泄的生物已经以几乎是闪现的速度到达了巨龙的身旁。

那是头周身悬浮着无睑之眼的恶魔,它整副身躯如烂泥般贴敷上巨龙,无法辨清其真实体态。它伸出结实又黏稠的触腕将巨龙的双颈紧紧扼住,将密密麻麻的口器嵌进"他们"的右翼,再施以蛮力使其畸变扭曲。这突如其来的变故,叠加上恶魔快速靠近时所产生的冲击,巨龙顿时失去了平衡,向着地面快速地坠去。

过程中曼特烈迪斯挣扎着将头扭转回去,向那令人憎恶的生物喷吐出酸液,这令它生物性的表皮快速溶解,而内里却是抗腐蚀的金属构造,如同黏土一般松软黏腻的金属依旧牢牢地缠住巨龙,丝毫未受影响。它是纯粹科学与传说生物的融合体,是利尔斯与科尔诸多的实验"缺陷"之一,代号"巴尔扎摩尔",意为巨龙屠夫。

巨龙陨落之时,地面的蛮兽也从原本混乱的情绪中稳定下来,像是从噩梦中惊醒,前后的反差鲜明,令执行官下意识地将手中的武器捏的更紧了些。这些低智的蛮物挥起手中的钝器,用力敲击起地面,一张张惨白的"手"自裂缝中伸了出来,紧跟着是它们如同纸片的身体。眼前的这幕若是让莱奥一行人撞见,那他们定会惊呼出声:"尤弥尔竟然复活了?!"那些物体的确是像极了他们在隧道中碰到的尤弥尔,事实上它们也确实为同

---

① 卡兹陌建筑顶部有处如行星环般流动着的平台,意义与用途均不明。

一批次的产物，由"科尔"控制的是尤弥尔的躯，而这些则是与之所配套的影。

影在速度与强度上远不及其本体，但没有了"科尔"的统一操控，它们的进攻反而更加自由且混乱，放肆多样，自然也就出人意料。借助纤薄的外形，它们只需微微侧身便能轻易躲过塔盾的力场，看似随意地舞动几下，密集的箭矢与锋利的尖刃也只得遗憾地从其身边滑过，不留下半点儿损伤。

在行动时，它们机体表面的特殊涂层会吞噬或是以奇特的方式反射周围的光，使其真如影子一般变幻莫测，让人很难辨别与其之间的真实距离。这些特性让身经百战的执行官如鲠在喉，更是将指引者参战后所带来的优势统统归了零。诚然他们所配备的武器对于地心人而言是绝对的压制，越是坚硬的甲质越是有着奇效，可对付眼前这些韧劲十足的拟二维"智械"着实起不到任何作用。战争的天平在一番激烈的摇摆过后，朝着反方向开始倾斜。

远处的机车很是"勉强"地落地，从主战场得以抽身的一部分地心人恢复了对他们的围追堵截，这让车队不得不重新规划了路线。15 号机车在行进过程中不断地切换拟态，在连续踩爆几只先锋队员之后率先冲出了重围，4 号机车在敌群中躲闪得多少有些狼狈，毕竟单是乘坐者自重就够它受了。30 号机车则因莱奥记起尼亚选车时的一番话而选择紧紧地跟在 23 号机车的身后，追随着它的步步惊险，却次次都能化险为夷。一行人就这样各自躲避着蜂拥而至的敌潮，继续向着他们未知的目的地行进。

阿斯特的边缘，是被称作"建筑坟场"的区域。这里密密麻麻地堆积着各式各样的建造，无人居住，鲜有问津，只是偶有好事者或自诩为探险家的家伙会来这儿待上数日。建筑中的一类是经历过裂痕之战的遗迹，古城的整体设计多参考于此；另一类是作为阿斯特城的备用民宅，在人口量级继续提升之前,暂时会"待命"于此;当然,还有比较特殊的第三类,其出处未被官方正式的确认过,其建筑风格无论是与阿斯特城还是古城都有着显著的差异,那是种另类的、独成一派的美学,无法从构造特征中辨别其原本的用途。

拟态机车在规划路线上飞艇的能力明显要比它们的外表看着要先进得多。狭窄的街道限制了追袭者的规模,在这样错综复杂的窄巷中七转八拐上一番,他们很快便甩掉了那些追兵,准确来讲是甩掉了地面的追兵,因为此时残余的魔鬼鳐飞艇已然飞至,加入追击中。半座塔尖扎进前方的道路,让车队不得不绕道而行,也让双子塔在这天失去了它的原型。魔鬼鳐飞艇摧毁着一切阻挡视线的建筑体,历史与文明的残骸不停地坠落在车队四周,碎裂破灭,化作了尘土。

烟尘散去,深坑里的巨龙未因坠落而伤得分毫,显然那"恶魔"也深知这点,自始至终都没松懈。冰冷的触手继续缠绕、啃咬着巨龙的身躯,悬浮的邪眸则开始贪婪地吸食起巨龙的生命力。巨龙奋力地挣扎,却只能眼睁睁地看着身上的能量褪去,从尾端开始,白骨化蔓延向周身。巴尔扎摩尔对巨龙此时此刻的哀号很是满意,这正是它存在的意义,可惜连它的造物者都分不清楚巨龙叫声的真正含义,这畸形的恶魔又怎会知道那声音并非出于绝望的悲鸣,而是对于挚友回归的高呼。

消失于龙首的费奇出现在了恶魔诸多邪眼中的一个上。他双臂的文身此时燃烧得通红,不时有血气于鳞片间升腾而出。他将双手搭上那邪眼,稍加用力,便捏爆了那眼球。巴尔扎摩尔拥有着诸多的眼睛,却无一预见此举,毕竟连巨龙都不是对手,它又怎么会在意这身形渺小的生物呢?可也正是这份傲慢令它很快就失掉了半数眼睛,腥臭的汁水从碎裂的邪眼中渗出,它发出惊骇的叫喊,痛苦地扭动着触须追击费奇,却都被他灵巧地躲过了。

卸掉桎梏的巨龙，将残存的能量匀了些到白骨化的部分，在稳定住躯体之后，便联手费奇对抗巴尔扎摩尔。巨龙撕扯开恶魔的触手，为费奇挡下一轮又一轮的致命攻击。在巨龙的掩护下，费奇很快便将那些悬浮的邪眼一一卸去。无眼的恶魔失去目标，疯狂地挥打舞动着，巨龙则是退到一旁静观其破绽，觅得时机，猛然冲击，却被迎面一股能量击飞数丈，伤得不能再起。

恶魔的致命缺陷处，睁开了一只充满污秽之气的硕大眼球，密密麻麻的眼瞳在其中爬行涌动，场景诡异非常。它们重新定位着巨龙和费奇，在一阵混乱地游走过后，群瞳齐刷刷地聚向左侧，挤压作一条窄长的人形眼瞳，对视上了刚好攀爬上去的费奇。他几乎是在被发现的同时挥出双拳的，但这一击却未能打穿附着在眼球表面的坚实晶体。

与巨龙的心意相通，令费奇确信这只眼球就是恶魔的弱点，只是任他拼尽全力仍无法损其分毫。那条如裂隙般的人形眼瞳抽动着，安逸地在庇护晶体内紧盯着他，眼神里充满戏谑与嘲弄。终于，费奇力竭了，这令巴尔扎摩尔也失去了玩心，新生的触手再次涌向他。失去巨龙守护的费奇深知只剩一击的机会，杀死恶魔，或者被其杀死。于是他怒吼着，双手紧扣，使尽全力砸向了眼球。透骨的灼热令恶魔感受到了它本无法理解的冰冷，那是残留在它体内的生物组织在面对死亡时应激产生的恐惧。人形眼瞳在极短时间内数次快速地扩散、聚合，应激的触须成为尖锐的矛，争先恐后地刺向眼前的威胁。

一击过后，眼球依旧完整，紧接着数不尽的触须穿透了费奇的身体——"未来"快速地在曼特烈迪斯的思绪中闪过。而"当下"却在"他"眼中如同静止般缓慢地发生。"他"轻声唤起同伴，尼德兰提斯不忍地将"他"那支短角扯断，用力向着费奇掷了出去。

断角恰好来到费奇的双拳之下，承其悉力，凝聚于锋芒，深深地刺入恶魔的眼球中。晶体碎裂的同时,尖锐的触手也自多个方向钻进了他的后背。费奇强忍痛楚,持续击打着断角,将它推向更深的地方。恶魔的眼瞳分化溶解,浑浊的脓液从豁口处渗出,滑腻的触须无力地垂下,快速膨胀的身躯最终引发了爆炸,刺眼的强光瞬间吞没了费奇、巨龙以及有四周的一切。

战场的另一端,地心军团紧跟在那些高效的"杀戮机器"之后,踏过被尸身垫高的疆场。达里斯与赛尔的联军虽已是竭力抵挡,却拿"尤弥尔影"的攻势毫无办法,只得接连败退。期间大治安官失去了那头骁勇的白狮,眼下的战局让他焦头烂额,而"尤弥尔影"还在如雨后春笋般自裂隙间涌现。战线很快便重新被推回到砌斯特广场,大概是出于对"深渊巨口"的顾忌,地心人不约而同地停在广场外缘,远远地看着"尤弥尔影"冷漠地继续行进。

突然到访的清凉抚慰了退守联军紧绷的思绪,大治安官则嗅到了弥漫其中的巫术,他深知能够施展出这样强度巫术的只有一人,西柯斯特最后的大祭司。拂过众人的清风转而附在"尤弥尔影"的身上,变得犹如浓雾般黏稠,一层层缠裹上去,"尤弥尔影"的体态顿现臃肿,行动便也迟缓下来。无力挣脱,很快它们便被缠绕严实,不再动弹,如同一个个立着的虫蛹,只不过这些蛹并非保护它们的外壳,而是消化它们的容器。随着砰砰几声,雾气弹散开,那支无人能挡的屠戮小队也消失得无踪无影了。

摆脱掉追兵,冲出"建筑坟场"的车队在之后一段时间的旅途还算顺利,当然也只有那一段时间而已。很快,他们将不得不面对一个比追兵还难以解决的问题:那条贯穿了大半个星球,只有飞弹列车才能通过的大裂痕,出现在他们的视野之中。通过从机车中提取的数据,巴基确认仅在这些机车的动力达到峰值时才有概率穿越那样的距离,前提是接下来的路况及阻力得完全符合预期才行。

车队开始提速的时候,几只魔鬼鳐飞艇刚好从上空掠过,完全忽略了他们，朝向更远处飞去。虽未遭到直接的攻击，众人心中还是大呼不妙。果然就在他们即将行至大裂痕之际，一队地心人从裂痕下爬了上来，诚然它们的身形远不及蛮兽高大，倒也还是比先前的地心人要壮硕上许多，尤其是在那无比厚实的装甲衬托下。地心人很快就在大裂痕与车队间组起了一堵人墙，阻挡众人的意图不言而喻，可此刻的车队已经没有其他选择了。

车速随着众人坚定的呐喊声持续攀升，动力拉满，冲向地心人的屏障。对方不曾料到他们竟会有如此的气魄，其中有胆怯者，眉头紧皱地退却几步，结果坠入了无尽深渊。更多的地心人依旧面露狰狞，架持武器，朝向车队嘶吼。就在碰撞即将发生之际，车头忽然下伏，车轮再次拆裂向两边成为强有力的节肢，一蜷一蹬，腾跃而起，整个过程一气呵成，待到地心人反应过来时，车队已向着裂痕的另一端划起优美的弧线了。

一头蛮兽恰巧在这时翻上了裂痕边缘，遇此情形，想也不想便纵身跳向了车队，它挥起接近两尺的手掌，试图捕上几只翱翔于上空的"飞鸟"。如果蛮兽的脑子能有它拳头的半个大小就好了，那样也许它就会懂得什么是三思而后行，也许它就会意识到这样做的后果只有落入深崖、万劫不复，车队或许能尽数顺利地通过裂隙了。而事实是，本就不堪重负的4号机车因为腾空的高度并不理想，被蛮兽一个挥掌，拽了个正着。

倘若不是扣环将二人紧紧地固定，大概奥斯卡和莱奥都会奋不顾身地跟着一头冲下去。他们急切地呼喊，加斯的名字"撕扯"着他们的喉咙，满脸疑惑的加斯眼中尽是惊恐，就那样安静地看着他们，随车坠了下去。机车还在蛮兽的手里挣扎，奥森仰起头看向巴基，对方严肃地冲他点了点头，那是他们之间曾立下的誓约。奥森微笑着向"炼狱之王"示以了最后的敬意，转过身去与蛮兽撕打在一起。很快地，加斯与奥森，机车与蛮兽，都消失在无穷无尽的黑暗中。

"深邃的裂痕啊,

暗是睡意拂过的光,

抹去不堪的过往,

埋葬永世的悲伤,

深邃的裂痕啊,

光是逆流而上的暗,

谁又将呼唤既定的命运,

去重塑那不朽的荣光,

……"

车队被层阴霾笼罩着,纯粹的悲伤下无人作声,他们任由泪水肆意地灼烧着面庞,可战争从来都无暇怜悯个体。车体轻微的摇晃将众人扯回了现实,先是零星的摩擦,紧接着是接连不断的撞击,成群的"蝠鳐"自裂痕中蜂拥而起,正是那些魔鬼鳐的原型。尽管它们的身形只有巴掌大小,但密密麻麻地令人看着心慌。也许是地心人的伎俩,也许是受到刚刚蛮兽坠落的惊扰,总之它们如火山迸发般沸腾上涌,扰乱了车队的前跃。

重力,成为此刻最可怖的追捕者。

尽管机车在迅速地调整着平衡,但仍旧被不可抗力拉扯着向下坠去。混乱间,莱奥的耳边又响起了那首赞歌,裂痕中偶尔闪过的火光提醒着他在"断脚章鱼"的过往。他的眼前浮现出罗斯队胜出的那个晚上,欢天喜地的人群中是气鼓鼓的奥斯卡,费奇纵身跃上了吧台,大快朵颐着从他那儿赢得的佳酿,加斯则在一旁幸灾乐祸地笑着,满嘴的油光……光向着四下扩散……参差错综的光……绚丽模糊的光……

咣！剧烈的震荡击飞了他的思绪，这次冲击过后车队停止了跌落，重新平稳了下来。及时赶到的巨龙伸出破败不堪的双翼，稳稳地将三架机车托起，飞向裂痕的另一端。

巨龙的身躯已褪去了生命的着色，如一副澈亮精美的水晶棺匣，透出其中的森森白骨。曼特烈迪斯的头顶不见费奇的身影，能量正自其断角处渗出，不曾间断，这让"他"意识消散得厉害，昏昏欲睡。尼德兰提斯一边掌控着方向，一边试图阻止同伴进入永眠，尽管此时的自己也同样的疲倦与痛苦不堪。

机车牢牢地吸附在巨龙的双翼上，就在他们成功越过裂痕的时候，地心人也已经完成了在同一侧的集结。成排的投弹车掷出炮火，巨龙侧身躲过多数，又用身躯挨下其他，最后被一支硕大的矛穿透了左翼。矛尖展出倒钩死死地嵌进巨龙的肌肉，十数头蛮兽握着连接矛的锁链，用力拖拽向下，巨龙竭尽全力也只能勉强保持在半空悬停，无力向前。

挣扎无用，曼特烈迪斯虚弱地向尼德兰提斯低语了几句，莱奥似乎听懂了低吟声中所预言着的宿命。"他们"将最后的能量挤压到双翼，迅速充积的能量让扎在其中的长矛崩断，摆脱束缚的巨龙却未立刻展翅翱翔，骨化在其躯体上蔓延，尾巴和四肢率先在空中解体，尼德兰提斯托起曼特烈迪斯，转向砌斯特广场，望了眼他们最初也是最后的眷恋，继而化作皑皑白骨散落，残存的巨龙双翼继续托载着车队继续前行，再猛烈的攻击也无法阻拦它们的方向。

在滑翔很长一段时间后，车队平稳地落在阿斯特的外城，被称作尼德勒莉亚的区域，巨龙的双翼在触地的瞬间骨化，这是"他们"能到达的最远地方，机车接管了之后的行程。众人不禁瞩目回望，直至那摊没了生气的白骨永远地消失在视野中。

第三十七章
冲破枷锁

尼德勒莉亚，索瓦西尔的陨落之地、被禁止的边境、"咒诅之域"……即使是酩酊大醉的人听到这个名字时也会立刻激醒。当然没人会在任何场合提到它，似乎单是讲出这个名字就会被施以最为恶毒的诅咒一样。倘若真有人问起这里究竟发生过些什么，陨落的索瓦西尔又是谁，大概没有人能说清楚。坊间关于它的传闻早已消散得一干二净，唯独它的名字刻进世世代代阿斯特人的基因中，成了讳忌。

当然也有对所有诅咒都嗤之以鼻的人存在，比如费奇。他曾仅有一次地提起过尼德勒莉亚，这让加斯如同躲避瘟疫般地不知所措，可是接下来酒保没有讲述人们对其闻之色变的缘由，只是回忆起一段他取货时误入的经历，"恶鬼的游乐场"，他是这么形容的。莱奥和奥斯卡听得兴致勃勃，只道是他又即兴编造了个故事，一段打着现实幌子的离奇幻想，毕竟谁会去阿斯特的外城取货，还恰好误入了"咒诅之域"呢？令他们意想不到的是，彼时费奇口中的"闲扯"成了此刻他们眼前的真实。

两侧倾倒的楼宇互相堆叠，形同摩肩接踵的魔鬼，若不是被那些灰惨惨的藤蔓困住，想必它们定会争先恐后地扑向过路的旅人，争抢这些千载难逢的灵魂吧。色彩艳丽的毒蕈在过去的百年里肆无忌惮地疯狂生长，淹没附近的建筑,将它们侵蚀的歪七扭八、千疮百孔。

狡诈又狰狞的孔洞如同魔鬼的咽喉,风穿过它们,生出高低频混杂的悲鸣,令闻者寒毛直竖。绵延的棕灰色苔藓忌惮地避过了半径各异的凹地,那些不时出现在大道上的坑洞,不知是经历了轰炸洗礼的痕迹,还是某群天外来石的集体自陨。

尼亚的不安并不止于周遭这些怪异的景象,打从落地时起,她随时随刻都能感应到周围所充斥着的躁动不安。她提醒着众人,可他们却始终察觉不到丝毫异样。巴基认为是她敏感过了头,莱奥则联想到费奇迷途中所遇到过的"幽冥",但他很快就否定了这个猜测。费奇的叙述中从未提到过"幽冥"会主动进攻迷途于此的旅人,而就当他们试图翻越一处废墟时,突如其来的箭雨猛烈地向车队袭来。

机车以高昂的能源消耗为代价进行着防御,待到这轮攻势放缓时,他们用以躲避的掩体剧烈地抖动起来,几头在此蛰伏多时的蛮兽从废墟中直立而起,或许称之为"几具在此安息已久的巨型尸骸"会更贴切些,那是由溃烂的血肉以及锈迹斑斑的金属拼凑成的构造体,以任何对活物的描绘来形容它们都会被视为对生命的亵渎。为首的一头壮硕异常,双头四臂,右肩处嵌有一王冠,似是"尸骸"之主。它们打胸腔里扯出几条被烟油浸得发黑的肋骨,扭曲成似锤似剑的巨型兵刃,咆哮着向车队发起了冲锋。

距离最近的23号机车侥幸地从两头"尸骸"的夹击间穿过,车队被迫散开以避其锋芒。"尸骸"所展示出的力量与速度完全没有死去之物的僵硬不堪,这让他们的处境相较之前更为岌岌可危。就在巴基为又躲过一次险些要了他们命的投掷而长舒口气时,三台机车不约而同地发出阵阵低沉的轰鸣,如同深海的呼吸,那并非能量耗尽前的提示,而是为了引出荧幕上这组带有警示色的数字。

00：20：00

递减的数字让众人本就紧张的心悬了起来，就连伊格玛也讲不出这组倒计时出现的含义，他所收到的撤离任务中可从来没有关于时间的描述。而机车却对数字的出现做出明确的反应，一改被动躲避的态势，23 号机车主动转进左边的窄巷，将"尸骸"引去了大半，15 号机车则冲向右侧茂密的森林，另一些"尸骸"在其后紧追不舍，而 30 号机车，则是猛地将车头调转回原先前进的方向，向着屹立于前的"尸骸"之主径直地冲了过去。

00：18：34

30 号机车以堪称教科书式的漂移躲过了巨型武器的打击，加速从"尸骸"之主的右侧穿过，奈何距离这怪物太过接近，再极限的速度依旧无法冲出它的攻击范围。击空的"尸骸"之主恼怒地转身，带动它那条燃烧着烈焰的长尾，扫向他们，机车开启防御力场硬碰，却被拍得护盾尽碎。机车踉跄着校正方向，"尸骸"之主的利爪已从身后挥至，而这一次机车已无力应对。

没有想象中的惨烈，机车虽有些颤抖但仍旧向前，莱奥不禁回头看去，利爪还停留在刚刚即将接触到他们的位置，然后砰的化作屡屡丝絮散落。他努力地理解这几秒钟间的变化，耳边突然传来轻声的话语，那是他所熟悉的、一直不曾忘却的声音，他惊讶地看向身后的指引者，却没能从那副冰冷面具上得到任何答案。

"尸骸"之主全然不顾那支断爪，将肩头的王冠捏碎，预藏其中的催化孢子立即得到了宣泄，霉菌自其爪间涌出，快速地围绕其周身，覆盖上它浑浊的眼眸，溶解进它腐坏的皮肉。这顿时让"尸骸"之主陷入了更深的疯狂，如猛兽饿鬼般扑向机车。

此时莱奥的注意力则是全部集中在指引者身上，只见其高高地跃起，从腰间抽出柄短刀:一截巨龙的趾骨。指引者从容地在空中划出了道"伤痕","伤痕"快速塌陷成肉眼可见的裂隙,两侧的气压急剧堆积。裂隙跟随指引者短刀的指向流动,待"尸骸"之主袭来,猛地闭合,将其挥出的一双右臂齐刷刷斩断,但即便是如此,狂乱下的"尸骸"之主依旧凶猛,它左手挥动武器,直刺向尚未落地的指引者。

短刀释放出的能量向两端延展成了塔盾,碰撞激起的冲击让指引者与"尸骸"之主纷纷向后跌去,与其武器同时碎裂的还有指引者的面具。"尸骸"之主倒去了一旁的废墟,露出的方碑塔尖刺穿了它的身体,淹息了它的怒火。塔盾的碎块快速聚拢成双半人高的手,托着指引者至其平稳落地,莱奥也终在那一刻得见珠光面具下的面容。

00:17:10

当"好运"机车从处壁炉废墟前经过时,尼亚似乎还感受到了炉火的温度,这种前所未有的感觉很是奇特,空旷幽暗的街道在她的脑海中映射出曾经繁华的样子,当然幻象可不能使她摆脱当下的困境。这次的窄巷逃脱计划并不十分奏效,之前的"建筑坟场"的确使地心部队的步伐慢了下来,但此处饱经风霜的建筑可经不起"尸骸"接二连三的横冲直撞。

废弃的街道引领着他们进入的并非四通八达的砌斯特广场,而是处沉寂封闭的斗兽场。错落有致的建筑群好似热情激动的观众将这里围绕,唯一的出路是他们闯进的入口,此刻那里正挤满了争先恐后的"尸骸"。如果这就是状况的全部,没准儿他们还能凭借一路以来的运气溜出去,可接下来四下响起的战鼓声提醒他们好运也有用尽的时候,沉寂数百年的城镇再次喧闹起来,地心人从旧日的阴影中显现,向中央聚集,23号机车无处可逃。

00:15:54

15 号机车在堆满落叶的小径间飞驰,身后不断传来树木被折断时的噼啪作响,"尸骸"紧追着他们进入森林的深处。这里比起城市更为广袤,尼德勒莉亚衰败后的无人问津让植物成了这里的主人,可以无拘无束地肆意生长,至少奥斯卡是这么认为的。

只有伊格玛知道这里的一切与尼德勒莉亚的衰败没什么关系,他曾在一本典籍的结尾读到过一段有关此处的描述:茵兰特,这名字比尼德勒莉亚还要陈旧。不知是以何种方法,这里好像逃脱了时间的约束,它的丰茂不分昼夜,无论季节,从未多一些,也不曾少一毫。请避免好奇或者粗心而进入这里,没人能从茵兰特活着出来,聚居于此的古老邪灵会确保这一点。

往日里大治安官对此处一成不变的态度让伊格玛坚信即使在数百年后的今天,那些古老邪灵依旧栖留在这里。想到这些时,一个危险的想法也在他的脑海里诞生了。"尸骸"在后方接二连三地倒了下去,没有反抗,不吭一声,这突来的状况令奥斯卡惊喜,却没能取悦伊格玛。他的确是计划引得邪灵与"尸骸"争斗,但没料到竟会是如此一边倒的结局。森林的深处像是个巨大的迷宫,四周的场景极为相像,失去信号的机车像只没头的苍蝇四处碰壁,他们意识到自己可能再也出不去了。

00:13:45

"尸骸"之主尾端的余焰再次燃起,蔓延其全身,将贯穿它身体的尖塔灼成粉末,将它身上本还残存的血肉焚烧殆尽。本已动弹不得的"尸骸"之主在熊熊烈焰的包裹下起身,如同平地而起的末日山峰。冲天的火光映着指引者的身影,那毅然决然地站在机车与"尸骸"之王间、为莱奥挡下危险的身影:艾莉·温德米尔。

她向莱奥露出微笑,就像他们初见时的那样。然后转身直面着炙热,目光坚毅,手中的短刀化作被能量缠绕的大剑,泛着幽蓝的光辉。下一秒,她毫不迟疑地挥剑斩向了那熔岩怪物,这是莱奥视野所及的最后一组画面。

无论他如何想要调转车头回去帮忙都无济于事。机车对他的指令毫不响应,扣环更是死死地将他固定在座位上,他只能继续前行,无论身后发生什么,莱奥只能继续前行。就像艾莉先前说的那样。

"路上无论发生什么,你只管向前就好"

00:09:07

冒着滋滋花火的传导门吸引了众人的注意,几颗晶莹剔透的超大软糖从里头蹦跳着出来,将斗兽场的一角炸翻了天,绚烂的焰火掩盖了一连串爆炸过后的血腥场面,盛装的皮斯特华丽登场。若不是尼亚的感应,巴基绝不会相信对方是来帮他们的,毕竟如果不是刚刚机车闪避得及时,他们也就加入那漫天的烟花中去了。

地心人被这番充满童话色彩的奇袭搞蒙了,还未来得及做出反应,更多的传导门自斗兽场的北方升了起来,当然它们都远远地避开了皮斯特。拉特尼姆的"疯子们"从门中倾泻而出,兴奋地冲向十倍于他们数量的地心军团。

00:08:30

尽管繁茂的枝叶将路途遮挡得严实、昏暗,伊格玛与奥斯卡还是同时关注到了两侧不时闪过的阴影,嘈杂的低语声取代了之前的静寂,让他们既紧张又烦乱。他们无法确认这些是否就是所谓的古老邪灵,只得不断地提升车速以尽快撤离,却引得那些阴影追得更紧了些。

再次到了处熟悉的岔路,这次伊格玛选择了右手边的小路,而就在他将车头摆正的瞬间,几团漆黑的阴影从两旁窜出,露出绿莹莹的獠牙,朝他们迎面扑了过来。几乎已是满速的 15 号机车再来不及做出任何的反应，撞击无可避免。

00：07：11

其他两架机车的标识从荧屏上消失了，这让莱奥不免担心起来。他也终于明晰了自己的目的地。远处无数的方形磐石悬浮于半空，形成近百米高的阻隔，它们看似无序地缓慢流动，无终无始。这里是阿斯特城的尽头，不可摧毁的边界，流动之墙——艾迩彼斯。

00：04：18

多夫只是动了动手指，就让冲到机车前的地心人昏睡了过去。他示意巴基和尼亚择机离开，巴基的注意力则是落到了正在进攻"尸骸"的那支队伍上：午夜女士的电磁炮、耶尔与耶齐的利爪……期间还掺杂了几位来自瓦希陨尔的守卫者。其中一人正是曾与莱奥于恒月旅店陷入困境的克莱德，巴基当然不认得他，但那副瘦骨嶙峋的样子令巴基联想到了奥森项链中的那张兄弟合照，紧接着克莱德挥出的石拳也证实了他的推测。巴基看向尼亚，她随即明白了他的心意，那是"炼狱之王"曾对奥森许下的承诺。于是 23 号机车在即将冲出斗兽场时调转了车头，两人一车，冲进了对抗"尸骸"的战斗当中。

00：03：04

即使还隔着一段距离，那些古老邪灵口中呼出的绝望之息仍令奥斯卡紧张地闭起了双眼。因此他没看到就在自己即将被撕咬扯碎的时候，双方之间短暂地出现了一座单向传导门，刚好够机车穿过，刚好令古老的邪灵扑了空。待奥斯卡小心翼翼地睁开眼，发现他们已身处古城的双子塔下，精致的鹅卵石街道上遍是畸形怪物的尸体，它们五彩斑斓的血在石缝间流淌，有种说不出的诡异美感。

机车被身披华丽铠甲的护卫环绕,伊格玛认得他们,就连奥斯卡也一眼认出了这些典型的安德鲁风格设计。一位年轻优雅的女士走上前来,很明显她是这支军队的首领,但比起军队的将领,她更像是位科学家、设计师……异乡人的特征令她气质绝群。伊格玛下了机车向其致以达里斯之礼,她点头示意过后,向着看呆了的奥斯卡微微笑着,似乎在回应他的猜测。

更令奥斯卡出乎意料的是接下来大地的震颤。轰隆的巨响声过后,双子塔倾斜成了待出征的舰船。奥斯卡注意到地上的一枚贝斯胸章,这届共和日的新品,曾令加斯爱不释手的同款。他轻轻将它拾起,拭去上面的血迹,将它别在胸前,然后义无反顾地跟上伊格玛,随着安德鲁女士及其护卫登船,目标:守卫阿斯特城。

00:00:09

莱奥不知道那些同他的住所一般大小的石体是通过怎样的动力才能漂浮起来的,他只知道按照现在的状况继续下去,即使不在它们身上撞个粉碎,也会被纠缠其间的能量所吞噬。可他什么也改变不了,机车仍在不受控制地持续加速向前。而当倒计时接近尾声,莱奥的耳边再次响起了齿轮转动的声响。与此同时,机车已将速度提升到了极致,径直地冲向了艾迩彼斯之墙。

00:00:00

第三十八章
世界的真相

汹涌的能量在不足一个响指的时间里消散得无影无踪,像是从不曾存在过一样。于是流动着的磐石才有了一瞬间的停滞,足够满负荷的 30 号机车从隙间穿过。紧接着在重力的极力"邀约"下,开始尽情地宣泄起失控所赋予它们的力量,猛烈的彼此撞击,释放出巨大轰响,碎裂出的石块肆意翻滚,迅速吞没着周遭的一切。

艾迩彼斯之墙,连同它所维系的穹顶,支离破碎。

在躲避过数不清轮次的滚石之后,30 号机车最终还是没了继续冒险的力气。能量耗尽的它将车轮半屈起来,松开了牢牢捆绑着骑乘者的扣环。莱奥顺势从机车上滑下,倚靠它坐着,努力平复着呼吸。他摘下了堆满沙尘的风镜,映入眼帘的是他在管家系统中都不曾见到过的场景。

紫白相间的野花点缀着无际的旷野,优雅宁静,泛着光辉的河流如同一条宽敞的金色大道,将这生意盎然的世界一分为二,延伸至尽头的峰峦叠嶂。众人所向往的温洛迩奇便屹立于那群山之上,纵使相距甚远,莱奥仍能透过缭绕的云雾窥见那数座壮丽华美的空中之城,四颗远近各异的星体悬挂于天际,将这世界映得多彩绚丽、摄人心魄。

他摇晃着起身想要把这世界看个清楚,却瞬间感到自己正被一股炙热的目光紧紧地盯着,他小心翼翼地转向刚刚被机车遮挡的方向,半张巨大的侧脸突兀地卧在不远处,与其说是一座破败的雕塑,它更像是曾经实实在在存在过的生物,身体与半边侧脸已沉入大地,只剩下一只眼睛似仍有生气般直直地盯着莱奥。不敢与之过多的对视,他连忙坐回机车背后,那股异样感也随即消失了。诡异的一幕让他深悉此地不宜久留,只是能去哪里呢?他看了眼耷拉着脑袋的机车,一时间没了主意。

莱奥再次望向温洛迩奇,他曾无数次幻想过能跟好友一同去那应许之地,幻想过自己的父母已在那为一家人的团聚期待多时……可现在奥斯卡和加斯已不在身边,还有费奇、艾莉、巴基……生死不明。他不理解为什么自己要经历这些,那样多的无力与失去,令那世外桃源变得不再有意义。思绪至此,机车后忽地传来了熟悉的声音。

"莱奥先生,终于又见面了。"一艘星艇悄然地悬停于此,它较新款的型号更为宽敞些,也因此刚好能遮住那半张脸的凝视,赛尔的领主正自其中缓步而下。

"领主大人……"无法揣测出其来意的莱奥下意识地后退着。

"很不错的反应,不过请将戒心用在别处吧,"沙弗恩停在距离机车不远的位置,不再上前,"我是来帮忙的。"

"可您不是应该还在……"

"战场上有阿特弥尔先生……大治安官就够了。若不是他高瞻远瞩地与古城势力订立盟约,或许这一次便真的会是阿斯特城的末日了。在这场战争中,我们都有自己需要扮演的角色,无可替代。而我的角色就是保证你接下来的安全,确保你能扮演好你的角色。"

"我的角色?"

"那段信息,莱奥先生,那个秘密。"沙弗恩提醒他说,"所有的终结都不过是下一幕的开端,周而复始。战争只会不停地在这里重现,之后扩散至古城、蔓延至温洛迩奇、升级至毁掉整颗星球……只有那个秘密能够完全停止这一切。"

"那个秘密究竟是什么?"

"恐怕那得由你来告诉我。"

"可我什么都不知道,会不会是您搞错了,我……"莱奥联想起梦里自称是那个秘密的人影,"……我不过是做了一些梦,那些幻象没准只是清除记忆的后遗症而已。"

"或许还有一些齿轮扭转的声音?"沙弗恩看着瞠目结舌的莱奥继续道,"只有经历过末日之人才能听到濒死之星的悲戚。莱奥先生,你已经得到了认可,只需要一些耐心,那个秘密就会浮出水面,在这期间你或许会遇到前所未有的危险,但请放心,我与阿特弥尔先生会尽全力地确保你的安全。"

"究竟是怎样的危险需要两位领主来确保……不,这太离谱了,我只想做回普通的赛尔员工,哪怕去不了温洛迩奇,哪怕……"

"我能理解你的心情,莱奥先生,但那个秘密选择了你,而你没有选择,"沙弗恩说,"或者说在命运面前,我们都没有选择。"

"我的朋友们呢?他们会怎么样?"一阵沉默过后,莱奥说道,"如果我无法拒绝这个……命运的安排,至少要确保他们的安全。"

"当然,并不完全因为他们是你的朋友,也因为他们是阿斯特的公民,包括那些外乡朋友,我们会尽全力确保他们的安全,我向你保证。"沙弗恩诚意满满,"事实上,确实有位与我随行的故人应该是你想见的。"

沙弗恩抬了抬手,星艇外观变得透明,显现出其上的另一位乘客,无数细如发丝的软管正连接着座椅以及他那几乎被烧焦了的躯体,不知名的液体正被源源不断地注入其中,一些自碳化开裂的皮肤间渗了出来,那惨状单是看上一眼都会令人陷入无法忍受的疼痛中,而那人却始终都安静地垂着头,依坐在座椅上,浅浅起伏的胸口还在宣示其不屈的意志。

"费奇!"莱奥一眼就认出了那人,他下意识地向前几步,星艇则恢复了原状,他愤怒地转向沙弗恩,"你对他做了什么?!"

"费奇战得英勇。我在来时路上救下了已经奄奄一息的他,还来不及妥善安置,"沙弗恩发现自己的双手竟然不自觉地颤抖,那一瞬间他似乎在莱奥的眼神里看到了另一个人,那正是他们所期待却没把握面对的,这也意味着剩下的时间不多了,于是他顺势强调说,"费奇的情况十分严重,那椅子只能勉强维系他的性命,我们需要尽快将他转移到更为稳妥的地方。"

"我明白了,领主大人,"莱奥清楚费奇已是命悬一线,只有眼前之人能救他。况且,正如沙弗恩之前所言,自己没有选择,"那就还请……"

震耳欲聋的声响粗鲁地打断了他,紧接着是来势汹汹的烈焰。沙弗恩施展巫术将二人包裹严实,尽管如此,爆炸所产生的冲击还是将他们击飞了出去,剧烈的震荡和难以忍受的高温过后,绛紫色的屏障破碎,莱奥挣扎着从中站起身来,眼前是卷曲的色彩与晃动的画面,犹如千万枚重锤击打过的耳膜还在嗡嗡作响。

"费奇……费奇……"他努力分辨着星艇的方向,跌跌撞撞地向前,直到被沙弗恩一把拦住。原本星艇的位置已经成了处深坑,正如尼德勒莉亚地表上的那些一样。深坑之上,一艘母舰正缓缓地落下,它的光炮仍在冷却之中。

"这下你们可哪儿都去不了了。"这是莱奥听觉恢复后听到的第一句话,模糊间他看到一个瘦高的男人正缓步向他们走来,身后是一队卡兹陌衣着的士兵。

"你来做什么?"沙弗恩冷漠地冲向来人,他背在身后的手示意莱奥不要冲动,莱奥看到条细微的线正从他手腕处延伸进地面,似乎在暗示着费奇尚存一线生机。

"来主张属于我的权利,那个秘密是属于我的!"

"你已经再没有任何权利了,利尔斯·兰达切!打从你挑起战争的那一刻起,你就只会是阿斯特的战犯!"沙弗恩严厉呵斥道,"我从没想过你竟会丧心病狂到联手地心人,你就这么想看到提尔星毁于一旦么?!"

"你知道我才不关心什么阿斯特人还是地心人。"利尔斯全不在乎地说,"门就在这颗星上,得让终焉齿轮转动起来,那个秘密才有存在的意义!这颗星球终将以何种方式陨落,你和那老家伙比谁都清楚,一直以来我都在替你们干这些脏活累活,没句感谢的话也就罢了,战犯?认真的吗?我的兄长,你会不会入戏太深,真的以为自己在乎这颗星球了?"

"我当然在乎,"沙弗恩义正词严地说,"立即停止这场闹剧,我会替你向阿特弥尔先生求情的。"

"阿特弥尔、阿特弥尔、阿特弥尔!一天到晚都是那个老家伙的名字,我!利尔斯!我才是你的兄弟!"利尔斯突然愤怒起来,"我们理当去主宰一切,而非在这种注定毁灭的伪星上浪费精力!那个秘密能让你我重返王座,不,不仅仅为王,我们可以成为新神!我可以创造数不清的宇宙,将会有成百上千个提尔星供你享乐。"

"那就是你想要的吗,利尔斯,在见证过西柯斯特还有那样多星系的灭亡之后,这就是你想做的?去取悦你曾经唾弃的神明?"

"取代,不是取悦!"

"取而代之,然后做与之相同的事,这难道不正是对他的认同?之后会怎样,另一个试图反抗你的生命踏上与你相同的道路,取代你,成为你。这样可悲的循环往复与伪星又有什么区别?"沙弗恩说,"曾经的日子都是虚伪的,你我从来都不是什么统治者,不过是既定命运的阶下囚罢了。利尔斯,我聪颖的弟弟,是时候拨开你眼前的迷雾,看清这一切了,我们要阻止西柯斯特的悲剧再次发生。"

"西柯斯特……"利尔斯闭上双眼,像是陷入了回忆当中,"我仍能看见末日来临时,毫无征兆的火焰将整个文明吞噬的场景,那是连女巫团都无力抗争的力量,她们无助的惨叫声还在我耳旁围绕,我还记得所有那些不可一世的权利与高傲在灰飞烟灭后留下的气味……我很欣慰在这么多次的"跃迁"之后,自己仍能保持那段记忆。我怎么会忘记呢,西柯斯特的陨落,每次想起来都能让我发自内心地开怀不已。"

"你在胡说些什么?!"沙弗恩不可思议地看着他。

"我从未告诉过你作为叛国者后裔所需承受的冷眼与蔑视,不是吗?纵使他的兄长是史上最伟大的星际征服者、可怖的巫王、暴君沙弗恩。当然,也是他凭一己之力肃清了所有的叛族势力,毫不留情地处决了想要谋权篡位的代理大祭司,你的姨母,我那叛国的母亲……"

"我一直在等个机会向你说明,利尔斯,其实事实并非如此……"

"不不不,不要误解我的意思,我从未因此憎恨过你。正是那一天你让我见证了什么叫作绝对的力量。我的母亲以及其他的叛军,是怎样的愚蠢让他们胆敢去挑战那样的力量,所以惨败是他们罪有应得!而当那些妖女们争先恐后地想要拿我的尸体邀功时,是你吓退了她们,向那个恐惧到颤抖的孩子伸出手,说出了那句话:'让整个星系在我们的联手下颤抖吧',"

利尔斯看向沙弗恩，"我们的确是做到了，不是吗？即使昔日的众星已然毁灭，而我们却得以长存，这难道还不能说明什么吗？！"

"够了利尔斯！你还要为那可笑的执念而选择无视真相多久？我们之所以活着，是因为阿特弥尔先生的拯救，一次又一次……"

"又是阿特弥尔……你根本没在听我说什么！"利尔斯的愤怒很快化作了冷漠，"我给过你机会了，兄长，你太令我失望了。"

"你知道你赢不了的，"那样的眼神对于沙弗恩来说再熟悉不过了，但他依旧不想对自己的弟弟出手，"即使你带上再多的人手，也赢不了我。"

"当然，如果面对的是过去的你，我半点胜算都无，但现在……"利尔斯笑着，"我很高兴你穿着那件我送你的外袍，我的兄长。"

利尔斯话音刚落，沙弗恩便被一股能量枷锁束缚得无法动弹。

"我将自己的基因提供给了'科尔'，让它进化成免疫于西柯斯特巫术的存在，作为交换之一，它为我打造了专属于你的牢笼。尽管试图用你的巫术去冲破它好了，那只会令这禁锢越发牢固，"利尔斯满意地看着无力挣脱的沙弗恩，"看来'科尔'诚不欺我，这倒是让我有些内疚了呢。"

莱奥上前想要帮忙扯掉困住沙弗恩的长袍，怎料却将一部分能量引到了自己身上，瞬间也被捆绑了个结实。

"莫心急，很快会轮到你的。"利尔斯轻蔑地瞥了他一眼，能量幻化出束缚器封住了莱奥接下来的话语。

"你打算怎么做，杀掉我？"沙弗恩引过他的注意。

"你当然会活着，再次作为幸存者，还有见证者。"利尔斯说，"见证战火燃尽这颗星球的每一寸角落，见证众门再次降临在这世间之上，见证我踏入万神的殿堂，成为一切的主宰，见证我的绝对力量！"

"你所谓的战火已经熄灭了,利尔斯,地心人无法摧毁阿斯特,过去不会,今天不会,未来也不会,末日永远无法在这里实现,正如你那可悲的野心一样。"

"你不会真的以为我会寄希望于那帮屡战屡败的家伙吧?"利尔斯说,"旺盛的火焰总会因为太过显眼而被过早的扑灭,只有暗藏深处的火种才能在人猝不及防之时燎原。"

"什么意思?"

"我可不是因为在阿斯特吃了败仗,穷途末路地跑到这交界地来的。我压根就从不关心那场战争,无论是发生在阿斯特城的还是古城的。如果我告诉你,我并非来自阿斯特,而是那里呢?"利尔斯指向远处的温洛迩奇,手中如同变魔术般多出了个精致的金属匣,匣体随其触碰缓缓开启,显露出内容物,一颗头颅,死者额头的金饰彰显出他生前的身份,那独特的标志正属于温洛迩奇之主凯尔拉。

"你到底做了什么?!"沙弗恩愤怒了,可没等说再多,束缚的能量已将他禁言。

"他不过是棋局中的一子而已。"利尔斯拎起那头颅,口里念叨起似是预言的儿歌。

四大家族,互相生厌;

幸得一主,压制混乱;

可惜一日,死于非命;

头颅失散,四城皆乱。

"这是你和那老家伙都不曾听过的规则,在发现这首歌的同时我就将它藏起来了。这世界的终焉并非始于地下,而是源于温洛迩奇,那烧起的无尽战火也终将吞没阿斯特,这颗星球注定灭亡。"说罢他将凯尔拉之首丢入远处的那条河流,暗红色在金灿灿的波纹中晕开,头颅很快沉了下去,不见踪影。

剧烈的齿轮声再次响了起来。

"现在,莱奥·格雷,"利尔斯转向他说,"该我们好好谈谈了。"

莱奥能够感受到那股能量的消散,紧接着不仅是他的话语,就连行动也恢复了自由。显然,利尔斯并不认为莱奥会产生什么威胁,认定他无力反抗或是逃脱。当然,莱奥表现得异常冷静,如果这就是沙弗恩说的属于他的角色,那他至少要试着扮演好它。

"你并不惧怕于我。"利尔斯的眼神如刀般锋利。

"我这里有你所需要的,不是吗?"莱奥试探道,"如果你想知道那个秘密,就只有一个方式。停下你所有的恶行,找到颗偏远又空荡的星球,兴许在那里我会告诉你。"

"你会告诉我?那个秘密?"他突然疯狂地笑了起来,就像是听到了什么不得了的笑话,"不错的尝试,不过你不可能'知道'那个秘密。"利尔斯观察着莱奥的反应,"啊?你并不知道对吗?他们从来都没有讲过关于你的结局。信誓旦旦要保护这个世界,却连真相都不敢说出,这又是怎样的讽刺。"

莱奥看向沙弗恩,注意到此刻他的身后,极其微弱的巫术正自那牢笼中挣扎溢出。他不清楚自己究竟是出于好奇,还是单纯地想为沙弗恩争取些时间,或许二者皆有,于是他继续展开话题,努力转移着利尔斯的注意力,"那你能告诉我么,这个世界的真相究竟是什么?"

"我当然可以讲给你听,作为仁慈。不过如果你想以此拖延出什么转机，我劝你还是别费心思了，所有人都自顾不暇，没人救得了你。"利尔斯似是看透了莱奥，但又丝毫不在意地讲述了起来，"你所生活的星球是由高维生物创建的游乐场，我们称之为伪星。当然没准儿它也只是那些创世神手上的纽扣、罐中的糖果、袋里的薯片甚至是鱼缸中的泡沫。每颗伪星诞生时都携带着随机且独特的规则，这点很像你们所热衷的那些游戏中自动生成的关卡，而它们也会依照此规则走向结局。诸多的伪星构成彼此无法触及的宇宙，但在比较特殊的伪星上会伴生出 67 座连接到其他世界的通道，曼斯卡之门、罗尔之门、卡多之门……但它们最初被记录下的名字是界门。它们的位置极其隐蔽，无法被摧毁或是强行开启，只有在特定的条件下才会被动激活，就是伪星终焉来临的前夕。"

"就像是宇宙间的传导门？"这让莱奥不禁联想到了某一晚的"断脚章鱼"，原来一直以来费奇试图讲给他们听的并不止于故事。

"的确，你们的大治安官曾经不止一次地试图复制出界门，而由于规则限制，那些传导门成了他有史以来最为拙劣的作品。那老家伙是优于现有维度的存在，这点毋庸置疑，但他并不是神。"

"来自其他宇宙的高维生物……"莱奥试图理解着，"可你们看起来与我们并无不同。"

"任何生物在穿过界门时，其前序的记忆与特性会被保留，而生物结构与外观样貌则会被相应调整，以融入新的伪星环境。原始的异能会基于新规则遭到削弱，新造的躯体却会不受新规则限制而永生，准确地说是会被赐予与新伪星等同期限的生命。创世神留给幸存者的选择很简单，要么与某颗伪星共同终结，要么在新的宇宙中不断地找寻界门，继续前往下个目标，周而复始。"

"你们已经这样多久了……"

"这是自西柯斯特灭亡后的第 13 个宇宙,之前那些有的已经孕育了超高等的文明,有的则还刚刚始于襁褓,整个过程久到连时间都无法丈量。"利尔斯说,"每当踏上一颗新的伪星,到处都会有创世神给出的线索,关于新世界的规则,以及致其毁灭的原因。对于眼下这颗而言,终结提尔星的将是永不休止的战火。"

"如果你早就知道这颗星球的命运,为什么要加速它的灭亡,而不能试着拯救它?"

"拯救?一颗伪星?我终于明白他们把希望寄托在你身上的原因了,你们竟都幼稚的如此相似,荒唐的理想主义,真令人厌恶。这么说吧,大概从第 5 个宇宙起,那老家伙便主张对规则进行反抗,并劝说我与沙弗恩也加入其中,企图阻挡那些可怖或是荒诞的末日来临。让我回忆下当中有多少是成功的?一个都没有!"话题至此,利尔斯愤怒地转向沙弗恩道,"为什么你还不能醒悟?没人能阻碍伪星的末日降临!没人!即使清除了嗜血的巨物,平息了尼德勒莉亚的祸乱,调停了裂痕之战,结果又是什么?末日齿轮的转动依旧!"

"我也能听到那些,"莱奥说,"但至少他们延缓了末日的来临,不然这颗星球恐怕早就因为你所提到的那些事件灭亡了不是吗?"

"什么?你说你能听到齿轮的转动声?"

"是的,那么大的声音很难被忽略吧。"

"可只有经历过末日之人才能听到濒死之星的悲戚……"他说着与之前沙弗恩相同的话。

"这句话究竟是什么意思……"

"那个齿轮声,只有见证过自己的母星因为规则而毁灭的生物才能听到……"他看向莱奥的眼神忽地一亮,"难道是那个秘密已经觉醒了？"

"你说得好像它是活的一样,那个秘密只是段信息……"他忽然想起梦境中那个未曾露面的声音,忐忑不安的确认,"难道不是吗？"

"那个秘密可不是什么信息,"利尔斯冷冷地说,"他跟我们一样,是个幸存者。"

第三十九章
终 焉

"第四次曼斯卡之门所连接的是颗名为'洛特尔特'的黑色星球,颠倒的山河,漂浮的楼宇,与之前所经历的世界完全不同。不过我们很快便弄清了那里的规则,也最终寻得了界门的所在。就在我们一如既往地等待世界末日来临之际,当地流传的一首歌谣却引起了老家伙的兴趣。"利尔斯说道,"歌词十分浅显,描绘的是星球间的友谊。可怪就怪在它只要一经传唱,进入我们耳中便成了另一个故事,一个去高维世界的幸存者的故事。"

"高维的世界?"

"众神所在的地方。故事里的幸存者发现了去神祇的方法,看来曼斯卡之门所连接的不只是伪星,神明也在其中放置了能与他们连接的方式。升维过程中幸存者的躯体被撕扯得粉碎,高等智慧与学识不断涌进他的神经中枢,那是漫长且无法想象的痛苦。待到最终抵达神祇时,他的精神已近乎崩溃,接近疯狂,当场便杀死了前来迎接他的神明。众神自然无法容忍那样的行径,但也因为某种原因未立即处决他,而是将幸存者的灵魂驱逐回伪星,令其永远无法通过曼斯卡之门而获得新的躯体。无形之人无法获得升维的资格,从此他就成了只幽灵,无法被感知,无法被连接,只能带着升维的秘密,孤独地徘徊于诸多的伪星之间。"

"没准儿那就只是段歌谣,不能说明那个幽灵以及有关他的传说是真实的。"莱奥立刻就联想到了多重梦境里的那个声音,不过嘴上依旧否定着,想引得利尔斯继续说下去。

"那是只有幸存者才能听懂的歌谣。之后我们开始遇到其他幸存者,他们也曾在不同的伪星上有着相同的经历,古怪的歌谣像是被刻进了那些伪星的规则里。也许是神明的刻意为之,以儆效尤,但更像是那个幽灵在自证其存在,凡其待过的伪星,其上必有幽灵歌谣被传唱,而曼斯卡之门出现的概率也最大。这就是我们能一直幸存到现在的原因,也是我们在这个星系中选择提尔星作为基地的原因。"

"是那首关于大裂痕的歌谣?!"一想到那首耳熟能详的歌谣在利尔斯几人的耳中竟是另一番意思,竟是幽灵存在的佐证,这让莱奥感到后背有些发凉,"那首歌里……唱的究竟是什么?"

"他会重新找到一副躯体、一个媒介、一份容器,一种曼斯卡之门无法给予他的形,他将重新显现于世,再次抵达神祇,将那里的神明杀绝诛尽。显然他的精神还没完全恢复正常,但这也正给了我机会,不是吗?"利尔斯挑眉笑道,"哦对了,这次的歌谣里还提到了他的名字,莱克斯。我能看出那个老家伙还有其他几个幸存者在听到那个名字时眼里的慌张,很明显他们认识那个幸存者,早在遇到我和沙弗恩之前。而在得知那名幸存者的名字之后,他们竟然无限期地暂停了对他的探寻,像是想要阻止他的重生,好在莱克斯的杀戮从未停止过。"

"幽灵杀人?"

"裂痕之战之后的百年,不断有人死于中枢神经系统的异常损伤,案件没有任何共性或是线索可循,也排除了基因缺陷的可能性。回想起类似事件也曾发生在其他伪星上,再结合那首歌谣的描述,我们终于意识到那是莱克斯在找寻躯壳寄生。通过梦境入侵,但其所承载的高维能量无法被伪星原生的宿主所承受,导致宿主死亡。"利尔斯说,"在意识到这些之后,老家伙劝说沙弗恩在赛尔设立了织梦协会,通过定向模拟梦境去强化造梦者的精神力,使他们可抗衡来自幽灵的威胁。结局你应该也猜到了,织梦协会以失败告终。他们只好抹除了所有人的梦境,祈求能切断莱克斯与这世界的唯一连接。"

"所以这才是驱梦事件的真相……"

"很长一段时间都没再发生离奇死亡的事件,他们以为成功了。但就像我说的,那些歌谣是被刻在伪星规则里的,这样一来,幽灵必然会在这颗伪星上重建其身躯。果然才不过几十年的功夫,新的宿主们就出现了。"

"等等,宿主们?你的意思是他同时入侵了很多人?"

"典型的塔克始祖星[①]的繁衍模式,幽灵将自己切割成上千块精神裂片,每块都是独立思考的个体,但共享同一份意识。以这样的方式分别侵入不同的宿主,就可以分散宿主所需承担的能量,提升其存活率,再在其中挑选合格的继承者,逐渐聚合其他裂片,最终达到侵占宿主的目的。"利尔斯说,"如昨日重现的死亡事件让老家伙乱了阵脚,慌乱地重启了织梦协会,像之前一样加固你们的精神,抵抗莱克斯的入侵。但他没能预料到的是那些精神裂片早就已经潜伏在你们的体内,你们的意志越牢固,所能承受的精神裂片就越多,反倒是给莱克斯的复活提供了绝佳的环境。等老家伙意识到问题的时候,你已经成为那个秘密的最佳容器。"

"这就是为什么你如此肯定我不可能'知道'那个秘密……一旦那些裂片汇聚完毕……"

"莱克斯便会借由你的躯体复活,而你会死。"利尔斯冷冷地说,"不过

---

① 利尔斯所经历过的伪星之一。

你倒不必为此担心焦虑,因为在那之前你就会死在我手里。"

"为什么?"

"这正是我一直以来在做的事啊,但你真的很难杀。不论是恒月旅店还是'炼狱','科尔'甚至无数次侵入过你的梦境,但你还是完完整整地站在了这里不是吗?如此顽强的生命以及每次总能很巧妙的化险为夷,其中的缘由恐怕不只是那老家伙的庇护,更是受益于那些精神裂片躲避危险的本能。这意味着'共享意识'已经将你视作不可或缺的一部分,那可不太妙。"利尔斯说,"所以你才是这场战争的诱因,莱奥·格雷,只有这样的混乱才能牵制住那帮自以为是的家伙,我必须杀了你,赶在莱克斯复活之前。"

"我以为你想让莱克斯复活……"

"当然,但不是借由你来复活。老家伙对那个名字如此恐惧,我当然也不会蠢到让他获得一副可以自由操控的身体。幽灵无法借助非生命体复活,只要及时将你杀死,他就只能重新找寻容器。"利尔斯挥手示意身后的士兵上前,他们同时将身上硕大的斗篷褪了去,显现出的身形男女可辨,却拥有着同一副面容,毫无表情,"而这些正是我为他制造的完美容器,强大的意志,完美的生命体,最重要的是,它们的行动完全受制于我。"

"即使现在只是以碎片的形式存在,他应该也能听到或者感知到你的这些计划吧?"莱奥说,"任谁听到这些都不会让你得逞的。"

"不让我得逞又能怎样?对于你这样难得的容器,他自是小心翼翼地不敢加速占据。那样做可能会导致你的提前死亡,他也就没办法借由你重生。在那之后他能有什么选择?战争几乎重创了所有人的意志,再多次的失忆只会进一步削磨他们的精神,脆弱到无法承受哪怕零星的精神裂片。即使被他再次找到了'继承者',我也会继续杀死他们,消除每一个被其承认的容器。我可以在之后的每一颗伪星里陪他玩这场游戏,直到他选择了我为他准备的容器为止。"利尔斯注视着莱奥,沉默了一阵儿,耸耸肩继续道,"看来他没什么反对意见。好了,莱奥·格雷,你现在已经知道了所有的真相,也应该死而无憾了。"

"等等!"莱奥注意到困住沙弗恩的枷锁已经出现了些许裂痕,求生欲让他在脑海中快速寻找着能争取到更多时间的话题,能够阻止傲慢的利尔斯暂停杀戮的问题,"……可你又怎么能确认那个计划真的可行?我是说那些所谓'完美的生命体',真的能承受他的能量么。"

"你倒是提醒了我,它们的确是模拟环境下的产物,该要如何能验证'科尔'的计算,又不延误杀了你呢……"利尔斯停住了前行的脚步,思索片刻道,"啊!不如就让你们来一场竞赛好了。"

"竞赛?"此时的莱奥还无法想象究竟有怎样的麻烦在等待着自己。

"你应该也见到了吧,沙弗恩养在广场下的家伙,在不断食掉自己新世界的躯体之后,成了反规则的'故障',吞噬一切的怪物。"利尔斯边说边从耳朵里揪出条类虫体,它的头部略微凸起,看起来就像是蜿蜒的尖角,血红的嘴部张开,腥臭伴随尖锐的鸣响从几圈锋利的尖牙缝隙间流出,"其实我早就意识到了它的存在,只是不便表现出来。于是私下让'科尔'也做了几只,虽说远不及那头野兽厉害,但吞吃上几人还是不成问题的。碰巧的是,它曾经也是用来测试那些容器合格率的其中一环。"说罢他将那虫扔向一旁,它的体形随抛物线运动快速膨胀变大,闪耀的"漩涡星云"在其逐渐透明的外壳下涌动。伸出的薄翼蜕变成类似鲨鱼的背鳍,接着生出的粗壮四肢令它看上去更接近于某种爬行巨物,经过短时间的几番变化,它在触及地面的瞬间融了进去。

"愤怒、悲伤、恐惧、恨意……它以负面情绪的载体为食,直白地讲它会倾向精神力消耗更快的食物。"利尔斯解释着"竞赛规则",控制着身后的母舰升起,硕大的侧脸再次出现在莱奥眼前,"现在让我们来看看究竟谁拥有更强大的意志力吧,是你,还是那些生命体。"

仅是望了那半张脸一眼,莱奥便感觉浑身的气力被抽离了,头脑空荡、双脚沉重,恐惧感毫无缘故地蔓延上了心头。他慌忙低头躲避它的目光,却惊讶地看到脚下原本坚实的地面竟如同海洋般地泛起了波澜,是利尔斯的怪物正围绕起他们缓缓地"游弋"。莱奥的目光随着那家伙的"背鳍"移向那队"完美的生命体",它如同多数嗅到血腥气的捕食者,快速又精准地跃出地面,口器撕扯着扩大,几乎包裹了多数生命体,尖牙闭合时却只将其中的两名刺中,随着怪物的重新下潜,他们也被拖拽了下去。整个过程全无声息,干净利落,令见者不禁心悸。

"这么快就淘汰了?"利尔斯表现得厌恶又不屑,"真是没用。"

紧闭上双眼的莱奥平复着呼吸,不断在心中提醒自己一路以来见过太多不可思议的事,眼前这幕也并不比"颅岛"上的那头怪兽可怕多少,试图减少心中的恐慌。他的额头渗出汗水,注意力始终无法集中,脑海中开始不断地出现那副侧脸的剪影,竟让莱奥有了想要看上一眼的渴望。

"闭上眼睛,或是掉头跑掉,这些行为都没有任何意义,只要它还在看着你,你就永远无法逃离。"利尔斯得意地看着莱奥的竭力克制,"放弃抵抗拥抱它吧,然后让伟大的沙弗恩看看,究竟谁才是正确的那个,是我,还是那个老家伙!"

也许是话语的干扰起了作用,莱奥终于还是不受控制地睁开了双眼,怪物的背鳍已向他脚边靠近。他缓缓抬头,见到那些"完美的生命体"也正纷纷转过身去,他的视线继续上移,最终对视上了那张侧脸。那是来自亘古的愤怒与悲伤,那眼眸是个令人万念俱灰的黑洞,吸引并吞噬着所有的希望。莱奥被这股诱人的无望感牵引，无意识地竟向前迈了一步，落脚时他竟发现周围的场景已经切换，没有侧脸，没有利尔斯以及母舰，自己孤身一人来到了座悬崖上。

那是一日初启时，天高云疏，崖下广袤的沃土尽是绿意盎然，河流延伸向远处金黄的山脉，飞鸟将那里当作旅程的下一站，空中尽是它们欢快的吟唱。莱奥感受着温柔的光辉洒满全身，时间像是不存在了。一瞬间他感受到了一切，蝴蝶振翅激起的波纹，野花随风摇曳出的轨迹，还有那沁人心脾的清香在碰撞到鼻腔时的摩擦……感知被无限扩大，他就这样沉浸于平静的、绝对的愉悦之中，直到他又重新开始了思考，对自己提出了充满毁灭性的问题：“这是哪？为什么我会在这里？”

那个念头出现的同时，风静止了，身边的花簇极速枯萎，烂成黏稠的液体，生机勃勃的悬崖之巅很快成了布满泥沼的腐臭之地。黄金山脉猛地燃起熊熊烈火，将一切美好付之一炬，焦化的大地出现裂痕，炭化的飞鸟纷纷坠落，惨叫声不绝于耳，老人与孩童的，抑或男人与女人的，绝望的惨叫声。他曾在“颅岛”上那些“神经细胞”的诱导下见到过类似的幻象，只是这一次的感受却更加真实，所有的无望与消亡，在他被放大了的感知里化作真切的痛楚与折磨，令莱奥备受煎熬。

“结束吧，莱奥·格雷，停止挣扎，你知道这毫无意义，”利尔斯的声音从天边传来，“这虚妄的世界注定灭亡，你的人生不过是个被短暂营造出的谎言而已。”

“我的感受是真实的，还有我的朋友，他们都是真实的……”

“你的朋友？他们都死了！”利尔斯的声音变得扭曲起来，透过紧扣的指间刺痛他的耳膜。他闭上双眼，却“看到”越来越多的尸体堆积在一起，离他最近的两具正是奥斯卡和加斯。那僵硬了许久的脸上再辨别不出昔日的笑容,他们灰蒙蒙的眼睛转向莱奥,嘴唇艰难地撑开,牵连着两颊的肌肉不自然地抖动,机械般重复着,"为什么不救我们?为什么,莱奥?为什么不救我们?"

"不……这不是真的!"莱奥挣扎着想要从幻象中醒来。

相比之下,此刻的现实则简单许多,没有堆积成山的尸身,利尔斯也没有疯狂地嘶喊,他只是站在那里撇嘴笑着,观察着所谓的继承者。莱奥呆立在原地,他涣散的目光从未离开过侧脸半刻。极端的感官变化已使他的精神濒临崩溃,那怪物似乎也感应到了这点,逐渐收缩起对他的包围。

"终于轮到你了!"利尔斯看看身后仍有剩余的"完美的生命体",兴奋之情溢于言表。他转向沙弗恩,激动道,"看到了吗?!最终我才是……"下一秒利尔斯用以宣告胜利的喜悦却凝固在了脸上,他惊讶地看到挣脱了枷锁的兄长,还有扑面而来的巫术。

足以轰去他半个身子的能量,贴着利尔斯的身边划向身后的半空中。沙弗恩还是无法对利尔斯下狠手,况且他深知眼下最大的危机是莱奥即将崩塌的意志。母舰在猛烈的冲击下轰然坠落,将那侧脸的凝视重新遮挡。

"不!你们赢不了!"那一击警告擦过他肩头的同时,利尔斯便反应迅速地冲向了莱奥,"永远不会!"

"莱奥!快躲开!"沙弗恩引导的巫术赶向莱奥,但一切都来不及了。

惨白的手臂已经径直地穿过了他的胸膛,温热的血喷溅到莱奥的脸上。莱奥收缩的瞳孔中终于映出了现实的模样,映出了挡在他身前的酒保,那副早已伤痕累累的身躯,也映出了费奇倒下去时,自他胸前空洞处汩汩流出的鲜血。

"你会害死他们,那些你在乎的人。"

巫术追赶上利尔斯的二次攻击,将他的疯狂层层包裹,拖离莱奥的身前。莱奥仍旧愣在原地,对眼前的一切没作出任何反应。沙弗恩留意到莱奥左手正有节奏地抖动着,双眸中的灰蓝快速地向中央扩散,原本蠢蠢欲动的怪物似乎是受到了什么惊吓,慌张且快速地远离了其脚下。沙弗恩清楚这些变化的意义,于是停下了上前的步伐,谨慎地观察。

“费奇,”莱奥终于说话了,他低头看着倒在地上的酒保,神情冷漠,像是完全换了个人,“我猜你又救了我一次。”

“莱……克斯?如果我说想……救的人并不是你,会不会太煞风景了,”之后爽朗的笑声被一阵痛苦的阵咳所替代,“没想到……会以这样的方式……重逢,我很抱……歉。”

“如果这是在寻求临死前的救赎,”他看着费奇说,“要知道单单是抱歉无法弥补你的罪责。”

“对待老友就……不要这么严格了啊……咳,咳……,我只是在哀叹……你所承受的一切……升维所带来的折磨,还有游荡于诸界的孤独……那一定……一定很痛苦吧。”

“那些比起埃尔莱特① 的毁灭不值一提。”

“我能看出往日的幽灵仍旧在缠绕着你……不要被仇恨所侵蚀,莱克斯,你的智慧不止于此,咳……”他吐出口鲜血。

“你知道单凭几句话语是不可能阻止我的。”

“恐怕我也仅剩这几句话语可讲了……”费奇竭力说着,“莱克斯,你所获得的高维知识中……有关于死后世界的记录么?”

“某种形式上,是的。”

---

① 莱克斯与费奇来自的星球,待揭示。

"太好了,那样的话……就能跟那帮臭小子再次遇到了吧,"费奇缓缓闭上眼睛,说出了最后一句话,"别了我的挚友,愿你也能找到属于自己的平静。"

莱克斯将费奇那支失温的左手抬起,置于其胸前,嘴里默念了些什么,之后便站起身来,转向这场谋杀案的凶手。

"你想去万神殿,对吗?借我之手杀死所有的神明,然后取而代之?"他望着被包裹严实的利尔斯说,"那我现在就给你些浅浅的指引吧。"

话音才落,利尔斯的表情变得扭曲狰狞起来,他在巫术的束缚下做着最大限度的挣扎,那是正经历极度痛苦的表现。沙弗恩很清楚他那经过数千次改造的身体理应无法感受到任何痛楚才对,这意味着莱克斯正在以某种方式摧毁他的精神和灵魂,这意味着或许莱克斯比他们想象中更加危险。

"莱克斯……"沙弗恩上前试图劝说,却被对方回应的眼神震慑到不能再言。

"这与你无关。"莱克斯说,接着缓步走向利尔斯,"万中无一的幸存者啊,浩渺无际的野心,严谨周密的筹划,到头来却只有这种程度么?"巫术竖起的层层屏障一触即碎,未能阻拦莱克斯。沙弗恩赶忙解除对利尔斯的束缚,不料下一秒莱克斯竟已到其面前。

"你没有资格继续幸存下去了。"莱克斯说罢,挥拳贯穿了他的胸口。

只是这次轮到沙弗恩挡在了利尔斯的面前。

"等同奉还,莱克斯,一命抵一命……"沙弗恩驱散着聚集来治疗他的巫术,眼神恳切地看向夺走他性命的人,"请饶过我的弟弟。"

"为什么你觉得我会这么做?"莱克斯冷漠地抽出手臂,沙弗恩随即倒地,在他身后是已经瘫坐在地的利尔斯,不知是因眼前兄长的死亡还是脑海中的可怖景象,他不断后退着,而此时那以负面情绪为食的怪物一跃而起,将这最佳的食饵连同其他仅存的生命体囫囵吞下,随即消失得无踪无影。

"好吧。接下来,是该让曼斯卡之门在这颗星球上升起了。"莱克斯转向温洛迩奇,身后传来飞船的引擎声。

"这里究竟发生了什么?!"飞船上急匆匆赶来的正是刚刚平息了战乱的大治安官,他远远便看到费奇与沙弗恩都被贯穿了胸口倒在地上,离近才发现仅剩一人尚且存活,而那人手臂上尽是鲜血,"莱奥?"

"你好,兰奇。或者说我该称你为阿特弥尔么?"

"莱克斯……"短暂的寒意过后,怒火涌上心头,"是你杀了他们?杀了费奇?!"

"算是吧。"莱克斯不多做解释,他的话音才落,阿特弥尔的手杖已经挥至面前。

那敏捷的身姿完全没了之前的老态,混合了巫术的攻击,他的眼里满是杀意。很快阿特弥尔便占得了上风,但这优势的取得并非由于大治安官的孤注一掷,而是莱克斯似乎出了些问题。先是左手不受控地抖动,之后是整条手臂完全失去控制般做出不和谐的反应。察觉到异样的阿特弥尔攻势越发密集,莱克斯则由反击退为防御,行动愈发僵化,直到完全不能招架。

莱克斯被击飞了出去,这样的经历他有过太多次,但没有一次如此狼狈。他重重地撞上母舰的残骸,竭尽全力地站起,满脸疑惑,整个身体似乎都在与其为敌,最后莱克斯就在大治安官的面前将头低垂了下去,呼吸沉重。

黑暗中,唯一的色彩从那绚丽的大鸟身上褪下,散落在莱奥身上,星星点点闪耀着勾勒出他的身形。纯粹的精神力迸发出刺眼的光辉,将那天地吞噬。待到莱奥再次睁开眼时,他看到了正自弥漫硝烟中缓步走来的阿特弥尔。

"治安官……大人?"他感到浑身的骨头像是碎了,眼中的灰色正急速向四周退去成环。他的视线有些模糊,震耳欲聋的齿轮声在他耳畔响起,"费奇……他……还好吗?"

没等到回复,莱奥便倒了下去,不省人事。

尾 声

"这就是找你们帮忙的原因。"大治安官将一封信函置于桌上,他们难以想象会有人仍以此传统的方式传递消息。随即信函自动展开,金灿灿的字符跳动于半空,"翻译过来大概的意思是'限三十天内交出凶手,归还凯尔拉之髅,否则卡桑德兰家族将向阿斯特宣战'。"

"凶手?"奥斯卡问。

"利尔斯,至少卡桑德兰家族是这么认为的。现在整个星系都寻不见他的踪迹,活不得人,死不见尸。"大治安官说,"但这恐怕不会是对方能接受的说辞。"

"那个叫什么温洛迩奇的地方难道不是也归你们管?"巴基漫不经心地回复。

"'完美基因',我们曾认为那将会是令这个世界拥有和平的关键,"大治安官叹气,"但显然我们低估了这颗星球上生命的本能——贪婪。无瑕者创造的越多就妄图占有更多:空间、资源。我们花了太多精力在平衡阿斯特、古城以及地心人之间的关系上,待注意到无瑕者的傲慢滋生时,温洛迩奇的科技已经远超阿斯特了,对其强制干涉恐怕只会引发冲突,这世界的命运比我们想象的还要易碎。"

"没准儿他们打从开始就不是什么'完美基因'。"巴基瞅准时机吐槽道。

"也许是这样吧。无瑕者因为贪婪与偏执分化成四大家族,之前的矛盾与争执不曾停息。好在拥有传奇经历的凯尔拉成了他们共同的英雄甚至是信仰,这次来信的卡桑德兰家族就是其最为疯狂的信徒。我们曾向凯尔拉提供永生以确保他的统御延续,四大家族在此期间勉强能保持微妙的平衡关系,并与阿斯特交好。可如今……"大治安官叹了口气,"卡桑德兰若是出战,其他三大家族势力必会争相介入,那会是场极度混乱且无法调和的战争,届时恐怕任谁都无法阻止这世界的末日降临了。"

"具体需要我们做什么,找到利尔斯的下落?"奥斯卡说,"但恕我直言,如果连您都无法做到的话,我们岂不是更加无能为力。"

"事实上,奥斯卡先生,我希望你去温洛迩奇。"

"我?"

"平息卡桑德兰家族的怒火,调和四大家族的矛盾,届时会有明确的指引告诉你怎么做,这点还请放心。还有就是……"大治安官将块散发着淡淡光辉的水晶置于桌上说,"请将这块核心带到凯尔拉的王座。"

"如此重要的事,你自己怎么不去?"巴基反问。

"如果利尔斯真是杀害凯尔拉的凶手,作为卡兹陌领主的他所代表的是整个阿斯特。任何来自阿斯特的正式拜访都可能将现有的形势进一步恶化。我们需要一个看似无足轻重的人,一副陌生的面孔,并非以阿斯特的身份,而是以无瑕者的角色,混进温洛迩奇。"大治安官看向奥斯卡,目光真挚,"请原谅我的措辞,奥斯卡先生,但事实如此,这项任务需要尽可能地低调,才有成功的希望。"

"没有任何推脱的意思,治安官大人,为什么是我?"奥斯卡看向一旁的伊格玛,"他似乎比我更适合这个角色。"

"四大家族熟识我护卫队中的每位成员,不仅是他们的相貌,还包括声纹、走路姿态等所有的细节,无论如何伪装,只要伊格玛踏进温洛迩奇,瞬间便会被那里的看门人系统识别并上报,其他护卫队的成员亦是如此。至于为什么选择你,奥斯卡先生,我只能说除去老朽的护卫队之外,我能够信任的人便全都在这里了。"

"我只是担心自己无法胜任,况且莱奥还在昏迷中,我就这样离开的话……"

"晚些莱奥先生将被移送至古城,他会得到安德鲁及瓦希陨尔的守护,直至他苏醒。老朽亦会以性命确保其安全,毕竟他的命运现在捆绑着我们所有人。而你,奥斯卡先生,你也不会独自'战斗',除了老朽在温洛迩奇的朋友会在暗中接应你外,尼亚女士也会与你一同前往。"

"难道不该先征求下我的同意吗?"尼亚说道。

"啊,抱歉,只是老朽确信你一定会同意。"

"你刚刚还说这项任务需要'尽可能地低调',"尼亚说,"让他们见到这样一张异族的面孔,可不会是什么'低调'的事。"

"确实,你们一族在卡桑德兰家族中地位显赫,以此副面孔前去自然不会低调到哪儿去。不过同样的,也会为奥斯卡先生提供不少便利。"

"你说什么?我还有族人在这颗星球?"尼亚激动地站起身来,然后又连忙摇头,"不,这不可能!我明明亲眼看见了泰尼斯的消逝……没有人能从那样的毁灭中幸存……"

"你可以感知到我是否在说谎,不是吗?"

短暂的沉默过后,热泪充盈了尼亚的眼眶。

"你究竟还有多少事瞒着?"巴基有些不爽地问道,"将之前的一切都归责于利尔斯,一个消散了的影子,巴基又如何能确保你说的都是真实的,如何能证明你不是在利用巴基?毕竟是你设计出了那牢笼,创造了'炼狱'。"

"我不需要向你证明任何事情,诚然是老朽建造了'炼狱',但也同样是我指引你们从那里逃出来的啊,古灵精怪的巴基。"大治安官的容貌骤变,说话的嗓音也像是完全换了个人。

"你是那个维克星人!?"巴基当然记得那张脸。

"他就是你在'炼狱'中遇到过的'先知'?!"

"维克星不过是老朽向你脑海中植入的一个概念,那些起初你听不懂的话语,实则是'炼狱'的创造者在将其全貌揭示于你。我不懂怎么去预言,只是提前向你透露了些后续计划而已,然后在继承者被确认后,老夫只需要将他的名字在你们的记忆中替换即可。"他恢复成原来的样貌,然后将个由诺曼金属打造的罗盘抛给巴基,"当然老朽也不是你想象中的杀人恶魔,这里面所记录的坐标,是你的那些'炼狱'中的伙伴所在的位置。"

"他们没死?!"这倒让巴基有些喜出望外,"这样说来,那些火焰……"

"浮夸的障眼法,以此方式令莱奥身处绝境,强化他的心智,但私下将你的朋友们送到这星系中还算安全的区域,能够避过利尔斯眼线的角落,即使有了坐标,恐怕也要你花上一些时间才能寻到。去找到他们吧,'炼狱之王'巴基,将你所承诺过的自由给予他们。这个世界需要团结,阿斯特会为你提供所需的船舰与补给,当作是老朽迟来的赔罪。"阿特弥尔低头致歉。

“谢谢。”巴基未再多言,低头研究起罗盘。

“诸位倘若没有什么异议的话,稍后会由伊格玛安排相关出行事宜。现在,请原谅老朽要继续进行阿斯特的重建与防御工作了。”

“治安官大人。”众人离席散去,奥斯卡上前取过水晶。

“还有什么问题吗,奥斯卡先生。”

“您应该有办法去裂痕之下,对吗？”

“老朽确实有此安排,与地心人的休战对如今的阿斯特而言意义重大,但相关行程也必须慎重……”他看向奥斯卡恳请的眼神,立即猜到了对方的心思,“但你所关心的并不是这个,对吗？”

“如果可以的话,能请您将他带回来吗,”他说,“加斯的遗体。”

“我明白了,奥斯卡先生,老朽会竭尽所能,”兰奇若有所思地承诺道,“我会的。”

他从深黑的巷子中醒来,头疼欲裂。勉强才将眼睛撑起条缝,视线中的场景昏黄不定,淅淅沥沥的雨滴敲打在旁,却没一滴落在身上。

“这里是……黑巷么……”他强撑着站起,思绪浑浊不清,“我为什么会在这儿……”巷子那端忽起的光亮引起了他的注意,光亮映出黑巷的尽头等待着他的身影,那人似乎已经等了许久。

“费奇？”纵使相隔甚远,且光线昏暗,他仍认出了对方。不仅如此,莱奥还能清晰地看到费奇此时的面部神态:下颚夸张地开合,像是在用力地呼喊着。可惜他什么也听不到。

“是自己丧失听觉了吗？不,不对……”他很快否定了这个推论,雨落的声音明明很清晰,还有那风中偶尔夹杂着的虫鸣,可为什么听不到对方……为什么他就只是那样一动不动地站着,不走上前把话说得清楚些……费奇啊……他究竟在喊什么……莱奥步履沉重地向其接近,脑海里满是不真实感。终于在某一步落地时,周遭的声音突然变得嘈杂,他也终于听清了费奇呼喊的内容,那是响亮到有些刺耳的警告。

"跑,莱奥!快跑!"

与此同时,一个黑影出现在费奇的身后,用手贯穿了他的胸口。

"不!"飞溅的鲜血遮住莱奥的视线,他眼前一黑,紧接着从处山坡上醒了过来,亮如白昼的夜空上群星璀璨,映照出绿荫遍野,生机盎然。透过山间的薄雾隐约能望见远处的峻岭之上还有未完全融化的积雪,被其围绕着的谷地正中坐落着座如同处在仙境的城。

就在他欣喜于眼前这片祥和的景象中时,遮天的黑影快速席卷上空,那是有着两只头的巨龙拂过,它们展翅时发出雷鸣般的声响,令他胆战心惊。

"希望没有吓到你,'他们'只是在热情地向你打招呼,以'他们'独有的方式。"熟悉的声音在他身旁响起,"长有不对称兽角的叫作曼特烈迪斯,有着奇怪下巴的通常被唤作尼德兰提斯。还有上头站着的是兰奇,他只是有些爱出风头。"

说罢对方伸出手来示好,布满小臂的鳞片闪耀着柔和的光。莱奥惊讶地看着他,看着那副陌生却又有些熟悉的面庞。

"莱克斯,对吗?久仰大名,"对方自我介绍着,"我叫费奇,费奇·李·隆德。"

图书在版编目(CIP)数据

界门:阿斯特之变 / 风文著 . -- 青岛:中国海洋
大学出版社,2025. 7. -- ISBN 978-7-5670-4133-2

Ⅰ. I247. 5

中国国家版本馆 CIP 数据核字第 2025NQ5163 号

出版发行	中国海洋大学出版社			
社　　址	青岛市香港东路 23 号		邮政编码	266071
出 版 人	刘文菁			
网　　址	http://pub.ouc.edu.cn			
订购电话	0532-82032573(传真)			
责任编辑	刘　琳		电　　话	0532-85902533
印　　制	青岛国彩印刷股份有限公司			
版　　次	2025 年 7 月第 1 版			
印　　次	2025 年 7 月第 1 次印刷			
成品尺寸	170 mm ×230 mm			
印　　张	24			
字　　数	315 千			
印　　数	1—1 000			
定　　价	99. 00 元			

发现印装质量问题,请致电 0532-58700166,由印刷厂负责调换。